Reed Isberg
Killerpilze

Roman

Bibliografische Information der Deutschen Nationalbibliothek: Die Deutsche Nationalbibliothek verzeichnet diese Publikation in der Deutschen Nationalbibliografie; detaillierte bibliografische Daten sind im Internet über http://dnb.dnb.de abrufbar.

© 2019 Reed Isberg

Herstellung und Verlag: BoD – Books on Demand, Norderstedt

ISBN: 978 3 7357 7937 3

1. Hennef/Bonn, 14. bis 17. Januar 2018

Hennef, Wiesengut, Sonntagnachmittag

»Das hat aber lange gedauert.«
»Ich werde auch nicht jünger.«
»Wo ist der Hund?«
»Weiß nicht. Im Gebüsch. Figo!«
»Es wird dunkel.«

Während Charlotte begann, über die Miktionsprobleme ihres Mannes nachzudenken, lief Heiner wieder zurück ins Gebüsch. Gerade Rentner und schon wird er alt, dachte sie. Der Winternebel wurde dichter und ein feuchter Wind wehte über die blanken Felder des Versuchsbetriebs für organischen Landbau. Womöglich würde es gleich regnen und noch eher dunkel werden als ohnehin um diese Jahreszeit. Aber bis Weingartsgasse mussten sie nur über die Fußgängerbrücke und dann waren sie fast zuhause.
»Da bist Du ja. Was macht ihr denn?«
»Hab' in irgendwas reingetreten. Lass uns gehen.«
»Und was hat Figo im Maul?«
»Pfui, Figo! Aus! Gib schon her. Nee, ich pack das nicht an. Pfui! So ist brav.«
»Was hat er?«
»Irgendeinen Klumpen. Grasbüschel oder so. Komm jetzt«.

Die Fußgängerbrücke war glitschig. Ein Mann mit Trenchcoat kam ihnen entgegen und grüßte mit einem Tippen an seinen Hut. Am Ende der Brücke hörten sie ihn in der Dämmerung rutschen und leise fluchen.

Bonn-Poppelsdorf, Montagvormittag

Der Regen hatte die ganze Nacht angedauert und trüber konnte der Tag nicht beginnen. Es war kälter geworden und im Katzenburgweg lag eine feine Schicht von Graupel. Errol zog seinen Kragen hoch, obwohl er kurz vor der Eingangstür war. Fast immer war er der erste von den Doktoranden im Institut für Organischen Landbau, weil er ganz in der Nähe wohnte. Drinnen war es schon im Foyer kuschelig warm und er zog die nasse Jacke auf dem Weg zum Labor aus. Während er sich an der Kaffeemaschine zu schaffen machte, hörte er Mia kommen. Sicher war es Mia, denn sie war regelmäßig die zweite. Die Kaffeemaschine begann zu tropfen und Mias Schirm auch.

»Morgen Errol, wohin damit?«
»Hi! Leg ihn doch einfach ins Waschbecken.«
»Bin fast ausgerutscht vor der Tür. Ich mache gleich mal den Autoklaven an, dann wird es hier richtig gemütlich beim Würmer zählen.«
»Deine Bodenproben hast Du wohl nicht in den Kühlschrank gestellt?«
»Die sind noch frisch von gestern und waren kalt genug, oder meinst Du nicht?«
»Ist es hier kalt oder draußen? Na, ich sage nix dem Boss«.

Prof. Bernhard Ross, geschäftsführender Direktor des I-OL, betrat in diesem Moment das Labor, schob seinen Unterkiefer vor und die Augenbrauen zusammen: »Was sagt man mir nix?« Schon fiel sein geschulter Blick auf Mias Plastiktüte, die von innen angelaufen war: »Warst Du heute schon im Feld? Oder von wann sind die Proben? Willst Du damit den Versuch mit Harolds Pilzen machen?« Mia antwortete nicht gleich, sondern starrte wie eine Verliebte auf ihre Tüte. »Ist doch noch alles drin...«. »Vergiss es, wirf sie weg!«, schnaubte Ross. »Da ist jetzt etwas Anderes drin als Du denkst. Eine Bodenprobe, die warm und feucht aufbewahrt wird, ist in wenigen Stunden ein völlig anderes Biotop. Leg Dich mal die ganze Nacht in die warme Badewanne. Ändert sich da nichts?«

»Es wird noch dasselbe drin sein...«.

»Gut, schlechtes Beispiel. Aber zumindest schrumpelt Deine Haut und etwas ändert sich an Dir. Das muss ich doch nicht als Vorlesung ausführen. Du bist Doktorandin im zweiten Jahr und willst Forscherin sein, oder? Und wir arbeiten mit exakten Wissenschaften, das hier ist nicht exakt, der Boden ist verdorben. Gibt es jetzt Kaffee?«

»Schon fertig, Bernd,« meldete sich Errol und nahm zwei Tassen aus dem Schrank. Sofort heiterte sich Bernds Miene auf und er vergaß seinen Vortrag auf dem Weg in sein Büro.

Mia trottete in den Keller. Kühl und feucht war er, wie er sein sollte. *Besser hätte ich die Proben gestern Abend hier abgestellt,* dachte sie. Der sterile Kühlschrank war wie immer übergequollen mit Petrischalen. Und der unsterile war kaputt; als ob Ross das nicht wüsste. Er hätte schon längst einen neuen beschaffen sollen, aber über Geld darf man hier nicht reden. Das hat die Uni oder nicht. Also eher nicht. So macht man exakte Wissenschaft. Gut, die Bodenproben hatte sie schon letzten Freitag genommen, aber irgendetwas ließ sich damit wohl noch machen. Die Fadenwürmer konnten nicht raus und würden wohl auch nicht so schnell vergammeln. Für die war es ihre kleine Welt.

Mia beschriftete ein erstes Klebeetikett mit PL-18-01-15-1 und trug es in eine Liste ein. Dann bereitete sie neun Versuchsschalen vor, indem sie eigens angefertigte flache gerahmte Siebe in Plastikuntersetzern platzierte und mit Zellstofftüchern belegte. Die kleinen Fadenwürmer, die man Nematoden nannte, würden später nach unten in die Schale wandern, wenn sie mit Wasser gefüllt war. Das war der erste Schritt. Mia öffnete die erste Tüte und zerbröselte die Bodenprobe über einer Schüssel.

Errol trat von hinten heran in dem Moment, als Mia die Erde gleichmäßig auf die Schalen verteilte. Er schlang seinen linken Arm um ihren Bauch und streichelte mit dem rechten Zeigefinger ihren Kehlkopf.

»Errol,« stöhnte Mia genervt, »nicht jetzt und nicht hier«.

Errol ließ sich nicht beirren und sein Finger wanderte langsam abwärts in Mias flauschigen Pulli. »Wo und wann denn sonst?« hauchte er in ihr Ohr. »Schmeiß doch endlich Saskia raus und wir können uns Tag und Nacht allein haben.«

»Saskia ist meine beste Freundin,« stieß Mia patzig hervor. »Und jetzt muss ich mir die Hände waschen.«

»Ok,« raunte Errol, »Ross, the Boss wartet sowieso auf mich, um das Manuskript durchzugehen. Meinst Du wirklich, Deine Infektionsmethode funktioniert?«.

»Das genau will ich herausfinden,« antwortete Mia mit einem Augenrollen.

Und während Errol sich pfeifend entfernte, dachte sie die Methode noch einmal durch. Sie würde die Pilze, die Bernhard Ross aus London erhalten hatte, einmal in getrocknetem Zustand und einmal mit Wasser auf die Bodenproben geben. Dann sollten die Pilze die Nematoden befallen und abtöten. Das erste Problem würde sein, die winzigen Nematoden zu bestimmen und ob sie Pflanzenschädlinge waren oder nicht. Pflanzenschädlinge haben einen Mundstachel zum Saugen. Soweit konnte sie sich auf die wesentlichen Wurmarten konzentrieren. Beim Bestimmen der Arten würde ihr Matthias Hellborn vom Nachbarinstitut helfen. Das hatte er versprochen. Das zweite Problem könnte entstehen, wenn Nematoden so schnell starben, dass sie nicht mehr aus dem Boden nach unten wandern konnten. Auf den Versuch kam es eben an. *Es wäre zu schön, wenn man auch irgendwie in den Boden sehen könnte, in jenes unbekannte Stück Erde, in dem so viele Geheimnisse liegen wie im Weltall und in der Tiefsee,* sinnierte die junge Forscherin.

Mia schüttete die vorportionierten trockenen Pilzsporen auf drei Schalen und arbeitete sie mit bloßen Händen behutsam in die Versuchserde ein. Auf drei andere Schalen schüttete sie gleichmäßig die vorbereiteten Suspensionen mit Pilzsporen. Drei Schalen ließ sie unbehandelt ohne Pilze; das sollten ihre Kontrollschalen sein. Guter Boden, böser Boden, dachte sie mit einem Finger in der Nase. Die simpelste Versuchsanordnung sollte für den Anfang genügen. Echte Versuchsreihen würde sie natürlich mit viel mehr Schalen aufsetzen. Die Pilze waren eine ganz besondere Spezies. Paecilomyces lilacinus kommt zwar überall im Boden vor und ernährt sich allgemein von organischem Material wie abgestorbenen Pflanzenresten. Manche solcher Bodenpilze können aber auch Nematoden befallen. Die Pilzsporen von Paecilomyces wirken praktisch als biologisches Bekämpfungsmittel gezielt gegen Nematoden, die an Kulturpflanzen heftige Schäden anrichten können. Also schützt der Pilz die Pflanzen, indem er die Fadenwürmer angreift, bevor sie die Wurzeln befallen können. Die Landwirte können höhere Erträge erzielen und alle sind glücklich. Seit 2017 war sogar schon ein zugelassenes Pilzprodukt auf dem Markt. Mias Idee war nicht neu, aber billiger: Sie wollte die Paecilomyces-Kultur aus London im natürlichen Boden anreichern, damit die Bauern sie nicht immer neu kaufen mussten. In jedem Boden herrschen heftige Kämpfe. Der eine ist des anderen Feind. Als sie aus ihren Überlegungen erwachte, blutete die Nase auch schon wieder auf der rechten Seite, wo sie erst gestern eine Entzündung hatte. Mia griff nach dem groben Zellstoff und wischte sich ebenso grob die Finger und die Nase ab, bevor sie einen Pfropfen Zellstoff in das Nasenloch steckte und dann die Versuchsschalen weiter beschriftete.

Bonn-Poppelsdorf, Montagmittag

In der Mensa gab es wieder einmal Krautwickel, die in solcher oder ähnlicher Form hier irgendwo in der Nähe haufenweise zu wachsen schienen. Bei Poppelsdorf-Leaks führte die Meinung in der Rangliste, dass der Weißkohl von den abgeernteten Versuchsfeldern der landwirtschaftlichen Fakultät stammte.

»Christina, hierher!«, rief Errol die Technische Assistentin herbei, die mit Saskia, ihres Zeichens ebenfalls TA, hinzuschlenderte. Zu viert hatten sie endlich einen freien Tisch für sich allein ergattert und genossen die köstlich zubereiteten Speisen mit ironischen Grimassen.

»Sieht aus wie der grünbraune Klumpen, den ich aus der Bodenprobe gefischt habe,« meinte Mia.

»Vielleicht ist er es«, kicherte Saskia, und dann kicherten alle.

Errol betrachtete Mias Finger, an denen sie dauernd rieb und die allesamt rot aussahen. »Juckt es Dich in den Fingern?« fragte er mit einem süffisanten Blick über die Gabel.

»Ja, hat vorhin angefangen. Da sind so kleine Pusteln drauf. Vielleicht bin ich gegen etwas allergisch geworden.«

»Warst Du schon beim Arzt?«, fragte Christina mit einem Gesicht, das zum Pseudogenuss der Mahlzeit einen zusätzlichen Anflug von Entsetzen ausdrückte.

»Mache ich morgen früh«, antwortete Mia, »gleich morgen früh«, und schob ihr Tablett weg.

Hennef, Montagvormittag

Figo war in der Nacht gestorben. Er lag vor seinem Körbchen, als hätte er es nicht mehr geschafft, hinein zu klettern. Charlotte Wehner fand ihn gegen acht Uhr als flaches Bündel in der Diele. Als hätte ihn jemand in graue Watte gepackt und innerlich entleert. Aus dem Maul floss eine gräuliche Substanz oder vielmehr schien sie aus ihm herauszuwachsen und sich im Umfeld des Tieres zu verteilen. Christina schrie nicht, sie begriff nicht. Sie sog den grausigen Anblick in sich auf, als wollte sie dieses letzte Andenken genießen. Irgendwie war sie fasziniert und schockiert zugleich, wie sich der kleine Figo, der gestern noch munter herumhüpfte jetzt in so elendem Zustand präsentierte. Nach einem offenbar kurzen, aber tragischen Siechtum. Dieses Bild würde sie immer in Erinnerung behalten. Charlotte wollte und konnte ihn nicht berühren. Sie begann ohne Bewegung nach der Ursache zu forschen und überlegte, ob sie ihm verdorbenes Futter gegeben hatte. Das wäre vielleicht vorne oder hinten herausgekommen, aber was sie sah, war etwas Anderes. Rückwärts ging sie zur Küchentür, um Heiner zu wecken.

Hennef, Wiesengut, Montag spätnachmittags

Heiner beschloss, vor der Chorprobe noch einmal zu der Stelle zu gehen, wo Figo im Gebüsch war. Irgendetwas hatte der Hund dort gefunden. *Irgendeinen Klumpen oder Grasbüschel oder so*, erinnerte sich Heiner. Er überquerte die Brücke über die plätschernde Sieg. Die Brücke war noch rutschiger war als am Vortag. Die Temperatur war tagsüber weiter gesunken und es hatte begonnen, in dünnen Flocken zu schneien. Der Boden war angefroren und Heiner hielt sich am Geländer fest. Eine undeutliche Fußspur ließ darauf schließen, dass zuvor eine Person den gleichen Weg genommen hatte. Jetzt dämmerte es bereits und er beleuchtete kurz die Spur mit seiner Taschenlampe, bevor er weiterrutschte. Etwa 100 Meter rechts von der Brücke, wo die kleine Baumgruppe stand, musste die Stelle gewesen sein, wo er Figo mit dem Klumpen erwischt hatte. Oder was auch immer es gewesen sein mag, Heiner war ja auch anderweitig beschäftigt gewesen und hatte nur zwei Hände und Augen für die eine Sache. Figo hatte noch ein Teil im Maul mitgeschleppt, aber es hatte keine Form und Heiner wollte auch gar nicht wissen, was es war. Jetzt, nachdem Figo so schnell und so unerklärlich verendet war, wollte er es wissen.

Im Schein der Taschenlampe war alles grau. Nur hier und da sah man etwas Braun von vermodernden Zweigen oder Laub. Alles schien unberührt. Keine Spuren waren zu sehen. Das Grau vermischte sich am Boden mit einem noch gräulicheren Schimmer, dessen Form unklar erkennbar war. Diffuses Licht, diffuse Strukturen. Der Schein fiel auf eine kleine Wölbung am Boden, die ein wenig zu leuchten schien. Oder war es die Struktur selbst, die im Licht Schatten warf und ein Leuchten andeutete? An mehreren Stellen der Wölbung erhob sich die Struktur zu einer Art Stiel. Heiner leuchtete daran entlang nach oben. Das Ding war erstaunlich lang und dünn, es war groß, mannshoch. Und am oberen Ende befand sich ein wenige Zentimeter großer dünner Ring. Ein richtig runder Ring aus einer leicht schimmernden Substanz. Die ganze Struktur roch nach nichts, war offenbar zart und fast durchsichtig. Und obenauf saß dieser anmutige Ring, der zum Anprobieren geradezu einlud. Misstrauisch betrachtete Heiner ihn von der Seite, an der er sich abflachte. Keine Bewegung war zu erkennen. Er stand still in der Luft und Heiner leuchtete noch einmal herunter zum Boden. Von dort zogen zarte Stränge zu einem nahegelegenen Baum, wuchsen offenbar an dessen Stamm hoch und bildeten dort ähnliche Ringe in weiten Verzweigungen und Verbindungen, waagerecht und senkrecht, kreuz und quer, sich gegenseitig stützend und... Ein Geräusch in der Ferne ließ ihn in seiner Faszination aufschrecken. Er sollte Fotos machen, musste aber zugleich die Taschenlampe halten. Er sollte etwas von dem

Zauber sammeln. Oder zuerst etwas pflücken, aber wohin damit? Vorsichtig näherte er die linke Hand einem der fingerdicken Ringe, um ihn *anzuprobieren*. Er könnte tatsächlich passen. Da war wieder das ferne Geräusch, diesmal näher. Schnapp. Was war das jetzt? Der Ring hatte sich im Bruchteil einer Sekunde zusammengezogen, als er seinen Zeigefinger hineingesteckt hatte, und drückte hart zu. Hastig zog Heiner die Hand zurück, um den Ring abzuschütteln, aber er saß fest am zweiten Fingerglied und je mehr er schüttelte, desto mehr Fäden sammelte er in der Luft und auch am Boden tat sich etwas. Er hing mit dem rechten Fuß in einer spinnwebartigen Masse, die aus der Wölbung im Boden wuchs. Er fluchte leise und strampelte, aber immer mehr Fäden wickelten sich wie zarte Stricke um seine Arme und Beine – und der Finger steckte so fest im Ring, dass es schmerzte. Er wollte schreien, aber die Stimme versagte ihm, vor Schreck, oder vor Kälte, oder vom Kratzen im Hals. Dieses Kratzen hatte er vorher nicht bemerkt. Es fühlte sich an als hätte er einen Wattebausch im Mund, der ihn am Schreien hinderte. Er hing in Spinnweben gefangen. Sie krabbelten ins Hosenbein, als er stürzte. Sie wickelten ihn ein. Sie drangen in Mund und Nase und Ohren. Überall hatten sich Ringe gebildet, die ihn zu fressen drohten, so bewegten sie sich bedrohlich auf ihn zu. Auf die Augen, die bereits zuschwollen. Es ging so schnell. Er sah nichts mehr. In seinen Ohren rauschte es. Die Nase war zu. Er musste husten und keuchen. Was? Was hatte er so schnell alles aufgesammelt? Was ... hatte sich ... hier ... so plötzlich ... zugezogen? ... Zugezogen. ... Zugez.... Der Ring.

Hennef, Wiesengut, Montag spätnachmittags

Thomas Brunell hatte etwas gehört. Dort drüben im Gebüsch raschelte es. Vielleicht hatte er sich geirrt und ein Tier war aus diesem Strauchwerk gekommen. Er zog seinen alten braunen Trenchcoat zusammen und benutzte seinen Hut als Schallreflektor. Langsam schwenkte er seine Taschenlampe in Richtung des Raschelns. Zwischen zwei Büschen waren Dornen niedergetreten. Davor lag etwas Unförmiges im Schnee. Ein Husten und Ächzen und Rascheln war direkt hinter dem Gestrüpp zu hören und es klang, als hätte jemand gerade eine verpatzte Erhängung hinter sich. Thomas sah die Szene wie im Traum. Eine Taschenlampe lag am Boden und illuminierte das phantastische Szenario bläulich schimmernder Fäden, die vom Boden zu einem Baum und wieder zurück wehten wie Spinnweben. Der Schein seiner eigenen Taschenlampe fiel auf den aufgewühlten Boden, das faule braune Laub, auf eine kleine graubedeckte Wölbung im Boden und schließlich auf eine große Wölbung in einem Spinnennetz aus Fäden und kleinen ringartigen Strukturen. Die Wölbung ächzte und bewegte sich ein wenig. Das war kein totes Tier.

»Hallo,« rief Thomas, »können Sie mich hören?« Der Wind wehte einen Strang der Fäden auf ihn zu und er wich instinktiv zurück. Fast schien es, als bewegten sich die Fäden mit den Ringen gezielt auf ihn zu. Hier würde er nichts anfassen. Die Wölbung bewegte sich wieder und er hörte einen undeutlichen, aber menschlichen Laut, der entfernt als »Ja« gedeutet werden konnte. Nichts anfassen. Thomas kramte sein Handy aus der Manteltasche und überlegte, wie er das Bild beleuchten könnte. Sofort wechselte er sein Ansinnen und wählte die 112. Er nannte seinen Namen und versuchte umständlich zu beschreiben, was er sah, als man ihn schlicht fragte, wo er sich gerade aufhält. Auch das war umständlich zu beschreiben, aber offenbar hatte man ihn besser verstanden als er sich ausdrückte. »Wir schicken einen Rettungswagen raus. Bleiben Sie bitte, wo Sie sind. Und versuchen Sie, erste Hilfe zu leisten.«

»Hallo,« rief Thomas noch einmal ins Dickicht, »was ist passiert?«. Keine Antwort, nur ein paar Zuckungen, vielleicht von einem Bein. Einen Kopf konnte er in dem Gespinst nicht ausmachen, vielleicht einen Arm. Wie sollte er Hilfe leisten? Sollte er seinen Mantel ausbreiten? Nichts anfassen. Die Fäden wehten weiter vor ihm herum. War er selbst hier in Gefahr? Er trat weitere zwei Schritte zurück auf den Weg und leuchtete mit der Lampe zurück ins Gebüsch. Von hier aus machte er nun doch ein paar Handy-Fotos mit Blitzlicht, bewegte sich zögernd und zoomend wieder näher, um sich rasch wieder zurückzuziehen. Offenbar war er länger damit beschäftigt als er gemerkt hatte, denn schon kam beim Hofgebäude da hinten ein blauer Schein in sein Gesichtsfeld, gefolgt von einer Sirene. Ein Fahrzeug kam rasch näher. Zwei Fahrzeuge. Erst jetzt spürte Thomas, wie er fror und zitterte.

Bonn, Dienstagmorgen

Mia wartete weiter; ihre Hände hatte sie in Handschuhe verpackt. Schon um zehn vor acht war sie beim Hautarzt angekommen und stand als letzte in einer Schlange kurz hinter der Haustür, die bis zur ersten Etage geduldig wartete. Mia zählte ungefähr 20 bis 22 Personen, wobei sie nicht wusste, ob einige zusammengehörten, wie die Frau mit dem quengeligen Kind, oder als Platzhalter für ihre Großmutter da standen, wie der hübsche junge Mann, dem offensichtlich nichts fehlte. Punkt halb neun öffnete sich die Praxistür und die Schlange verschob sich um sechs Stufen, bevor sie wieder anhielt. Hinter Mia standen die Neuankömmling jetzt bis auf die Straße.

Um viertel vor zwölf war sie entlassen mit der Diagnose allergisches Handekzem. Ob sie die Haare gefärbt habe, welche Medikamente sie nehme, vor allem Antibiotika, und welche Salben und Cremes, ob sie Kontakt mit Unkrautvernichtungsmitteln, Nickel, Konservierungsmitteln oder Farben und Lacken hatte, und mehr hatte sie sich nicht merken können. Doch: Kunststoffe oder Desinfektionsmittel. Sicher war sie auch nicht. Nein, die Haare hatte sie nicht gefärbt, die Cremes waren aus dem Supermarkt, wo ist Nickel drin? Was hatte sie alles angefasst?

Ihre Hände waren zuletzt nicht nur gerötet und geschwollen; sie juckten; die Haut nässte und brannte und es bildeten sich Blasen. Auf den Fingern hatten sich bereits Schuppen und Krusten gebildet, die sich verdunkelten und leicht einrissen. Was um Himmels Willen sollte sie berührt haben?

Am Ende der ewigen Warterei hatte der Arzt ihr eine Spritze in die Hand gesetzt und ein Stückchen Haut als Probe abgeschabt. Sobald die Spritze wirkte, hatte er mit einem Skalpell noch ein kleines Stück herausgeschnitten. Die Probe kam in ein Röhrchen, das später ins Labor geschickt werden sollte. Die Stelle nähte er zum Schluss mit mehreren Stichen zu und verschrieb ihr Kortison als

Salbe. Am Empfang sollte sie einen Termin vereinbaren und am Donnerstag wiederkommen. Sie kam nicht wieder.

Siegburg, Dienstagmorgen

»Guten Morgen. Hier ist das Klinikum Siegburg, Innere Medizin, spreche ich mit Charlotte Wehner?«
Das Gespräch war kurz. Sie sollte schnell ins Krankenhaus kommen. Heiner? Der schläft doch in seinem Zimmer. Charlotte stellte das Telefon in die Ladestation und lief in Heiners Schlafzimmer. Er war nicht im Bett. Sein Schlafanzug lag unbenutzt darauf. Er war gar nicht da. Sie war gestern wie immer vor ihm ins Bett gegangen und hatte auch nicht mehr Gute Nacht gesagt.
Jetzt ließ Charlotte ihren Tränen freien Lauf. Erst der Hund und einen Tag später der Mann. Was sollte das heißen: Möglicherweise verseucht? Wieso im Krankenhaus, was für eine Infektion? Charlotte suchte nach ihrer Handtasche und überlegte gleichzeitig, was sie mitnehmen sollte und wie es zu diesem Ereignis gekommen war. Heiner hatte Figo nicht angerührt. Er war eher ungerührt und sachlich und schnell bei der Hand, einen Müllsack aufzutreiben. Mit der Mistgabel hatte er den toten Schatz vorsichtig in seine letzte Heimstatt bugsiert und die Tüte, die nicht viel zu wiegen schien, vorsichtig in den Garten getragen. Später hatte er im Garten ein Loch gegraben, es grob zugeschüttet und Gabel und Schaufel im Fischteich gewaschen. Die Gummistiefel wusch er mit der Gießkanne ab und die Handschuhe warf er in die Mülltonne. Ganz sauber, ganz emotionslos, ganz Heiner.

Die Straßen waren noch nicht wirklich gut befahrbar, aber der Volvo sprang an und ließ sich aus der Ausfahrt und die enge Straße hinab bewegen. Trotzdem brauchte sie über eine Stunde bis zum Krankenhaus, zog ein Parkticket, vergaß den Wagen abzuschließen und eilte über den gestreuten Pfad zum Eingang. Dort erfuhr sie, dass es unvorhergesehene Komplikationen gegeben hat und sie möge sich doch bitte dort drüben setzen, es werde sie gleich jemand abholen.

Heiner.

Es dauerte nicht lange und eine Krankenschwester begrüßte sie mit ausdrucksarmem Gesicht. Sie möge bitte mitkommen. Charlotte folgte ihr in den Aufzug zum 2. Obergeschoss. Das Schild dort trug die Aufschrift Station 2C und irgendetwas medizinisches. Charlotte war egal, wie die Station hieß, sie wollte ihren Mann sehen. Er lag in einem Isolierzimmer. Während sie einen grünen Kittel, eine Haube, Einmalhandschuhe und einen Mundschutz anziehen musste, trat ein Mann in weißem Kittel hinzu, gefolgt von einem weiteren Mann mit einem Trenchcoat auf dem Arm und Hut in der Hand.
»Frau Wehner?«, fragte der Mann im Kittel, und als sie nur fragend nickte, fuhr er fort: »Mein Name ist Dr. Durgao. Ich muss Ihnen die traurige Nachricht überbringen, dass wir jetzt in dieses Zimmer eintreten können; Sie werden Ihren Mann aber nicht mehr so sehen, wie Sie ihn kannten.«
»Heiner?«
»Er ist vor einer Stunde plötzlich und friedlich eingeschlafen. Ich werde Ihnen kurz das wenige erklären, was wir bisher wissen.«

Heiner.

»Bitte warten Sie draußen«, sagte er zu dem anderen Mann, der sich verbeugte und den Gang hinunterschlenderte. Heiner lag auf dem Bett, als hätte er sich nur kurz hingelegt. Die Hände auf der Bettdecke, Schläuche umherbaumelnd, die offenbar erst kürzlich entfernt wurden, nachdem man ihn aufgegeben hatte. Die Hände waren alt geworden. Das waren nicht seine Hände, nur sein Ring schien echt. Sein Ehering. Der war allerdings nicht das einzige, was ihr an seinen Fingern auffiel. Die Finger waren geradezu auf die Knochen reduziert, die Haut schien pergamentartig und porös.

»Was...?« Sie wusste nicht, was sie fragen sollte.

»Der Herr, der draußen wartet,« begann Dr. Durgao leise, »hat ihren Mann gefunden. Wenn sie möchten, kann er Ihnen selbst erzählen, was er uns erzählt hat. Aber bitte setzen Sie sich doch.« Er wies auf einen Stuhl, der nahe am Bett stand und machte eine Pause, bis sich Charlotte, ohne den Blick von den Händen ihres Mannes abzuwenden, schweigend platziert hatte.

»Als ihr Mann hier eingeliefert wurde, hatte er am ganzen Körper gezittert, vielleicht von der Kälte. Er war nicht bei Bewusstsein und bekam zuerst eine Infusion. Meine Kollegen von der Notaufnahme waren mit aufs Zimmer gekommen, kurz danach wurde ich hinzugerufen. Nach ersten Untersuchungen hatte Ihr Mann möglicherweise einen Kampf gehabt, wir fanden Kratzspuren im Gesicht und an den Händen. Wenn es kein Kampf war, hatte er sich vielleicht in der Dunkelheit in Gestrüpp und Dornen verfangen und losgerissen - oder es versucht. Was aber am auffälligsten war, es ist jetzt nicht mehr so gut zu erkennen, ist eine filigrane Masse, die etwa wie graue Watte aussieht. Aber nur ein Film und ein paar Strähnen von etwas, was ich zunächst als eitrig gedeutet hatte. Wir vermuten eine Infektion. Noch während wir ihn weiter ausgekleidet hatten, hat sein Atem ausgesetzt.«

Charlotte liefen Tränen entlang der Nase und tropften auf ihr Taschentuch, das sie aus der Tasche gekramt hatte. Die Arme waren ihr zu schwer, um die Augen zu trocknen.

»Wir haben ihn wiederbelebt, und er war noch einmal zurückgekehrt. Aber wirklich wach wurde er nicht mehr. Vielmehr kann ich im Moment nicht sagen. Wir waren nicht schnell genug. Sie sollten jetzt zuerst einmal Frieden finden, bevor wir uns weiter unterhalten. Es tut mir leid.«

Charlotte Wehner wurde aus dem Krankenhaus entlassen. Körperlich fehlte ihr nichts als der Körper ihres Mannes. Also wurde sie entlassen. Sicherheitshalber hatte Dr. Durgao ihre Lunge abgehört, sie nach Beschwerden und dem letzten Essen ihres Mannes gefragt. Aber sie schien körperlich gesund und da für Seelsorge keine Zeit war, wurde sie kurzerhand hinaus in den Flur begleitet. Da stand sie einen Moment geistesabwesend, öffnete ihre Handtasche und schloss sie wieder, öffnete sie wieder, kramte ein Taschentuch heraus und schloss sie wieder. Mit dem Tuch wusste sie dann nichts anzufangen.

Der Mann mit dem Trenchcoat auf dem Arm, den sie vorhin flüchtig wahrgenommen hatte, war langsam auf sie zugekommen, von vorn und sich leicht räuspernd, um sich vorsichtig bemerkbar zu machen. Doch Charlotte war plötzlich heftig erschrocken, als sie den Fremden mit ihren wässrigen Augen wahrnahm.

»Frau Wehner?«, hatte er leise gefragt und auf ihr kaum erkennbares verstörtes Nicken hin hatte er weitergesprochen: »Entschuldigen Sie, wenn ich Sie anspreche. Mein Name ist Thomas Brunell. Ich habe Ihren Mann gefunden.«

»Warum?«, fragte Charlotte, knapp an ihm vorbeischauend.

Falsche Frage, dachte Thomas Brunell verständnisvoll und schlug darauf hin vor, sie ins Café im Erdgeschoss einzuladen.

Dort saßen sie nun und nachdem Charlotte endlich ihre Tasche hinreichend geöffnet und geschlossen, sie schließlich an der Stuhllehne platziert und eine einigermaßen gefasste Sitzhaltung eingenommen hatte, begann er seine Geschichte.

»Da wir uns nicht kennen, sollte ich mich vielleicht zunächst vorstellen.« Er suchte nach weiteren Worten. »Ich war früher Verwalter des Wiesenguts und wohne in Stoßdorf, ganz nahe dabei. Seit dreißig Jahren gehe ich da über die Felder und kenne jeden Grashalm mit Namen. Die Siegaue ist mein Paradies. Sie war es bis letzte Nacht.«

Charlotte hörte ihm aufmerksam zu, während sie auf ihre Kaffeetasse starrte und sich inzwischen auch des Zweckes ihres Taschentuchs bewusstgeworden war. Als sie merkte, dass Brunell nicht weitersprach, sah sie ihm mit einer ungestellten Frage in die Augen. Brunell spürte, dass er weitersprechen sollte.

»Also...«, fuhr er fort. »Wo soll ich anfangen?«, sprach er mehr zu sich selbst.

»Mein Mann?« wisperte Charlotte und da hatte er den Faden wieder.

»Ja, natürlich. Ihr Mann. Ich war am Sonntagabend auf den Feldern spazieren und ich glaube, wir sind uns auf der Brücke begegnet. So genau kann ich das nicht sagen. Und am Montagabend bin ich ebenfalls herumgestreift. Ich gehe jeden Nachmittag oder abends durch meine Felder, ich habe ja Zeit dafür und muss mich auch bewegen. Es ist erstaunlich, dass die Natur nie gleich ist. Kein Tag ist wie der andere, und ich erlebe nach all den Jahren auf dem Wiesengut immer neue Dinge - oder Gedanken.« Er stockte. *Ich schweife ab*, dachte er sich selbst ermahnend.

Fast zeitgleich griffen Charlotte und Thomas in der entstandenen Pause zu ihren Tassen.

»Ich höre Ihnen gern zu«, sagte Charlotte, diesmal etwas entspannter und ziemlich deutlich.

»Gerne«, erwiderte Thomas, »dann komme ich auf das Wesentliche. Also am Montag, es wurde schon dunkel, bin ich wieder meine Wege gegangen. Ich hatte schon eine Taschenlampe eingesteckt, ich weiß ja nie, wie lange ich Lust habe, herumzulaufen. Und die habe ich auch gebraucht. Da ist so ein winziges Wäldchen, sie kennen es vielleicht. Dort habe ich Rascheln gehört und bin stehen geblieben. Manchmal sind dort Kaninchen. Aber das war kein Kaninchen. Es lag etwas Größeres im Gebüsch und stöhnte wie ein Mensch. Und überall Spinnennetze oder etwas Anderes. Das war gruselig. Sowas habe ich noch nie gesehen.« Thomas stockte wieder und suchte nach angenehmen Worten für das Unangenehme. »Und darin lag ihr Mann. Er lebte. Dann habe ich den Notarzt gerufen.«

Sekunden vergingen bis Charlotte auf die Idee kam, schweigend den Rest ihres Kaffees zu schlürfen. Die Tränen waren versiegt. Offenbar versuchte sie zu verdauen, was sie gehört hatte, fand aber keine passende Frage, obwohl alles in ihr danach drängte, mehr zu erfahren.

»Mehr habe ich nicht zu erzählen«, unterbrach Thomas Brunell ihre Gedanken. »Nur dass das nicht mit rechten Dingen zugeht. Ich bin dann heute Morgen hierhergekommen, aber man hat mich nicht durchgelassen und nichts gesagt, außer, dass gleich Frau Wehner kommen würde. Da habe ich auf Sie gewartet.«

»Was war das im Gebüsch? Spinnen?«, wollte Charlotte wissen.

»Ich habe keine Spinnen gesehen, nur Fäden.« Thomas verstummte nachdenklich.

»Erst Figo – jetzt Heiner«, hörte er Charlotte sagen und das änderte seinen Gedankengang.

»Figo?«

»Unser Hund. Er sah schrecklich aus. Ist Sonntagnacht elend gestorben.« Da kamen sie wieder, die Kullertränen.

»Interessant«, sinnierte Thomas. »Hund und Herrchen in vierundzwanzig Stunden.«

»Ja, wie Sie das sagen. Schon seltsam.«

Charlotte fiel ein, dass sie ihre Tochter in Seattle noch nicht informiert hatte, und wollte langsam auch nach Hause. Sie machte Anstalten, ihre Tasche zu suchen und sich zu erheben, als Thomas seinen Kaffee austrank.

»Kommen Sie zurecht?« fragte er höflich.

»Ja, ich fahre erst einmal nach Hause und versuche, das alles zu verarbeiten. Vielleicht könnten wir unser Gespräch später einmal fortsetzen? Wir stehen im Telefonbuch. Ich – stehe im Telefonbuch: Wehner, Charlotte – und Heiner. Ich weiß jetzt nicht wann, aber ich habe tatsächlich ein komisches Gefühl bei den ganzen Dingen.

Muss mich mal sortieren. Jedenfalls danke ich Ihnen für das Gespräch. Und für Ihre Hilfe.«

Nach der förmlichen Verabschiedung blieb Thomas noch sitzen und ging seinen Gedanken nach. Welch eine Abwechslung in seinem Frührentnerleben. Aus dem Arzt würde er als Fremder wohl nichts herausbekommen. Aber nun hatte er eine Aufgabe. Er musste einen Todesfall aufklären. Oder zwei. Spinnen...

Bonn, Nacht zum Mittwoch

Saskia wachte auf und blinzelte. Der Wecker stand auf kurz vor halb drei. War da ein Geräusch? Ein Keuchen kam aus Mias Zimmer. Saskia wischte sich die Augen und versuchte genauer hinzuhören. Da war nichts. Sie ging in die gemeinsame Küche, um ein Glas Wasser zu holen. Mia schnarchte leise. Hatte ihre Mitbewohnerin wieder Bier getrunken? Das Licht in der Küche brannte. Eine rötlich-graue Schleimspur ging vom Spülbecken zum Schrank und wieder zurück. Saskia traute ihren Augen nicht. Sie folgte einem dünnen Film, der zu Mias Zimmer führte, knipste das Licht in der Diele an, öffnete die Zimmertür, drückte auch dort den Lichtschalter und sah fassungslos auf das Schauspiel, das sich auf dem Bett ereignete. Mia schnarchte nicht, sie röchelte und zitterte. Die Bettdecke war weggestrampelt und der Anblick ihrer Freundin versetzte Saskia in einen grausigen Schrecken. Sie machte zwei Schritte zum Bett, blieb dann aber wie angewurzelt stehen. Vor dem grauen Schleim, vor den roten Tropfen auf der Bettdecke, an Mias Bein und auf dem kleinen Teppich. Schleim drang aus Mias

Nase. *Ein Taschentuch! Das Betttuch. Irgendetwas zum Abwischen.* Mia keuchte und atmete schwer. Saskia lief in ihr Zimmer zurück und suchte nach ihrem Handy. Als sie es endlich fand, drückte sie 112 und lief zu Mias Zimmer zurück. Für die Stimme am Telefon hatte sie kaum Worte, nur die Adresse. Und bitte schnell.

Bonn-Poppelsdorf, Mittwochmorgen

Im IOL war die Hölle los. Errol war gegen zehn Uhr kreidebleich aus dem Keller gekommen und packte Christina am Arm. »Komm mal mit runter,« rief er, »das musst Du Dir ansehen.«

»Ich kann gerade...«.

»Komm mit, schrie Errol unerwartet laut, »lass alles liegen!«

Christina stellte den Messbecher ab und trottete widerwillig hinterher. Es roch muffiger, je tiefer sie die Stufen hinabstieg. Im Kellerlabor beleuchtete die traurige Lampe eine Reihe von Schalen, die offenbar von Mia für ihre Testreihe benutzt wurden.

»Da,« sagte Errol mit dem Finger auf die Ablage zeigend. Mehr brachte er nicht heraus. Christina starrte ungläubig auf die Schalen, in denen keine Erde zu sehen war, aus denen stattdessen weißgraue Wattebäusche gut zwanzig Zentimeter hoch und über die Schalenränder hinaus wucherten.

»Was ist das?« fragte Christina. »Etwa Pilzmyzel?«

»Ich weiß es nicht,« schnaubte Errol verständnislos. Was sollte es sonst sein?«

»Was hat sie hier gemacht?«

»Ich weiß es nicht genau. Ist Bernd schon da?«

Christina nickte. »Ich hole ihn, das muss er sich ansehen.

Der Professor telefonierte wieder einmal. Offenbar war das seine Lieblingsbeschäftigung, während der er ständig mit einem Bleistift auf ein Blatt tackerte und Punkte hinterließ. Manchmal konnte man am Ende des Gespräches ein gewisses Muster erkennen. Meistens jedoch war es eher unstrukturiert, wie seine Gedanken möglicherweise auch. Nein, dachte Christina, der denkt sogar besonders strukturiert. Nur, was es damit auf sich hatte, wusste sie nicht. Sie räusperte sich im Rücken des Professors, um sich bemerkbar zu machen. Ross legte den Bleistift ab, drehte sich um und winkte auf und ab, als ob er andeuten wollte, dass er gleich fertig sei. Christina nahm ihm den Bleistift aus der Hand und schrieb in großen Buchstaben auf das Blatt »KELLER! SCHNELL!«

Bernhard Ross überholte sie auf dem Flur und fragte im Vorbeieilen. »Was gibt es denn zu feiern?«

»Sehen Sie selbst, Errol ist im Kellerlabor,« gab Christina von sich und zeigte mit dem Finger den Weg, den doch keiner so oft gegangen war wie der Boss selbst. Der war schon an der Kellerlabortür und blieb abrupt stehen.

»Sind das Mias Proben?« fragte er und ging ein paar Schritte in den Raum. Von Errol kam ein ‚Mmh' mit geschlossenem Mund.

»Wo ist sie denn?« Er wartete auf Antwort, erfuhr aber nur zwei Schulterzucken. »Nichts anfassen! Christina, hol mir Handschuhe, eine Pinzette und ein Reagenzglas. Ich muss das genauer ansehen.«

An der Wand hing ein Mundschutz, den er sich überzog und nuschelte: »Errol, zieh auch einen an.« Errol sah sich um, fand aber nichts dergleichen. »Oder geh raus und mach die Tür zu.«

Die Tür ging zu und wieder auf, als Christina mit den Utensilien hereinkam. Ross zog sofort die Einmalhandschuhe an, die ihm eine Nummer zu klein waren, bewaffnete sich mit der Pinzette und schickte die Assistentin vor die Tür. Viertel nach zehn. Der Wissenschaftler war erwacht.

Während Errol und Christina schweigend die Treppe hochstiegen, lief Saskia im Foyer an ihnen vorbei auf dem Weg ins Labor. Sie blickte nur kurz zurück und ihre verweinten Augen ruhten für einen winzigen Moment auf den bleichgesichtigen Kollegen. Dann brach sie in lautes Weinen aus und stürmte weiter, warf ihre Jacke über einen Stuhl und erstarrte plötzlich. Errol und Christina wollten eigentlich vom Kellerphänomen berichten, aber Saskia schrie sofort los. »Was habt Ihr hier veranstaltet? Mia ist im Krankenhaus. Sie haben sie mitten in der Nacht eingeliefert. Ihr ging es schrecklich übel. Heute Morgen war ich gleich im Petrus-Krankenhaus. Sie liegt auf der Intensivstation, im Isolationszimmer. Ich durfte nicht zu ihr. Ich sagte, ich bin ihre Mitbewohnerin und beste Freundin. Dann hat mir eine Schwester irgendetwas von gefährlichen Keimen und Infektion erzählt. Mehr wusste die nicht. Ich sollte aber später noch einmal wiederkommen. Sie wird erst untersucht. Was ist da los? Was ist mit ihr?«

Errol kam mit zwei Tassen Kaffee. »Setz dich erstmal. Bernd ist dabei, im Keller etwas zu untersuchen«, sagte er mit beruhigender Stimme und stellte eine Tasse vor Saskia auf den Tisch. »Er hat uns rausgeschickt...«.

In diesem Moment stürmte Ross mit wehendem Kittel und ein Reagenzglas wie eine Monstranz hochhaltend vorbei und nuschelte etwas, das man durch den Mundschutz nicht verstehen konnte. Er verschwand im Mikroskopierraum und schloss die Tür hinter sich. Sechs Augen starrten auf die Tür und drei Münder schwiegen.

2. Longyearbyen, Spitzbergen, 2015, September

Donnerstagabend

Jan Kristian Eide hatte Husten. Nicht dass Jan Raucher war, sein Arzt hatte ihn schon vor ein paar Jahren auf Bronchitis untersucht, aber Jan war gesund. Nur nicht so gesund, dass er sich im Moment gesund fühlte. Er wusste, dass er Fieber hatte und ihm war klar, dass er in diesem Sommer seit Tagen mehr hustete als sonst im Winter. Er spuckte ins Waschbecken und putzte sich die Zähne. Ein wenig Zahnfleischbluten beunruhigte ihn nicht und Jan spülte den Mund aus, wusch sich mit der Hand ein paar mal durch das Gesicht und trocknete sich ab. Es war spät genug und er war müde vom vielen Kehren.

Camilla saß auf dem Sofa, hatte die Beine hochgelegt und blickte abwechselnd auf die Werbung im Fernseher und die Programmzeitschrift. Als sie Jan kommen hörte, stöhnte sie. Nein sie stöhnte nicht, sie seufzte. Jan hatte es genau so interpretiert, als er das schöne Bild sah. Camilla war nur halb umgezogen. Unter dem dünnen rosa gestreiften Nachthemd sah Jan noch einen schwarzen BH. Und die langen schlanken Beine sahen in ihren Nylonstrümpfen ebenfalls nicht nach Schlafmodus aus.
»Kommst Du mit ins Bett?« fragte Jan.
»Nein«, hauchte Camilla.
»Schaust Du noch etwas?«
»Nein«, seufzte Camilla.

»Ach, da kommen Nachrichten«, bemerkte Jan und ließ sich mit einem Seufzer auf dem Sofa nieder. Seine Hand legte sich auf Camillas bestrumpftes Knie.

»...Nachspiel im Streit um die Landung tschetschenischer Spezialkräfte auf dem Flughafen von Longyearbyen«.

Jan hörte gespannt zu. *Immer noch der alte Kram. Das führt doch zu nichts.* Die linke Hand war indessen höher gewandert.

»... aus dem Ausland«, hörte man die Nachrichtensprecherin.

»...näherkommen«, hörte Jan seine Frau seufzen.

Nein, sie seufzte nicht. Sie stöhnte. Sie legte ihre Hand auf Jans Brust und streichelte sie.

»Mach doch aus«, stöhnte Camilla weiter und drehte mit den Fingern die Brustlöckchen unter Jans T-Shirt.

»Moment noch«, keuchte Jan, der sowieso nicht mehr zuhörte, während er mit einer Hand längst den bekannten BH-Verschluss geöffnet hatte.

Er suchte die Fernbedienung, fand sie nicht.

»O...kay«, drang es aus ihm und er beugte sich zu Camilla herunter, um in sie einzudringen.

»Das Wetter.«

Donnerstagnacht

Jan Kristian Eide träumte wirr. Er befand sich in einer dunklen feuchten Höhle und hörte das ferne Geräusch einzelner Tropfen, die auf Wasser fallen. Ein Rascheln war ganz in der Nähe. Es hörte sich so nah an, als käme es aus ihm heraus. In der Dunkelheit waren keine Umrisse zu sehen. Nur ein ganz schwacher bläulicher

Schimmer war erkennbar. Wie in einer blauen Grotte stakte er einen Nachen durch einen kühlen See, der keine Grenzen hatte. Er sah ringsum nichts. Das wohlige Gefühl von Geborgenheit wurde nur durch das Rascheln gestört. Das Rascheln wurde lauter. Ein Schnarchen, das von innen kam. Kann man sich selbst schnarchen hören? Urplötzlich explodierte etwas in seinem Inneren, nein, es kam von außen, er war gegen eine Felswand gestoßen und fiel ins Wasser. Das Wasser war hart. Hart wie das Holz des Nachens. Er schluckte Wasser und musste husten. Wo kann ich mich festhalten? Er prustete, aber seine Lungen waren schon vollgesogen. Er musste einen Halt finden. Er fand einen Halt. Das Boot, das Holz. Plötzlich fand er sich bäuchlings darauf liegend und hustete sich das Wasser aus dem Leib.

Da erschien ihm das Licht. Jan wachte langsam und benebelt auf. Eine Stimme sprach zu ihm, zunächst verträumt und dann laut und deutlich: »ma...Du da? ...wehe tan?«. Er kannte die Stimme, es war Camillas Stimme. Camilla, seine Frau, die ihm wieder einmal das Leben gerettet hatte, indem sie den Wodka versteckte. Die ihn jetzt allerdings sehr verschreckte. Denn sie rief ihn, sie rief laut. Sie schrie, wie er sie noch nie schreien gehört hatte. Immer noch benebelt fand er sich auf allen Vieren, berappelte sich kurz und musste wieder husten. Er hustete bis er würgte und spuckte, bekam keine Luft mehr, zuviel Wasser in der Lunge, würde kollabieren, blieb aber auf allen Vieren und blickte mit wässrigen Augen auf..., ja, auf was? Auf das Nass. Er war tatsächlich ins Wasser gefallen, aber neben das Bett. Das war doch sein Bett und hinter ihm schrie und trippelte Camilla mit einem Tuch, das sie ihm vor den Mund schob.

»Was soll ich mit...?« keuchte Jan und bekam einen neuen Hustenanfall mit einem Schwall Wasser, der die schmierige Lache vergrößerte, in der seine Hände steckten.

»Du ust Blut...«. Der Satzfetzen erschreckte ihn noch mehr und zog ihm die Brust zusammen, schnürte seinen Hals ab. Nass vom Wasser oder vom Schweiß konnte er sich nicht mehr auf die Arme stützen. Nur ein ängstliches klagendes Röcheln brachte er noch heraus, das nach ‚Mama' klang. Dann verlor er das Bewusstsein.

Camilla kniete neben ihm auf dem Boden, rüttelte ihn mit beiden Händen und schrie ihn an. Als sie merkte, dass sie nichts damit bewirkte, suchte sie ihr Handy auf dem Nachttisch und fand es. Sie lief erneut um das Bett herum und sah nach dem unbeweglich am Boden liegenden Jan, während sie die 113 wählte. Sie fasste sich kurz, man hatte sie sofort verstanden. Sie musste sich um ihren Geliebten kümmern.

»Jan! Jan, wach auf!« schrie sie ihn erneut an und schüttelte ihn weiter, drehte ihn auf den Rücken, weg von der roten Pfütze. Jan atmete flach. *Oder gar nicht? Wie geht Wiederbelebung? Schütteln. Nein, Herzmassage? Ja, auf den Brustkorb drücken und in den Mund atmen.* Camilla musste sich überwinden, ihren Mund auf den eklig verschmierten Mund ihres Mannes zu setzen, um in ihn hinein zu pusten. Sie stellte sich grotesk ungeschickt an und schämte sich vor sich selbst. Das Bild blieb das gleiche. Sie kniete völlig verwirrt neben ihm und neben der schmierigen Lache, wischte sich mit dem Tuch über den Mund, dann über Jans Mund und dann über die Lache. Angewidert von der rotschleimigen Masse, ließ sie das Tuch sinken und starrte schicksalsergeben vor sich hin, legte dann ihren Kopf auf Jans Brust und horchte nach Atmungszeichen. Ja, es rasselte etwas in ihm, in gewisser Weise hörte es sich wie Atmen an. Und das Herz klopfte? Oder war es ihr Herz, das sie spürte bis in die Ohren. Sie beschloss, dass Jan lebte und richtete sich zitternd auf, als sie das Läuten an der Haustür vernahm. Im Bad tropfte der Wasserhahn.

Freitagmorgen

Camilla Inger Eide hatte Husten. Nicht dass Camilla Raucherin war, ihr Arzt hatte sie erst im Mai für gesund erklärt. Nur nicht so gesund, dass sie sich im Moment gesund fühlte. Sie wusste, dass sie Fieber hatte. Sie putzte sich die Zähne. Ein wenig Zahnfleischbluten beunruhigte sie nicht und Camilla spülte den Mund aus, wusch sich das Gesicht und trocknete sich ab. Es war spät genug und sie wollte früh im Krankenhaus sein, um nach Jan zu sehen. Der Weg war nicht weit in der kleinen Hauptstadt. *Ob um acht Uhr wohl schon Besuchszeit war? Ob sie ihn retten konnten? Hatte sie ihn gerettet? Hatte sein Atem ausgesetzt oder nicht? Sein Herz geklopft? Wie lange konnte ein Mensch wiederbelebt werden? Bleiben Schäden zurück? War Jan tot?* Es drängte sie aus dem Haus und nach Antworten. Hustend schloss sie die Haustür hinter sich ab, steckte einen Kaugummi in den Mund und wählte im Gehen Sarahs Nummer. Da sie sich nicht meldete, rief sie gleich im Universitätszentrum an und meldete Jan krank.

Beim Anstieg zum Longyearbyen Sykehus hatte Camilla mehrere Hustenanfälle und musste immer wieder stehen bleiben. Verunsichert blickte sie zu den hohen Bergspitzen hinter dem Krankenhaus und war froh, nicht dort hinauf zu müssen. Sie zog ein Taschentuch aus der Umhängetasche, putzte sich die Nase, spuckte den Kaugummi und einen kleinen Klumpen Hustenschleim hinein und sah einen kleinen Blutfleck im Tuch, das sie kurzerhand in den kleinen Mülleimer vor dem kleinen Krankenhaus warf. Rund ein Dutzend Leute arbeiteten hier, aber hinter der Eingangstür war keiner von ihnen zu sehen. Da sie nicht unbefugt herumlaufen wollte, setzte sich Camilla auf einen Stuhl und hustete. Offenbar hatte sie damit jemanden geweckt, denn sie hörte leise Schritte sich nähern. Es war eine rotblonde Schwester, die Camilla nicht kannte, die offenbar aber sie kannte. Ihre ersten Worte waren: »Guten Morgen. Sind sie Frau Eide?«

Was dann kam, beunruhigte Camilla fürchterlich und machte sie zugleich wütend. Sie sollte bitte warten bis Dr. Solberg kommt. Was mit ihrem Mann sei, fragte Camilla. Dr. Solberg würde es ihr erklären. Ob es ihm gut ginge. Sie solle bitte noch etwas warten. Wann Dr. Solberg komme. Normalerweise jeden Moment, aber nach dieser Nacht vielleicht etwas später. Camilla schluchzte, wollte aber nicht weinen. Es hatte keinen Zweck, sie musste warten bis dieser Doktor kam. Die Schwester hatte sich auch schon umgedreht und ging um die Ecke. Da saß Camilla nun auf dem unbequemen Stuhl und wartete und schluchzte leise vor sich hin. Und hustete.

Nach einer Viertelstunde ging endlich die Tür auf und eine Frau kam herein. Vielleicht war es *Frau* Dr. Solberg? Die Frau grüßte höflich und bog um die gleiche Ecke, hinter der die Schwester verschwunden war. Keiner kam mehr herein oder heraus. Camilla saß allein und hustete Blut. Es dauerte mehr als eine halbe Stunde, bis ein Mann mit Bart und schwarzgerandeter Brille die Tür aufriss, dass Camilla aus ihrer Lethargie hochschreckte. Er grüßte und ging sofort um die Ecke.

Kurz darauf kam er allerdings im weißen Kittel zurück und sprach Camilla an.

»Frau Eide?« fragte er?
»Ja, das bin ich.«
»Gut, dass Sie da sind. Mein Name ist Haug Solberg. Frau Eide, ich will nicht lange drumherum reden. Bitte kommen Sie doch mal mit. Wir gehen zu ihrem Mann.«
Camilla erhob sich hustend.
»Haben Sie Grippe?« fragte Dr. Solberg, als sie um die ominöse Ecke gebogen waren.
»Ich weiß es nicht, Husten wohl, ja.«
Der Arzt ging nicht weiter darauf ein, bog um die nächste Ecke und erklärte ihr unterwegs, dass es gut gewesen sei, dass ihr Mann so schnell eingeliefert wurde. Allerdings stünde man vor einem Rätsel, was genau mit ihm los ist. Einiges deute auf eine Infektion hin, anderes auf eine Vergiftung und er spucke etwas aus, das noch untersucht werden müsse. Ja, er sei am Leben.

Camilla atmete tief ein und zugleich auf. Dabei musste sie so sehr Husten, dass ihr ein Kloß in den Mund kam, den sie ins Taschentuch spuckte. Dr. Solberg hielt kurz vor einer Tür und sah Camilla zweideutig an. Dann öffnete er die Tür mit den Worten: »Noch einmal: Er lebt.«

In diesem Augenblick erschrak Camilla und hustete erneut in ihr Taschentuch, als wolle sie es als Mundschutz benutzen. Im gleichen Moment sah sie Jan auf dem Bett. Sie sah nur seinen Kopf und die Hände auf der Bettdecke. Ringsum standen Ständer mit Schläuchen und Geräte, die blinkten und leise piepten. Camilla riss die Augen auf und konnte nichts sagen. Sie brauchte es auch

nicht, denn in diesem Moment, in dem auch die rotblonde Schwester leise eintrat, lüftete der Arzt sein Geheimnis.
»Er ist ins Koma gefallen.« Schweigen.

Camilla wurde angeboten, sich auf den einzigen vorhandenen Stuhl zu setzen, aber sie war angewurzelt. Selbst ihr Husten war weg. Sie sah nur ungläubig den graugesichtigen Mann auf dem Bett an, der ihr Jan sein sollte. Zweifellos war er es, nur um Jahre gealtert.

»Wir haben hier keine geeigneten Geräte und Untersuchungsmethoden. Deshalb wird Ihr Mann so schnell wie möglich nach Tromsø überführt. Das wird nicht mehr lange dauern.«

Camilla hustete wieder.

Erst jetzt sah der Arzt genauer hin und sprach sie auf ihr blutiges Taschentuch an.

»Wie lange spucken Sie schon Blut?«, wollte er wissen.

»Ich habe es erst heute Morgen gemerkt«, antwortete Camilla zögernd und mit verstörtem Blick.

»Darf ich Sie bitten, das Taschentuch uns zu überlassen? Ich würde es gern untersuchen.«

Ein Fragezeichen erschien über Camillas Kopf.

»Ihr Mann hat aus Mund und Nase geblutet und viel Schleim abgesondert«, fügte der Arzt erklärend hinzu.

Wortlos überreichte Camilla das Taschentuch der Schwester, die bereits Einmalhandschuhe angezogen hatte und das Tuch in einen Klarsichtbeutel verstaute.

Dr. Solberg entschuldigte sich damit, dass er eine kleine Runde machen müsse. Er wollte auch noch in sein Büro und ins Labor. Sie könne gerne warten. Camilla wartete auf dem harten Stuhl beim Eingang. Und nahm sich mit dem nächsten Hustenanfall ein neues Taschentuch. Sie zückte ihr Handy und versuchte es erneut bei Sarah. Diesmal ging sie dran und fragte müde, was denn so früh los sei. Camilla konnte nicht sortieren, was jetzt das Wichtigste war und röchelte nur: »Kannst Du bitte ins Krankenhaus kommen? Es ist wegen Papa«. Zu weiteren Erklärungen war sie nicht fähig. Ein Wagen mit der Aufschrift Sysselmannen fuhr vor.

Die Rotblonde kam mit einem Pappbecher Kaffee, gerade als Sarah zur Tür herein hechelte. Offenbar war sie gelaufen.

»Mama, was ist?«, hechelte sie noch und just in diesem Moment glitt Camilla wortlos seitlich vom Stuhl, verschüttete den Kaffeebecher, der gerade dort abgestellt war und drohte umzufallen. Aber so blitzschnell wie die Schwester reagierte, hätte kein Schuss fallen können. Sie fing Camilla ab und versuchte sie wieder in die Vertikale zu bringen, während sie Sarah befahl, ihre Mutter zu stützen, damit sie eine Liege holen konnte, die offenbar um die Ecke gestanden hatte, denn so schnell konnte kein Knall durch die Luft rasen. Sarah hatte ihren Rucksack fallen gelassen und fing an zu heulen, wusste sie doch überhaupt nicht, was hier vorging. Die Schwester musste in ihrem Eiltempo sogar Dr. Solberg zu Hilfe gerufen haben, der rasch hinzutrat, um Camilla gemeinsam mit der Schwester vorsichtig auf die Rollliege zu hieven. Eine weitere Rollliege wurde soeben zur Tür und hinaus zum Wagen befördert. Zum Inhalt hatte sie Jan Kristian Eide. »Da ist gerade ein Zimmer frei geworden«, murmelte die Schwester leise.

Sarah konnte nichts tun. Die Zimmertür war geschlossen, man hörte eifriges Getrappel und leise Stimmen und eine weitere Krankenschwester schloss sich dem Treiben hinter der Tür an. Keiner beachtete Sarah und als sie zehn Minuten hin und her gegangen war, hielt es sie nicht länger an diesem Ort. Sie lief hinaus, schnappte ihr klappriges Fahrrad und spurtete hinunter zum UNIS Universitätszentrum, wo sie ihre Arbeit schon längst hätte antreten sollen.

Die Doktoranden Jonas Ellingsen und Torill Kristin Gulbrandsen saßen mit Professor Knud Ole Mikkelsen, den aus unerfindlichem Grund alle mit seinem zweiten Vornamen duzten, im Labor und unterbrachen ihr Gespräch, als sie die späte Sarah erblickten.

»Was ist?« fragte Sarah etwas schuldbewusst und zugleich trotzig.

»Vielleicht weißt Du es ja noch nicht? Wo kommst Du her?« fragte Mikkelsen ausdruckslos zurück.

»Ich war im Krankenhaus, wegen meiner Eltern.«

»Dann weißt Du es also.«

»Ich weiß gar nichts. Die sagen ja nichts. Mein Vater wurde wegtransportiert und meine Mutter dabehalten. Ich weiß nicht, was los ist.«

Torill rückte ihr einen Stuhl zurecht und strich ihr über die Haare.

»Setz Dich doch, wir diskutieren gerade, was los sein könnte«, sagte sie in ruhigem Ton. »Solberg hat mit Ole telefoniert.«

Der Professor machte ein ratloses Gesicht, musste aber offensichtlich etwas sagen. »Ja«, begann er langsam, »Haug hat mich vorhin angerufen. Er braucht einen Rat. Das ist ungewöhnlich, anfangs hat er auch nur angerufen, um unseren Techniker Jan Eide krankzumelden. Das hatte Deine Mutter auch vorher schon getan. Nur…«, Mikkelsen wandt sich, »nur hatte Haug Solberg etwas mehr zu sagen als *krank*.«

»Um Gottes Willen«, schrie Sarah, »sagt mir doch endlich, was los ist!«

Mikkelsen räusperte sich. »Er vermutet bei Deinem Vater eine Infektion oder eine Vergiftung. Er hat seinen Auswurf und Nasenschleim unter dem Mikroskop betrachtet und fand eine Menge Pilzmyzel. Aber er hat keine Erklärung dafür. Wir treffen ihn später, dann bringt er eine Probe mit. Wir sollen aber eigentlich nicht darüber reden. Es muss unter uns bleiben. Wenn Du verstehst, was ich meine.«

Sarah blieb eine Weile stumm. Dann sagte sie, dass sie sich auch krankmeldet und zu ihrer Mutter zurückwill. Die anderen blickten ratlos drein und wirkten besorgt. War Sarah auch infiziert?

Sarah Eide halluzinierte auf dem Rückweg. Sie sah ihren Vater tot und verschimmelt, ihre Mutter lebend und verschimmelt. Beide Elternteile waren verloren. Sie fand sich allein, nur Jonas als ihr Freund war unverschimmelt. Sie erreichte das Krankenhaus außer Atem und vernebelt. *Was war los? Wie geht es Mutter? Wie geht was? Was geht, wenn nichts geht, wie es soll? Mutter.* Die rotblonde Schwester stellte sich endlich vor. Marit heiße sie und sie habe keine Ahnung, was in ihrem Arbeitsbereich vorgeht. Der Mann, Sarahs Vater sei zur Untersuchung im Fachkrankenhaus unterwegs. Die Mutter liege hier: *Hier, ja hier liegt sie, aschfahl, grau bis über die Bettdecke hinaus, verschimmelt und blutend aus Nase und Mund.* Grauen erfasste Sarah, als sie ihre Mutter sah. *Das ist meine Mutter. Was ist aus ihr geworden? Ein Schimmelfass. Ein Schimmelfass? Was ist ein Schimmelfass?* Aber der Gedanke hatte Fuß gefasst. *Nicht das Fass, das Fass ist ein Symbol für... für was? Der Schimmel entscheidet und be-*

ansprucht seinen ersten Rang. Schimmel. Haben die etwas Verdorbenes gegessen? Ist Schimmel im Haus? Ich muss nachsehen. Sarah kam am Bett ihrer Mutter kaum wieder zu ihren Sinnen. Der Geruch verriet ihr, dass sie nicht träumte. *Es riecht verschimmelt. Was ist verschimmelt? Schimmel. Schimmelpilze.* Intuitiv griff sie nach dem Tropf. *Warum ist er da? Was tropft er in sie hinein?* Marit fasste sie am Arm. Sie meinte, es sei abzuwarten. *Abzuwarten. Was? Worauf warten? Da liegt Mutter und hat Schimmel in der Nase.* Sarah putzte mit einem Taschentuch den Schimmel weg. *Da ist noch mehr. Mutter atmet schwer. Das ist nicht meine Mutter. Das ist ein Gespenst, ein Gespinst. Mutter ist voller Spinnweben, ihr Gesicht ist voller Pusteln, ihre Hände...*

Sarah saß da und weinte.

Freitagmittag

Jonas, Torill und Knud Ole Mikkelsen saßen am hintersten Tisch in der kleinen Kantine des Universitätszentrums und warteten auf Haug Solberg. Der kam gerade in Rollkragenpulli und Jacket herein und steuerte mit verstohlenen Blicken und einer Plastiktüte in der Hand direkt auf die Ecke zu. Er blickte wortlos in die Runde und hielt instinktiv die Tüte hinter sich, merkte aber sofort, dass er sie damit gegenüber der allgemeinen Öffentlichkeit zur Schau stellte. Mit finsterer Miene begrüßte er seinen Freund Ole, nur Ole.

»Ole, das sollte eigentlich ein Treffen unter vier Augen sein. Hatte ich das nicht gesagt?«

»Hast Du nicht«, antwortete Mikkelsen, »jedenfalls nicht explizit. Setz Dich doch zu uns.«

Solberg zog den vierten Stuhl am Tisch so, dass er sich ausschließlich Mikkelsen zuwandte und die beiden anderen damit etwas ins Abseits rückte.

»Diese beiden«, fuhr Mikkelsen fort, »sind meine erfahrensten Doktoranden, Jonas Ellingsen und Torill Gulbrandsen. Die kennen sich mit Pilzen so gut aus wie ich. Und ich habe nicht vor, mit meinem begrenzten Sachverstand einen Rat hervorzuzaubern, wenn wir drei Hirne zur Verfügung haben. Sie wissen schon Bescheid von wegen Arztgeheimnis oder so. Wir Wissenschaftler haben auch unsere Ehre und kein anderer erfährt von unserer Untersuchung außer Dir. Neugierig sind wir aber auch.« Er blickte auf die Tüte, die jetzt unter Solbergs Stuhl lag.

»Nur soviel«, erklärte Solberg, »ich musste im Befund eine Verdachtsdiagnose angeben und es ist mir nichts weiter eingefallen als ICD10-B48.«

Ein virtuelles Fragezeichen machte die Runde und manifestierte sich in den fragenden Blicken.

»Entschuldigung, das sagt Euch vielleicht nicht viel. Der ICD10 ist eine internationale Klassifikation von Diagnosen. B48 bedeutet nicht mehr als *Sonstige Mykosen, anderenorts nicht klassifiziert*, mehr ist mir auf die Schnelle nicht eingefallen. Ich meine, einen Fuß- oder Nagelpilz oder einen reinen Vaginalpilz würde ich sicher erkennen. Aber hier war er ja auf der Haut ausgebreitet und kam offenbar auch von innen, aus der Lunge vermute ich am ehesten.« Solberg unterbrach seinen plötzlichen Redefluss, angesichts der schweigenden Mehrheit seines exklusiven Publikums.

Nur Jonas meldete sich leise zu Wort und beugte sich dabei über den Tisch. »Vom IDC-10...«

»ICD, *International Classification of Diseases*", korrigierte Solberg.

»Ja genau, vom ICD-10 habe ich schon gehört. Aber sind da auch Bodenpilze dabei? Ich meine, mit humanpathogenen Pilzen, also die Menschen krankmachen, haben wir ja nicht so die Erfahrung.«

Haug Solberg dozierte jetzt.

»Nun, im Grunde kann jeder Pilz krankmachen. So wie viele Bakterien dem gesunden Menschen nichts anhaben, einen immungeschwächten Menschen aber sehr wohl krankmachen können. Was ich da vorläufig aufgeschrieben habe, meint Mykosen, also Pilzkrankheiten, durch Pilze geringer Virulenz, die eine Infektion nur dann hervorrufen können, wenn bestimmte Voraussetzungen gegeben sind, zum Beispiel schwere Krankheiten oder die Anwendung bestimmter Medikamente oder eine Strahlentherapie. Der größte Teil solcher Pilze lebt normalerweise im Erdboden oder in verfaulenden Pflanzen.«

»Hast Du Bakterien ausgeschlossen?« fragte Ole Mikkelsen.

»Nein, kann ich nicht. Da ist soviel Zeug in der Probe, dass man das nicht auseinanderhalten kann. Allerdings, bei soviel Myzel muss der Pilz oder die Pilze eine Rolle spielen, entweder als primärer Faktor oder im Gefolge einer anderen Ursache. Ich sagte ja, einen stinknormalen Fußpilz hätte ich erkannt. Mir fällt auch ein, dass es Pilzinfektionen auf der Haut und in den Lungen gibt, also genau wie in diesem Fall. Ich müsste nachschlagen was das genau ist. Der Erreger tritt dabei jedenfalls über die Atemwege in den Körper ein und breitet sich nach und nach über den ganzen Organismus aus. Und Jan Eide hat furchtbar gehustet. Und seine Frau auch.«

»Wir kümmern uns darum. Wenn Du nachher einfach die Tüte liegen lässt...«, beschwörte Mikkelsen seinen Freund. »Wir sollten jetzt etwas essen.«

»Ihr müsstet aber schnell an die Arbeit«, warf Solberg ein. »Vielleicht gibt es ein Medikament.«

Freitagnachmittag

Knud Ole Mikkelsen, Jonas und Torill hatten alles stehen und liegen gelassen. Sie hatten einen geheimen Eilauftrag. Jeder hatte seinen Teil beizutragen und sie hatten sich die Arbeit aufgeteilt: Jonas betrachtete die Probe unter dem Lichtmikroskop, Torill studierte die Literatur und Mikkelsen telefonierte mit Kollegen in aller Welt, wobei die meisten allerdings um diese Zeit schliefen. Um 18 Uhr wollten sie sich treffen und ihre ersten Ergebnisse zusammentragen. Da saßen sie nun in Mikkelsens Büro und jeder hatte eine Tasse mit frischem Kaffee in der Hand.

»Ich erkläre die Konferenz für eröffnet«, hub Mikkelsen feierlich an. »Jonas beginnt.«

Jonas hatte seinen Laptop auf den Schreibtisch des Professors gestellt und zeigte stolz auf den Bildschirm: »Ich habe die Proben aufgeteilt in Original, gereinigt und kultiviert. Hier zeige ich Euch Fotos vom Original. Wie Ihr seht, handelt es sich um eine ziemlich diffuse schleimige Masse. Bei entsprechender Vergrößerung sieht man auf dem nächsten Bild bunte Kolonien in Strähnen verlaufend. Das sind verschiedene Bakterien, wobei ich anhand der Farbmischungen darauf schließen würde, dass es keine vorherrschende Art gibt oder dass es auch andere Verunreinigungen sein können. Das ist jetzt nur grob geschätzt, denn auf dem nächsten Foto seht Ihr, dass Pilzmyzel hier eine ganz dominante Rolle einnimmt.«

»Das ist immer noch das Original?« fragte Mikkelsen dazwischen.

»Ja, aber hier kommt ein Bild von der gereinigten Version. Das heißt nichts Anderes, als dass ich Pilzsubstanz mit der Pinzette herausgenommen und in destilliertes Wasser gelegt habe. Das Zeug habe ich dreimal gespült, also Pilzsubstanz jeweils in frisches Wasser gelegt – unsteril, versteht sich. Was seht Ihr?«

»Kenne ich«, rief Torill übermütig.«

»Ich sehe Myzel und etwas wie Sporen, Kügelchen halt, Konidien. Aber das können auch Verunreinigungen sein.«

»Richtig«, bestätigte Jonas den Kommentar des Professors, ohne auf Torills Hurraruf einzugehen. »Es mögen Verunreinigungen dabei sein, aber was da leblos im Wasser schwimmt, scheinen mir auch Konidien zu sein. Der Pilz bildet also Nachwuchs.«

»Gut gemacht«, freute sich Mikkelsen, »aber tut er das wirklich? In der kurzen Zeit hast Du bestimmt keine Reinkultur züchten können.« Es klang eher nach einer hoffnungsvollen Frage.

»Natürlich nicht. Ich habe das gereinigte Myzel auf einfachem Agar ohne Nährsubstrat ausgestrichen. Aber jetzt müssen wir warten. Immerhin ist es mehr oder weniger konkurrenzlos. Hier habe ich eine Vergrößerung von gerade eben; ein bisschen scheint es schon zu wachsen.«

»Kenne ich«, rief Torill erneut.«

Jonas ließ sich nicht unterbrechen: »Was sehen wir? Hier Myzel, hier und hier und hier«, er zeigte mit einem Kugelschreiber auf winzige Ausbuchtungen an Pilzfäden, »beginnen Konidienträger zu wachsen. Und da auch...«

»Deine Hoffnung in Ehren«, raunte Mikkelsen, »aber das muss abgewartet werden. Stell sie in den Brutschrank bis

Montag. Es ist Feierabend.« Er erhob sich und seine Hand im Gehen.

»Ich bin morgen um Mittag im Labor«, rief Jonas ihm nach.

»Ich auch«, stimmte Torill ein.

Samstagmittag

Jonas war schon gegen elf Uhr da und betrat das Labor, leise mit sich selbst sprechend: »Und es werden überall Konidien sein, kettenförmig an den Konidienträgern und massenhaft einzeln.« Er öffnete den Brutschrank, nahm eine Agarschale heraus und stellte sie unter das Fotomikroskop. Er wollte eigentlich zuerst Kaffee kochen, vergaß es aber in dem Moment, wo er die richtige Fokussierung hatte und begann sofort damit, zu fotografieren, was er sah. Bei weiterer Vergrößerung sah er, dass die Sporen ellipsoidisch waren und in der Masse eine leichte blau-violette Färbung hatten.

Die Tür ging auf und herein kamen Torill und Mikkelsen.

»Ach, Ihr seid wohl neugierig«, begrüßte er sie mit einem stolzen Lächeln. »Dazu habt Ihr auch Grund. Seht Euch das an.«

Mikkelsen schaute als erster wortlos in das Mikroskop, drehte hier und verschob das Objekt, veränderte den Lichtwinkel und begann nun selbst, Fotos zu machen, immer noch schweigend. Torill verging vor Neugier, bis der Professor endlich zur Ruhe kam: »Das ganze ist noch ziemlich grob und schnell geschossen, aber vielleicht können wir diesen Pilz schon bestimmen. Ich sehe jedenfalls nur eine vorherrschende Pilzart.«

»Und wenn wir am Montag eine ausgewachsene Kultur haben, können wir damit auch Tests machen«, freute sich Jonas.

»Tests?« Torill machte ein entsetztes Gesicht. »An wem?«

»Naja«, bemerkte Mikkelsen, »ich hätte jedenfalls nicht gedacht, dass wir so schnell herankommen. Wenn dieser Pilz die Ursache ist, muss Haug Solberg wissen, was man dagegen tun kann. Und wir müssen ihn bestimmen.«

»Habe ich schon«, erklärte Torill enthusiastisch.

»Wie das?« brummte der Professor. »Du wusstest doch nicht, wonach wir suchen.«

»Ich habe sämtliche vorhandene Literatur überflogen und weiter im Internet recherchiert. Eingegrenzt habe ich auf Pilze, die nicht besonders als humanpathogen bekannt sind, sondern eher bei geschwächten Patienten zusätzlich auftreten. Das Tolle ist, dass ich mich an Fotos erinnert habe, während Jonas seine ersten Fotos gezeigt hat. Und dazu habe ich einen passenden Kandidaten, vielleicht.«

»Das hast Du clever eingegrenzt«, bemerkte Mikkelsen. »Jetzt sag schon: Wer ist der Übeltäter?«

»Ich war noch nicht fertig. Pass auf. Paecilomyces lilacinus ist mein Hauptkandidat. Wir kommen damit näher an unsere eigene Wissenschaft als uns lieb sein kann. Paecilomyces lilacinus gilt als nematophag, er befällt also gern unsere lieben Fadenwürmer und ist damit ziemlich bekannt. Er tritt aber auch als Infektionserreger bei Tieren auf und hat keratinophile Eigenschaften, d. h. er besiedelt Keratin, wie es in Haaren und Vogelfedern ist. Denkt jetzt mal weg von den Vögeln. Wir kennen solche Pilze auch von Rentieren.«

»Willkommen in der Heimat«, jauchzte Jonas.

»Pass auf. Es kommt noch mehr. Für den Menschen stellt die keratinophile Eigenschaft von Paecilomyces lilacinus eine Gefahr durch Hautinfektionen dar. Hier spricht man von Hyalohyphomykosen. Die wurden auch schon bei gesunden Personen beobachtet, die keinerlei Vorerkrankungen oder Hautverletzungen hatten, die eine Infektion begünstigt hätten. Eine erfolgreiche Behandlung war in diesen Fällen mit dem Antibiotikum Itraconazol möglich. Es wurden auch Fälle von Atemwegserkrankungen wie die Infektion der Nasennebenhöhlen und Lungenabszesse dokumentiert. Was sagt ihr nun?«

»Ole?« fragte Torill.

»Ole!« sagte Jonas.

Ole Mikkelsen war still geworden. Er musste nachdenken, wie er das alles abgleichen konnte. »Ich mache es kurz«, reagierte er endlich. »Ich habe eigentlich nur einen Kollegen in England ans Telefon bekommen. Und wisst Ihr, worauf er getippt hat? Nein, nicht raten. Ich sage es Euch: Paecilomyces lilacinus wäre sein Hauptkandidat.«

Wenn es auch kein Jubel war, so war doch Stolz und Freude auf den Gesichtern der drei Wissenschaftler zu sehen, die glaubten, das große Rätsel von Svalbard gelöst zu haben. Es war der Doktorand, der sie wieder auf den Boden zurückholte.

»Was kann Solberg mit diesem Namen anfangen? Vorausgesetzt wir liegen einigermaßen richtig?«

»Na, ich sagte doch, dass es ein Antibiotikum gibt«, erklärte Torill.

»Ja, Ihr habt beide Recht«, bestätigte Mikkelsen. »Wir müssten einigermaßen sicher sein, dass das der Erreger ist und ob das Antibiotikum oder etwas Anderes helfen kann. Aber eigentlich sind jetzt die Ärzte am Zuge. Ich rufe Haug an und sage ihm, was wir im Geheimen herausgefunden haben. Was mich aber auch interessiert ist: Was hat Jan Eide angestellt? Wo und wie hat er sich das eingefangen? Und wie geht es seiner Frau?«

Montagmorgen

Jan Kristian Eide war in der Nacht verstorben. Todesursache unbekannt.

Camilla Inger Eide war am frühen Morgen verstorben. Todesursache unbekannt.

3. Aleppo, Syrien, 2012

Freitag, 15. Juni

Noch einmal blickte Matthias über die weite Ebene. Es war sonnig und angenehm warm an diesem Vormittag. Der *Damascus Aleppo International Way* flimmerte bereits, wie an jedem Sommertag. In einer knappen Stunde würde man ihn über diese Straße zum Flughafen bringen. Es war der Tag des Abschieds. Sein Auslandssemester ging zu Ende. Wie würde es hier weitergehen?

Drüben an den Lagerhäusern waren einige Techniker am Werke, Geräte zu verpacken. Der Arabische Frühling vor einem Jahr hatte hier weiter auf sich warten lassen. Dazu war alles zu verfahren und verworren. Aus den Nachrichten wurde Matthias auch nach sechs Monaten nicht schlau und die Feldarbeiter konnten ihm die Lage ebenso wenig erklären wie die Wissenschaftler es versuchten.

Im nahen Aleppo rumorte es immer deutlicher. Nicht nur in der Ferne stiegen Rauchwolken auf. Sogar hier im *International Center for Agricultural Research in the Dry Areas*, 30 km südlich der großen Stadt, hörte man immer öfter Schüsse. Die Tel Hadya Forschungsstation des I-CARDA mit ihrer großen Genbank war ein bedeutendes Projekt in dieser Nahostregion. Als Forschungseinrichtung der Beratungsgruppe für internationale Agrarforschung trugen seine Wissenschaftler dazu bei, landwirtschaftliche Produktionsmethoden in den Trockengebieten der Erde zu verbessern.

Schon vor einer Woche war beschlossen worden, die Verwaltung hier zu räumen und das Hauptquartier nach Beirut zu verlegen. Die Genbank war bereits gerettet, in aller Eile wegtransportiert. ICARDA war eine von 11 internationalen Genbanken, die einige der wichtigsten Nutzpflanzen der Welt mit Argusaugen bewachten, und es wurden hier über 100.000 Saatgutpakete von alten Weizensorten, Hartweizen, Linsen, Gerste und Favabohnen bei kühlen Temperaturen aufbewahrt. Der Speicher in diesem Forschungszentrum versorgte außerdem Bauern in trockenen Gebieten im Nahen Osten mit Saatgut. Gleich nach dem ersten Stromausfall wurde veranlasst, dass die Sammlung auf Saatgutspeicher auf der ganzen Welt verteilt wurde. Im März 2012 wurde das letzte Saatgut zur *Svalbard Global Seed Vault* geschickt. Gerade noch rechtzeitig, bevor noch mehr bewaffnete Männer in fadenscheinigen Uniformen auftauchten und säckeweise die letzte Weizenernte beschlagnahmten. Mehr hatten sie nicht gefunden; sie schrien die Leute an und schwenkten ihre Gewehre, waren dann aber schnell auf ihre Lastwagen gesprungen und losgefahren, wie sie gekommen waren.

Matthias hatte nur seine eigenen Sachen zu packen. Und seine Erinnerungen – die guten wie die bösen.

Zu den guten Erinnerungen zählten Souriana und Sanaa, mit denen er so viel schöne Zeit verbracht hatte. Werktags waren sie praktisch immer in seiner Nähe. Die hübsche Souriana Almassarani, die als Ingenieurin mit ihm zusammen Testreihen aufsetzte und auswertete, und die quirlige Sanaa Mohadeen, als Technische Assistentin unverzichtbar bei allem, was man hier tagsüber zu erledigen hatte. Nachts und am Wochenende sah es etwas anders aus. Mathhias erinnerte sich wehmütig an die Ausflüge mit Souriana nach Aleppo, wo sie am Samstagabend des öfteren das Nachtleben genossen. Am Ende eines dieser Abende hatten sie ganz ungeplant ein Hotelzimmer genommen, weil sie es nicht mehr zurück schaffen oder schaffen wollten. Und weil es die schönsten Nächte ihres Lebens waren, wurde es zu einer kleinen Gewohnheit. Matthias Hellborn, der Frauenheld von Aleppo.

Es war Sanaa nicht entgangen, dass sie sich ohne sie vergnügten. Sie war volljährig und kam kaum einmal heraus aus ihrem Bauerndorf. Die Jungs in der Gegend waren sehr wohl hinter ihr her, kniffen sie sogar offen in den Po und machten eindeutige Angebote, ehrlich und dumm, wie sie waren. Aber sie führte sie nur an der Nase herum und ließ sie dann abblitzen.

Sanaa wollte in die Stadt und bettelte eines Samstags so lange, bis Matthias und Souriana sie mitnahmen. Wie immer fuhren sie mit dem Bus ins Zentrum, begannen den Abend in einem Restaurant in der Nähe des öffentlichen Parks und schlenderten anschließend umher. Sie besuchten noch zwei Bars und mussten dann feststellen, das Sanaa zu viele Cocktails getrunken hatte. Sie kicherte ständig und machte sich über die traurigen Soldaten lustig, die hier irgendwie Abwechslung suchten, blickte immer wieder zu ihnen hinüber, drehte sich lachend zur Theke um und hielt eine Hand vor den Mund, während sie ihr Glas mit der anderen ebenfalls zum Mund führte. Zwei Soldaten wurden darüber weniger traurig, dafür aggressiver. Mit finsterer Miene kam einer von ihnen zur Theke und warf wortlos Sanaas Glas um. Das war deutlich genug. Während Souriana den Mann mit einer freundlichen Entschuldigung bezirzte, packte Matthias die kichernde Kleine unter dem Arm und zerrte sie wortlos aus dem Etablissement auf die Straße. Souriana folgte nach einer Minute.

»War das nötig?« fauchte sie Sanaa an. »Wir wollten einen schönen Abend haben. Und Du machst uns nur Schererein.«

Sanaa übergab sich. Das Kichern war beendet und der Abend auch. Nur leider war Mitternacht vorbei und es fuhr kein Bus zurück. Ohnehin hatte das Pärchen eigentlich nicht vor zurückzufahren, sondern ihre Stammabsteige anzupeilen. An die junge Gefährtin hatten sie nicht gedacht. Nun, dann musste sie eben mit, sie würde ohnehin schlafen wie ein Stein. So war es denn auch. Der Hotelwirt machte große Augen und zwinkerte Matthias lächelnd zu, aber er gab ihm ohne weiteren Kommentar den Schlüssel zum Doppelbettzimmer. Wie ein kleines Kind wurde Sanaa in Unterwäsche zu Bett gebracht und war sofort eingeschlafen. Matthias machte sich an dem kleinen Fernsehgerät zu schaffen, wählte die paar Sender durch, um letztlich nur Hintergrundgeräusche mit Musik einzustellen.

Der Boden war mit einem fleckigen harten Teppich ausgelegt, aber Souriana hatte sich vollständig entkleidet mit einem Kopfkissen neben dem Doppelbett niedergelassen und streckte die Arme nach ihm aus. Es dauerte nicht lange und sie fanden sich in verschlungener Position zärtlich beieinander. Matthias streichelte immer fester Sourianas vollkommenen Körper, massierte ihre Brustwarzen und dann den Po, rollte sie bäuchlings und drang von hinten in sie ein. Souriana stöhnte immer lauter. Die Ekstase ließ sich laut vernehmen. Nach dem Höhepunkt lag Souriana ganz still und entspannt. Sie lächelte nur, während Matthias seinen Kopf hob in der Hoffnung, dass Sanaa über ihren Liebesakt nicht aufgewacht war.

Sanaa saß im Bett und starrte ihn mit ihren dunklen Augen an. Vielleicht wollte sie nur sehen, wer da neben dem Bett lag. Oder sie war noch verwirrt und benommen, als sie sich wie eine Katze quer über das Bett bewegte, die kleinen Brüste im Schein der Nachttischlampe aufreizend wackelten, ihre Hand am Bettrand nach unten glitt und ein großes schlaffes Glied fand. Vielleicht hatte sie damit noch keine Erfahrung, doch schon begann sie, es hin und her zu bewegen, als hätte sie nie etwas Anderes gemacht. Keiner sprach ein Wort. Sanaa massierte weiter, während sie sich aufrichtete und Matthias ihre Zunge in den Mund schob. Keiner sprach, als Souriana von hinten seinen Po küsste, ihre Hände um ihn herum zu Sanaas Brüsten wanderten. Keiner sprach, als Matthias sich seiner Sinne beraubt in nie gekannter Situation befand und die ungeheure Kraft der Atmosphäre auf sich einwirken ließ. Souriana richtete sich ebenfalls auf, zog sanft seinen Kopf zu ihr und löste Sanaas Zunge gegen ihre ab. Eine Träne lief über ihre Wange, als sie zärtlich hauchte: »Nimm sie – sie braucht Dich jetzt.«

Er nahm sie dankbar und voller Begierde.

Danach in Tel Hadya war diese Nacht kein Thema mehr. Sie gehörte zu seinen ganz besonders guten Erinnerungen. Souriana und er waren mehr als Kollegen. Sie hatten sich mehr als angefreundet. Souriana wollte ihn in seiner Heimat besuchen oder mit einem Stipendium, wenn es denn eines von den internationalen Organisationen gab, nach Deutschland kommen. Es sollte so kommen, nur anders.

Zu den bösen Erinnerungen gehörte der
   Freitag, 24. Februar

Der Himmel war grau in diesem sonst so schönen Land. Die Temperatur lag fast am Nullpunkt und Matthias Stimmung passte sich der Umwelt an. Es war fast wie zu Hause in Bonn, sogar dünne tiefe Nebelschwaden lagen über den Feldern.

Matthias pumpte sein Fahrrad auf, wie jeden Morgen, und strampelte seine Fitnessrunde durch die Felder um die Forschungsstation, wie jeden Morgen. Auf dem schmalen nassen Weg rutschte er ein wenig und musste schließlich an einer Pfütze absteigen. Rechts an dem kleinen Graben sah er einen niedrigen Erdwall, der ihm nie zuvor aufgefallen war. Was er sah, wollte er nicht glauben. Starr blickte er auf die rotbraune Masse aus Kleidungsstücken, Armen und Beinen. Und auf den violetten Schleim, der alles umgab. Er hielt sein Fahrrad fest im Griff, bereit zum Aufspringen und Losfahren, bevor auch ihn ein Söldner oder Bandit erwischte, der irgendwo im Feld noch lauerte. Er blickte noch einmal hinunter und würgte, sprang dann auf den Sattel und erreichte die Station kurz darauf schweißgebadet und bleich wie die weiße Wand des Labortrakts, auf die er das Fahrrad taumelnd zuhielt. Der Landarbeiter Abdillaziz Shikhani und seine Schwester Mehriban fingen ihn schreiend ab, bevor er auf den Hof zu stürzen drohte.

Aber sie schrien nicht seinetwegen. Sie hatten ihn kommen gesehen und riefen um Hilfe. Mehriban schrie mit ihrer grellen Stimme so laut und gestikulierte mit den Armen, dass es Matthias vom Fahrrad riss und er langsam zu Boden sackte. Dort saß er benommen zwischen den Schreienden und verstand nichts von dem, was sie von sich gaben. Endlich zog Abdillaziz ihn vorsichtig am Arm hoch und bedeutete ihm mit einem Wink, ihm zu folgen. Die beiden zogen ihn zu dem unbeheizten Gewächshaus neben dem Technikgebäude, das zurzeit nicht genutzt wurde. An der Tür hing ein Schild: »Access prohibited for unauthorized persons«. Matthias sog die feuchte Luft ein, die hier drinnen fast noch kälter war als draußen, und der Geruch nach Schimmel und Schweiß ließ ihn sofort sein Taschentuch vor die Nase ziehen. Langsam fand er wieder zu sich und sah in die schreckgeweiteten Augen der Landarbeiterin, die in eine Ecke zeigte. »Mohamad! Here!« war alles, was sie herausbrachte.

Der alte Mohamad Alhomsi war zweifellos tot. Und zweifellos keines geruhsamen Alterstodes gestorben. Und ohne Zweifel entstellt. Matthias ging langsam auf ihn zu in Richtung des Pflanztisches, neben dem er lag. Abdillaziz schob ihn im Rücken, Mehriban zog ihn am Ärmel, als wollte sie ihn zurückhalten. Aber es gab kein Drängen und Halten. Matthias würgte erneut und drehte sich starr zur Seite. Die Geschwister Shikhani gestikulierten und schienen mit ihrer Ersten Hilfe-Leistung zufrieden. Sie schoben ihn ins Freie, wo er sich gleich auf den Boden setzte, an die Glaswand gelehnt und mit einem Taschentuch vor dem Mund.

Es waren noch nicht viele Leute da, acht Uhr war für syrische Verhältnisse keine Uhrzeit, um mit der Arbeit zu beginnen. Nach und nach trudelten die Arbeiter und Angestellten ein und irgendwann schloss sich Abdillaziz ihnen an. Mehriban saß neben Matthias und bewachte die Tür, die von allen ignoriert wurde, weil dahinter sowieso nichts zu tun war. Matthias fragte die Syrerin, worauf sie warte und verstand, dass sie auf echte Hilfe wartete, nämlich Al Emam. Der Institutsleiter kam nach weiteren zehn Minuten auf den Hof gefahren, im Gepäck seinen Gast aus Großbritannien. Das also sollten die Totengräber sein: Professor Salim Shams Al Emam und Professor Harold Burger. Mehriban sprang beim Anblick des alten Mercedes auf und und holte die beiden ein, die sich bereits auf direktem Weg zum Verwaltungsgebäude befanden. Nach einigem Gestikulieren und Fingerzeigen begaben sich die drei ins Gewächshaus und schlossen die Tür hinter sich. Matthias rappelte sich auf und wollte ihnen folgen, aber Al Emam stand gleich hinter der durchsichtigen Tür und hob die Hand mit fünf gespreizten Fingern zu einem ‚Stopp'.

Noch eine böse Erinnerung hatte Matthias an den
Mittwoch, 13. Juni

Es war gegen elf Uhr, als die Sonne bereits so heiß schien, dass in Tel Hadya alle, die auf dem Feld arbeiteten, der Mittagspause entgegensehnten, obwohl sie erst ein oder zwei Stunden bei der Weizenernte waren. Arbeiter, Wissenschaftler, ihre Maschinen und Geräte waren in Gruppen auf dem fast 1.000 Hektar großen Gelände der Forschungsstation verstreut. Von den über 600 Mitarbeitern mochte gut die Hälfte draußen gewesen sein, als am Horizont Streifen zu sehen waren, die von Osten in Richtung Aleppo zogen, sicher nicht dorthin, wo sich der Flughafen befand. Und es waren auch keine Flugzeuge, sondern Spuren von Raketen, die seit einigen Tagen und Nächten in verschiedene Richtungen verliefen.

Auf dem *Damascus Aleppo International Way* war seit Tagen starker Verkehr in beiden Richtungen, Militärfahrzeuge mit Fahnen, die nur teilweise zuzuordnen waren, Lastwagen, die mit was auch immer voll gepackt waren waren in Richtung Aleppo unterwegs und solche, die mit Menschen vollgepackt waren, in entgegengesetzter Richtung. Dazwischen die üblichen Vehikel wie Fahrräder, kleine Traktoren und Autos. An das ständige Brummen hatte man sich fast gewöhnt, aber heute mischte sich ein tieferer Ton dazwischen. Er kam nicht von der Hauptstraße, sondern aus Richtung Norden, von Al-Barfoum her. Auf dem unbefestigten Weg sah man sie kommen: Panzer und andere Militärfahrzeuge in einem unglaublich langen Konvoi. Zunehmend verwandelte sich der Tiefton in ein Dröhnen. Sie kamen näher und eine Arbeitergruppe nach der anderen lief wie kleine Dominosteine zu ihren Fahrzeugen oder direkt zu den Gebäuden der Station. Auch Matthias, Souriana und Sanaa sprangen auf den Anhänger am Schlepper, der schon Fahrt aufgenommen hatte. Sie blickten in Richtung des Konvois, der von dem Feldweg abbog und sich direkt durch Weizen und Äcker seinen Weg nach Süden bahnte. Oder Südosten oder im Zickzack, denn eine wirkliche Linie bildeten sie nicht. Umso größer war der Schaden zu erwarten, den sie anrichten würden. Wertvolles Saatgut in voller Reife beugte sich der Last des Militärs. Wie es aussah, war es syrisches Militär, aber wer wollte das genau sagen? Es hieß, die al-Nusra Front wäre nach Aleppo infiltriert. Aber dort war zurzeit eher die Freie Syrische Armee auf dem Vormarsch. Vom Hörensagen und -verstehen wusste Matthias, dass die al-Nusra Front schon im Januar in Aleppo war. Im März hatte es offiziellere Berichte über Kämpfe in Aleppo gegeben, über al-Nusra, unterirdische Durchgänge und Schießereien mit Assads Soldaten oder anderen Rebellen. Irgendwie waren sie mit der al-Qaida verbandelt oder abgespalten. Aber dieser Konvoi war zu groß für paramilitärische Einheiten.

Nach einer guten Stunde hatte sich der Schrecken gelegt. Es war kein Schuss gefallen. Das Dröhnen war in der Ferne versunken und hatte zum Glück nur eine tiefe Spur in der Krume hinterlassen. Folgenlos blieb das Ereignis aber nicht. Im Gegenteil. Man hatte endgültig beschlossen, das Forschungszentrum zu verlassen.

Freitag, 15. Juni

Noch einmal blickte Matthias über die weite Ebene. Es war sonnig und angenehm warm. Ein Wagen fuhr vor, um ihn über den flimmernden *Damascus Aleppo International Way* zum Flughafen zu bringen. Es war Mittagspause. Souriana fuhr mit und begleitete ihn bis zum Gateway im *Aleppo International Airport*. Sie gab ihm einen leidenschaftlich langen Abschiedskuss und das erneute Versprechen, ihn in Deutschland zu besuchen. Dann war Matthias fort.

4. Bonn/Hennef, 2018, 18. bis 21. Januar

Bonn-Poppelsdorf, Donnerstagvormittag

Bernhard Ross rief seinen erfahrensten Doktoranden Errol Bendt in den Mikroskopierraum. Ohne Umschweife hieß er ihn, einen Mundschutz und Einmalhandschuhe anzuziehen, dann zeigte er auf das Mikroskop mit dem kleinen Präparat im Fokus.
»Was siehst Du da?«.
Errol setzte sich vor das Vergrößerungsgerät und stellte fest, dass das Objektiv auf 100-fache Vergrößerung eingestellt war.
»Etwas sehr Kleines«, sagte er spontan, ohne ins Okular geschaut zu haben.
Der Hochschullehrer verschränkte die Arme und tippte schweigend mit dem rechten Finger auf dem linken Oberarm auf und ab.
»Ok«, beeilte sich Errol zu sagen. »Mal sehen, was wir da schönes haben.«
Er stellte das Mikroskop auf seinen Augenabstand ein, fokussierte etwas hin und her, verschob das Präparat vorsichtig in alle Richtungen und gab dann die fachmännische Antwort: »Myzel.«
»Was noch?« wollte Ross wissen.
Errol hatte ein Lob erwartet, aber so schwer war das Objekt für seinen Wissensstand auch wieder nicht zu diagnostizieren. Etwa so, als würde ein Lungenarzt sagen ‚Sie haben Husten.'

Errol war unsicher. Abgesehen von dünnen durchsichtigen Pilzfäden waren Schmutzteilchen zu sehen, Reste von Erde und Pflanzen, und kleine elliptische Kügelchen. Den Jungwissenschaftler packte der Ehrgeiz, keine falsche Antwort zu geben und er bekundete seine Erkenntnis mit aufsteigender Tonhöhe:

»Konidien?«

»Einfach so Sporen?« Das Armtippen wurde hörbar.

Errol kam sich vor wie in einer vorzeitigen Abschlussprüfung. Der wollte ihn testen.

»Ich bin noch kein Mykologe«, wich er seitlich aus, um dann auf die Zielgerade zuzusteuern: »Myzel, Konidienträger und Konidien, kettenförmig abgeschnürt und einzeln. Ein Pilz.«

»Sonst noch etwas? Ich meine außer Pilz?«

»Eigentlich nur der Pilz und Schmutzpartikel.«

»Lass uns in mein Büro gehen.«

Der Professor und sein Jünger nahmen ihren Mundschutz ab, zogen die Handschuhe aus und steckten alles in eine Tüte, die Errol verschloss. Da er nun nicht wusste, wohin damit und ob und wie gefährlich dieser Pilz vielleicht war, behielt er die Tüte in der Hand.

Ross saß schon an seinem Schreibtisch und tippte mit dem Bleistift auf die Unterlage.

»Ich habe eben mit Ole Mikkelsen telefoniert. Kennst Du ihn?«

Errol wackelte leicht mit dem Kopf.

»Sieht nach ‚nein' aus«, fuhr Ross fort. »Knud Ole Mikkelsen arbeitet im UNIS in Longyearbyen auf Spitzbergen. Die hatten auf Spitzbergen - oder Svalbard wie sie da sagen - einen Fall mit einem Pilz, der vermutlich zwei Menschen getötet hat.«

Errol hob die Hand wie ein Schüler, der sich zu Wort meldet.

»Siehst Du etwa hier eine Parallele zu Mia?«

Ross' Miene verfinsterte sich dramatisch.

»Ob ich da etwas sehe oder nicht - ich sehe einen Pilz, den ich aus den Wattebäuschen da unten im Keller einfach mit einer Pinzette entnommen habe. Und dieser Pilz ist offensichtlich ganz schnell und prächtig gewachsen. Und alles, was Du und ich eben gesehen haben, sind Myzel und Konidien, also Pilzfäden und Sporen, mit denen er sich vermehrt. Ich will wissen, was das genau für ein Pilz ist und ob er die Ursache für Mias..., Mias Krankheit oder was sein kann.«

»Wie...?«

Ross unterbrach die Frage im Ansatz.

»Nicht wie, wer! Wer kann Pilze bestimmen?«

»Mykologen?«

»Ja, toll Errol, Dein Erstsemesterwissen ist erstaunlich. Wo gibt es denn solche Pilzkundler?«

»Nebenan im INRES?«

»Errol, antworte doch nicht ständig im Frageton, wenn Du es weißt. Kennst Du da jemanden - nebenan?«

»Flüchtig. Matthias. Matthias Hellborn. Der mit den Hörnern.«

Ross verstand die Anspielung auf den Nachnamen, befleißigte sich aber eines ernsten Gebarens.

»Also, geht doch! Du hast eine Antwort ohne Fragezeichen gefunden. Ich habe auch mit dem schon telefoniert. Steck das Zeug in ein steriles Gefäß und bring es ihm rüber. Er wartet auf Dich.«

Errol stand unschlüssig mit dem Präparat herum, als wäre er noch nicht überzeugt von seinem Auftrag.

»Bernhard?«

»Was noch?«

»Was war das eigentlich für ein Pilz, den Du aus London bekommen hattest?«

Bernhard zuckte kaum merklich zusammen.

»Harold Burger hat mir einen nematophagen Pilz geschickt. Eine tiefgefrorene Paecilomyces-Kultur. Er braucht sie nicht mehr.«

Errol traute sich nicht, weiter nachzufragen. Die Bodenprobe konnte alle möglichen Pilze enthalten. Eigentlich war er ziemlich sicher, dass Mia genau diese Pilzkultur aus London testen wollte. Aber Matthias sollte sich das ruhig mal ansehen.

Dr. Matthias Hellborn wartete im Institut für Nutzpflanzenwissenschaften und Ressourcenschutz INRES, Abteilung Pflanzenkrankheiten und Pflanzenschutz. Er begrüßte Errol wie einen alten Freund, woraufhin dieser ihm etwas verlegen die zugeklebte Petrischale mit dem ominösen Fund übergab.

»Hast Du auch Pflanzenteile mitgebracht«, fragte der Wissenschaftler.

»Pflanzen? Nein«, überlegte Errol, »es war nur Boden da.«

Mit einem mehrdeutigen »Aha« schritt Matthias zu einem Mikroskop und zur Tat. Er sagte lange nichts. Die Tat dauerte offensichtlich länger. Der Forscherdrang dehnte die Zeit. Errol nahm sich einen Hocker.

»Hm«, sagte Matthias endlich. Errol horchte auf wie der Hund bei der Stimme seines Herrn.

Aber das Schweigen blieb ungebrochen.

»Und«, fragte Errol leise, um den Forschenden nicht allzu rüde zu wecken, »kannst Du sagen, was es ist?«

»Ein Pilz«.

»Aha«.

Silentium.

»Naja, ein Bodenpilz, einer ohne richtigen Ständer und so, weißt Du?«

»Ich weiß, was ein Ständerpilz ist«, entfuhr es Errol etwas unwirsch ob des möglicherweise anzüglichen Hinweises.

»Ok, nach den Konidiophoren und Konidien zu urteilen könnte es Penicillium sein, aber da gibt es viele, und viele ähnliche. Die Klassifikation ist auch nicht ganz eindeutig. Sind alle sehr ähnlich.«

»Aha«.

Eine Weile noch drehte der Wissenschaftler an der Fokussierschraube und gab dann mit einem leichten Seufzer auf. Er schwieg noch eine Weile und starrte aus dem Fenster, als würde er im Kleinhirn nach einer uralten Erinnerung suchen.

»Ein Allerweltspilz.«

»Oh«.

»Um ehrlich zu sein, weiter komme ich nicht mit der Bestimmung.«

Matthias Hellborn war doch nicht eingeschlafen.

»Warum soll ich ihn eigentlich ansehen? Ross sprach von einer Mia und einer möglichen Infektion«.

Errol berichtete ihm kurz, was er wusste und endete damit, dass sein Boss einen Zusammenhang mit Mias Krankenhausaufenthalt in Betracht gezogen hatte.

»Nein, nein, nicht von so einem Pilz«, versuchte Matthias den Verdacht zu zerstreuen. Die Beruhigungsspritze wirkte nicht.

»Ich meine, es gibt eine Menge Pilzkrankheiten beim Menschen, aber dafür bin ich der Falsche. Wir hatten eher mal mit nematophagen Pilzen zu tun. Weißt Du?«

Errol richtete seinen Oberkörper auf und beantwortete die Frage gewissenhaft: »Selbstverständlich weiß ich, dass es im Boden Pilze gibt, die Fadenwürmer befallen. Sozusagen natürliche Antagonisten gegen Pflanzenschädlinge. Wo es was zu fressen gibt, finden sich immer Hungrige.« Im ersten Moment fühlte sich Errol stolz erhoben, im zweiten oder selben aber wieder wie ein Prüfling.

»Gut gesagt«, lobte der mit den Hörnern grinsend. »Hier gab es früher auch mehr Versuche mit dieser Art biologischer Schädlingsbekämpfung. Ich werde mich mal schlau machen. Wir könnten aber auch die Molekulare Phytomedizin in der Karlrobert-Kreiten-Straße einschalten. Ich glaube, die kennen sich da besser aus. Gib mir doch mal Deine Durchwahl, ich melde mich, sobald ich mehr weiß.«

Errol murmelte etwas Unverständliches und schrieb seine Telefonnummer mit einem Bleistiftstummel auf ein Blatt Handtuchpapier aus dem Spender.

»Und – magst Du mir die Probe hierlassen?« fragte Matthias zum Abschluss.

»Gerne, wir haben mehr als genug davon. Drüben ist noch mehr. Dann melde Dich bald. Der Boss will es wissen.«

Kaum war Errol durch die Tür, setzte sich Matthias zugleich ans Telefon und an seinen PC, um zu forschen.

Hennef, Mittwochvormittag

Thomas Brunell hatte das gute Gefühl, seine Zeit endlich wieder sinnvoll zu nutzen. Als kinderloser Witwer und Frührentner konnte er tun und lassen, was er wollte. Davon tat er allerdings immer weniger und ließ dafür umso mehr. Das einzige, was er stramm durchhielt, waren seine Streifzüge durch Wald und Feld, durch sein Revier, das am Abend auch gern die Dorfschänke einschloss.

Jetzt hatte er einen Todesfall aufzuklären. Tod durch Spinnen. Genau genommen waren die Spinnen noch ohne Zeugen und er hatte in diese Richtung noch wenig Erfolg zu verzeichnen.

Gleich am Dienstag war er zu dem Gebüsch gegangen und hatte alles im Umkreis von 20 Metern abgesucht nach Überbleibseln dessen, was er bislang nur im Dunkeln gesehen hatte. Er hatte Spuren gesehen. Der fast völlig getaute Schneefilm hatte zwar wenige Spuren preisgegeben, aber niedergedrückte Gräser und geknickte Brombeerzweige gaben ihm Auskunft und zumindest die Gewissheit, dass er am richtigen Ort war. Er belächelte sich selbst, wie er in alter Detektivmanier mit einer Briefmarkenlupe Pflanzen und Boden absuchte in wilder Absicht, ein paar Spinnen zu fangen. Es gab im Winter nichts zu fangen.

Heute war er früh mit einem Spaten und einem Eimer bewaffnet zur weiteren Ermittlung vor Ort erschienen und wurde dabei beobachtet, wie er in der Pflanzengruppe herumstach und etwas in den Eimer fallen ließ. Der Beobachter war Bernd Fuchs, der mit dem Traktor tuckernd näherkam und abstieg. Thomas kannte den Techniker vom Wiesengut lange und sah ihn oft genug am Tag auf dem Feld und abends in der Schänke.

»Hast Du endlich die Schatzkiste gefunden?« rief Bernd mit einem Sprung vom Schlepper und mit grünen Gummistiefeln auf ihn zukommend.

»Wer weiß?«, antwortete Thomas mit einem schelmischen Grinsen und zeigte dann auf den Eimer. Das habe ich jedenfalls gefunden. Wie sieht es aus?«

Bernd warf einen Blick in den Eimer, warf noch einen hinterher und dann einen auf Thomas.

»Zum Kotzen«, rief er etwas zu laut, als stünde er noch neben seinem Fahrzeug, und drückte damit einfach aber treffend sein spontanes ehrliches Empfinden aus. »Was soll das sein?«

»Eine Riesenspinne?« schelmte Thomas ungerührt mit einem Seitenblick auf den Angewiderten.

»Ja, Du spinnst. Echt riesig, der Erdklumpen.«

»Ein Aas?«

»Ein Aas aus Erde, ja«.

»Die Erde lebt. Das ist lebendiger Boden«.

»Wolltest Du nicht einen toten Schatz heben?«

»Im Ernst, Bernd, das könnte doch ein Kaninchen gewesen sein, oder?«

»Mit viel Phantasie könnte das mal so was gewesen sein«, bestätigte Bernd und sah noch einmal hin. »Aber was ist daran Besonderes?«

»Nun«, belehrte der Detektiv den Landtechniker, »es könnte wertvoll sein, ein Fund am Tatort, ein Hinweis auf den schrecklichen Mord, der hier geschehen ist.«

»Du spinnst echt!«

»Ich fand hier nichts als eine kleine Wölbung am Boden, und die habe ich jetzt im Eimer.«

»Das Kaninchen hat also den armen Mann ermordet?« stellte sich Bernd dumm und kratzte sich demonstrativ nachdenklich im Nacken. Natürlich wusste er, was Montagnacht passiert war und dass Thomas an dieser Stelle einen Mann gefunden hatte. Es war das einzige Gesprächsthema auf dem Versuchsgut und sicher auch darüber hinaus.

»Es geht nicht um das Kaninchen. Ich suche die schimmernden Fäden, die hier wie Spinnweben herum gehängt haben. Spinnennetze aus Fäden und Ringen. Die habe ich doch gesehen. Und jetzt ist nichts davon mehr da. Jedenfalls nicht sichtbar.«

Bernd blickte ernst und nachdenklich, zog ihn aber weiter auf: »Also Spinnen haben das Kaninchen ermordet?«

»Warte«, sagte Thomas und kramte aus seiner Mantelinnentasche die Handy-Fotos hervor, die er gemacht hatte. Der Beweis dafür, dass er nicht spann.

»Ich habe die noch keinem gezeigt. Was siehst Du?« Er hielt Bernd sein Handy so nah vor das Gesicht, dass der zurückwich, als ob er erschrocken wäre. Der holte nur seinerseits eine Lesebrille hervor und begutachtete das Beweisfoto.

»Oh, ein Baum im Hintergrund. Sonst ist alles schön weiß.«

Thomas versuchte das Bild zu vergrößern, aber damit verlor es an Schärfe.

»Es ist nicht alles weiß, es hat auch einen blauen Schimmer, und da sind Fäden. Er wischte das Bild zur Seite und kam damit zu Beweisstück Nummer zwei.

»Hier, sieh Dir das an.«

Bernd wiederholte seine Prozedur mit der Brille und nahm Thomas das Handy aus der Hand, um selbst einen Vergrößerungsversuch zu starten. Er schob das Bild etwas hin und her, entschlossen, den Detektiv irgendwie zu ermuntern, bevor er ihm leidtat.

»Tja«, seufzte er ehrlich interessiert, »hättest Du das Blitzlicht weggelassen, könnte man vielleicht etwas leuchten sehen. Es ist etwas bläulich, das stimmt. Der Baum ist braun. Der Baum steht senkrecht. Und wenn das keine Bildfehler sind, sind da irgendwie noch mehr Sachen senkrecht. Genau erkenne ich aber nichts.«

Thomas nahm sein Handy zurück und schaute noch eine Weile darauf. Es stimmte wohl, dass seine Fotos als Beweisstücke schwach waren. Die Realität in seinem Kopf konnten sie nicht auflösen.

Bernd versuchte weiter, den Hobbykriminalen zu ermuntern.

»Hast Du mal mit den Leuten vom IOL geredet? Die machen doch dauernd ihre Versuche hier. Ich muss mal weiter«.

»Gute Idee«, antwortete Thomas, »mach's gut!«

Gute Idee, dachte er im Nachhall der Worte, der im Traktorgeräusch unterging, sich aber als neuer Weg vor ihm auftat. Mit seiner Trophäe im Eimer wanderte er nach Hause.

Bonn-Poppelsdorf, Donnerstagnachmittag

Oliver Dencker war wissenschaftlicher Mitarbeiter im INRES, Molekulare Phytomedizin. Matthias Hellborn hatte seinen alten Kommilitonen und jetzigen Kollegen kurz angerufen und sie hatten sich für den Nachmittag auf eine Tasse Kaffee verabredet. Beide waren auf das Kaffeekränzchen gespannt, hatte doch Matthias einen interessanten Fall angedeutet, bei dem er Hilfe brauchte. Nach seinem dreistündigen Studium nematodenfressender Pilze über die Mittagspause hinweg fand er sich bereits auf einem Wissensstand, den er früher vielleicht einmal gehabt hatte, der aber nun erfrischt und aktualisiert genug erschien, um seinem Gesprächspartner folgen zu können.

Zur Beschleunigung hatte er mit dem Fotomikroskop bereits eine ganze Reihe Fotos von seinem Objekt gemacht und legte den USB-Stick gleich auf den Tisch, als ob Oliver seine Kenntnisse bereits durch die äußere Inaugenscheinnahme desselben ausbreiten könnte. Unaufgefordert nahm Oliver das Speichergerät und steckte es in seinen PC. Er überflog die rund 20 Fotos, auf denen fast immer das gleiche Objekt zu sehen war, und stellte dann seine enttäuscht klingende Frage: »Ok, Pilz. Du sprachst von einem Fall. Ist er das?«

»Ja, das ist das Präparat vom IOL. Der Fall ist, dass von denen eine junge Frau auf der Intensivstation liegt. Sie hatte auf jeden Fall Kontakt mit diesem Pilz, denn der wuchs in Unmengen aus den Bodenproben, mit denen sie gearbeitet hatte. Jetzt will Ross wissen, ob es da einen Zusammenhang gibt.«

»Hast Du das Präparat dabei?«

»Ja, klar«, Matthias überreichte seinem Kollegen eine Plastiktüte mit drei Petrischalen. »Ich hatte sie drei Stunden im Kühlschrank gelagert, aber besser werden sie leider nicht davon«, fügte er entschuldigend hinzu.

Oliver öffnete sogleich die Tüte und nahm eine Petrischale in Augenschein. Er sah sofort, dass es sich um eine kleine Sauerei handelte, eine Pilzentnahme aus dritter Hand, die wer weiß wie lange warm gestanden hatte und von Bodenresten und schleimigen Flecken überzogen war. Er zuckte die Schultern und Matthias schämte sich ohne Worte.

Dann legte Oliver die Schale wie sie war unter ein Lichtmikroskop, versuchte es mit verschiedenen Vergrößerungsstufen und der Beleuchtung, bis er einigermaßen zufrieden schien. Endlich begann er zu dozieren.

»Also die Tröpfchen hier sind Kolonien von Schimmelpilzen. Die sind überall. Was auffällt sind ziemlich viele Konidien, also Sporen, für die Fortpflanzung. Mit anderen Worten, er ist schon ziemlich reif, wie ein alter Käse. Und bald riecht er auch so. Farbe: durchsichtig, die Kolonien etwas bläulich-violett. Gemeinhin würde der Laie jetzt auf Blauschimmel tippen, aber der hier stammt nicht aus einer edlen Reinkultur und das Substrat ist kein Roquefort.«

»Den könnte man ja ungefährdet essen«, fühlte sich Matthias bemust beizutragen.

»Weiter kann ich sagen, dass es sich wohl um einen Pinselschimmel handelt, also Penicillium. Das sieht man leicht an den pinselartigen Konidienträgern mit den Konidien daran.«

Matthias nahm staunend zur Kenntnis, dass der Kollege nach drei Minuten Mikroskopie schon weiter war als er nach drei Stunden Lektüre.

»Aha!«

Der Schüler horchte auf.

»Nein.«

Schade, dachte der Schüler.

»Also. Nun ja. Pinselschimmel oder ähnlich. Ich wage mich einmal weit hinaus. Bekannt kommt der mir schon vor, weil er im Zusammenhang mit Nematoden in Verbindung gebracht werden könnte. Ich denke spontan an Paecilomyces lilacinus, weil wir den als Nematodenparasit kennen. Die Konidienträger bilden Wirtel von Seitenästen, an denen wiederum je 2-4 flaschenförmige Phialiden sitzen. Die Sporen sind ellipsoidisch und haben normalerweise violette Färbung. Das ist zumindest nahe dran. Pass auf, schau Du mal ins Mikroskop und sieh Dir an, was passiert.«

Sie tauschten die Plätze.

»Bei Erschütterung oder Luftbewegungen«, fuhr Oliver fort, »werden diese Konidien aufgewirbelt.«

Er schnippte mit dem Zeigefinger kurz gegen die Schale und bat um Bestätigung.

»Was siehst Du?«

»Ich habe es so schnell nicht richtig gesehen, aber es liegen jetzt doch viel mehr von den kleinen Sporen herum.«

»Richtig«, lobte der Wissenschaftler seinen Gesellen, »so können sich Schimmelpilze in der Luft schnell ausbreiten, dass kennt jede Hausfrau.«

»Oder Hausmann«, ergänzte Matthias um der politischen Korrektheit willen. Fachlich hatte er aber nicht mehr beizutragen. Stattdessen fragte er rundheraus: »Was macht der mit der Haut? Mit der menschlichen Haut? Pusteln und rote Flecken?«

Der Oberlehrer stutzte, als stellte sich diese Frage für ihn zum ersten Mal.

»Ach, ja. Der Fall«, besann er sich. »Naja, natürlich kann man sich Schimmelpilze überall fangen, wie alle Keime, die durch die Luft fliegen. Fußpilz überträgt man durch Kontakt- oder Schmierinfektion, etwa im Schwimmbad. Aber der ist glaube ich kein Schimmelpilz. Und was genau Paecilomyces lilacinus beim Menschen machen könnte, weiß ich nicht. Wir haben schon viel damit gearbeitet und wenn ich Angst vor einer Infektion hätte, würde ich jetzt nicht so ungeschützt hier stehen. Nein, ich glaube nicht, dass der bei Menschen etwas ausrichtet.«

»Bist Du sicher?«, fragte Matthias?

»Mir ist nichts davon bekannt. Wir hatten keine Probleme damit.«

»Bist Du wirklich sicher?«, bohrte Matthias nach.

»Soviel ich weiß, ist er sogar als biologisches Nematodenbekämpfungsmittel kommerziell zugelassen worden. Da müssten eine Menge Toxizitätstests vorangegangen sein.«

»Du bist also sicher.«

»Nein.«

Uff, was weiß ich jetzt alles? Und was soll ich Ross sagen? nutzte Matthias die allgemeine Denkpause.

»Ich mache Dir einen Vorschlag«, unterbrach Oliver die Gedankengänge. »Erstens haben wir hier noch ganz andere Mikroskope mit höherer Auflösung. Das könnte bei der genauen Bestimmung helfen. Zweitens, brauchen wir nur ein paar Nematoden in die Schale hinzuzugeben, um zu sehen, ob der Pilz sie angreift. Du kannst gern einige Stunden hier sitzen bleiben und Dir das Drama live ansehen. Oder wir schauen Morgen gemeinsam nach, was passiert ist. Wenn es passiert, dann ist es Paecilomyces. Bloß, wenn er Dich nicht auffrisst, ist er für uns wohl nicht die Lösung des Falles.«

»Ich bin noch nie sitzen geblieben«, bemerkte Matthias etwas patzig. »Ich komme Morgen früh rein und sehe mir das an, wenn ich darf. Vielleicht ist das Gemetzel ja noch nicht zu Ende. Jedenfalls danke ich Dir wirklich sehr für Deine Zeit. Und ich habe eine Menge gelernt. Du hast was gut bei mir.«

So war die Detektivarbeit. Immer mehr Antworten werfen immer neue Fragen auf. War es dieser Pälilamüzus – oder wie hieß der? Und war er der Auslöser von Mias kritischem Zustand? Ich habe jetzt sicher Sporen eingeatmet, hoffentlich habe ich mich nicht infiziert, dachte er. Matthias wollte alleine sein, und beschloss, von hier aus direkt nach Hause zu gehen. Diesen arroganten Oliver würde er anzapfen, solange er nützlich war. Danach wollte er selbst den Fall lösen. Den Gedanken hatte er schon nach Errol Bendts Besuch gehabt.

Bonn-Poppelsdorf, Donnerstagnachmittag

Thomas Brunell hatte sich nicht angemeldet. In seinem Trenchcoat und mit einem Eimer in der Hand stand er vor der Tür und las das Schild: Prof. Dr. Bernhard Ross. Er klopfte und hörte eine Stimme vom Gang links: »Da ist abgeschlossen, Sie müssen durch die Räume rechts herumgehen.« Thomas folgte dem Rat gern und durchquerte einen Raum mit allerlei Geräten und Tischen, fand jedoch keine Wissenschaftler und rief zuerst halblaut, dann lauter »Hallo.« Er ging durch den zweiten Raum und vernahm hinter einer halb geschlossenen Tür eine Stimme und ein leises Tack-Tack. Erst als er keck den Kopf durch diese Tür steckte, sah er einen Mann im weißen Kittel auf einem Stuhl sitzend, mit dem Rücken der Tür zugewandt, also von Thomas abgewandt. Der Mann telefonierte mit links und mit rechts klopfte er einen Bleistift auf den Tisch. Ob dieser Abgewandtheit und des Telefonats zog sich Thomas wieder ein Stück aus der Tür zurück und stellte seinen roten Eimer ab. Zeit hatte er zwar, aber still stehen konnte er nicht. Thomas räusperte sich leicht, um die Aufmerksamkeit des telefonierend Klopfenden oder klopfend Telefonierenden auf sich zu lenken. Der Drehstuhl drehte sich, der Mann sah ihn kurz an und der Stuhl drehte sich wieder zurück. Thomas setzte sich auf einen Hocker.

Ein jüngerer Mann kam aus dem ersten Zimmer und sagte: »Ach Sie haben es gefunden. Wollen Sie zum Boss?«

»Zu Professor Ross, ja, ich habe nämlich…«.

»Gott, was ist das für ein Dreck?«, wurde er unterbrochen und der junge Mann zeigte mit bösem Blick auf den roten Eimer.

»Das ist, ja, das wollte ich eben erklären…«.

In diesem Augenblick war das Telefonat nebenan offenbar beendet und der jetzt nicht mehr klopfende Professor trat hinzu, blieb dann abrupt im Türrahmen stehen, den Blick ebenfalls dem roten Eimer zugewandt. Es herrschte Stille und Thomas war dran.

»Herr Professor Ross?«, vergewisserte er sich zunächst, und als die Frage mit einem Nicken beantwortet wurde, brachte er seinen Fall sofort zu Gehör.

»Mein Name ist Thomas Brunell, ich war früher Verwalter des Wiesenguts, bevor die Uni es geerbt hat. Ich glaube, wir kennen uns noch nicht.«

»Ich bin aber sehr erfreut, Sie kennenzulernen«, sprach der Professor in überraschend vollendeter Höflichkeit und mit aufheiternder Miene. »Sicher könnten wir uns viel erzählen, wo wir doch einiges gemeinsam haben. Oder hat Ihr Besuch mit diesem Eimer einen ganz besonderen Grund?«

»Oh, ja, das hat er«, beeilte sich Thomas zu sagen, um die gewonnene Aufmerksamkeit des sicherlich sehr beschäftigten Herrn aufrecht zu erhalten. Deshalb kam er auch gleich zum Kern seines Anliegens.

»In diesem Eimer befindet sich ein Klumpen. Ich glaube, es ist nicht einfach ein Erdklumpen, sondern der Rest eines toten Kaninchens; für eine Ratte ist es wohl zu groß.«

Inzwischen hatten beide Wissenschaftler sich auf den nächststehenden Sitzmöglichkeiten niedergelassen und hörten schweigend zu.

Thomas zog sein Handy hervor und schaltete es ein.

»Genau«, brach er das kurze Schweigen, als hätte er das bisher Gesagte damit rekapituliert und bestätigt. »Das ist das eine. Das andere sind diese Bilder, die ich am Montag spätnachmittags auf dem Wiesengut gemacht habe.«

Er reichte dem ehrenwerten Professor sein Handy. Der sah es an, schob mit zwei Fingern etwas auf dem Display herum und reichte es seinem jungen Mitarbeiter weiter. Keiner sagte etwas. Thomas schloss sich dem Schweigen an, nahm dem Jüngling das Handy weg, blätterte zum zweiten Foto und überreichte auch dieses dem Älteren. Die Prozedur wiederholte sich, obwohl nebenan das professorale Telefon klingelte. Der Professor erhob sich und setzte sich gleich wieder, als das Klingeln verstummt war. Da keiner sprach, ergriff Thomas erneut das Wort und läutete damit den Höhepunkt ein: »Warum ich eigentlich hier bin, ist Folgendes: Diese Erde mit dem Klumpen habe ich gestern auf dem Wiesengut eingesammelt. An der Stelle hatte ich am Montagabend einen Mann gefunden und den Notarzt gerufen. Der Mann war am Dienstagmorgen tot.«

Ross atmete tief durch und erhob sich. Thomas konnte förmlich sehen, wie sein Wissenschaftlerhirn arbeitete. Dennoch war das Schweigen für ihn etwas unangenehm. Er kam sich vor, wie auf einem Polizeipräsidium, und suchte gedanklich schon weitere Argumente einschließlich eines Alibis.

»Herr...Brunell?«, vergewisserte sich der Professor noch einmal und zeigte nach der kurzen Bestätigung erneut seine Höflichkeit: »Ich bin Ihnen sehr dankbar, dass Sie zu uns gekommen sind. Schließlich nehmen wir ja oft genug Bodenproben auf dem Wiesengut. Und wir haben gerade ebenfalls ein Problem, das möglicherweise mit diesen Böden in Zusammenhang steht. Das möchte ich erstmal nicht vertiefen, aber wenn Sie mir ein paar Nachfragen gestatten, würde ich Ihnen gern einen Kaffee anbieten.«

Das ließ sich Thomas gern gefallen und während der jüngere Wissenschaftler sich entfernte, hatte der Kriminalprofessor bereits eine ganze Reihe von Fragen durchdacht.

»Sie sagen, Sie haben einen Toten gefunden und…«.

»Nein, der Mann lebte noch, er ist erst im Krankenhaus gestorben«, stellte Thomas sofort klar und rutschte auf dem Anklagehocker herum.

»Stimmt«, konstatierte Ross und Thomas Brunell fühlte sich erleichtert.

»Und«, setzte Ross die Inquisition fort, »an genau der Stelle haben Sie diese Fotos gemacht und das Kaninchen gefunden?«

»Ja«.

»Was ist das auf den Fotos?«. Ross hatte das Handy nicht mehr aus der Hand gegeben.

»Was sehen Sie?« fragte Thomas, der sich besann, dass eigentlich er die Fragen stellen wollte.

»Hm, auf dem einen sehe ich ein Blitzlichtgewitter vor einem Baumstamm. Und auf dem anderen, da sehe ich, also ich sehe, wie soll ich sagen, ein bläuliches Blitzlicht?«

»Ich sehe senkrechte Streifen.« Thomas ging in die Offensive. »Und wissen Sie, was ich da mit eigenen Augen gesehen habe?«

»Nein«.

»Um den Mann herum und um das Kaninchen und überall herum waren schimmernde Fäden, ähnlich wie Spinnweben. Die hingen überall und wehten mir vor der Nase herum. Jedenfalls kamen sie mir vor wie Spinnennetze. Aber an Spinnennetzen habe ich noch nie so Ringelchen gesehen. Es war nachher schon dunkel und da schienen sie mir etwas bläulich zu leuchten. Das ganze Gespinstzeug habe ich gesehen, das war keine Einbildung. Die Fotos geben das nicht so gut wieder. Jedenfalls am nächsten Morgen waren sie weg. Und mehr habe ich nicht in der Hand.«

»Ok,« erwiderte Ross, der nun geradezu fiebernd schien. »Das ist übrigens Errol Bendt, mein Doktorand«. Der Adjutant servierte zwei Pötte Kaffee auf die Hände. Der fiebernde Professor forcierte das Tempo seiner Geistesblitze, während der Adjutant sich Notizen machte.

»Also gut, Sie haben nichts weiter in der Hand, aber in ihrem Kopf ist mehr. Sie könnten ein wichtiger Zeuge sein. Was Sie gesehen haben und was auf den Fotos ist, sollten wir so gut wie möglich abgleichen. Für Sie mögen es Spinnen sein. Mit viel Phantasie könnten es auch Pilze sein.«

»Champignons?«, fragte Thomas ungläubig.

»Nein, die Pilzwelt besteht nicht nur aus Champignons, Herr Brunell, das müssten Sie doch wissen. Sie ist riesig, unendlich vielfältig, und kein Mensch weiß, was sich alles unter der Erde abspielt. Über der Erde findet man nur die Spitzen von Eisbergen, etwa einen Schwamm oder einen Ständer mit Hut. Das allermeiste wächst im Verborgenen, zum Beispiel als dünne Pilzfäden, Pilzgeflecht, Myzel, und mit Vermehrungsorganen aller Art. Und was sich da alles in der Erde abspielt, ist eine unglaubliche Fülle an Geheimnissen, die keiner kennt. Man kann es nicht sehen.«

Thomas atmete flach vom gespannten Zuhören. Wie schön der reden konnte. Schon ging es ihm ein bisschen besser. Der Mann glaubte ihm.

»Und nun komme ich zu dem Eimer, den ich schon die ganze Zeit im Blick habe. Er könnte uns Auskunft geben. Nicht der Eimer, das Wildragout oder was immer darin ist. Wir werden es untersuchen. Und wenn wir Spinnen oder Spinneneier entdecken, haben wir eine Spur. Auf jeden Fall wird eine ganze Menge Leben in und an dem Aas sein. Wir werden etwas finden, mit Sicherheit.«

Ross stockte kurz.

»P.s.: Zur Sicherheit gehören auch Handschuhe, Mundschutz undsoweiter. Die haben Sie wohl nicht benutzt?«

Thomas ging es wieder ein bisschen schlechter.

Bonn, Donnerstagabend

Matthias Hellborn hatte ein Salamibrot zu den Nachrichten gegessen und spülte sorgsam den nur mit einigen Krümeln bestreuten Teller und das Messer ab. Beides hatte er bereits zum Frühstück benutzt und stellte sein Geschirr wieder auf dem Spülständer zum Trocknen ab. Er sah die Nachrichten, hörte aber nicht zu. Seine Gedanken waren seit Stunden beim Thema ‚Pilz frisst Tier. Pilz frisst Mensch?' Was, wenn das Subjekt einwandfrei identifiziert wurde, aber nicht der Täter ist? Was hatte Mia Högerl in diesen Zustand versetzt? Der Spuk in Bonn vermischte sich mit dem Geist von Mohamad Alhomsi. Der war im Gewächshaus gestorben. Ende Februar 2012. Al Emam und Burger hatten Matthias von allem ausgeschlossen. Mit Burger konnte er damals noch kryptisch reden, Al Emam hatte ihn auf die hinteren Plätze verwiesen. *Internal regulation.* Selbst Souriana blockierte an dieser Stelle. Eigentlich nur an dieser Stelle, sonst war sie ganz normal und offen. Souriana. Souriana!

Souriana Almassarani war seit gut einem halben Jahr in Deutschland. Sie arbeitete als Forschungsgruppenleiterin am Max-Planck-Institut für Pflanzenzüchtungsforschung in Köln. Denkbar nahe, wenn man sich der Tage und Nächte in Aleppo erinnerte und daran, dass sie ihm folgen wollte. Stattdessen hatte sie irgendwann im letzten Herbst seine Festnetznummer herausgefunden und nicht viel mehr als Hallo gesagt. Er hatte sie in Köln an ihrem Institut besucht. Sie hatte sich äußerlich nicht verändert, aber innerlich schien sich eine Barriere aufgetan zu haben. Souriana hatte ihn stolz herumgeführt und sie hatten wieder einige gemeinsame Arbeitsthemen gefunden. Dabei war es aber im Großen und Ganzen geblieben. Keine Annäherung, kein Flirt bot sich an. In Aleppo hatte sie damals gesagt, sie wollte ihn in seiner Heimat besuchen – oder jedenfalls irgendwann nach Deutschland kommen. Letzteres hatte sie verwirklicht, zu Ersterem schien es keinen Anlass mehr zu geben oder es war vergessen. Er war nach Hause gefahren in dem Gedanken, sie hätte wohl eine neue Beziehung gefunden und ihn nur aus Höflichkeit kontaktiert. Deshalb hatte er selbst auch keine Anstalten mehr gemacht, sie zu kontaktieren, obwohl er ihre Visitenkarte hatte. Nein, Souriana konnte man nicht vergessen. Wenn auch seltener als nach seiner Rückkehr, kam in Matthias noch hier und da ein Gefühl auf, das er vermisste und von dem er hoffte, es könne dazu beitragen, sein Junggesellenleben zu verändern. Wie damals in Syrien. Wo war eigentlich diese Visitenkarte?

Matthias wählte die Dienstnummer. Es war halb acht. Keiner meldete sich. Klar.

Bonn, Donnerstagabend

Saskia und Errol saßen in der WG-Küche von Saskia und Mia und spürten im Internet Pilzen der besonderen Art nach. Eine Dose Champignons stand ungeöffnet auf dem Küchenschrank, während sich die beiden Hamburger und Pommes frites zu Leibe führten. Sie waren im Krankenhaus gewesen und wollten Mia Högerl besuchen. Zu der wurde aber kein Zutritt gewährt, es sei denn, man sei verwandt. Saskia wusste, dass Mias Vater nicht mehr lebte und ihre Mutter allein in Österreich zurückgeblieben war, aber wo? Wo war die Adresse? Sollten sie in Mias Sachen schnüffeln?

»Jetzt mal langsam«, unterbrach Errol das Dilemma. »Wir wissen noch nicht, wie es sich mit Mia entwickelt. Die haben gesagt, sie ist stabil und man muss abwarten. Wir haben beide unsere Namen und Telefonnummern hinterlassen und wir haben die Bodenprobe mit den Pilzen erwähnt. Mehr konnten wir nicht ausrichten. Aber die Schwester hat Notizen gemacht. Wenn wir sie damit auf die Spur gebracht haben, könnte eine Gewebeprobe mehr Aufschluss geben. Da fällt mir noch ein: Weißt Du eigentlich, bei welchem Hautarzt sie war?«

»Dr. Jürgens«, antwortete Saskia sofort, »da habe ich auch schon dran gedacht. Sie sollte am Donnerstag wiederkommen, steht auf dem Zettel da am Kühlschrank.«

»Also das war heute«, stellte Errol nachdenklich fest.

»Magst Du Rotwein?«, war Saskias Replik, die instinktiv ein schlechtes Gewissen bekam, als wäre es ihr Termin gewesen, den sie versäumt hatte.

Errol nickte und Saskia drehte eine Flasche Dornfelder auf.

»Nichts Besonderes«, kommentierte sie Errols prüfenden Blick auf das Etikett, »aber wir haben echte Weingläser.«

»Oh«, entfuhr es Errol, »dann will ich gern Dein Weinbruder sein.«

»Komm, wir gehen in mein Zimmer, Bruder, da ist es gemütlich und ich würde gern noch die Nachrichten sehen.« Sie gingen hinüber. Jeder seinen Trunk in der Hand und verschiedene Gedanken im Kopf, ließen sich auf das abgewetzte Sofa fallen und Saskia schaltete den Fernseher ein. Es war auf allen privaten Kanälen Werbung – *synchronisieren die sich jetzt?* – und auf den öffentlich-rechtlichen gab es nur angefangene Sendungen. Noch während sie zappte, fragte Saskia, ob man wirklich jetzt Mias Mutter aufspüren sollte oder lieber warten. Errol nahm den zweiten Schluck, um sein Glas zu leeren und meinte, für heute sei es zu spät. Demonstrativ zog er als braver Gast die Schuhe aus, wenngleich etwas spät, während die gute Gastgeberin die Flasche holte und beide Gläser nachschenkte. Die Nachrichten begannen:

VW-Abgasskandal.

Saskia streifte ihre Schuhe ab und nippte am Glas. Errol hatte eine Tüte Salzstangen auf dem Stuhl gefunden und knabberte.

Warnstreiks in Berlin

Saskia bediente sich aus der gefundenen Tüte, legte sich ein Kissen in den Schoß und die Tüte obenauf. Errol schluckte.

Die ersten vier Wochen Trump-Präsidentschaft sind fast vorbei.

Errol griff Saskia in den Schoß, um Salzstangen zu fischen. »Sorry, Mundraub«, grinste er.

Saskia drückte ihm Kissen samt Tüte in seinen Schoß und stand auf. Sie kehrte zurück mit einer zweiten Flasche Dornfelder und einer Chipstüte. Errol zog anerkennend die Augenbrauen hoch und den allzu wärmenden Pullover aus.

Gesetz zu Heilversorgung - Anspruch auf bessere Hilfsmittel

Saskia und Errol sahen sich unwillkürlich an. Keiner sagte etwas. Der Gastgeberin kam in Erinnerung, dass sie hier nur die halbe Gastgeberin war, dem Gast fiel kurz ein Glanz in ihren Augen auf.

Gladbach verliert Hinspiel gegen Florenz

Saskia nahm einen Schluck Rotwein, er schmeckte salzig von Chips oder Tränen.

»Hallo Weinschwester, musst doch nicht«. Errol reichte ihr ein Taschentuch.

»Will ja nicht«, piepste Saskia und dann brach es richtig los.

Errol umarmte sie schräg von der Seite und wischte mit dem Tuch über ihr Gesicht. Eine Weile hörten sie in dieser Haltung dem *Wetter morgen* zu, dann schaltete Saskia ab, wonach nur noch ihr leises Schluchzen zu hören war. Errol war ganz still und hielt noch den linken Arm um ihren Nacken, bis sie sich gefangen hatte. Er tippte mit dem Zeigefinger auf ihre Nase und tröstete sie so gut er konnte: »Wir schaffen das.«

Saskia versuchte ein dankbares Lächeln.

»Die Flasche drehen wir lieber zu; vielleicht brauchen wir die ein anderes Mal«, raunte Errol und begab sich in

seine entfernten Kleidungsstücke, dann in Richtung Tür. Saskia blieb sitzen und sah zu Boden. Noch überlegte Errol, ob seine Worte unpassend waren, da stand sie auf und gab ihm einen freundschaftlichen Kuss auf die Stirn.
»Danke, dass Du noch mitgekommen bist, Weinbruder.«
»Kommst Du morgen ins Institut, Schwester, oder soll ich Dich hier abholen zum Wiesengut?«
»Ich komme um halb neun ins Institut.«
»Dann gute Nacht. Und danke für den Abend.«

Bonn-Poppelsdorf, Donnerstagabend

Bernhard Ross machte Überstunden. Natürlich empfand er diese Zeit nicht als Überstunden oder gar als Arbeit. Er war Wissenschaftler und als solcher waren Forschungsarbeiten sein Lebenssinn. Immerhin verbrachte er auch das Wochenende zum großen Teil mit Begutachtungen von wissenschaftlichen Texten anderer Leute und der Lektüre der jüngsten Fachveröffentlichungen. Außerdem tat es gut, einmal selbst etwas zu untersuchen, statt dem ganzen Verwaltungskram nachzugehen. So hockte er mit Handschuhen und Mundschutz erneut vor dem Mikroskop und betrachtete die Proben, die er dem roten Eimer entnommen hatte. Das sollte er doch noch hinbekommen.

Spinnen oder Spinneneier sah er erst einmal nicht, bunte Bakterienkolonien und Pilzmyzel dafür umso mehr. Also konzentrierte er sich auf Pilze. Ross tröpfelte mit einer Pinzette etwas Wasser auf den Objektträger und bemerkte rasch, wie viel Leben darin schwamm. Kleine Flagellaten huschten in Scharen umher, Amöben und Pantoffeltierchen suchten nach Nahrung und ein paar Nematoden waren auch zu sehen, allerdings nicht zusammen mit Pilzen. Er gab aus einer im Kühlschrank aufbewahrten Nematodensammlung mehr von diesen Fadenwürmern hinzu, um das Nahrungsangebot der nematodenfressenden Pilze zu erhöhen. Natürlich konnte er nicht erwarten, dass die Gesuchten sofort aus ihrer Deckung hervorkamen. Sie brauchten Zeit, um ihre Beute zu finden und sich zu vermehren. Das würde heute zu lange dauern. Was den Professor ganz vordringlich hatte aufhorchen lassen, war Brunells Bezeichnung »Ringelchen«. Wenn er so etwas finden würde, hatte er auch schon einen Kandidaten, wenngleich ihm dieser auf Anhieb nicht als Menschenmörder in den Sinn kam: Über Arthrobotrys dozierte er schließlich nebenbei in seiner eigenen Vorlesung. Und über Paecilomyces. Davon hatte er eine Kultur von seinem Kollegen Harold Burger erhalten. Aber Paecilomyces bildete keine Ringe.

Es ging bereits auf zehn Uhr und Ross hatte zweimal löslichen Kaffee getrunken. Er war hellwach, aber seine Augen ermüdeten deutlich. Seit drei Stunden hatte er Nematoden beobachtet, ob sie sich irgendwo verfangen hatten oder erdrosselt wurden. Aber selbst wenn er den kleinen Räuberpilz entdecken würde, wieso war der Mann gestorben? Bernhard beschloss, destilliertes Wasser auch auf die Anzuchtschalen zu geben und dann nach Hause zu gehen. Und Errol Morgen auf die Spur zu setzen. Und im Petrus-Krankenhaus anzurufen.

Hennef, Wiesengut, Freitagvormittag

Errol und Saskia waren mit Thomas Brunell am Ort des Geschehens verabredet. Thomas und Saskia kannten sich hier aus und sie lotste Errol zu dem kleinen Wäldchen an der Wegkreuzung, obwohl man sich hier weder verfahren konnte noch andere kleine Wäldchen in Sicht waren. Da stand Brunell in Freizeitarbeitsklamotten, von unten nach oben bestehend aus dunkelblauen Gummistiefeln, schwarzer Cordhose, kaum sichtbarem Pullover, grüner Winterjacke, rotem Schal und braunem Hut. Im Sommer hätte er vermutlich Turnschuhe, weiße Socken, karierte Shorts, buntes T-Shirt und einen Strohhut getragen. Die Sonne schien ein wenig durch den Hochnebel, aber es ging ein kalter Wind, sodass alle drei fast automatisch im Gestrüpp Schutz suchten. Oder suchten sie nicht eher die Gefahr? Jenen riesenhaften Kraken, der Heiner Wehner und seinen Figo auf dem Gewissen hatte?

»Habt Ihr Euer Reiselabor dabei?« fragte Thomas aufgeregt, als gälte die große Expedition der Entdeckung eines neuen Kontinents.

»Ja klar«, flachste Errol, »das Rasterelektronenmikroskop habe ich in der Hosentasche und der Computertomograph ist im Kofferraum. Wo sind die Pilze, Herr der Ringe?«

Thomas verdaute kurz das Gesagte und besann sich dann auf das Gefragte.

»Nicht so eilig. Ich muss Euch zuerst das Neueste berichten. Zunächst einmal habe ich im Siegburger Krankenhaus gesagt, dass sie bei dem Herrn Wehner nach einem Pilz suchen sollten, aber die haben das nicht weiter kommentiert. Ich hoffe, dass noch etwas zu machen ist, aber ohne die Frau Wehner komme ich da nicht dran. Die habe ich aber noch nicht erreicht. Zweitens habe ich bei den Leuten vom Versuchsgut und beim Revierförster nachgefragt, ob sie vielleicht merkwürdige tote Tiere entdeckt haben. Da musste ich nicht viel herumlaufen, die sitzen abends alle in der Schänke. Und stellt Euch vor, der Förster hat von einem Kaninchen erzählt, das er vorgestern neben der Brücke halb in der Sieg gefunden hatte. Das war ganz in Watte gepackt, hat er gesagt. Und da habe ich sofort gewusst, dass es derselbe Mörder war. Stellt Euch vor,…«.

»Was hat er mit ihm gemacht?« unterbrach Saskia den Redeschwall, worauf Thomas sofort verstummte, ohne gleich zu antworten.

»Naja«, fing er deutlich langsamer wieder an, »er hat gesagt…, naja, hat er gesagt, er wollte das gar nicht sehen, vielleicht war es auch gar kein Kaninchen, so richtig echt hätte das nicht ausgesehen, mit der Watte und so, ich sage noch, das ist wichtig für den Fall Wehner, und…«

»Was hat er damit gemacht?« brach Errol laut dazwischen.

»Naja, im Endeffekt hat er Beweismaterial vernichtet, der Blödmann, der hat doch glatt, also er sagte, er hat es einfach, mit dem Fuß hätte er es so…« Thomas ahmte eine verdeutlichende Bewegung nach »…halt so einfach ein wenig weggeschubst. Da wäre es dann ins Wasser gefallen und weg war es.« Die verdeutlichende Geste dazu war ein schnelles Anheben beider Hände bis in Kopfhöhe und dann mit gespreizten Fingern nach rechts und links führend. Gott segne Euch.

Errol und Saskia fluchten zwei verschiedene Schmutzwörter, die dasselbe meinten.

Damit war jedoch die Hoffnung, die sie hergeführt hatte, nicht verschwunden, sondern bei genauerer Betrachtung um eine Facette reicher geworden. Sie teilten sich in zwei zwangsläufig unterschiedlich große Gruppen, wobei Saskia und Thomas den Fundort neben der Brücke anvisierten, während Errol das verhängnisvolle Gebüsch inspizierte. Der Solist begann sogleich mit dem Sammeln von Boden, Laubresten und Rindenstückchen, die er in Plastikbeuteln verschloss und diese sorgsam beschriftete, während das Duo zumindest insoweit einen echten Fund verbuchen konnte als am Flussrand entweder echte Watte oder unechte Watte oder ein Kaninchenteil mit echter oder unechter Watte oder einfach ein kleiner Klumpen im Gras zurückgeblieben war, der mit Watte oder Pilz oder ähnlichem bedeckt war.

»Nicht anfassen!« schrie Saskia ihrem neuen Kollegen viel zu laut fast ins Ohr. »Hier, nimm die Einmalhandschuhe und den Mundschutz, mehr habe ich nicht dabei.«

Während Thomas sich in die dargereichte Sicherheitskleidung zwängte, hatte Saskia schon alles übergestreift und hantierte vorsichtig mit Handschaufel und Pinzette Proben in verschiedene Behälter und Tüten. Eine einfache Lupe diente ihr sodann als Erste Hilfe-Instrument.

»Manche Bestimmungsmerkmale sind sehr klein, wie zum Beispiel feine Härchen oder ähnliches. Um die gut beurteilen zu können, sollte man eine dieser kleinen zusammenklappbaren Lupen dabeihaben. Diese Lupe mit 10-facher Vergrößerung ist im Feld ein äußerst praktisches Hilfsmittel,« dozierte Saskia und untersuchte ihre jüngste Probe mit dem Vergrößerungsglas.

Thomas hingegen schnappte sich als ausgewiesener Laie einen Teil des kleinen Klumpens mit den Handschuhen und roch daran. Es roch nicht besonders, weder nach Boden noch nach Gras oder einfach nach Natur. Aber immerhin auch nicht nach gar nichts. Nachdenklich schnüffelte er in der Luft und dann noch einmal am Klumpen und es schien ihm nun doch etwas nach muffigem Geruch, vielleicht nach feuchter Kellerluft. Nase und Ohren führten ihn nicht weiter, aber seine Augen waren noch gut genug. Zunächst nahm er es nur undeutlich wahr. Es gab eine Färbung, die hier nicht hinpasste. Blau ist selten in der Natur, wenn man vom Himmel absieht. Aber auch ohne Lupe konnte er ein schwaches bläuliches Scheinen erkennen. Unwillkürlich roch er noch einmal und kratze sich dann mit dem Handrücken an der Nase.

Thomas zeigte Saskia seinen Fund, die etwas gelangweilt ihre Lupe weglegte, und er fragte:

»Was siehst Du hier?«

Saskia betrachtete den Klumpen in Thomas Hand und fragte: »Erde vielleicht?«

Thomas sagte nichts.

»Oder eine Kaninchenkeule?«

»Vielleicht.«

»Nein«, korrigierte Saskia sich selbst, »Kaninchen ist ja aus. Also ein Erdklumpen?«

»Ja, schon. Wie sieht er für Dich aus?«

»Wie sieht ein Erdklumpen aus? Wie Erde halt. Ein ungeformter Erdklumpen.«

»Wie sieht ein ungeformter Erdklumpen aus?« fragte der ehemalige Schüler Thomas nun lehrerhaft.

»Na, wie Erde halt, braun, etwas feucht, mit einem Steinchen dazwischen und etwas Gras.«

»Wie war das mit der Farbe?«

»Braun, dunkelbraun, wie Erde.«

»Sonst siehst Du nichts?«

Saskia nahm die Lupe und suchte nach mehr. Sie sah, was sie gesagt hatte, nur etwas größer.

»Lass die Lupe weg«, forderte Thomas ungehaltener als zuvor. »Konzentriere Dich aufs Ganze.«

»Im Großen und Ganzen ein kleiner brauner Erdklumpen,« reagierte Saskia ihrerseits ungehalten.

»Nochmal: Wie war das mit der Farbe? Ist das nur braun? Lass es wirken.«

Saskia zögerte, sah Thomas ungläubig an und ließ dann das Gesamtbild wirken. Eine Hand mit Einmalhandschuhen und einem Klumpen Erde darin. Was wollte er wissen? Sie veränderte ihre Position so dass sie mehr von oben nach unten sehen konnte, hielt ihre Hände über den Klumpen, um ihn vor der trüben Sonne abzuschirmen, und registrierte einen Schimmer. Entweder kam er von den Handschuhen oder von dem Erdbrösel, aber es war nicht nur braun.

»Mein Gott, es leuchtet. Es leuchtet bläulich oder violett«, rief sie beinahe erschrocken vor ihrer eigenen Stimme.

»Sehe ich auch so«, antwortete Thomas fast erleichtert. »Ich sehe keine Ringelchen, aber im Dunkeln in dem Wäldchen war auch so eine Färbung gewesen.«

»Hier kommen wir nicht weiter«, meinte Saskia. »Wir tüten es ein und bringen es ins Labor.«

Sagte es und tat es. Bevor sie den Ort der Entdeckung verließen steckte sie noch einen mitgebrachten Stab an die Stelle, an der der Erdklumpen gefunden wurde. Errol mit seinen Sammeltüten wurde ohne große Erklärung eingeladen und die jungen Wissenschaftler fuhren nach Bonn zurück, während Thomas Brunell zu Fuß nach Hause gehen wollte. Er hatte noch etwas zu erledigen.

Bonn-Poppelsdorf, Freitagvormittag

Matthias war früher aufgestanden als sonst. Es war halb acht. Er wollte in seinem Institut für Pflanzenkrankheiten und Pflanzenschutz noch einmal die Bibliothek aufsuchen und im Web recherchieren, bevor er Oliver Dencker erneut wie ein Laie vor die Augen trat. Lange hielt er es in der Bibliothek nicht aus. Es drängte ihn zur Abteilung Molekulare Phytomedizin, denn dort spielte sich sein Fall gerade live ab. Und nicht nur dort, auch im Petrus-Krankenhaus. Also machte er sich auf den kurzen Weg hinüber, und zwar schnurstracks vorbei am IOL mit seinem Errol und seinem Ross. Gegen zehn Uhr traf er ein und fand Oliver in seinem Labor. Matthias klopfte zaghaft, zu zaghaft, denn er hatte doch selbstsicher auftreten wollen. Und prompt spielte Oliver sein Spiel und tat, als hätte er nichts gehört. Statt zu reagieren, hantierte er mit einem Destilliergefäß über einem Bunsenbrenner und machte mit einer Hand Notizen in einem Schreibblock.

»Hallo Oliver«, sagte Matthias (*zu leise*), »was kochst Du denn Feines?«

Lässig blickte der Wissenschaftler kurz auf und winkte den Gast zu sich herüber: »Ah, Matthias, da bist Du ja wieder. Was macht Dein Fall?«

Matthias atmete durch und schritt herein (*zu langsam*).

»Der richtige Fall ist im Krankenhaus, mehr weiß ich gerade nicht. Aber ich wollte mir das Gedeihen Deines Tests ansehen. Ich muss wissen, ob es Zusammenhänge gibt.«

Er sah sich um, als wolle er seine Enttäuschung andeuten darüber, dass Herr Dencker nicht an seinem Pilz forsche.

»Ja, richtig«, kam die eigentlich selbstverständliche Bestätigung, »mein Test. Den habe ich ganz vergessen.«

Jetzt wollte Matthias seine Enttäuschung doch lieber verbergen. Er sah es als eine Bestätigung, dass das hier eine Art wissenschaftlicher Machtkampf werden würde.

Immerhin geruhte Herr Doktor Dencker zu einem Brutschrank zu schreiten, um ihm ein paar Petrischalen zu entnehmen.

»Wie gesagt, ich habe Nematoden in die Schale hinzugegeben, um zu sehen, ob der Pilz sie angreift.« Er gab sich tatsächlich den Anschein, als hätte er heute noch nicht nach seinem Experiment geschaut – *als Wissenschaftler*! Wie zügig er doch ins Labor nebenan ging, geradewegs auf ein anderes Mikroskop zu, eins von der größeren Sorte, das Matthias noch nicht kannte. Und schon war behände alles eingerichtet, wie tausendmal geübt. Und wie stolz und wortlos man auf das Objekt zeigte, während man den Drehstuhl freimachte.

Ebenso wortlos setzte sich Matthias vor das Mikroskop und stellte lässig den Augenabstand auf seine Bedürfnisse ein. Als Klavierspieler hätte er jetzt knackend die Finger gedehnt. Als Wissenschaftler führte er seine Hände an die geeigneten Stellschrauben, von denen er zumindest die großen rechts und links kannte. Was sah er?

»Was siehst Du?«, fragte Oliver von nebenan. *Von nebenan!*

»Paecilomyces, oder?« Eine bessere Antwort war ihm nicht eingefallen, während Oliver schon wieder hinzutrat.

»Lass mal sehen«, forderte er den Kollegen auf, nahm dessen Platz ein und verbreiterte demonstrativ den Augenabstand. Kaum warf er einen Blick hinein, blickte er auch schon wieder auf und nahm ein Buch zur Hand, das offenbar auf dem Nebentisch in Griffweite gelegen hatte. Daraus las er vor: »Die Konidienträger der Gattung Paecilomyces verzweigen sich wirtelig oder unregelmäßig; an Phialiden werden die einzelligen Konidien kettenförmig abgeschnürt ... bababap... P. lilacinus zeichnet sich durch ein schnelles Wachstum aus. Die bis zu 600 µm langen Konidiophoren bilden Wirtel von Seitenästen, an denen flaschenförmige Phialiden sitzen. Die ellipsoidischen, 2.5-3.0 µm langen und 2.0-2.2 µm breiten Sporen haben eine violette Färbung und so weiter und so fort.«

»Aha«, sagte Matthias.«

»Ja«, sagte Oliver. »Nimm Dir Zeit, so viel Du brauchst, um alles aufzuzeichnen. Du musst eine Weile allein zurechtkommen. Ich bin nächste Woche zu einem Forschungsaufenthalt in den USA.«

Das war alles, was er zu sagen hatte. Er ging ohne weitere Worte zu seinem Destillierkolben zurück nach nebenan und forsche. Dabei lag hier ein echter Fall vor, der lebenswichtig sein könnte. Aber gut, dachte Oliver, dann packe ich hier zusammen und sehe mir das in meinem Labor an. Er schaffte es tatsächlich, drei Petrischalen abzudichten und mit ihnen ohne Abschiedsgruß an Oliver vorbei hinauszutreten.

Hennef-Stoßdorf/Weingartsgasse, Freitagmittag

Thomas nahm das Örtliche zur Hand und suchte Wehner, Charlotte – und Heiner. Er fand die Nummer und griff zum Schnurlostelefon, dessen Akku wieder einmal die Power für ein längeres Gespräch fehlte. Es klingelte, lange. Thomas legte auf und versuchte es noch einmal. Diesmal ließ er länger klingeln, denn ein Anrufbeantworter schaltete sich nicht ein. Stattdessen kam nach gefühlten zwanzig Klingeltönen ein Besetztzeichen. Immerhin ein Zeichen, dass es am anderen Ende einen Telefonanschluss gab. Thomas las die Straße und Hausnummer im Telefonbuch, die nicht weit entfernt lagen. Er verspürte Hunger, aber keinen Appetit. Er beschloss, mit dem

Fahrrad nach Weingartsgasse zu fahren. Vielleicht würde er auf dem Rückweg im Gasthaus Sieglinde halten. Kaum zehn Minuten später stand er vor Wehners Haus. In der Auffahrt stand ein Volvo. Dann könnte also jemand zuhause sein. Die Klingel läutete ähnlich wie das Telefon, sein Finger machte sie nach drei Versuchen zum Daueralarm. Thomas kam sich dämlich vor. Noch dazu ging nebenan die Haustür auf und eine ältere Dame streckte den Kopf um die Ecke.

»Da ist keiner. Kann ich helfen?«

»Sehr freundlich«, dankte Thomas und klappte den Fahrradständer herunter. »Mein Name ist Brunell. Ich wollte zu Frau Wehner. Wegen ihrem Mann.«

Die Frau trat aus der Tür und stand mit ihrer Schürze irritiert da, etwa drei Meter entfernt von Thomas, durch eine niedrige Hecke getrennt. Thomas erschrak von dem Geräusch hinter ihm. Sein Fahrrad war umgefallen. Als er sich der Frau wieder zuwandte, stand sie direkt vor ihm mit Tränen in den Augen.

»Wegen ihrem Mann? Nicht wegen Ihr?« Aus der Nähe sah sie noch verwirrter aus. In ihrem zerzausten weißen Haar baumelte ein einzelner Lockenwickler.

»Was ist mit ihr?«, fragte Thomas kaum weniger beunruhigt nach dem *Fahrradunfall*.

»Na, tot ist sie. Wer sind Sie nochmal?«

»Mein Name ist Brunell. Wie gesagt, ich wollte zu Frau Wehner. Wir hatten uns im Krankenhaus kennengelernt, weil ich ihren Mann gefunden hatte.«

»Ihr Mann ist auch tot.«

»Ja, ich weiß, dass er tot ist, ich war gewissermaßen dabei. Aber Sie sagen, Frau Wehner ist auch nicht mehr...«.

»Sie waren dabei? Polizei«, schrie die Nachbarin, raffte ihre Schürze und sprang nicht altersgerecht über ihre kleine Hecke. »Mörder, Hilfe«, hörte er sie noch rufen, bevor die Haustür mit einem Knall zufiel und von innen abgeschlossen wurde.

Nicht nur keinen Hunger hatte er, auch keinerlei Appetit auf Sieglinde. Was konnte er tun? Wie stand er jetzt da? Die Alte würde vielleicht noch die Polizei rufen und er müsste unnötige Erklärungen abgeben. Das wäre unwürdig. Er hatte ein Menschenleben retten wollen und einer Witwe Trost spenden. Stattdessen war alles schiefgegangen. Der Professor hatte ihm ein schlechtes Gewissen hinterlassen, die Nachbarin ein noch schlechteres gemacht. Er war doch kein Mörder. Die Spinne war das. Oder der Pilz. Die waren die Mörder.

Im Nachbarhaus wackelte die Gardine, dann schloss sich der Rollladen. Thomas musste verschwinden, bevor die Polizei eintraf. Er hob sein Fahrrad auf und klappte den Ständer richtig ein.

Aber was, sollte doch die Polizei kommen. Das wäre jetzt tatsächlich der nächste Schritt. Wer kümmert sich hier eigentlich um die Wehners? Wenn sie Kontakt mit der alten Schrulle hatten, dann sicher in umgekehrter Richtung. Gab es Angehörige? Wo war Frau Wehner jetzt? Ein weiterer Rollladen senkte sich langsam. Thomas beschloss zu warten, bis die Polizei eintraf. Oder sollte er sie selbst anrufen? Nein, so weit würde er nicht gehen. Wer war er denn für diese Leute? Sie kannten sich ja gar nicht. Thomas ging ein paar Schritte die Auffahrt hinunter und wieder zurück, wartete weiter und klappte schließlich den Fahrradständer wieder herunter. Wenn es länger dauerte, wollte er in Bewegung bleiben. Er ging zur Straße, schaute nach rechts und links, sah kein Auto und keinen Menschen, ging wieder hinauf bis zu der Garage und blickte über den kleinen Jägerzaun. Ein hübsch angelegter Garten im Winter. Nebenan schloss sich ein weiterer Rollladen, diesmal im Obergeschoss. Thomas hörte es eher als dass er es sah, denn eine haushohe Fichte verdeckte das Fenster zum größten Teil. Er blieb stehen, wo er war und wartete. Ein rotes Auto fuhr unten vorbei. Kein Polizeiwagen. Ringsherum war es ruhig und plötzlich, wie von selbst, stiegen seine Beine über den kleinen Zaun und er befand sich im Garten der Wehners.

Ruhig war es hier. Schön beschaulich. Ein liebevoll und unaufwendig angelegter Garten mit kleinen Büschen an den Rändern, hinten auch ein paar höhere Bäume. Neben einem Strauch war ein kleiner Teich angelegt. Einige Wasserpflanzen zeigten noch ein gelbliches Grün, als wollten sie dem Winter zeigen, dass sie nicht froren. Sie würden bald wieder wachsen und blühen. Braune Seerosenblätter hatten dagegen aufgegeben, ihre Wurzeln mochten lieber am Grund verharren, bis das Wasser sich wieder erwärmte. Fauna war nicht zu entdecken. Es waren zumindest keine Fische zu sehen. Allerdings Fischgräten. Sie mochten von einem halben Dutzend Goldfischen stammen und vermengten sich mit den Resten der Seerosen zu einem weiß und braun gesprenkelten Schleim. Ganz so liebevoll waren die Wehners wohl doch nicht ihrem kleinen Biotop zugewandt.

Da war ein Grab, ganz nah beim Haus neben einem kleinen Busch. Jedenfalls sah es aus wie ein Grab, mit einem kleinen Kreuz oben darauf und einem Hundehalsband. Ein kleines Grab. An der Hintertür standen saubere Gummistiefel, eine Gießkanne, eine Schaufel und eine Mistgabel. Thomas fühlte sich vom Teufel geritten, schwitzte schon, bevor er den Gedanken realisiert hatte, den seine Hände bereits umsetzten. Mit der Schaufel grub er sich in den kleinen Hügel, unter dem unmöglich ein Mensch vergraben sein konnte, ein Haustier vielleicht oder... ein Müllsack. Er grub weiter, legte den Sack frei, hantierte ohne Handschuhe an der Tüte herum...und fuhr dann erschrocken herum, als er eine Stimme hinter sich hörte: »Wer sind Sie?«

Eine auf den ersten Blick attraktive blonde Frau stand am Jägerzaun, in beigem Kostüm mit Halstuch und Mantel und starrte ihn an. Sie war nicht in Dienstkleidung.

»Ich«, stammelte er, aber jetzt war es schon egal, er hatte es ja so gewollt. »Mein Name ist Thomas Brunell, ich, ich wollte eigentlich nach Frau Wehner sehen, aber die Nachbarin...«.

»Die spinnt«, unterbrach die Frau ihn katzenhaft. »Und meine Mutter ist nicht da, wo Sie suchen. Also, was tun Sie hier?«

»Entschuldigung, ich sollte es genauer erklären. Ich...ich kenne Ihre Mutter aus dem Krankenhaus.« Thomas begann, sich zu fassen. »Ich war es auch, der Ihren... Vater, glaube ich, wenn Sie die Tochter sind...«.

»Bin ich.«

»... gefunden hat. Ich hatte einen Rettungswagen gerufen, an dem Abend.« Mehr fiel ihm nicht ein.

Die Frau schwieg ebenfalls und rührte sich nicht von der Stelle. Stattdessen blickten beide auf das ausgehobene Loch mit dem Müllsack.

»Entschuldigen Sie Frau...Wehner?«

»Ja, Caroline Wehner.«

»Entschuldigen Sie bitte, dass ich hier so einfach hereingeplatzt bin. Aber ich wollte wirklich mit Ihrer Mutter sprechen. Sie scheint nicht da zu sein. Und da habe ich gerade dieses...«

»Meine Mutter ist tot.«

Thomas versuchte, ein betroffenes Gesicht zu machen und etwas zu sagen. Sein Gesicht sah allerdings eher idiotisch aus und seine Worte waren stümperhaft gewählt: »Wie geht es Ihnen?«, fragte er und bemerkte seinen Fehler sofort. Caroline Wehner holte schon Luft, dabei war Thomas eigentlich ehrlich besorgt um diese unbekannte Familie Wehner. Die Frau putzte sich die Nase mit einem Papiertaschentuch, ehe sie loslegte.

»Ich habe gerade einen sauteuren Direktflug von Seattle nach Frankfurt hinter mir, plus Bahn, plus Taxi. Ich wurde gestern durch einen Anruf von meiner Mutter geweckt. Vorher hat sie mich nicht erreicht. Mein Vater ist tot. Jetzt komme ich gerade aus dem Krankenhaus und durfte auch meine Mutter in einem Kühlfach beschauen. Wollen Sie noch genauer wissen wie es mir geht?«

»Entschuldigung.«

»Sie müssen sich nicht entschuldigen.« Caroline Wehner hatte sich mit ihren Worten offenbar genug entladen und schon wieder beruhigt.

»Ich habe gerade kein Zeitgefühl, aber Hunger. Gehen wir doch ins Haus und schauen, ob wir etwas Essbares finden.« Sie kramte in einer Handtasche, die nicht zu ihr passen wollte, er verspürte endlich Hunger und sogar Appetit.

»Die im Krankenhaus haben mir die Handtasche meiner Mutter mitgegeben«, sagte sie im hineingehen. Und sie haben mir auch berichtet, dass ein Herr Brunell meinen Vater gefunden hatte. Das waren also Sie.« Thomas hub zu einer Antwort an, kam aber nicht dazu. »Und dass Sie ihn am nächsten Morgen besuchen wollten, als er schon tot war.«

»Ich kann Ihnen gern alles...«.

»Erklären können Sie mir die Einzelheiten später. Hier ist die Küche.« Sie ging zum Kühlschrank, fand immerhin Brot und Aufschnitt und sagte: »Es muss ja nichts Warmes sein. Setzen Sie sich doch, bitte.«

Thomas nahm am Küchentisch Platz, während Caroline Brot, Margarine, Wurst und Käse auftischte, ungewaschene Radieschen legte sie dazu. Nach Besteck und Tellern musste sie suchen.

»Wissen Sie«, fuhr Caroline Wehner fort, »dass meine Mutter aussah wie mein Vater?«

»Ich verstehe nicht, sie hat doch anders...«.

»Sie hatte alles, was mein Vater hatte. Etwas, was wie graue Watte aussah, und Eiter oder sowas. Sie wollte ihn nur noch einmal sehen und war selbst infiziert. Mehr konnte man mir nicht sagen – oder man wollte nicht. Ein Dr. Durgao war vorhin da und wollte sich bald um eine Autopsie bemühen, wie er sich ausdrückte. Bald. Bemühen. Sie ist tot. Schon seit zwei Tagen. Und keiner weiß warum.«

Sie hatte inzwischen Teller und Messer gefunden und setzte sich an den Tisch.

»Ich hoffe, das Essen ist okay für Sie?«

»Aber natürlich«, antwortete Thomas mit den Gedanken bereits viel weiter. Sie aßen mit kleinen Bissen große belegte Brote und schwiegen eine Weile.

»Eine Autopsie wäre sicher gut oder eine Hautprobe oder ähnliches«, nahm Thomas den Gesprächsfaden wieder auf. »Aber ich habe Kontakt mit Wissenschaftlern in Bonn. Die sind schon eifrig mit Untersuchungen beschäftigt. Es könnten Spinnen sein. Oder Pilze. Irgendetwas mit Fäden könnte Ihren Vater infiziert haben. Vielleicht könnten wir auch Proben von Ihren Eltern dorthin bringen. Das sind richtige Fachleute...«.

»Was für Fachleute?« Carolines Gesicht wirkte skeptisch. Thomas erkannte nun auch, dass es irgendwie verhärmt aussah.

»Naja, nicht für Menschen, eher für Boden und Mikroorganismen. Die kennen sich auch auf dem Wiesengut aus, wo ich Ihren Vater gefunden habe.«

»Boden? Sie meinen Erde? Mit Spinnen drin, die Menschen anfallen und vergiften?«

»Ich weiß es nicht, die forschen gerade daran. Wir haben auch gemeinsam nachgesehen und ein totes Kaninchen gefunden, ganz überzogen mit Watte oder so.« Er verstummte, Caroline blickte ihn schniefend an, verzog dabei keine Miene.

»Übrigens, ich habe Ihre Eltern auch bei einem Spaziergang flüchtig gesehen. Die hatten einen Hund dabei.«

»Figo«, bestätigte Caroline und verschränkte die Arme, als sei dies ihr letztes Wort gewesen.

Thomas traute sich nicht, nachzufragen, geradezu böse schien ihn die Tochter der Toten zu fixieren.

»Entschuldigen Sie mich, ich sollte mich langsam verabschieden«, sagte er, um sich der plötzlichen Kälte zu entziehen. Es kam auch kein Wort mehr von gegenüber. Er erhob sich, zog seinen Mantel an und kramte in seiner Tasche.

»Ich lasse Ihnen eine private Visitenkarte da, die Nummer stimmt noch. Also dann.« Er legte die Karte auf den Tisch. Der Gruß wurde nicht erwidert.

Thomas stolperte über die Türschwelle hinaus in den Garten und sah unmittelbar in das Erdloch. Unmöglich, sich jetzt daran zu schaffen zu machen. Nur ganz schnell stieß er mit dem Schuh gegen den Müllsack, so dass er sich ein wenig öffnete. Er sah nur einen kleinen Ausschnitt von etwas mit Fell und spurtete gleich weiter zu seinem Fahrrad.

Bonn, Freitagmittag

Saskia und Errol trafen den Professor nicht in seinem Büro an. Wo trieb er sich herum? Seine Vorlesung war erst später und zu Tisch ging er nie. Ross saß ganz still am Mikroskop, so still, dass seine Jünger im ersten Moment nicht wussten, wie sie sich bemerkbar machen sollten, ohne ihn zu erschrecken. Errol räusperte sich und Ross blinzelte ihn an.

»Wo wart Ihr?«, fragte er lapidar - oder vorwurfsvoll?

»Auf dem Wiesengut«, antwortete Saskia und hob die Tüte mit der Erde hoch. »Wir haben etwas gefunden, an der Stelle wo ein totes Kaninchen gelegen hatte.«

Ross stand auf, streifte die Handschuhe ab und schaute fragend die Tüte an.

»Hier ist ein Klumpen Erde drin, der bläulich strahlt. Wenn man ihn etwas genauer im Dunkeln betrachtet, müsste man es deutlicher sehen.«

»Aha«, näselte Ross durch den Mundschutz. »Und?«

»Na, wenn es der Pilz ist, den wir suchen, könnten wir ihn vielleicht in Reinkultur züchten und bestimmen«, rief Saskia aufgeregt.

»Und seht Ihr Ringelchen?«

»Ringelchen?« Saskia stand auf dem Schlauch.

»Ja«, erklärte Ross, »Brunell hatte doch Ringelchen gesehen, in der Nacht.«

Errol schaltete sich ein: »Hat er gesagt, ja. Und er hat auch etwas von bläulich gesagt. Und vorhin war er ziemlich sicher, dass das hier so bläulich geschimmert hat, wie in der Nacht. Saskia meint auch, dass es bläulich ist.«

Ross zog ein griesgrämiges Gesicht. *Also keine Ringe. Und bläulich.* Das passte gar nicht zu seiner Theorie.

»Mist, warum bläulich?«

Errol und Saskia sahen sich an. »Warum nicht?«, fragte Saskia zögernd zurück.

»Weil Arthrobotrys hyalin ist.«

»Arthrobotrys?« fragten zwei Münder gleichzeitig.

»Ja, ich hatte eine Theorie, weil Brunell Ringelchen gesehen hatte. Und Arthrobotrys bildet Fangringe. Da kommen kaum andere Pilzarten infrage.«

»Und was stimmt nicht an der Theorie?« fragte Saskia.

»Was ich gerade gesagt habe. Arthrobotrys ist hyalin. Der Pilz hat überhaupt keine Farbe, er ist einfach durchsichtig.«

Jetzt schwiegen alle drei.

Bonn-Poppelsdorf, Freitagnachmittag

Errol war auf die Spur gesetzt. Er hatte den Auftrag vom Boss, dessen Werk vom Vorabend fortzusetzen, solange bis er diesen Arthrobotrys fand. Ross hatte ihm Bücher und Fotos vorgelegt und Errol hatte selbst schon von diesem auffälligen Pilzphänomen gewusst. Nur mit eigenen Augen gesehen hatte er es noch nicht. Jetzt aber sah er das Schauspiel schon nach fünf Minuten unter dem Mikroskop. Gestielte, dreizellige Ringe mit winzigem Durchmesser lauerten auf Beute. Und die war zuhauf vorhanden. Nematoden schlängelten sich massenhaft durch das feuchte Präparat, einige waren über Nacht in die Ringe des Pilzes geraten und wanden sich mehr oder weniger heftig in der Schlinge, die sich erbarmungslos um ihren Körper geschlossen hatte. Sie zappelten vergeblich, denn der Pilz würde sie niemals wieder loslassen. Hatte er den Fadenwurm erst einmal gefangen, dann durchbrach er nach einiger Zeit dessen Oberfläche, wuchs in das Tier hinein und fraß es von innen auf. Was dabei übrig blieb, sah man an Würmern, die bereits länger gefangen waren und sich nicht mehr rührten: Sie waren völlig ausgelaugt, ihre inneren Organe verschwunden und an deren Stelle nichts als Pilzfäden zu sehen. Den entscheidenden Moment wollte Errol noch live sehen, bevor er Ross, der sowieso im Hörsaal war, Bericht erstattete: Wie ein Nematode gerade nichtsahnend in den Pilzring kriecht und dieser sich im Bruchteil einer Sekunde zusammenzog, um seine Beute ausweglos zu umklammern. Das war das echte Leben im Boden. Allerdings wartete er noch vergebens auf diesen erhebenden Augenblick. Den wollte er unbedingt fotografieren.

Statt des Augenblicks der zuschnappenden Falle kam in diesem Augenblick der Professor mit einer Meute Studenten herein, die sich um Errols Beute scharte.
»Das ist Errol Bendt bei seiner wissenschaftlichen Arbeit«, stellte Ross ihn den Studenten vor. »Errol hat gerade einen Bodenpilz unter dem Mikroskop, der Nematoden fängt. Wie ich in der Vorlesung dargelegt habe, kann man solche nematophagen Pilze auch zur biologischen Schädlingsbekämpfung einsetzen. Es wird jedenfalls versucht. Wer will, kann einen Blick ins Mikroskop werfen und sehen, wie brutal es im Ackerboden zugeht. Errol, hast Du was im Fokus?«
»Ja, da ist wohl Arthrobotrys auf Beutefang, aber... na, wenn es nicht zu lange dauert. Ich arbeite gerade daran.«

Widerstrebend erhob er sich von seinem Platz, um dem abenteuerlustigen Publikum zu weichen. Schon der erste setzte sich bequem hin und verstellte sofort die Fokussierung mit dem Kommentar: »Ich seh nix«. Errol zog eine gequälte Grimasse und wandte sich demonstrativ ab. »Ich sagte ja, ich arbeite daran.«

Es war der Professor persönlich, der den jungen Mann vom Stuhl drängte und den Fokus wieder einrichtete. »Oh, ja, da zappeln sie. Der nächste.«

Kurzerhand rempelte die Nächste den Kommilitonen endgültig aus dem Ring und nahm Platz. Ein hübsches Kind, fand Errol und wurde sofort milder gestimmt. Als er sah, wie brav sie die Hände in der Höhe hielt, um ja nichts zu verstellen, beugte er sich zu ihr herab und bat sie, ein Auge in sein Mikroskop werfen zu dürfen, damit sie vielleicht eine interessantere Szene vor sich hätte. Das angenehme Gefühl dieser Nähe währte nur allzu kurz, und schon wurde es unruhig hinter ihnen. Die dreizehn verbleibenden Jünger wollten ebenso ihren Blutdurst stillen wie der erste noch einmal.

Endlich, nach einer gefühlten Stunde waren die Studenten raus. Ross begleitete sie wie ein Schäfer, der kein Lämmlein zurücklassen wollte, kehrte dann aber gleich wieder zurück und schickte Errol auf Pilgerreise: »Ich habe im Petrus-Krankenhaus angerufen. Du kannst eine Paecilomyces-Probe zum Abgleich bringen, was immer die damit anstellen wollen. Und auf dem Rückweg geben Sie Dir eine kleine Hautprobe von Mia mit, was immer *wir* damit anstellen können.«

Errol zog bereits seine Jacke an und ging zum Kühlschrank, um eine der Pilzkulturen zu nehmen. »Etwas verstehe ich nicht«, sagte er zu Ross. »Wenn wir schon Pilzfälle haben, dann vielleicht einen Paecilomyces-Fall in

Bonn und einen Arthrobotrys-Fall in Hennef. Und beide im gleichen Zeitraum. Was läuft da ab?«

Ross zögerte nachdenklich und sagte schließlich: »Die Zeit, Errol, die Zeit.«

Bonn, Samstagabend

Matthias hatte es am Freitagmorgen glücklicher getroffen und nach einem »Ja, Moment!« einen Ruf nach »Frau Almassarani« vernommen. Im Hintergrund hörte er Getrappel und kurz danach im Vordergrund »Ein Herr Hellborn«; dann vernahm er Sourianas leicht rauchige und dennoch weiche Stimme: »Matthias?«.

Das hörte sich gut gelaunt an und von Matthias fiel irgendwo ein Stein herab, während er sich selbst überraschte mit der unprogrammierten Begrüßung: »Hallo Souriana, lebst Du noch?«. Sie lachte geradezu übermütig.

»Ja, ich lebe noch. Und ich freue mich, Deine Stimme zu hören«, gackerte sie munter.

»Ja, ich auch. Ich habe wohl ziemlich lange nach Deiner Visitenkarte gesucht.«

»Du hättest ruhig noch einmal ins Institut kommen können – hatte ich eigentlich gedacht.«

Matthias suchte nach einer passenden Bemerkung, das kurze Schweigen drückte und drängte ihn. Aber er hatte ja einen Grund, sich zu melden, und den steuerte er gleich an.

»Sorry, ... die Arbeit«, stammelte er, fasste sich und fuhr dann fort: »Tut mir leid, dass ich mich nicht gemeldet habe. Vielleicht können wir einmal in Ruhe über die alten Zeiten reden. Warum ich gerade jetzt anrufe ist, dass wir einen Fall in Bonn haben, der mich ungemein an den alten Mohamad Alhomsi erinnert. Kein Toter, aber fast. Und es sind schon einige Leute aktiv bei der Ursachenforschung. Ich auch. Es hat tatsächlich Ähnlichkeit mit Mohamad. Und das wollte ich Dir gern zeigen und mit Dir sprechen.«

»Schön. Ich freue mich, wenn Du mich in Deine Geheimnisse einweihst. Soll ich zu Euch nach Bonn kommen oder kommst Du nach Köln?«

»Ganz wie Du magst«, antwortete Matthias aufgeregt. »Heute noch?«

Souriana lachte. »Leider nein, heute geht es nicht, ich muss leider arbeiten – und danach haben wir unseren Mädelsabend. Wenn Du morgen Abend Zeit hättest, könnten wir vielleicht etwas essen gehen? Ich würde gern mal wieder nach Bonn kommen.«

»Wenn das so einfach ist – nichts lieber als das. Ich überlege, wo es einen Syrer gibt.«

»Ach, nein, Quatsch! Mir ist das egal, deutsch, chinesisch, italienisch, griechisch. Sag Du!«

»Kommst Du mit dem Auto oder mit der Bahn?«

»Ich nehme die Bahn oder S-Bahn«.

»Ok, pass auf: Ich stehe ab acht Uhr morgen Abend am Vorderausgang des Bahnhofs und warte auf Dich. Dann entscheiden wir zusammen oder bummeln herum, bis wir etwas Schönes finden.«

»Perfekt, so machen wir das!«

»Ich freue mich.«

»Ich mich auch.«

Matthias hatte den Hörer aufgelegt und sich die schweißnassen Hände abgewischt.

Hurra, ich habe ein Date, hatte er sich gefreut.

Und so saßen sie jetzt am Samstagabend beim Italiener. Hinten war gerade ein Zweiertisch frei geworden und sie hatten in dieser gemütlichen Ecke ihren Platz eingenommen, ungestört und losgelöst vom munteren Speisen und Trinken im Vorderteil des Ristorante. Die Begrüßung am Bahnhof war etwas reserviert ausgefallen und bestand in einer kurzen Umarmung und zwei angedeuteten Küsschen rechts und links. Nach einem kurzen Spaziergang durch die Innenstadt kam man auf das Thema Essen und irgendwie waren beide hungrig auf irgendetwas.

Matthias hatte Sourianas schwarzen Mantel mit dem fellähnlichen Kragen abgenommen, ihr den Stuhl zurechtgerückt und den Mantel nebst seinem eigenen an die Garderobe gebracht.

»Was möchtest Du denn trinken?«, war seine erste Frage.

Im selben Moment stand der Kellner neben ihnen und fragte frei heraus: »Buona sera, signore e signora. Wissen sie sson, was sie ssu trinken möchten? Ein aperitivo zuerst vielleigt?«

Souriana reagierte erstaunlich schnell: »Für mich einen Aperol con Prosecco, bitte.«

Ihr überraschter Tischpartner brauchte etwas länger und bestellte dann »das Gleiche wie signora.«

Man legte ihnen die Speisekarten vor, entzündete mit einer galanten Bewegung eine Tischkerze und zog diskret von hinnen. Das war der Moment des Innehaltens und Abtastens. Für Matthias war es jetzt deutlicher, was er bei der Begrüßung nur unbewusst wahrgenommen hatte. Souriana war echt. Einiges erinnerte ihn plötzlich wieder an damals, ihr Geruch, ihr schwarzes Haar, ihr brauner Teint, ihr Mund, ihre Hände mit den schlanken Fingern. Er sog alles auf und hatte dabei die Sprache vergessen.

Auch Souriana sah ihn von unten seitlich an und studierte ihn neugierig.

»Gut, siehst Du aus. Noch männlicher«, sagte sie, mit dem rot lackierten Zeigefinger auf der Speisekarte kreisend.

Zum zweiten Mal wurde Matthias überrascht von ihrer Spontaneität.

»Äh, danke«, haspelte er, »und Du bist noch schöner geworden.«

Mein Gott, was war das denn? Wie peinlich, nach all der Zeit mit so einer abgedroschenen Phrase zu reagieren. Er schämte sich regelrecht und beeilte sich hinzuzufügen: »Ich hoffe, es geht Dir so gut, wie Du aussiehst. Es ist so schön, Dich endlich einmal wiederzusehen.«

Souriana grinste nur schelmisch. Sie war immer geradeheraus gewesen und auch das gehörte zu ihrem alten Spiel: Sie lies eine spontane Bemerkung fallen und er machte sich mit großem Ernst an einer Gegenrede zu schaffen. Jetzt genoss er es. Schade, dass der Aperitif kam.

»Warst Du bis letztes Jahr in Aleppo?«, lenkte Matthias das Thema um.

»Nein, natürlich nicht. Die Wissenschaftler vom ICARDA sind alle weg, nach Beirut gegangen oder zurück in ihre Heimat. In Tel Hadya war nichts mehr zu tun und ich hatte keinen wirklichen Job mehr. ICARDA hat mich aber finanziell noch unterstützt und Harold Burger hat mich kurzerhand mit nach London genommen.«

»Zum Imperial College?«

Souriana hielt ihr Glas zum Prost hoch und trank einen ordentlichen Schluck, bevor sie antwortete: »Mmh.« Mit der in höhere Tonlage gehenden Stimme klang es nicht nach ‚lecker' und einer Bestätigung des Getränks, sondern nach einer Bestätigung des Jobs.

»Wow«, steuerte Matthias bei, »das schafft nicht jeder. Darauf hebe ich mein Glas.« Und wie er tat es auch seine Tischnachbarin und leerte damit den Aperitif. Lächelnd drehte sie sich um und winkte den Kellner herbei.

»Du bist eingeladen«, flüsterte Matthias noch schnell, als die Karte gebracht wurde.

»Na dann«, grinste Souriana und blätterte mit einem neckischen Blick über die Speisekarte, um sie im Detail zu studieren, »dann bin ich hungrig. Ein Carpaccio di manzo wäre eine gute Vorspeise.«

Matthias wurde es etwas wärmer. »Kennst Du Paecilomyces lilacinus?«, fragte er rundheraus.

»Steht hier nicht.«

»Ich meine einen Pilz, der Nematoden befällt.«

Souriana merkte auf. »Denkst Du an Mohamad?"

»Ich denke an einen akuten Fall in Bonn. Der erinnert mich durchaus an Mohamad Alhomsi, aber alles ist genauso vage wie in Tel Hadya.«

»Filetto tartufato für mich.«

Matthias wurde es noch etwas wärmer.

»Souriana, arbeitet Ihr nicht mit Pilzen?«

»Hast Du mich deshalb eingeladen?« Ihr Lächeln war weg, stattdessen bekamen ihre Augen einen funkelnden Glanz. »Mein Institut untersucht Wechselwirkungen von Pflanzen mit Pilzen, nicht mit Menschen.« Sie klappte die Speisekarte zu, dass der Kellner es gehört haben musste, denn sofort stand er mit gezücktem Block neben ihr.

Souriana gab professionell ihre Bestellung auf und dazu ein Glas Barolo DOCG San Giovanni.

Matthias schwitzte, gab jedoch tapfer seine Bestellung auf: »Ich nehme das Gleiche, außer Carpaccio. Und zusätzlich ein Mineralwasser, still, bitte.«

»Sehr gerne, signore e signora.«

Das Tischgespräch lenkte nun auf das berufliche Fortkommen und etwas privater auf die beiderseitige Feststellung, dass keiner von ihnen ernste Bindungen eingegangen war. Dennoch war Matthias zunehmend unsicher, in welcher Position er sich derzeit befand. Souriana, die Frau, in die er verliebt gewesen war, erschien ihm schöner als zuvor. Eigentlich war er schon beim Nachtisch, und dieser stand nicht auf der Speisekarte. Andererseits hatte er Fragen stellen wollen, die ihm jetzt unwichtig erschienen. Die real existierende Atmosphäre durfte nicht gestört werden. So erzählte er bescheiden etwas mehr über sich und seine Arbeiten und noch bescheidener von seinen Freizeiterlebnissen in Bonn, die auf seiner Weltskala vor allem bezüglich des Nachtlebens deutlich hinter Aleppo rangierten.

Nach dem Essen hielt ihn nichts mehr in der gemütlichen Atmosphäre. Über Pilze wollte er nicht weiter sprechen, der Berufsstand hatte seine Ehre abbekommen. Jetzt interessierte ihn die Frau, Souriana reloaded. Konsequenterweise rief er den Kellner zur Bezahlung herbei, zahlte mit Karte und schaute Souriana tief in die Augen mit dem Hintergedanken, dass es so sein sollte wie im Film und er sie gleich neben sich wusste an einem Ort, den er sonst mit sich selbst teilte.

»Gehen wir noch etwas aus?« fragte er unbeholfen.

»Hier müssen wir wohl raus, nachdem Du die Rechnung beglichen hast.«

Er half ihr in den schwarzen Mantel mit dem fellähnlichen Kragen.

»Wir wollten eigentlich in Ruhe über die alten Zeiten reden.« Matthias ging langsam in den Angriffsmodus über.

Souriana lächelte ihn vielsagend an. »Ich habe noch keine Rückfahrkarte.«

Bonn, Samstagnacht

Matthias und Souriana waren nach dem Essen tatsächlich noch in einer Disco – um der alten Zeiten willen. Die Atmosphäre von Aleppo wurde nicht im Ansatz erreicht, aber das hier tat es zur Not auch. Keiner von beiden wollte schon nach Hause gehen und gesessen hatten sie genug. Und geredet. Matthias zeigte sich erschöpft.

»Lass uns gehen«, raunte er und sah ihr dabei in die funkelnden Augen. Souriana war in gelockerter Stimmung, das war ihr deutlich anzumerken. Er hatte sie soweit. Souriana war aber gerade nicht da. Wo waren ihre Gedanken? Würde sie mit ihm kommen? In dem Moment erwachte der alte Freigeist in ihr.

»Ja, gehen wir – zu Dir.« Nicht mehr und nicht weniger.

Sie gingen zu ihm. Er nahm sie beim Arm, ein wenig stützend wie ihm schien. In seiner Wohnung angekommen machte Matthias eine entschuldigende Geste, die ein gewisses Chaos erklären sollte. Souriana indessen fand zielstrebig sein Bett und begann, ihrer Schuhe rasch entledigt, sich zu räkeln, als sei es ihr Bett.

Die deutliche Einladung ließ sich Matthias nicht zweimal zeigen und er hüpfte mit den Worten zu ihr: »Es lebe Aleppo!«

Ihm war sofort klar, dass es bessere Minnetexte gab, aber zu seiner Erleichterung streifte Souriana auch ihr fliederfarbenes Kleid ab und schlüpfte rückwärts einladend unter die Bettdecke. Müde war er jetzt nicht mehr, und in diesem Zustand nahm er an, keine zweite Chance zu bekommen, um Aleppo wiederzubeleben.

Aleppo lebte, von den schwarzen Strümpfen über den schwarzen Slip bis zur Erhitzung des ungeschützten Augenblicks. Wie willig sie war. Wie leidenschaftlich. Wie erregend ohne Worte. Wie zuckend zum Höhepunkt kommend als er lange genug in sie gedrungen war. Wie damals. Alles war wie früher, sie waren wieder ein Liebespaar. Körperlich vereint, befriedigt von den Umständen, wie sie gerade waren. Keuchend. Glücklich.

Bonn, Sonntagvormittag

Souriana war über Nacht geblieben. Sie schlug die Augen auf und blinzelte im Halbdunkel umher. Aus einem Nebenraum hörte sie Geräusche einer Kaffeemaschine und Schritte. Die Schritte wurden lauter, veränderten sich und schienen näher zu schleichen.

»Guten Morgen«, wünschte sie den Schritten, »ich bin wach.«

Es änderte sich nichts. Es war still geworden, bis auf das Gurgeln der Kaffeemaschine. Sie suchte einen Lichtschalter, hob ihren Kopf und erschrak im selben Moment, da sie gegen etwas gestoßen war. Das Etwas heulte auf, knipste mit einer Hand die Nachttischlampe an, hielt mit der anderen seine Lippen und hörte auf den Namen Matthias.

»Matthias, hast Du mich aber erschreckt.«

»Empfuldigung, if wollte Dif überraffen«, nuschelte Matthias und suchte nach einem Taschentuch, das er in seiner Unterhose nicht fand.

Souriana schlüpfte aus dem Bett, ebenfalls nur mit Slip bekleidet, und nahm seinen Kopf in beide Hände. »Ist ja gut. Du hast mich überrascht. Gestern Abend. Lass mal sehen. Da ist nichts, Dein Mund ist noch dran.«

Sie küsste ihn zärtlich auf den wunden Punkt.

»Autf! Oh forry, if hab'f vermaffelt. If wollte Dif fum Frühftück rufen.«

Nebenan in der Küche war es still geworden. Der Kaffee war fertig und verbreitete sein Aroma. Unbekleidet und unverblümt setzte sich Souriana an den gedeckten Tisch und sah sich die Tafel an. Foul Medammas aus braunen Fava-Bohnen, Falafel und Pita-Brot. In einer kleinen Schale lagen Shanklish, daneben Oliven, gekochte Eier, ein Fläschchen Olivenöl mit der levantinischen Gewürzmischung Za'atar und Sesam und dazu noch die verschiedensten Marmeladen, Butter, Frischkäse, Milch und Joghurt.

Matthias schenkte einhändig Kaffee ein. »Fangen wir damit an. Gleif kommt der fwarze Tee mit Fucker.«

»Oh, Matthias,« hauchte eine sichtlich beeindruckte Souriana, »das ist mehr als eine Überraschung. Das ist wie zuhause.«

»Ja, das ist mein Zuhause«, antwortete Matthias und setzte sich auf den Stuhl gegenüber.

»Und Dein Deutf ift fon beffer geworden«, witzelte Souriana ihn nach. »Matthias, ich hatte lange auf Deine Einladung gewartet.«

Sie begann mit dem Frühstück, während Matthias eine CD von Fairuz einlegte. Er kam sich gerade vor wie ein Idiot. Warum hatte er eigentlich gewartet?

»Entschuldige, ich bin ein Spätzünder.« Er setzte sich und nahm ein Stück Pita.

»Bei meinem kurzen Besuch in Köln hatte ich keinen Mut gefunden und irgendwie auch keinen Ansatzpunkt. Ich bin echt froh, dass ich den Damm durchbrochen habe.«

Souriana schlürfte Kaffee. Um die Frühstücksprozedur vollends zu genießen, wartete sie den Tee ab. Matthias brachte die gefüllte Teekanne, schenkte in kleine Tassen ein und rückte den Zucker zurecht. Fairuz sang.

Souriana brach das Schweigen: »Der Ansatzpunkt. Das ist doch Deine Pilzgeschichte, oder?«

Matthias war mit einem Shanklishbällchen beschäftigt. Fairuz sang.

»Ist es das?«

»Du bist es.«

»Ich bin was?«

»Ich bin froh, dass Du wieder bei mir bist. Unternehmen wir noch etwas?«

»Ich frühstücke gerade.«

Fairuz sang.

Souriana frühstückte. Dann beschloss sie, aufzubrechen und verabschiedete sich: »Ich rufe Dich an. Wir sehen uns.«

Bonn, Sonntagmittag

Bernhard Ross hatte Zeit. Nach der Geburtstagsparty bei Freunden am Vorabend war er am Morgen nicht willens, sich aus seinem Kuschelbett zu erheben. Man hätte diesen Nichtwillen auch einen kleinen Kater nennen können. Als er um halb zwölf einen Aufstand versuchte, wackelte er in die Küche, aber niemand war da. Seine Frau Dörthe machte sich im Badezimmer zurecht und hatte ihn daran erinnert, dass es heute keine besondere Mahlzeit gibt, weil sie ja zum Kaffeeklatsch eingeladen war. Die beiden halbwüchsigen Kinder, Harald und Judith, saßen getrennt auf ihren Zimmern und waren mit ihren Computern beschäftigt, Harald im online-Kampf mit seiner Allianz und Judith hatte ihr Zimmer in einen virtuellen Chatroom verwandelt. Da hatte Kaffeeklatsch doch einen, wie soll man sagen, bodenständigeren Charakter.

Ihm war langweilig. Außer einer Tasse Kaffee mochte er nichts zu sich nehmen und zum Lesen war ihm gar nicht zumute. Da wäre ein gemütlicher Nachmittag in seinem Labor doch die beste Ablenkung, stets im Dienst der Wissenschaft und zugleich seines Hobbies. So machte er sich auf den Weg und kochte in seiner »Zweitwohnung« erst einmal seinen eigenen Kaffee.

Ein Paecilomyces-Fall in Bonn und ein Arthrobotrys-Fall in Hennef. Oder ein Einbildungsfall. Oder zwei. Und die Zeit. Arthrobotrys war deutlich aufregender zu beobachten und so etwas wie sein neuer Liebling im Vorlesungsstoff. Die früheren Versuche mit der Nematodenbekämpfung verdienten vielleicht eine neue Aufmerksamkeit. Aber seine Doktorandin war erkrankt, wie er wusste, war ihr Zustand stabil, wie es so schön hieß, aber nicht unkritisch, solange man die Ursache nicht gefunden hatte. Das drängte ihn natürlich zum klaren Fall Paecilomyces und Ross nahm eines der drei Krankenhaus-Reagenzgläser aus dem Kühlschrank. Steril waren die nicht, also konnte er den Inhalt auch ohne sterile Werkbank untersuchen. Demnächst müsste man allerdings Reinkulturen der Pilze züchten und unter Ausschluss von

Verunreinigungen aufbewahren. Jetzt aber, gestärkt durch Kaffee ohne Milch und Zucker ging es halbfrisch ans Werk. Ross tippte mit dem Zeigefinger, der sonst den Bleistift tippte, auf das Reagenzglas und schüttete einen Teil des Inhalts auf eine Petrischale mit Agar. Mit geringer Vergrößerung sah er sich zunächst die Hautschuppen an, die man von Mias Händen geschabt hatte, ein Objekt, das er sich so noch nie angesehen hatte. Entsprechend schwer war es, das, was er sah, zunächst einzuordnen. Er sah graue, halbdurchsichtige Gebilde mit unterschiedlichsten Formen und von sehr unterschiedlicher Größe. Er schob das Objekt auf dem Objekttisch hin und her und blieb an einer Milbe hängen. Oder einem Teil von einer toten Milbe, Kopf und vordere Gliedmaßen. Das war vermutlich eine von vielen Kontaminationen, die die Betrachtung nicht einfacher machten. Außer Schuppenteilen und dem Milbenteil ließen sich noch eine Menge verschiedenartiger Partikel erkennen, die er absolut nicht einordnen konnte, kurze Filamente und lange dünne, gewundene, rundliche, gezackte,... Moment mal, rundliche? Ross hielt auf die rundlichen Objekte zu, die vereinzelt auftraten, zum Teil aber auch zu mehreren hintereinander.

Ross ging in sein Büro, um in einem Lehrbuch nachzuschlagen: *Die Conidienträger der Gattung Paecilomyces verzweigen sich wirtelig oder unregelmäßig; an Phialiden werden die einzelligen Conidien kettenförmig abgeschnürt (SAMSON 1975). P. lilacinus zeichnet sich durch ein schnelles Wachstum aus. Die bis zu 600 µm langen Conidiophoren bilden Wirtel von Seitenästen, an denen wiederum je 2-4 flaschenförmige Phialiden sitzen. Die ellipsoidischen, 2.5-3.0 µm langen und 2.0-2.2 µm breiten Sporen haben eine violette Färbung (SAMSON 1975). Bei Erschütterung oder Luftbewegungen werden sie in großen Mengen aufgewirbelt, so daß für eine effektive Verbreitung des Pilzes gesorgt ist (eig. Beob.). Der fakultative Eiparasit vermag zwar auch bewegliche Nematodenstadien oder sedentäre Weibchen anzugreifen, ist jedoch gegen Eier besonders aggressiv (CABANILLAS et al. 1989). Es gab bereits erfolgreiche Versuche zur Nutzung im biologischen Pflanzenschutz, so gegen Meloidogyne incognita an Tomate (CABANILLAS et al. 1989) oder an Kartoffeln (JATALA et al. 1981).* Das reichte. Und eine Zeichnung im Buch machte den Professor jetzt auch ohne weiteren Kaffee munterer. Er kehrte zum Mikroskop zurück.

Nur mal angenommen, es könnte sich rein hypothetisch eventuell vielleicht mit einer gewissen Wahrscheinlichkeit um Paecilomyces handeln, nein, mit einiger Wahrscheinlichkeit, oder was sollte es sonst sein nach den ersten Vermutungen, diesem Anfangsverdacht, wie man sagen könnte, und diesen Größenordnungen der Konidien und Ketten, und der Farbe, da war keine Farbe, man musste den Lichtwinkel verstellen, so kann man keine Farbe auf kleine Objekte bringen, aber im Ausschlussverfahren, mit einer Reinkultur könnte man den Pilz identifizieren und dann Tests machen an, ja an was? Ross war jetzt fiebrig in seine Beobachtungen versunken. Schwitzte er sogar? Ja, der Kaffee. Er richtete sein Augenmerk auf die Ketten, an denen er bis zu fünf Kügelchen zählen konnte. Testen an was oder an wem? An Nematoden? Zunächst ja. Dann an Menschen? Als Kind hatte er sich einmal im Sandkasten an einem Glassplitter geritzt und furchtbar geschrien. Seine Mutter hatte ihn sofort ins Krankenhaus geschleppt, wo er in der Notaufnahme behandelt wurde. Er hatte Angst und der Angstschweiß trat ihm aus allen Poren, nachdem jemand von einem Starrkrampf gesprochen hatte. Er wollte keinen Starrkrampf und hielt krampfhaft die Hand seiner Mutter, als sie ihm die Spritze gaben. Er schrie nicht mehr, stattdessen kullerten Tränen. Er hatte wohl mitbekommen, dass von Nebenwirkungen die Rede war – und er hatte sie alle bekommen: Kopfschmerzen, eine schmerzende Schwellung an der Stelle, an der die Injektion gesetzt wurde, Magen-Darm-Beschwerden und Fieber ... Fieber schüttelte ihn. Ross delirierte, seine Gedanken wurden bunter, das Labor kühlte ab, er schwindelte, er war kein Schwindler, die Wahrheit musste ans Tageslicht, Pressefotografen blitzten auf seine Hände, Mia war übersät mit Pocken und starr verkrampft und Errol kam zu Hilfe mit einem Eimer mit toten Meerschweinchen und sein Auge blutete, nein es blutete nicht, er war eingenickt und hatte das Auge zu tief auf das Okular gesetzt. Nein, er war nicht eingenickt. Niemals. Aber es tat weh und Ross hielt sich ein Taschentuch auf sein rechtes Auge. Er schwitzte tatsächlich, aber das Auge war unverletzt. Der Schwindel ließ nach, der Kaffee. Oder die Party. Oder der Pilz. Was war das? Was war los mit ihm? Die Gedanken zogen weiter. Er war einfach erschöpft. Er wollte wieder ins Bett. Er fuhr langsam nach Hause.

Hennef-Weingartsgasse, Sonntagabend

Thomas Brunell hatte keine Ruhe. Seit Freitag hatte er das Gefühl, etwas unternehmen zu müssen, aber er wusste nicht was. Es ging ihm nicht aus dem Kopf, dass die Wehners beide tot waren. Zwei Menschen, die ihm fremd waren, kamen ihm doch so nah vor und beide waren auf mysteriöse Weise gestorben. Und zuerst ihr

Hund. Mit dem hatte es angefangen. Aber den konnte er wohl nicht ausgraben. Das wäre Hausfriedensbruch. Wer sagte ihm eigentlich, dass in dem Müllsack der Hund begraben war? Thomas war von seinem Spaziergang über die Felder zurück und hatte gerade die festen Schuhe ausgezogen. Das also hatte ihn gedrückt: Ein kleines Stück Holz fiel aus dem Schuh. Das hatte er wohl in dem Gebüsch aufgefangen, in dem er mit den Schuhen herumgestochert hatte auf der Suche nach, ja nach was eigentlich? Thomas hatte keine Ruhe und er wollte keine haben. Entschlossen zog er die Schuhe wieder an und machte sich erneut auf den Weg zu dem Gebüsch, dieses Mal mit Taschenlampe, einer Plastiktüte und einem Klappspaten. Nachts sieht man mehr, dachte er bei sich und grinste unternehmungslustig. Sein Handy zeigte acht Uhr an. Den *Tatort* ließ er heute sausen, stattdessen begab er sich persönlich an denselben.

Es war still und dunkel in dem kleinen Wäldchen. Wie am Tag, so stieß Thomas auch jetzt hier und da mit dem Fuß gegen Dornen und Unkraut, fand aber nichts. Auch am Ufer der Sieg, wo er seinen Fund gemacht hatte, war es still und dunkel und auch die Taschenlampe erhellte ihn nicht wirklich. Er schlenderte weiter zur Siegbrücke, die heute nicht so rutschig war, überquerte sie und plötzlich trugen seine festen Schuhe ihn ohne seinen eigenen Willen weiter durch die Nacht, vorbei am Gasthaus, die Taschenlampe aus, denn die Straßenlaternen spendeten kaltes Licht. Die festen Schuhe führten ihn festen Schrittes direkt vor das Haus der toten Wehners. Da stand der Wagen in der Auffahrt, unverändert. Hier stand Thomas und überlegte, was er hier zu suchen hatte. War dies nicht auch ein Tatort? Wehners hatten einen Hund und im Garten war ein Grab mit einem kleinen Kreuz. Er hatte es am Tag nicht untersuchen können, weil Caroline Wehner ihm keine Gelegenheit gegeben hatte. Wo war sie jetzt? Vermutlich übernachtete sie im Elternhaus, sie hatte einen Schlüssel. Das Haus war dunkel, die Rollläden heruntergelassen, genau wie am Haus der alten Spinnerin nebenan. Nirgends war Licht zu sehen. Außer da hinten im Garten. Machte sich da jemand zu schaffen? Unschlüssig machte Thomas ein paar Schritte in der Annahme, dass nun ein Bewegungsmelder ihm den Heimweg leuchten würde. Aber es tat sich nichts. Es blieb dunkel bis auf den bläulichen Schein hinter dem Haus. Noch ein vorsichtiger Schritt zum Hausfriedensbruch, über den Thomas jetzt nicht mehr nachzudenken bereit war. Er blickte sich nach allen Seiten um, tat einen Schritt nach dem anderen, dazwischen immer einen Moment verharrend, bis er den kleinen Zaun erreichte und um die Ecke des Hauses spähen konnte.

Was er sah, ließ ihn einen unterdrückten Schrei ausstoßen. Plötzlich war er mitten in einer außerirdischen Szenerie gelandet, für die er keine Erklärung fand, die ihn aber vollends in seinen Bann zog. Thomas sah in dem bläulichen Lichtschimmer über der Grube riesige Gespinste von Fäden. Und Ringe, keine Ringelchen, keine Spinnen, nein, das waren Fäden, die tanzten und strahlten und deutliche Formen hatten, deutliche Ringe in einem Meter Höhe, wie Fangarme eines Kraken, der statt Saugnäpfen Ringe besaß, mit denen er... Thomas erwachte aus der Versteinerung und zückte sein Handy, um zu fotografieren, was er sah. Da bewegte sich etwas in der Grube. Er schaltete auf Filmen um und filmte und ging näher heran, bis auf zwei oder drei Meter war er herangekommen und hatte Angst, zu nahe zu kommen an dieses... dieses Monstrum, das lebte und strahlte und einen Schwanz gefangen hatte, der nur sporadisch hin und her zuckte, während Ringe sich um ihn geschlossen hatten, ihn fest umklammert hielten und dahinter sich eine dunkle Wölbung abzeichnete, die aussah wie eine Ratte, gefangen in einem Geflecht bläulich schimmernder Fäden von Spinnen oder Pilzen, ein Tatort direkt vor seinen Augen, ein Tier, das sich nicht mehr wehrte, das in Agonie aufgegeben hatte und nun in dem kleinen Erdloch zur Ruhe kam, während der Wind hunderte von Fäden und Ringen hin und her wiegte, die nicht zur Ruhe kamen, vielmehr wie von Leben erfüllt mit Energie um sich griffen und Thomas anzugreifen versuchten. Erschrocken sprang er einen Schritt zurück, stolperte über den Zaun und landete seitlich vor der Garage, ein Bein auf dem Zaun. Mit schmerzender Hüfte rappelte er sich auf, suchte sein Handy, das ihm aus der Hand gefallen war, fand es und hielt wieder auf die Szene zu. Unglaublich, wie ruhig es hier war, wie unheimlich still eine so dramatische Aktion ablaufen konnte. Thomas schwitzte, als würde es um sein Leben gehen und nicht das der Ratte, die ihres wohl ausgehaucht hatte. Er war Zeuge eines Rattentodes, eines Rattenmordes, eines Todes durch Gespinste, die eine Ratte festhielten und zum Stillstand gebracht hatte. Das Leuchten ließ ein wenig nach und die Batterie des Handys offenbar auch, denn plötzlich wurde das Display dunkel. Benommen griff Thomas nach der Taschenlampe und dem Klappspaten, die er beim Filmen vor dem Zaun abgelegt hatte, warf noch einen Blick auf das erblassende Gespinst und zog sich langsam zurück, fort von dem grausigen Ort, vom Haus der bedauernswerten Wehners, der spinnerten Nachbarin und von Caroline Wehner, die - wenn sie denn im Haus war - genauso wenig von dem

Drama mitbekommen hatte wie irgendein anderer in dieser Gegend, in dieser Welt. Nur er, Thomas Brunell, hatte Beweismaterial, dass er nicht seiner Fantasie erlegen war, sondern dass sich hier die Realität abbildete, die er nicht zu erfassen vermochte. Noch nicht. Zuerst musste er sich beruhigen und zu Hause ansehen, was das Handy festgehalten hatte.

5. Bonn/Hennef/Siegburg, 2018, 22. bis 24. Januar

Bonn-Poppelsdorf, Montagvormittag

Thomas Brunell hatte es eilig. Er fand keinen Parkplatz vor dem IOL und traute sich nicht, den Politessen, die hier ständig herumstreunten, seinen Wagen zum Fraß anzubieten. Also fuhr er mehrmals um den Block, entfernte sich immer weiter vom Ziel, um endlich an der Mensa zu landen. Von dort ging er zu Fuß zum Institut, wo er den Professor Ross mit dem Bleistift klopfend in seinem kleinen Büro antraf, das Telefon in der anderen Hand, offenbar in einem wichtigen Gespräch, bei dem der eifrige Thomas nicht stören wollte. Die Tür stand offen und Ross blickte ohne Miene zu ihm herüber, winkte ihm aber zu, dass er ihn erkannt hatte. Hinter der Tür sah Thomas Beine auf einem Stuhl, und dann einen neugierig vorgebeugten Kopf, der gleich wieder verschwand. Das Telefonat wurde beendet und Ross begrüßte den Neuankömmling mit den Worten: »Hallo, Herr Brunell, heute ohne Eimer?« So also wurde er hier eingeordnet, als Eimerträger.

»Ich darf Ihnen Matthias Hellborn vorstellen, falls Sie sich noch nicht kennen. Er ist unser Pilzexperte vom INRES, Pflanzenkrankheiten und Pflanzenschutz.« Der Genannte erhob sich und reichte Thomas die Hand.

»Guten Tag, Herr Brunell, ich habe schon Interessantes von Ihnen gehört.«

Thomas war nicht nach einfühlsamem Geplauder zumute. Er hatte Beweise von einem Tatort dabei und er hatte sie in der Nacht so oft angesehen, dass der Film wie von selbst in seinem Kopf ablief. Das Material war erstaunlich gut, viel besser als seine überbelichteten Fotos beim letzten Mal. Und er wollte es endlich teilen.

»Wenn es Ihre Zeit erlaubt, würde ich den Herren gern zeigen, was mich heute herführt. Es ist kein Eimer, wie Sie richtig festgestellt haben, sondern ein Film.«

Da sich keiner dazu äußern mochte, zog Thomas schweigend und etwas theatralisch sein aufgeladenes Handy aus der Manteltasche und reichte es dem Professor.

»Was soll ich tun?«, fragte dieser interessiert.

»Drücken Sie einfach auf 'Play'.«

Ross drückte auf 'Play'.

Es dauerte eine Weile, bis Bernhard Ross sich setzte, den Blick nicht vom Handy lassend, schweigend versuchte zu verstehen, was er sah, während die anderen beiden stehend warteten.

»Wahnsinn«, entfleuchte es ihm. Der Film lief noch immer. »Kann man das auf den Computer ziehen?«, fragte er Thomas, ohne aufzublicken.

»Sicher, ich erhebe kein Copyright auf einen wissenschaftlichen Film.«

»Ich breche hier ab«, sagte Ross eilig und brach ab. »Matthias, das musst Du sehen. Ist das kein Fake?«

»Was fragst Du mich?«, gab Matthias zurück.

»Nicht Dich, Herrn Brunell.«

Herr Brunell befleißigte sich eines amüsierten Lächelns und fragte seinerseits zurück: »Wie und warum sollte ich so ein Fake machen? Der Film ist übrigens auch auf diesem USB Stick.«

Hastig nahm Ross den Stick und bugsierte ihn leicht zittrig in den Computer. Natürlich zuerst mit der falschen Seite. Ungeduldig mit dem lahmen Universitätsgerät suchte seine rechte Hand die Maus, während die linke mit dem Bleistift trommelte. Endlich kam das Bild. Wie schon zuvor versuchte sein Hirn zu verarbeiten, was seine Augen wahrnahmen; für die Ohren war nichts dabei. Auch Matthias zog seinen Stuhl heran, sah ungläubig auf den Monitor und schwieg. Am Ende wackelte es, das Bild wurde dunkel und der Film brach mehr oder weniger plötzlich ab, ohne Abspann und Credits.

Noch einmal drückte Ross auf 'Play' und alle sahen schweigend den wissenschaftlichen Film des Jahres.

»Puh«, unterbrach Matthias die Stille. »Gestochen scharf, einfach mit Ihrem Handy gefilmt? Was war am Schluss? Ein Angriff?«

»Ich bin nicht sicher«, antwortete Thomas. »Ich bin zurückgewichen und über den Gartenzaun gestolpert.«

Der Professor lies den Film laufen, während er resümierte: »Ich sehe einen Film. In dem Film spielt offenbar Myzel die Hauptrolle, bläulich schimmerndes Myzel, mit Fangvorrichtungen, kontrahierenden Ringen, Ringe, die eine Ratte oder Maus am Schwanz festhalten, Myzel, das den Rattenkörper völlig bedeckt. Das Tier hat sich verfangen. Was siehst Du, Matthias?«

»Arthrobotrys dactyloides.«

»...infernalis.«

»Amen.«

Thomas hatte sich ebenfalls einen Stuhl genommen. Er war beeindruckt von dem Eindruck, den sein Film bei den Wissenschaftlern hinterlassen hatte. Kein Fake. Sein Film. Für die Wissenschaft.

»Lieber Herr Brunell«, nahm Ross den Faden auf. Das ist unglaublich, was Sie da geschafft haben. Erzählen Sie uns die Story zum Film?«

Wieder einmal kam sich Thomas vor, wie in einem Verhör. Er hatte etwas gefunden, was die Welt verändern konnte, und nun musste er sich rechtfertigen und Fragen anhören, statt Lob zu ernten. Das musste ein Ende haben.

»Zunächst, lieber Herr Professor, möchte ich klarstellen, dass ich Ihnen zum zweiten Mal wissenschaftlich relevantes Material liefere und mit Fragen zu Ihnen komme, auf die ich keine Antwort finden kann, und Sie...«

»Entschuldigen Sie bitte«, unterbrach Ross, »Sie haben selbstverständlich Recht. Ihr Material ist ausgesprochen wertvoll für die Wissenschaft. Übrigens auch die Bodenproben, die sie uns gebracht haben. Wir haben darin denselben Pilz gefunden, um den es sich in Ihrem Film vermutlich handelt. Ein Pilz, der Nematoden fängt und sich von ihnen ernährt. Aber hier haben wir es mit einem Riesenphänomen zu tun. Dieser Film zeigt ein Monster von Pilz, das eine Ratte fängt.« Er überlegte kurz. »Und wenn dieser Pilz nun tatsächlich Menschen frisst...«. Er brach ab.

Thomas brannte noch etwas auf den Lippen.

»Ich muss noch hinzufügen, wie ich zu dem Film kam. Also, ich wollte Frau Wehner besuchen. Die Frau, deren Mann ich auf dem Wiesengut gefunden hatte. Diese Frau ... ist ebenfalls tot.«

Ernste Mienen bildeten sich ringsum und der Professor rückte sich unruhig auf dem Stuhl zurecht. »Sie meinen, die Frau ist in gleicher Weise gestorben, wie der Mann?«

»So sagt es die Tochter, Caroline Wehner, die ich statt der Mutter am Haus der Wehners traf.«

»Das wird ja immer bunter«, warf Matthias ein.

»Warten Sie«, fuhr Thomas fort. »Ich berichte chronologisch, was ich weiß. Also, ich traf Frau Wehner, Caroline Wehner, als ich mich in Wehners Garten vorgewagt hatte. Da war ein Grab, ganz nah beim Haus neben einem Busch. Jedenfalls sah es aus wie ein Grab, mit einem kleinen Kreuz oben darauf und einem Hundehalsband. Ich hatte angefangen, daran herumzugraben und fand einen Müllsack, mit Fell, das habe ich aber nur flüchtig gesehen, als ich später gegangen war. Die Tochter war ganz adrett und zum Teil ganz freundlich und wir haben im Haus etwas gegessen, während sie mir erzählte, dass sie aus Seattle hergekommen war, um ihren toten Vater zu sehen und jetzt auch ihre tote Mutter. Die hätte genauso ausgesehen wie ihr Vater, sagte sie, also mit Watte und Eiter und so. Als ich auf Figo zu sprechen kam – so hieß der tote Hund von den Wehners – war sie nicht mehr so freundlich und ich bin gegangen. Aber am Sonntagabend bin ich wieder hingegangen. Und da habe ich gefilmt.«

Die beiden Wissenschaftler waren ganz vertieft in den Vortrag und jeder versuchte, seine Schlüsse zu ziehen. Matthias bemerkte als erster, dass Thomas Brunell geendet hatte. Langsam erhob er sich und begann, in dem kleinen Büro auf und ab zu gehen.

»Der Hund«, waren seine ersten Worte. »Er starb doch zuerst. Dann Herr Wehner, dann Frau Wehner. Mia Högerl ist ebenfalls erkrankt, aber da sehe ich im Moment keinen Zusammenhang. Anderer Pilz, andere Quelle. Zum Fall Wehner würde ich sagen: Im Anfang war der Hund.«

»Gut gesagt«, raunte Ross, »ich hatte den Satz anders in Erinnerung, aber weiter zurück komme ich auch nicht.«

Thomas meldete sich zu Wort: »Was also war mit dem Hund? Er hatte etwas gefunden, sich infiziert und ist daran gestorben. Herr Wehner hat ihn begraben und sich selbst dabei infiziert. Er ist auch gestorben. Frau Wehner hat sich an ihrem Mann oder auch am Hund infiziert und ist auch gestorben. Mit Watte und Eiter und so. Und im Grab des Hundes wächst der Pilz und fängt eine Ratte. Mannomann.«

»Ja«, wiederholte Ross und schaute auf seine Uhr. »Mannomann, meine Vorlesung...«

Bonn-Poppelsdorf, Montagvormittag

Abgang Ross, Auftritt Errol.

»Hallo Matthias, Tag Herr Brunell. Schon gehört? Mia ist weiter stabil. Was macht Ihr?«

»Heißt das, Du hast Mia besucht?«, fragte Matthias zurück.

»Ich, äh, Saskia war da, sie weiß mehr.« Er errötete und wollte weitergehen.

»Aber dass Saskia da war, weißt Du?«, bohrte Matthias nach.

»Wenn es Dich so interessiert, ich habe bei ihr übernachtet.«

»Immerhin eine gute Nachricht«, löste Thomas die Situation, wenn auch uneindeutig. Abgang Errol.

Die beiden standen jetzt allein in Ross' Labor und Matthias knüpfte den Gesprächsfaden wieder auf: »Wir waren noch bei den Wehners und dem Hund. Sollten wir da noch einmal vorstellig werden? Im Garten und im Krankenhaus?«

»Wir können es ja versuchen«, stimmte Thomas eifrig ein.

Matthias hatte eigentlich auch etwas Anderes zu tun, aber im Moment hatte er ein unerwartetes neues Forschungsfeld gefunden, das ihn mehr als alles andere interessierte. Ein wissenschaftliches Phänomen, mit dem er punkten konnte. Killerpilze im Garten. Wenn das eine Publikation würde, würde er ein gefragter Mann werden. Als Wissenschaftler musste er noch mehr Material sammeln, um eindeutig zu beweisen, dass es sich um einen bestimmten Pilz handelte, der für Mensch und Tier tödlich war. Oder zwei verschiedene Pilze, die irgendwie zusammenhingen - oder auch nicht. Als Mensch hatte er aber auch Verantwortung für sein Wissen. Drohte nicht die Gefahr, dass sich noch mehr Leute infizierten oder gefangen wurden? Was war in diesem Fall zu tun? Das Wiesengut evakuieren lassen? Undenkbar. Die Polizei zu Wehners Haus schicken? Was sollten die tun? Zuerst wollte er sich selbst ein Bild machen. Er fragte Thomas Brunell, ob er ein Auto dabeihätte und verdrehte die Augen, als er den Standort erfuhr. »Könnten Sie den Wagen in die Nussallee zu meinem Institut bringen? Ich packe da noch ein paar Sachen ein.«

»Sehr wohl, Sire«, reagierte Thomas mit einem Näseln. »Der Chauffeur fährt in 12 Minuten vor.«

Hennef-Weingartsgasse, Montagmittag

Der Volvo stand unverändert in der Einfahrt. Die Rollläden des Hauses Wehner waren geschlossen, die im Nachbarhaus hochgezogen. Thomas parkte vor dem Volvo in der Einfahrt. Sie wollten offen auftreten, nicht wie Einbrecher. Matthias läutete vorn an der Haustür, Thomas ging zur Hintertür. Von dem nächtlichen Schauspiel war nichts mehr zu sehen, nur ein leeres Grab, in dem ein Schauer Spuren verwischt hatte. Nasser klumpiger Lehm machte auf Thomas keinen Eindruck. Er klopfte an der Hintertür. Matthias klingelte im Nachbarhaus. Thomas hörte die Stimme der alten Spinnerin.

»Die Nachbarin meint, hier wohnt keiner mehr. Eine Tochter kennt sie nicht.«

Matthias bog um die Ecke und sah einen nachdenklichen Thomas vor der Grube.

»So so«, raunte er. »Kennt sie nicht. Ist auch egal, wenn sie spinnt. Irgendetwas ist hier anders.«

»Ich würde sagen, alles ist anders als in dem Film«, stellte Matthias fest.

»Der Müllsack ist weg«, setzte Thomas seinen Gedankengang fort.

»War er denn gestern Abend noch da?«

»Weiß nicht. War er auf dem Film zu sehen?«

»Weiß ich jetzt auch nicht. Das können wir ja später noch einmal nachsehen.«

Thomas war nicht zufrieden. Jetzt war der Müllsack jedenfalls nicht da. Wenn der Pilz ihn nicht auch aufgefressen hatte, musste ihn jemand entfernt haben. Und wenn keiner da war, außer der Nachbarin…

»Ich schlage vor, dass wir hier ein paar Proben nehmen und dann ins Krankenhaus fahren«, unterbrach Matthias erneut. Kaum gesagt, machte er sich ans Werk und kramte in seiner Wissenschaftlertasche in Gestalt eines Jutesackes.

»Man kann nicht glauben, dass sich nachts hier solch illuminierte Schauspiele ereignen«, nuschelte er durch den Mundschutz und zog die Schutzhandschuhe an. Ob er damit wirklich geschützt war, mochte er nicht überlegen, so friedlich ruhte das Grab vor ihm. Mit einer kleinen Handschaufel stach er in den Lehm und bugsierte Proben von verschiedenen Stellen, auch außerhalb der Grube, in verschiedene Plastiktüten, die er mit einem Clip verschloss und in dem Jutesack verschwinden ließ.

Thomas war ein paar Schritte tiefer in den Garten gewandert und sah sich um. Nichts Auffälliges konnte er ausmachen außer den Fischgräten und so trat er wieder zur Grube.

»Haben Sie den Teich gesehen?« fragte er.

»Nein, wo?«

»Da drüben.« Thomas deutete in die Richtung.

»Nein, was ist damit?«

»Werfen wir einen Blick darauf«, schlug Thomas vor.

Matthias konnte sich davon überzeugen, dass er im Wesentlichen dasselbe sah, wie Thomas zuvor: Fischgräten.

»Fressen Hunde Fisch?« fragte er.

»Wirft Herrchen dann die Reste in einen Teich?« war die Antwort.

»Unheimlich«, sagte Matthias.

»Ja, unheimlich«, wiederholte Thomas und fotografierte den Teich, die Gräten zoomte er heran bis das Bild wackelte.

Sie gingen langsam zurück. Neben der Grube lag das Hundehalsband.

»Wollen wir das auch eintüten?«, fragte Thomas? Matthias nahm es und tütete es ein. Auch dieses Beweisstück landete sicher im Asservatenbeutel.

»Wir sollten noch einmal hierherkommen, wenn es dunkel ist, da sieht man mehr«, meinte Thomas. »Mit einer richtigen Kamera.«

»Wir sollten vielleicht mal an die Sicherheit denken und Absperrband mitbringen«, entgegnete Matthias, dessen schlechtes Gewissen ihn biss. Das wäre das mindeste, was wir tun können, um nicht wegen unterlassener Hilfeleistung verdonnert zu werden.«

»Wem soll das noch helfen, wenn keiner da ist? Außer der alten Spinnerin.«

»Was hast Du nur dauernd mit Deiner Spinnerin?« fragte Matthias den Thomas und zugleich sich, wieso er ihn plötzlich geduzt hatte.

»Angenehm. Thomas«, nahm dieser das Angebot mit einem Handschlag an. Sie waren jetzt ein Paar wissenschaftlicher Detektive. Das Paar verließ den Tatort, an dem ein Hund, ein Nagetier und mehrere Fische verstorben waren, und setzte sich in das Einsatzfahrzeug Richtung Krankenhaus zwecks Erlangung weiterer Indizien.

Siegburg, Montagmittag

Zwei Gestalten standen im Foyer des Krankenhauses, wie bestellt und nicht abgeholt. Thomas ergriff die Initiative, drückte den Aufzugschalter und die beiden fuhren zur Station 2C. Da war er schon einmal und hatte Totenwache gehalten. Für Heiner Wehner. »Entschuldigung«, fing er eine eilige Krankenschwester ab, »wo finde ich Doktor Durgao?«

»Der hatte Frühdienst, ist bestimmt schon weg.« Und weg war auch sie. Thomas sah sich um und versuchte sich zu erinnern, in welchem Zimmer er gewesen war. Er drückte eine Tür auf und fand ein komplett leeres Zimmer dahinter. Ratlos wandte er sich an Matthias: »Nicht viel los hier oben. Bewahrt man Tote nicht auf?«

»Vermutlich nicht oben, sondern unten«, vermutete der Wissenschaftler.

Thomas drückte den Aufzug und sie warteten. Und warteten. Dann nahmen sie die Treppe drei Etagen hinunter zu Fuß. Es ging noch weiter nach unten, aber Irrende können überall irren. Es half nichts, man musste jedes Türschild einzeln vernehmen. Vermutlich waren die Toten doch tiefer bewahrt. Sie teilten sich auf, einer rechts, einer links, den Gang hinab, und trafen sich wieder in der Mitte.

»Es hat keinen Zweck, lass uns fragen«, schlug Matthias vor. Sie stiegen wieder hinauf und traten ins Foyer zurück, als unvermittelt Dr. Durgao im weißen Kittel erschien und auf Thomas zuhielt.

»Herr Bonelli, warten Sie«, rief er von weitem. »Thomas ließ ihn herantreten und stellte sich erneut vor: »Brunell, Thomas Brunell, Herr Doktor.«

»Ja, Herr Brunell, gut dass ich Sie sehe, Sie kommen wegen der Wehners, richtig?«

»Richtig.«

»Kommen Sie doch mit mir. Ich habe eine Neuigkeit aus dem Zentrallabor.«

Ohne weitere Fragen folgten sie dem flinken Arzt hinauf in die zweite Etage, wo sie schon einmal waren, ließen sich in ein Zimmer führen, dessen Türschild die Auskunft gab 'Priv.-Doz. Dr. med. Durgao' und standen ungeordnet in der Tür, bis der Arzt sie heftig zu sich winkte und die Tür schloss. Es gab nur zwei Stühle im Raum und so blieben alle drei stehen. Thomas stellte seinen wichtigen wissenschaftlichen Freund stolz als 'Doktor Hellborn vom wissenschaftlichen Institut' vor, welcher sich beeilte hinzuzufügen: »INRES, Pflanzenkrankheiten und Pflanzenschutz.«

»Wunderbar«, ereiferte sich Durgao, »der richtige Mann im richtigen Moment.«

»Er ist auch wegen der Wehners hier«, stellte Thomas klar, aber Durgao hatte nur Augen für den blonden Matthias. Da war wieder sein Minderwertigkeitsgefühl in der Welt der Doktores und Professoren. Das hätte er auch werden können, wenn er gewollt hätte. Sein Vater hatte es gewollt und der hatte Geld genug, dass er auch ohne Stipendium ausgekommen wäre. Aber er liebte die frische Landluft und wenn er es recht betrachtete, war es auch gut so; er hatte seinen Beruf geliebt. Aber jetzt hatte er eine Mission und betrachtete sie als seine Mission mit Beweismaterial von sensationeller Qualität. Der Pilzdoktor...

»... einige Rätsel aufgegeben«, schnappte er gerade auf, als er sich fing. Durgao gab unaufgefordert sein Urteil öffentlich preis.

»Beide hatten eine Pilzinfektion, die allein oder in Kombination mit etwas Anderem todesursächlich war. Das Labor hat Hautproben kultiviert und einen Pilz ausgemacht, der für uns bislang völlig unbekannt war.

»Arthrobotrys dactyloides«, sagte Matthias, ohne mit der Wimper zu zucken.

»Arthrob...« stutzte der Arzt. »Den kennen Sie?«

»Sehr gut sogar. Es ist ein bekannter Bodenpilz, der fakultativ Nematoden fängt und sich von ihnen ernährt.«

»Ja, Nematoden«, bestätigte der Arzt. »Das haben wir inzwischen auch gelesen. Aber die Wehners waren keine Nematoden. Ist Ihnen ein Fall von Arthrobotrys bei Menschen bekannt?«

»Nein«, sagte Matthias schlicht, »bislang noch nicht.«

»Nun, die Wehners waren beide gesund. Wir fanden keine andere akute Todesursache als eine Pilzinfektion. Vielleicht auch eine bakterielle oder virale Kontamination, aber keine anderen Pilze.«

»Hat sich noch jemand angesteckt? Die Tochter vielleicht?«, fragte Matthias, der inzwischen der einzige Gesprächspartner des Arztes war.

»Die Tochter? Die war nur einmal hier, um sich von ihren Eltern zu verabschieden.«

»Danke, Dr. Durgao«, sagte Matthias und reichte ihm die Hand. »Sie haben uns sehr geholfen. Leider können wir uns nicht revanchieren. Wir kennen selbst keinen Präzedenzfall bei Menschen.«

Bonn-Poppelsdorf, Montagnachmittag

Errol Bendt saß vor Mias Bett und strahlte sie an. Sie sah einigermaßen gut aus. Er konnte kaum glauben, dass sie eine schwere Pilzinfektion hinter sich hatte. Man hatte ihr Antibiotika verabreicht, aber keine Antimykotika, die speziell gegen Pilze wirkten. Soviel hatte Mia schon herausgefunden und war mit Errol einig, dass sie sich selbst geheilt hatte. Winzige Narben waren auf ihren Armen zu sehen. Was in ihrem Körper vorging, war nicht zu sehen. Sollte man sie untersuchen oder war es genug, dass es ihr besserging? Hatte er nicht andere Dinge zu erledigen als potenziell humanpathogene Pilze zu studieren? Zum Beispiel auch das Tête-à-Tête mit Saskia? Würde sie schweigen? Er musste seine Dissertation schreiben und an seine Zukunft denken. Sollte Ross doch seinem neuen Hobby frönen, wenn er es sich leisten konnte. Er würde sich aus dem Fall zurücknehmen.

Bonn-Poppelsdorf, Dienstagmorgen

Professor Bernhard Ross, seines Zeichens Geschäftsführender Direktor des IOL, hatte in der Tat nichts Besseres zu tun, als seinem neuen Hobby zu frönen. So schien es Errol in dem Moment, wo Ross the Boss ihn abfing, um seine neuesten Erkenntnisse mit ihm zu teilen. Frustriert setzte er sich zu ihm in sein Büro und hörte zu, was es zu hören galt. *Sandnessunds Krematorium Tromsø* interessierte ihn genauso wenig wie dieser Eide und seine Frau. Mia ging es gut und dieser Ole Mikkelsen, mit dem Ross wieder telefoniert hatte, würde seine Dissertation nicht für ihn schreiben. Es interessierte ihn nicht und deshalb hörte er auch nicht aufmerksam hin, warum zwei Menschen auf Spitzbergen an Paecilomyces lilacinus verstorben waren.

»Jan Eide hatte beim Transport von Saatgut geholfen, als die Syrer ihre Lieferung von 2012 wieder zurückhaben wollten. Hörst Du mir zu, Errol?«

»Nicht wirklich, Bernhard«, antwortete Errol ehrlich. »Mir läuft die Zeit weg, Du hast selbst davon gesprochen. Warum erzählst Du das nicht dem gehörnten Experten?«

»Du hast Recht«, sah sein Doktorvater väterlich ein. »Ich werde Matthias Hellborn informieren und Du konzentrierst Dich auf Deine Doktorarbeit. Es ist schön zu hören, dass Mia über den Berg ist. Wie sie das wohl gemacht hat?«

»Alles braucht seine Zeit. Alles wird gut.«

Bonn-Poppelsdorf, Dienstagmittag

Auch Matthias war mit seinen eigentlichen Arbeiten beschäftigt und im Moment kein guter Zuhörer. Zuerst hatte er sich verleugnen lassen. Als Ross aber zum dritten Mal anrief, nahm er das Telefon aus der Hand der freundlichen kleinen Assistentin. Nach dem obligatorischen »Hallo« war er lange zum Zuhören verdammt. Ross hatte einiges zu erzählen. Und je länger er zuhörte, desto mehr wurde Matthias in den Bann der Suade gezogen. Spätestens beim Stichwort ICARDA hatte er seinen spektakulären Arthrobotrys-Fall vergessen und nur noch Ohren für seinen alten Paecilomyces-Fall. Die Information, dass syrisches Saatgut im *Svalbard Global Seed Vault* gelagert wurde, war ihm keineswegs neu. Dass aber dabei pilzverseuchtes Saatgut im Spiel gewesen sein sollte, klang äußerst brisant. Aber war das nicht Schnee von gestern?

»Sie haben den Pilz damals kultiviert und tiefgefroren«, hechelte Ross geradezu. »Sie schicken uns Proben per Eilpost.«

»Warum sollen wir skandinavische oder syrische Paecilomyces-Proben untersuchen, wenn wir selbst eine Pilzkultur aus London haben?«, fragte Matthias vorsichtig.

»Na, zum Abgleich. Ich will wissen, ob es Zusammenhänge gibt. Wir haben es mit einem bislang undokumentierten Phänomen zu tun: Pilze fressen Menschen. In Longyearbyen hatte es Tote gegeben, bei uns immerhin eine Schwerkranke. Wir sind doch Wissenschaftler, die dem nachgehen müssen. Wir können das.«

»Ja«, antwortete Matthias knapp, »wir sind Wissenschaftler. Aber wir können nicht alles auf einmal.« Er verabschiedete sich von Ross, der auch nichts mehr sagte. Matthias dachte an seine Verabredung mit Thomas für heute Nacht. Seine Gedanken kreisten zugleich von Syrien nach Köln: Zu Souriana. Er musste sie bald wiedersehen. Was, wenn Sie heute Nacht mitkäme? Zu einer ganz besonderen Nacht. Er wählte ihre Dienstnummer.

Hennef-Weingartsgasse, Dienstagabend

Thomas hatte einen Camcorder mit Stativ mitgebracht. Matthias hatte zuvor noch Souriana vom Bahnhof abgeholt und ihr unterwegs geschildert, was er bisher wusste. Allerdings nur die eine Hälfte, kein Wort über Paecilomyces. Auf dem Laptop hatte sie während der Fahrt den Arthrobotrys-Film angesehen und war richtig aufgeregt, selbst zum Tatort zu kommen. Dort stand Thomas schon seit einer viertel Stunde in der Kälte, den Mantel eng zusammengezogen und den Hut tief im Gesicht. Er stand da wie ein Gangster oder ein Detektiv, es fehlte nur eine Zigarette zum Klischee. Das Stativ hielt er schräg nach unten, es sah aus wie ein Gewehr. Er schimpfte nicht über die kleine Verspätung; immerhin war es viertel nach zehn geworden und er war überpünktlich gewesen. Stattdessen beobachtete er interessiert die junge Dame im Halbdunkel, deren Silhouette sich vor der Straßenlaterne abzeichnete und nicht viel mehr als ihr langes Haar preisgab. Matthias machte sie kurz miteinander bekannt und Souriana gestand: »Ich bin sehr aufgeregt. Dürfen wir hier denn filmen?«

Es war Thomas, der antwortete: »Einen wissenschaftlichen Film im Freien zu drehen, ist wohl nicht verboten.«

»Und es scheint niemand da zu sein«, ergänzte Matthias. Es war still, dunkel und kalt, sehr kalt bei dem sternklaren Himmel. Es war tatsächlich nichts zu hören und keiner zu sehen, alle Rollläden an den Häusern waren geschlossen und der Garten lag ebenso ruhig und dunkel vor ihnen. Kein Licht ging an, es gab hier tatsächlich keine Bewegungsmelder. Die drei schlichen um die Ecke über den kleinen Zaun in den Garten und Thomas hielt seine Taschenlampe auf die unveränderte Grube. Auch darin war nichts zu sehen. Kein Leuchten. Keine Ratte. Kein Pilz. *Können Pilze schlafen?*, dachte Thomas bei sich. *Wird es hier überhaupt noch etwas zu sehen geben?*, überlegte Matthias.

»Ich bin gar nicht mehr so nervös«, sagte Souriana.

»Schön«, antwortete Matthias, »aber unheimlich ist es doch vor dem Grab im Dunkeln. Irgendwie fühle ich mich nicht wohl. Beobachtet uns jemand?«

Thomas leuchtete mit der Taschenlampe die unteren Rollläden der Gartenseite ab. Alle waren fest verschlossen. Im ersten Stock war der linke Rollladen vielleicht bis auf einen kleinen Spalt verschlossen, aber die Perspektive von unten konnte täuschen.

»Mich beschäftigt etwas Anderes«, sagte er in die Stille. »Wie wären wir auf einen Angriff vorbereitet? Ich habe nichts dabei, mit dem ich einen Killerpilz abwehren könnte.«

»Du hast Recht«, pflichtete Matthias bei. »Und eigentlich wäre das hier zu erwarten gewesen. Es gibt keine Ratte zu fressen, keinen Fisch und keinen Hund. Und keinen Wehner. Höchstens uns.«

»Du meinst einen Köder?«, schaltete sich die vor Kälte bibbernde Souriana ein.

»Ja, einen Köder.«

Thomas leuchtete noch hierhin und dorthin, dann kamen sie überein, dass sie auch auf die Kälte nicht vorbereitet waren und ihren Coup noch einmal überdenken wollten. Der Plan war nicht wirklich einer. Sie brachen die Aktion ab.

Bonn Dienstagnacht

»Soll ich Dich jetzt noch nach Köln fahren oder übernachtest Du bei mir?«
»Ich übernachte bei Dir.«
»Es gibt aber leider kein syrisches Nachtmahl.«
»Dafür nächtige ich nackt mal.«
Sie lachten beide.
Die Wohnung war gut geheizt. Souriana entspannte sich schnell im Sessel, während Matthias sich beeilte, nach Getränken zu suchen. »Tomatensaft oder Wein?«, rief er aus der Küche.
»Nichts, nur Dich.«
Er kehrte zurück ins Wohnzimmer, eine Flasche Tomatensaft in der Hand, und sah gerade noch eine nackte Souriana in seinem Schlafzimmer verschwinden. Er stellte die Flasche auf den Beistelltisch, zog im Gehen Pulli und Sweatshirt aus, sah nur Sourianas Haare im Bett, knöpfte dann ungeduldig seine Hose auf und setzte sich auf die Bettkante, während eine streichelnde Hand schon über seinen Rücken fuhr. Die zweite Socke wollte nicht so wie er und er wurde böse mit ihr, zog mit Gewalt daran und zugleich zog ein Arm um seinem Hals ihn ganz ins Bett, die Socke über dem halben Fuß. Matthias kuschelte sich unter die Bettdecke und wollte sich über die böse Socke beruhigen, aber daran war nicht zu denken. Schon leckte Sourianas Zunge mit wohltuend heißem Atem an seinen Lippen, kreiste darum wie ein Raubtier um seine Beute und glitt dann züngelnd in seinen Mund. Souriana

streichelte seinen Kopf und seinen Rücken, drückte sich ungeduldig gegen seinen Körper und bald begann ihr Atem schneller zu gehen. Er streichelte, wohin seine Hände ihn führten, Rücken, Brüste, Schenkel, Gesicht, trieb seine Hand schließlich in exotisches zartes Buschwerk, während die ihre ihn zärtlich an seiner härtesten Stelle umfasste, bevor sie ihn aufrecht sitzend einführte. Vergessen war die kalte Nacht, vergessen Pilze und böse Socken und Gedanken. Leer war sein Kopf und dann leerten sich auch seine Lenden in einem Moment von berstender Energie und höchster Ekstase, in der auch Souriana heftig zuckte. Das perfekte Glücksgefühl, wie er es nur bei Souriana fand, dauerte lange an. Wie gut sie doch zueinander passten.

Matthias und Souriana hatten in der Nacht noch lange gekuschelt und sich gegenseitig von ihrer Arbeit erzählt. Sie wurden immer leiser bis sie eingeschlafen waren. »Seeehr inessant«, war das Letzte, was Matthias zu Ohren kam.

Bonn-Poppelsdorf, Mittwochmorgen

Am Morgen machte Matthias ein mitteleuropäisches Frühstück, während Souriana sich gähnend, aber strahlend an ihrem Institut kurzfristig einen freien Tag nahm. Sie wollte mit ihm ins INRES und seine Arbeiten bewundern. In der Nacht hatte er auch von Paecilomyces erzählt. Das klang spannend.

»Also. Nun ja«, begann er etwas unschlüssig, während er einen Laborkittel anzog, um mehr Eindruck zu machen

– oder aus Gewohnheit. »Hier in meinem Labor kann ich Dir leider nicht allzu viel zeigen, aber die im IOL drüben schauen sich auch nur ihre Präparate an. Und Oliver in der Molekularen Phytomedizin könnte mehr Interesse zeigen, wenn er wollte. Umso mehr freue ich mich über Dein Interesse. Als Kollegin vom Max-Planck-Institut muss ich ja bei Dir nicht alles von Grund auf erklären.« Damit trat er vor ein Mikroskop, setzte eine der Schalen aus dem Kühlschrank darunter und fokussierte. Dann deutete er auf das Mikroskop: »Schau einfach einmal, was Du hier siehst.«

Souriana nahm Platz und justierte fachmännisch die Okulare und die Grob- und Feineinstellung für den Fokus. Sie sah Reste von Nematoden, überwiegend nur Umrisse von solchen, aber hier und da auch lebende Nematoden, die dem Gestrüpp über ihnen wohl noch nicht erlegen waren. »Das ist also Paecilomyces?«, fragte sie.

»Ja«, sprach der Fachmann, »bei der Arbeit. Siehst Du die Konidienträger? Sie bilden Wirtel von Seitenästen; daran sitzen dann flaschenförmige Phialiden. Die Sporen sind ellipsoidisch.«

Souriana schaute wieder tief durch das Glas.

»Ja, sehe ich alles. Aber ganz bei der Arbeit ist der nicht. Da zappeln noch ein paar Würmer.«

»Es kann sein, dass sie tiefer im Substrat sind und den Pilzsporen so entkommen. Aber wehe, wenn sie auftauchen.«

»Könnten sie auch immun sein?«

Matthias überlegte. »Du stellst gute Fragen.«

Souriana schwieg eine Weile. Matthias machte sich an einem Computer zu schaffen.

Dann fragte Sie: »Was macht Paecilomyces mit Menschen?«

Als Matthias nicht antwortete, stieß sie nach: »Pusteln und rote Flecken?«

Er drehte sich zu ihr und sah sie an.

»Woher weißt Du das?«

»Ich weiß es nicht, deshalb frage ich ja.« Sie war sichtlich nervöser geworden.

Er kam zu ihr herüber und sah sie fest an: »Was genau Paecilomyces lilacinus beim Menschen machen könnte, weiß ich auch nicht. Wir haben ihn bisher nur präpariert und auf Nematoden angesetzt. Mia Högerl vom IOL nebenan hatte aber Pusteln und rote Flecken und eine schwere Krankheit nach Kontakt mit ihm oder etwas um ihn herum. Das ist nur ein Verdacht. Aber Du fragst direkt nach Pusteln und roten Flecken.«

Souriana legte die Hände in den Schoß und verknotete die Finger.

»Sind wir nicht wegen Arthrobotrys hier?«, fragte sie zaghaft.

»Ja, auch, aber ich denke, wir sollten auch Professor Ross hinzuziehen. Dem brennen diese Pilze auch unter den Nägeln. Und seine jüngsten Informationen zeigen auf Svalbard. Mehr kann er Dir selbst erzählen, wenn Du möchtest. Lass uns nachsehen, ob er im IOL ist. Kommst Du mit?«

»Ja«, war alles, was sie herausbrachte.

Im IOL stellte Matthias ihr Errol und Saskia vor, die im Labor saßen und irgendetwas unter ihren Mikroskopen zu zählen schienen. Jedenfalls hatten sie kleine Zähluhren in der Hand, die klickten. Errol nahm gleich nach dem Händeschütteln wieder Platz, Saskia bot Kaffee an. Matthias bedankte sich und deutete auf das Zimmer vom Boss: »Ist er da?«

»Er telefoniert und klopft mit seinem Stift Löcher in den Tisch.«

Matthias steckte den Kopf zur Tür herein, Ross fuhr herum und winkte ihn herbei. Das Gespräch lief auf Englisch und Matthias hörte nur die Hälfte, die hier gesprochen wurde. Er nahm Souriana an der Hand und führte sie leise ins Zimmer, da das Gespräch gerade beendet wurde.

»Weißt Du, wer das war?«, sprang Ross auf ihn zu. »Nein, wie auch? Das war Harold Burger vom Imperial College, der war auch mal in Aleppo.«

Er brach ab, als er die hübsche blasse Dame sah, die sich schwer auf Matthias abstützte.

»Verzeihung, setzen Sie sich doch bitte hier, kann ich Ihnen etwas anbieten? Kaffee oder ein Glas Wasser? Geht es Ihnen nicht gut?«, beeilte er sich zu fragen.

»Ja, danke«, antwortete eine in den Stuhl sinkende Souriana.

Matthias ergriff ihre Hand und zugleich das Wort: »Bernhard, darf ich Dir Souriana Almassarani vom Max-Planck-Institut für Pflanzenzüchtungsforschung in Köln vorstellen. Sie ist dort Forschungsgruppenleiterin und sie war vorher am ICARDA tätig.«

»Kaffee? Wasser?«, fragte Ross etwas irritiert und überlegte. Souriana saß auf dem Stuhl, noch immer angelehnt an Matthias zu ihrer Rechten. Sie schwieg und starrte auf das Telefon.

Matthias durchbrach die Stille: »Wenn Du ein Glas Wasser hättest, würde es ihr bestimmt gleich bessergehen.«

Ross begab sich nach nebenan und schickte Saskia auf die Suche nach Wasser. Währenddessen sah Souriana den Mann zu ihrer Rechten an, sagte aber immer noch nichts. Ross kehrte mit einer Literflasche ohne Glas zurück und entschuldigte sich wegen der spärlichen Küchenausstattung. Souriana nahm einen Schluck aus der Flasche. Immerhin war das Wasser kalt und still. So still wie sie. Ihre Gedanken kreisten um diese Stille. Die Herren sahen es wohl und schwiegen weiter, Ross, mit lediglich einem kleinen Räuspern, drehte sich im Stuhl und tat geschäftig, ohne mit seinem Bleistift zu klopfen. Sicher musste sich die Unbekannte über irgendetwas fassen. Matthias streichelte sanft ihr Haar.

»Sagten Sie Harold Burger?« Souriana war aus der Starre erwacht.

»Äh, ja, vom Imperial College. Er ist Bodenkundler, wir sind Kollegen. Ich kenne ihn von verschiedenen Kongressen. Ich hatte ihn angerufen, weil ich wusste, dass er mal am ICARDA war. Und von da kommen ja möglicherweise...«. Er unterbrach sich und fragte dann: »Sie waren auch am ICARDA?«

»Ja, und am Imperial College bei Harold.«

6. Aleppo, Syrien, 2012

Januar

Auf dem Hofgelände der Tel Hadya Forschungsstation des ICARDA stand ein Armeewagen ohne Symbole und Kennzeichen. Nur die Farbe und der Wagentyp des kleinen Lasters ließ darauf schließen, dass es ein Armeefahrzeug war. Zwei Männer in Uniformen luden kleine Kisten ab und brachten sie in das ungeheizte leerstehende Gewächshaus. Harold Burger, der Professor aus London, dirigierte sie im Gewächshaus herum. Die beiden Soldaten kehrten zurück, stiegen in das Fahrzeug, der Fahrer fuhr sofort los und hinterließ einen Streifen aufgewirbelten Staubs.

Souriana Almassarani, die Ingenieurin, und Sanaa Mohadeen, ihre Technische Assistentin, froren, weil es kalt war und irgendwie auch wegen des ungewöhnlichen Besuchs. Soldaten waren in letzter Zeit öfter gekommen und die beiden Frauen sahen sie nicht gerne. Dass sie etwas mitbrachten, war ungewöhnlich, meistens nahmen sie etwas mit. Die Frauen sahen aus dem Labor hinüber zum Gewächshaus, in dem Burger nun mit dem Laborleiter Salim Shams Al Emam die Kisten auspackte. Soweit sie erkennen konnten, halfen zwei junge Landarbeiter dabei: Farhad Khattab und Nidal Yazaji. Souriana bedauerte die beiden, die nichts gelernt hatten und ihre Motivation, hier zu arbeiten einzig aus dem Grund herzuleiten schienen, ab und zu etwas Getreide als Extraration mit nach

Hause nehmen zu dürfen. Sanaa traute beiden nicht, weil sie nicht nur einmal ziemlich eindeutig versucht hatten, sie anzumachen. Gerade Nidal hatte ihr erst vorgestern mitten auf dem Hof den Po getätschelt, während sie auf der Kabinentreppe eines Traktors stand. Sie erschienen ihr nicht wirklich böse, eher dumm und ohne richtige Ziele. Farhad war für sie noch ein Kind, vielleicht sechzehn Jahre alt, Nidal ein paar Jahre älter, aber unverheiratet. Nach Feierabend lungerten sie beide gern in Tel Hadya herum und warfen leere Bierdosen nach Mädchen.

Burger hatte die Tür von innen geschlossen. Durch die schmutzigen Scheiben war nicht viel zu sehen und so widmeten die beiden Frauen sich wieder ihrer Arbeit. 'Erbsen zählen' traf die Tätigkeit ziemlich gut. Souriana ging hinüber zum Lagerhaus. Am Gewächshaus hing ein Schild: »Access prohibited for unauthorized persons«. Das würde die Plünderer nicht abhalten, falls sie es überhaupt lesen konnten. In letzter Zeit hatte es mehrere Attacken von Plünderern gegeben. Sie kamen am hellen Tag, mit fadenscheinigen Uniformen und Gewehren über den Schultern, spähten unverhohlen in die Lagerhäuser, stöberten dort nach Belieben und ungestört herum und stahlen Werkzeug und Treibstoff, einmal sogar mehrere Schafe. Wer sie wirklich waren, wusste keiner, aber Al Emam hatte seine Mitarbeiter angewiesen, sie in Ruhe zu lassen, solange sie nicht die Genbank antasteten. Er hätte Vereinbarungen mit Ihnen getroffen, dass die wissenschaftlichen Arbeiten nicht gestört würden. Sie hätten Hunger und gegen den Hunger in der Region forsche man schließlich am ICARDA. So ließ man sie durchziehen, schaute weg, verzog sich, wenn sie kamen. Einmal war ein Lastwagen mit einer vollen Weizenladung verschwunden. Al Emam war außer sich, wollte aber mit niemandem reden.

Eine Eskalation drohte letzte Woche, als eine Gruppe bewaffneter Milizen Geld für die Bewachung des Forschungszentrums forderte. Lautstark wehrte sich der Institutsleiter gegen dieses Ansinnen, doch es stellte sich heraus, dass es nicht dieselben Leute waren, mit denen er seine sogenannte Vereinbarung getroffen hatte. Schließlich ließen sie sich beruhigen und mit säckeweise Weizen bestechen. Der Getreidepreis war in Syrien ins Unermessliche gestiegen und so befanden die Milizionäre das Angebot als befriedigend für den Moment. Weizen, der für Forschungszwecke genutzt werden sollte.

Auf den Feldern ging die Arbeit weiter und die Tagelöhner Farhad und Nidal waren einige Tage damit beschäftigt, ein mit Flatterband abgegrenztes Stück Acker zu bearbeiten. Ein junger Techniker, Kamal Habash, legte dort ein kleines Versuchsfeld an. Sogar zwei bewaffnete Männer, die Souriana bereits letzte Woche unter den Plünderern ausgemacht hatte, waren dabei. Beim Mittagessen hatte Souriana Harold Burger darauf angesprochen; der erwiderte gelassen, dass unter der Soldateska auch Bauern seien, die man gut einsetzen könnte, um sie ruhig zu halten.

Freitag, 24. Februar

Mohamad Alhomsi wurde tot im Gewächshaus aufgefunden. Als Souriana davon erfuhr, ging sie über den Hof in Richtung Gewächshaus und erblickte wieder einmal Al Emam und Harold Burger hinter den Scheiben, und eine Frau innen an der Tür. Matthias Hellborn stand unschlüssig herum. Für Souriana bot sich eine gute Gelegenheit, den neuen Gaststudenten aus Deutschland anzusprechen. Viele Worte hatten sie noch nicht gewechselt. Er sah erschöpft und verwirrt aus, sprach von Leichen überall, woraus sich für Souriana kein Bild ergab. Der alte Alhomsi war gestorben, er war wirklich alt genug und hätte mit seinem Husten gar nicht mehr arbeiten sollen. Aber Matthias zeigte immer wieder auf das Feld im Nordosten und mochte sich gar nicht beruhigen. Leiche war das Wort, das er ständig in seinen Redeschwall einflocht. Sie musste ihn beruhigen und schleppte ihn ins Hauptgebäude, um ihm kaltes Wasser anzubieten. Es half, ihn ein wenig ruhiger werden zu lassen, um schließlich in völliges Schweigen zu verfallen. Sie strich ihm über die blonden Haare, die zerzaust waren, und trocknete mit einem Handtuch den Schweiß aus seinem Gesicht. Das war der Moment, in dem Matthias aufwachte und in ihre wunderschönen braunen Augen sah. Er war plötzlich ganz bei ihr.

Mit Harold Burger hatte Souriana ein gutes Verhältnis entwickelt. Er hatte ihr viel von seiner Arbeit in London berichtet und dass er hier Erfahrungen mit Bodenmikroorganismen in trockenen Gebieten sammeln wollte. Nematoden waren sein Lieblingsthema und natürlich wusste Souriana, dass die kleinen Würmchen in Massen an

Kulturpflanzen saugten und damit auch am ICARDA ein Thema waren. Harold meinte, man könne sie schwer fassen, da sie erstens im undurchsichtigen Boden waren, eben nicht auf den Blättern, und zweitens direkt an den Pflanzenwurzeln siedelten, wo man natürlich mit Hacken und Giften nicht gut herankam. Dafür gebe es wie für jeden Organismus Widersacher, die ihrerseits die Schädlinge angriffen und so für ein ökologisches Gleichgewicht sorgen konnten. Und diese sogenannten Antagonisten seien beispielsweise Bodenpilze, die sich von Nematoden ernähren könnten. Das klang gut. Aber in der Realität des Bodenökosystems waren Erfolge bisher kaum nachweisbar. Zu viele Faktoren beeinflussten das Beziehungsgeflecht von Boden, Pflanze, Wurm und Pilz. Jetzt kam Harold endlich aus dem Gewächshaus und direkt auf das Hauptgebäude zu.

Sein Projekt hatte Sourianas Interesse geweckt. Im Augenblick richtete sich aber ihr ganzes Interesse auf das Gewächshaus und Mohamad Alhomsi. So fing sie Harold am Eingang ab und fragte ohne Umschweife, was denn passiert war. Er wich zurück und ihrer Frage aus, indem er antwortete: »Ich muss etwas nachsehen, bevor ich mir ein Bild machen kann. Willst Du mir helfen?«

Nichts lieber als das, dachte die Ingenieurin und sagte: »Gerne, wenn ich kann.«

Sie folgte ihm in sein kleines Büro, er steuerte schnurstracks zu einem Aktenordner, blätterte darin, bis er einen auf ein Blatt geklebten Zettel fand. Er nahm das Blatt heraus.

»Das hier ist eine Art Quittung über eine Pilzlieferung, eigentlich nur eine Notiz. Die Lieferung kam vor etwa vier Wochen an.«

»Lass mich raten«, grinste Souriana, »Pilze gegen Nematoden.«

Das Grinsen erstarb schnell, als sie in Harolds Gesicht sah.

»Ja«, sagte er. Sonst nichts.

Die neugierig gewordene Wissenschaftlerin setzte eine ernstere Miene auf und fragte, was damit nicht in Ordnung sei.

»Alles«, war die Antwort.

Souriana traute sich nicht, ihn weiter zu drängen. Etwas lastete auf ihm. Er trank einen Schluck aus der abgestandenen Wasserflasche und sprach von Kaffeekochen und Milch. Er nahm sie mit in die Küche und kochte Kaffee. Während der ganzen Zeit sprach er kein Wort, aber es schien Souriana, als wollte er sie bei sich haben. Also blieb sie.

Sie waren schweigend in sein Büro zurückgekehrt und Harold schloss die Tür. Er bot ihr den einzigen Stuhl an und ging auf und ab.

»Du bist doch Mikrobiologin«, setzte er endlich an.

»Ja, das auch.«

»Und von meinen Forschungsarbeiten weißt Du?«

»Das, was Du mir erzählt hast.«

»Dann brauche ich Deinen Rat. Hier kennt sich niemand mit Nematoden-Antagonisten aus.«

»Ich frage mich, was mit Mohamad passiert ist«, schoss Souriana los.

»Warte, warte. Soweit bin ich noch nicht. Das weiß ich auch nicht.« Er zögerte noch.

Souriana wollte ihn ermutigen, sich zu öffnen: »Gut, also Deine Experimentenplanung hat mich schon interessiert. Und wenn ich helfen kann, werde ich es gerne tun.

Es kann auch unter uns bleiben. Wer weiß eigentlich sonst noch davon?«

Der Damm war gebrochen. Harold sprudelte nun in seiner offensichtlichen Verzweiflung.

»Ich nehme Dich beim Wort. Es bleibt unter uns - und Al Emam; er ist der einzige, der von der Lieferung weiß. Also von vorne: Bei der Pilzkultur handelt es sich um Paecilomyces lilacinus, ein Stamm, der angeblich im Labor gute Ergebnisse gegen Nematoden erzielt hat, wie es hieß. Ich hatte in Beirut davon erfahren, als ich das I-CARDA-Hauptquartier dort besucht hatte. Allerdings war es kein ICARDA-Mitarbeiter, der von dem Pilz wusste, sondern ein Offizier. Er sah jedenfalls so aus mit seinen Orden und der schicken Uniform. Offenbar hatte er ein Interesse an Schädlingen und ehrlich gesagt, hatte ich nur Nematoden vor den Augen. Der Mann hat dafür gesorgt, dass mir diese Lieferung kostenlos zugestellt wurde. Sie kam schon am übernächsten Tag, darüber hatte ich mich etwas gewundert. Papiere gab es nicht, keinen Lieferschein oder so etwas. Auf der Verpackung klebte aber dieses Schild. Er zeigte es ihr: »P. lilacinus – 11-12-11-c. mykolabs.« stand darauf. Das Material war sauber verpackt und gefriergetrocknet. Ich habe zunächst versucht, den Pilz im Labor zu kultivieren. Er wuchs ganz gut, und nachdem ich Nematoden zugefügt hatte, quoll die Versuchsschale in wenigen Stunden über von lauter Myzel. Das war das richtige Futter. Also nichts wie raus damit und einen Test außerhalb des Labors starten. Zuerst im Gewächshaus, das leer stand.« Er brach ab und trank den Rest des warmen Wassers.

War das die Lieferung, die mit einem Armeefahrzeug kam?«, fragte Souriana.

»Yes, so what?«

»Nur so.« *Wunder Punkt*, dachte sie bei sich und hielt den Mund.

»Ok. Um das Gewächshaus hat sich der alte Mohamad gekümmert. Er sollte nur ein wenig den Boden in den Versuchstöpfen feucht halten und die Kontrolltöpfe trocken lassen. Keine große Arbeit. Ich hatte den Versuch selbst angelegt, ohne Pflanzen, und zwar einmal nur Pilz, einmal nur Nematoden, einmal Pilz und Nematoden, jeweils mit und ohne Wässerung und jeweils fünf Töpfe. Auf dem Feld haben zwei Tagelöhner etwas Ähnliches angelegt. Ob die richtig gegossen haben, weiß ich nicht. Es hat da draußen offenbar keinen Unterschied gemacht. Bloß, heute Morgen fand der Techniker Kamal Habash die Leiche von Farhad. Nidal ist nicht aufgekreuzt. Und ich habe erst einmal Mohamad untersucht, allein mit Al Emam. Wir waren gerade angekommen, als man uns ins Gewächshaus zog. Furchtbar.«

Wieder trat Stille ein, als der Institutsleiter hereinkam und mit unruhigem Blick Souriana ansah. Er drehte sich auf dem Absatz um und Harold folgte ihm auf dem Fuße. Souriana stand verwirrt auf und verließ das Gebäude. Drüben am Gewächshaus stand ein Militärfahrzeug, in das gerade jemand auf einer Trage verfrachtet wurde. Mohamad. Der Wagen fuhr in Richtung Nordosten ab. Souriana wollte nicht weiter eingeweiht werden. Hier war ein Fluch im Spiel.

7. Bonn/Hennef, 2018, 24. bis 25. Januar

Bonn-Poppelsdorf, Mittwochmittag

Souriana hatte ihre Schilderung beendet. Ross hatte die ganze Zeit über aufmerksam zugehört, ohne sie ein einziges Mal zu unterbrechen. Jetzt war es an ihm, etwas zu sagen.
»Davon hat Harold nichts gesagt.«
»Was hat er denn gesagt?«, fragte Matthias.
»Er hat jedenfalls nichts von Experimenten erzählt. Er hat mich nur auf eine Spur gebracht, nachdem ich von Longyearbyen erzählt hatte. Er wollte nicht ausschließen, dass das Saatgut aus der Genbank so eilig verpackt wurde, dass es möglicherweise verunreinigt war. Oder Pilzsporen außen auf der Verpackung hafteten.«
»Lassen Sie mich noch einmal mit ihm reden«, bot Souriana an. »Er vertraut mir.«
Die Antwort ließ nicht lange auf sich warten. Ross reichte ihr das Telefon und sagte: »Die Nummer ist gespeichert. Drücken Sie einfach die Wahlwiederholung.«
Ihr war es sichtlich unangenehm, vor den beiden über ein Geheimnis zu sprechen, das sie gar nicht wirklich kannte. Während es läutete, legte sie sich eine freudige Begrüßung zurecht. Aber es hob niemand ab. »Ich werde es später versuchen. Harold hat feste Mittagszeiten.« Das Lächeln wollte ihr nicht recht gelingen.
»Ich schlage vor, dass wir auch eine Kleinigkeit essen gehen«, sagte Matthias einfühlsam, um die getrübte At-

mosphäre aufzuhellen und Souriana aus ihrer Situation zu befreien.

»Nur eines noch«, wandte er sich an Ross, »von welchen Pilzsporen will er nichts ausgeschlossen haben?«

»Hat er nicht gesagt. Wir waren aber beim Thema Paecilomyces.«

»Und wenn es Paecilomyces gewesen war, der für die Toten in Longyearbyen verantwortlich war, was hat der Pilz dann in Syrien genau angestellt? Ich hatte Souriana so verstanden, dass Herr Burger selbst damit herumexperimentiert hat. Dein Harold hat wohl nicht alles erzählt? Und wie käme der Pilz nach Bonn?«

Souriana zitterte und trank einen Schluck Wasser aus der Flasche.

Ross kratzte sich am Kopf und eröffnete etwas über die Herkunft: »Harold hat viele nematophage Pilzkulturen. Er selbst hat seine Versuche eingestellt. Er hat mir nur eine tiefgefrorene alte Kultur von Paecilomyces geschickt. Mia wollte ja unbedingt Experimente an Nematoden machen.«

»Die alte Geschichte von biologischer Schädlingsbekämpfung«, raunte Matthias, »die im Feld nicht funktioniert. Woher hat denn Harold Burger seine Paecilomyces-Kultur?«

»Hat er nicht gesagt.«

»Dann sollte er gefragt werden«, beschloss Matthias.

»Gehen wir es in Ruhe an«, sagte Ross, »die Probe aus Longyearbyen wird ja bald kommen. Dann gleichen wir sie mit Harolds Probe erstmal ab.«

Matthias konnte sich kaum zurückhalten und blaffte: »Mir wird das Thema langsam zu heiß, wenn nicht mit offenen Karten gespielt wird. Wenn Mia ganz gesund wird, dann Deckel drauf, bevor noch mehr passiert. Und zu allererst sollte Burger mit der Herkunft rausrücken.«

»Ich hätte jetzt trotzdem Hunger«, piepste Souriana.

Bonn-Poppelsdorf, Mittwochnachmittag

Nach einem kleinen Imbiss in der Nähe hatten Matthias und Souriana einiges zu tun. Matthias rief Thomas Brunell an und fragte, ob und wann sie ihre Nacht- und Nebelaktion noch einmal angehen sollten. Der hatte wie immer Zeit und nichts Eiligeres anzubieten, als das Gleiche noch am selben Abend zu wiederholen, diesmal wärmer angezogen und mit mehr Ausrüstung, vor allem mit einem Köder. Ob Matthias vielleicht an eine Laborratte herankäme. Den Gedanken griff Matthias wieder auf und machte sich mit seiner Gefährtin auf, Oliver Dencker in der nahegelegenen Molekularen Phytomedizin aufzusuchen. Dass dieser nicht da war, wurde ihm von einer Frau in weißem Kittel in dem Moment bestätigt, als er sich selbst erinnerte. Nach einer Ratte zu fragen, hatte bei der Fremden absolut keinen Zweck.

So begaben sich die beiden zur nächsten Bushaltestelle und fuhren zum Tierheim. Es war nur nachmittags geöffnet und sie betraten es, unsicher, was sie sagen sollten. Dass sie einen Köder für einen Monsterpilz suchten, kam als echtes Interesse sicher nicht gut an. Also gaben sie das junge Paar, das für seinen Nachwuchs ein Kleintier suchte. Tatsächlich gab es Ratten. Die niedliche Hannah und ihre sechs Farbrattenmädels suchten paarweise oder in Kleingruppen ihr erstes richtiges Zuhause. Die freundlichen Tierchen wurden mit dem Hinweis angepriesen, dass sie aus einem illegalen Tiertransport stammten, der im Oktober letzten Jahres gestoppt wurde. Souriana wurde das Herz schwer, während Matthias den Handel schnell abwickeln wollte und mit zwanzig Euro winkte. Natürlich musste er mindestens zwei der kleinen Nager nehmen, da eines allein an Einsamkeit sterben würde. Wenn die wüsste, dachte Matthias. Für weitere zehn Euro gab es dazu einen kleinen Transportbehälter. Da konnte er natürlich nicht nein sagen.

Nun brauchten die Rattenmädels ebenso einen ruhigen Ort wie Souriana, die mit ihrem Harold telefonieren wollte. Sie gingen zu Fuß zu Matthias' Wohnung. Sie setzte sich unschlüssig ans Telefon, während Matthias über die beste Todesursache des Nachwuchses nachdachte. Lebendig wollte er sie keinesfalls dem Pilz aussetzen, jedenfalls nicht diesem möglichen Tod. Er nahm einen Eimer aus der Küche, ließ ihn mit Wasser volllaufen und stellte den Eimer neben den Transportbehälter. Die süßen Kleinen schnüffelten neugierig und mit großen Augen durch die Schlitze. Sicher hatten sie Hunger und ihre Mutter war nicht da. Matthias schnitt mit dem Brotmesser ein Stück Graubrot ab und zerkrümelte es, warf die Krümel durch die Schlitze und die Tiere hatten eine Beschäftigung. Er betrachtete das Messer als Alternative für den Wassereimer, schüttete das Wasser in die Spüle und betrachtete weiter die Rattenkinder. Das Messer legte er schließlich wieder in die Schublade und seufzte. Er konnte das nicht. Er setzte sich an den Küchentisch und wartete.

Souriana hatte mehr Erfolg; sie hatte Harold Burger erreicht. Es stellte sich aber schnell heraus, dass es keineswegs der erhoffte Erfolg war. Die meiste Zeit hatte sie von sich erzählt und wie dankbar sie ihm für seine Hilfe war. Auf seine Pilzexperimente angesprochen, hatte er abgewimmelt und erklärt, er habe nur etwas mit nematophagen Pilzen ausprobieren wollen, weil sie ihm in Tel Hadya in die Hände gespielt wurden. Sie wisse ja, dass es ein Flop war.

Souriana nahm allen Mut zusammen: »Erinnerst Du Dich nicht, was Du mir gesagt hattest? 'Es bleibt unter uns - und Al Emam; er ist der einzige, der von der Lieferung weiß.' Ich weiß wohl am wenigsten.«

»Lass es ruhen, Souriana, das Kapitel ist abgeschlossen«, war seine Entgegnung.

»Harold, es hatte Tote gegeben. Was war mit ihnen?«

»Ich weiß es nicht.«, wehrte er ab, »Der alte Mann wurde weggebracht.«

»Von einem Militärwagen.«

»Ja, so sah es aus.«

Er wollte nicht mehr sagen, das war Souriana jetzt klar. Sein Wissenschaftlergewissen war möglicherweise schwer belastet. Aber den Tod von Menschen vertuschen? Verrückt.

»Der Pilz«, fragte sie nach. »Es war doch Paecilomyces lilacinus, oder?«

»Ja, ich habe die Kultur mikroskopisch untersucht und mit Nematoden gefüttert. Das war Paecilomyces lilacinus. Soviel weiß ich genau.«

»Und Du meinst, er könnte ins *Svalbard Global Seed Vault* gelangt sein?«

»Nur eine Vermutung, weil Bernhard mich darauf angesprochen hat. Ausschließen kann man es nicht. Die Sporen überdauern gut.«

Souriana startete einen letzten Versuch: »Hat Ross Dir gesagt, dass es in Bonn den Verdacht auf einen ähnlichen Fall gibt?«

»Yes, hat er. Dann haben wir über Longyearbyen gesprochen.«

Allerletzter Versuch. Frontalangriff: »Woher stammt Deine Paecilomyces-Kultur?«

»Die für Bonn? Weiß ich nicht mehr. Ich habe eine große Sammlung.«

Kein Treffer.

»Danke Harold. Für alles. Für fast alles. Vielleicht melde ich mich noch einmal.«

»Wie zum Teufel sollte das Zeug von Longyearbyen nach Bonn gekommen sein?«, war Matthias' erste Reaktion.

»Oder von Tel Hadya über London nach Bonn?«, war Sourianas Alternative. »Och wie süß, die Kleinen.« Sie hatte die niedlichen Rattenkindlein entdeckt.

»Ja«, sagte der Möchtegernschlächter, »wir sollten uns jetzt auf den Arthrobotrys-Fall konzentrieren. Ich muss Thomas noch anrufen. Ich denke, wir holen ihn mit meinem Wagen ab.«

Dann trafen sie die Vorbereitungen für den Abend. Matthias füllte in der Küche etwas in eine Blumenspritze, während Souriana sich in seinem Kleiderschrank nach einigermaßen passenden Pullovern und Strümpfen umsah. Als sie glaubte, mit der Anprobe fertig zu sein, ging sie in die Küche und drehte sich um sich selbst, bis Matthias laut losprusten musste. Sie lachte mit und ließ sich bereitwillig die Ärmel aufkrempeln, so dass ihre Hände wieder zum Vorschein kamen. Matthias setzte der Vogelscheuche zur Krönung noch eine Pudelmütze auf. Dann machten sie belegte Brote und packten kleine Wasserflaschen ein.

Hennef-Weingartsgasse, Mittwochabend

Thomas stand schwer bewaffnet vor seiner Haustür: Stativ, Camcorder, Spaten, Rucksack, alles stand aufgereiht neben der Haustür. *Er hat tatsächlich noch einen anderen Mantel*, dachte Matthias, der bisher nur den Mann im Trenchcoat kannte. Und eine Wollmütze. Dabei war es heute Abend nicht so kalt wie gestern. Ein Wolkenfeld war aufgezogen und leichter Nieselregen ging nieder. Aber kalt war es trotzdem. Sie luden Thomas und sein Gepäck ein.

»Habt Ihr den Köder?«, waren seine Worte noch vor einem Gruß.

»Ja«, antwortete Matthias, »ganz frisch, er zappelt noch.« Mit dem Auto mussten sie den Weg über Siegburg nehmen und erreichten das Haus der Wehners kurz nach acht Uhr.

Wie am Vorabend war es still um das Haus, alle Rollläden verschlossen und es war dunkel, dunkler noch als gestern. Der Volvo stand unverändert in der Auffahrt. Matthias parkte den Wagen direkt vor dem Haus, ohne Bedenken, gesehen zu werden, und die drei marschierten schnurstracks in den hinteren Garten. Thomas leuchtete mit seiner Taschenlampe voraus und schließlich in das Hundegrab. Es sah unverändert aus, nur etwas feuchter, so dass sich am Boden ein wenig brauner Schlamm abzeichnete.

Thomas baute sein Stativ vor der Grube auf, schraubte den Camcorder darauf und machte eine Probeaufnahme mit und ohne Licht.

»Wo ist denn der Köder?«, fragte er ungeduldig.

»Noch im Wagen«, antwortete Matthias. »Ich hole ihn jetzt.«

Matthias ging zurück zum Auto, nahm den Transportbehälter aus dem Kofferraum und dazu noch ein Stativ für sein Handy. Schließlich wollte er eigene Aufnahmen haben. Die Tüte mit der Blumenspritze hängte er sich um das Armgelenk, mit dem er das Stativ trug. Zurück an der Grube, setzte er die Rattenkiste Thomas vor die Füße und druckste: »Der Köder.«

Thomas fackelte nicht lange, öffnete die Box, leuchtete hinein und und sagte wie selbstverständlich: »Ich sollte sie wohl vorher kaputtmachen, sonst laufen sie weg.«

Und schon zog er eines der Tiere am zappelnden Schwanz hoch, legte es auf den Boden, setzte den Fuß auf den Schwanz und hieb mit dem Spaten den Rattenkopf ab. Souriana wandte sich ab und verzog sich zur Hintertür.

»So«, sagte Thomas trocken und warf den leblosen Körper in das Grab. »Die andere kann warten.«

Matthias staunte nicht schlecht über die Kaltblütigkeit seines Kumpans, sagte aber nichts, während von der Hintertür ein Seufzer kam. Er baute seinerseits das Stativ auf der anderen Seite der Grube auf und befestigte sein Handy darauf. Ebenso wie Thomas zuvor, machte er ein paar Probefotos und eine kurze Filmsequenz, zog sich dann in Richtung Souriana zurück und wartete. Thomas hatte sich am Gartenzaun postiert, um die Ecke geschaut, wo alles ruhig war und dann auf seine Uhr, die auf halb neun zeigte. Auch er wartete. Die überlebende Ratte machte das einzige Geräusch, das zu hören war. Da Pilze keine Ohren hatten, sollte es egal sein, dachte Thomas. Und keine Nase. Also konnte er sich auch eine Zigarette anzünden.

Alle schwiegen, bewegten sich leise von einem Fuß auf den anderen, damit sie gar nicht erst anfingen zu frieren. Bald meinte Souriana aber doch, es würde ihr langsam kalt an den Beinen. Eine warme Hose hatte sie nicht gefunden. Matthias meinte, das Warten könnte noch dauern und bot an, mit Souriana auf der Straße zu spazieren, während Thomas Wache halten sollte. Wenn sich etwas tat, könne er einfach pfeifen.

Die beiden Wanderer gingen ein wenig die Straße hinauf und hinunter, gerade so weit, dass sie einen Pfiff vom Hause Wehner nicht überhören konnten. Das Haus der Nachbarin lag still und dunkel neben dem der Wehners. Die nächsten Häuser waren weiter weg. Gegenüber stand ein kleineres Haus, das ebenfalls dunkel war und aussah wie ein Ferienhäuschen, in dem im Winter keiner Urlaub machen mochte. Ein Wagen fuhr vorbei. Thomas pfiff nicht. Trotzdem gingen sie zurück zum Garten, wo Thomas immer noch am Zaun stand.

»Warum haben wir eigentlich den Professor nicht informiert?«, fragte er unvermittelt.

»Gute Frage«, erwiderte Matthias. »Weil wir nichts vorzuweisen haben?«

»Aber er war doch so brennend an meinem Film interessiert.«

»Soll ich ihn etwa jetzt informieren, dass wir hier im Dunkeln stehen, eine geköpfte Ratte in ein Loch geworfen haben und auf die Ankunft des Herrn Arthrobotrys warten?«

Thomas gab auf. »Ich könnte auch etwas Bewegung vertragen. Stehe hier seit einer dreiviertel Stunde stramm und nichts tut sich.«

»Dann wechseln wir jetzt ab und Du kannst Dir in Ruhe die schöne Gegend ansehen. Wir können Dich auch mit

Handy anfunken, dann müssen wir nicht dauernd pfeifen«, lästerte Matthias.

Während Thomas langsam davonging, kuschelte Souriana sich an ihren Liebhaber.
»Was war das für ein Film, von dem er sprach?«
»Du hast ihn gesehen. Thomas hatte ihn auch Bernhard Ross gezeigt. Er hat genau hier Aufnahmen gemacht, die unglaublich sind. Darauf sieht man eine irreale Szenerie, einen bläulichen Lichtschimmer hier über der Grube und riesige Gespinste von Pilzfäden. Und Ringe wie von Arthrobotrys in einem Meter Höhe. Und eine Ratte, die sich am Boden darin verfangen hatte. Man sieht deutlich, wie das Tier stirbt und dann überall Fäden und Ringe wachsen, besonders schnell an der Ratte. Dann war der Akku leer. Thomas meinte aber, danach hätte das Leuchten schon wieder nachgelassen.«
»Wahnsinn«, resümierte Souriana. »Ich konnte meinen Augen nicht trauen. Das war nicht getrickst?«
»Ich glaube nicht, wie denn? Und warum?«
»Nur so. Ich habe den Film gesehen, aber ich kann nicht glauben, was ich gesehen habe.«
»Hast Du jemals von Arthrobotrys in dieser Größenordnung gelesen?«
»Nein.«
Sie schwiegen. Nur die Ratte in der Box raschelte.
»Ich bringe sie ins Auto zurück, sobald Thomas wieder da ist«, sagte Matthias. Aber Thomas kam nicht. Es war inzwischen halb zehn vorbei.
Souriana unterbrach die Stille: »Geht das nicht schneller?«
»Was?«

»Ich meine, wenn in dem Film alles so schnell passiert ist, sehen wir jetzt die Zeitlupe?«

»Keine Ahnung, ob überhaupt etwas passiert.«

Thomas kehrte endlich zurück, außer Atem.

»Das ganze Wiesengut leuchtet. Überall Pilze. Ich war an der Brücke...«.

»Pssst«, fauchte Matthias »nicht so laut! Was sagst Du?« Entsetzen machte sich in seinem Gesicht breit und von Souriana kam ein leises »Oh Gott!«

»War nur 'n Scherz«, keuchte Thomas. Nichts habe ich gesehen. Wollte Euch nur wecken.«

»Toller Scherz, ich bin hellwach«, grollte Matthias.

Thomas ging zur Grube und leuchtete hinein. Dann wandte er sich seinem Camcorder zu und machte erneut eine Probeaufnahme mit Beleuchtung. Offenbar brauchte er Beschäftigung. Matthias gab sie ihm.

»Sag mal, Thomas, Deine letzte Aufnahme hat nur ein paar Minuten gedauert und jetzt warten wir schon zwei Stunden.«

»Ich überlege auch schon, was anders war«, erklärte der Beschäftigte. »Eigentlich war es so wie jetzt. Grab, Ratte, Dunkelheit. Lichtschein fehlt noch – und Fäden.«

»Hast Du die Taschenlampe benutzt?«

»Nein, nicht in dem Moment. Der bläuliche Lichtschimmer war schon da. Er hatte mich ja erst hinter das Haus gelockt.«

»Die Ratte«, warf Souriana ein, noch immer skeptisch. »War sie einfach da in der Grube? Oder hast Du sie vorher gesehen?«

»Die lag da drin.«

»Wie ist sie da hingekommen?«, bohrte sie weiter.

»Weiß ich nicht.« Thomas sah sie im Dunkeln an. »Ich habe sie nicht dahin platziert.«

Alle drei schwiegen, jeder mit seinen Gedanken beschäftigt. Souriana hegte ihre Zweifel an dem dilettantischen Experiment, das sie hier durchführten. Thomas war sauer, dass man ihm offenbar nicht ganz traute. Matthias besann sich der Wissenschaft, die oft von Zufällen lebt, von spontanen Ergebnissen, die niemand erwartet hat. Solche Ergebnisse haben die größten Entdeckungen und Erfindungen hervorgebracht.

Die Zeit verging und Souriana gähnte. »Es ist so still und langweilig. Ich könnte einschlafen. Warum haben wir nicht an Kaffee gedacht?«

Keine Antwort.

Bis Matthias sich besann und feststellte: »Stimmt, es ist so still. Auch das Geräusch aus dem Transportbehälter ist verstummt. Ob die Ratte schon eingeschlafen ist?«

Thomas stieß mit dem Fuß gegen die Box. Kein Geräusch. Er leuchtete mit der Taschenlampe darauf und öffnete vorsichtig den Verschluss. Die Ratte lag auf der Seite und bewegte sich nicht. Drei Köpfe beugten sich über sie.

»Die ist tot«, stellte Thomas fest. »Und ich habe nichts gemacht. Um das klarzustellen.«

»So schnell verhungert doch eine Ratte nicht. Bist Du sicher, dass sie nicht schläft?«, wollte Matthias wissen.

»Die ist mausetot. Ich weiß, wie tote Ratten aussehen. So wie die da in dem Grab.«

Er leuchtete in die Grube. Mit der anderen Hand nahm er den Spaten und drehte die Ratte in der Grube um. Matthias nahm sein Handy vom Stativ und machte einige Blitzlichtaufnahmen. Dann öffnete er vorsichtig die Box und filmte die tote Ratte. Thomas stieß den Spaten kräftig in die Erde und machte sich an seinem Camcorder zu schaffen. Die Taschenlampe hatte er ausgeknipst und neben den Spaten gelegt. Keiner sagte etwas. Und doch sahen alle dasselbe Phänomen. Aus der Dunkelheit erschien ein leichter Schimmer. Aus der Grube. Und aus der Box. Thomas richtete den Camcorder abwechselnd auf beide Objekte. Matthias tat es ihm mit dem Handy gleich. Der bläuliche Schimmer wurde rasch deutlicher. Ein kaltes bläuliches Licht, in dem sich ständig etwas veränderte. Souriana erinnerte es an kleine Gartenleuchten mit Solarzellen. Allerdings bewegten die sich nicht. Am Grunde der Lichter tauchten Fäden auf, die sich unglaublich rasch verlängerten. Die Strukturen kamen aus den Ratten heraus und wuchsen in die Höhe, bildeten Ringe, wie sie von Arthrobotrys bekannt waren. Aber viel, viel größer. Und viel, viel schneller. Matthias ging einen Schritt zurück und zog Souriana mit sich, während Thomas erneut den Spaten ergriff und in die Grube stocherte. Bläulicher Staub wirbelte auf und verteilte sich nach allen Seiten. Thomas ließ den Camcorder laufen und begann, mit dem Spaten wie wild auf die Ratte im Grab einzuschlagen. Matthias zog Souriana weiter zurück und drückte ihr das filmende Handy in die Hand. Er griff nach der Tüte und zog die Blumenspritze heraus. Thomas fluchte. Er war mit einem Bein in die Grube geraten und sofort zogen sich Fäden um seine Schuhe, während Ringe an seinem Hosenbein hingen und offenbar versuchten, etwas in ihre Schlingen zu ziehen. Es ziepte an den Beinhaaren. Matthias zog an seinem Kumpel, der rückwärts stolperte und zur Hintertür kullerte. Den Spaten hatte er stecken gelassen, stattdessen bewaffnete er sich mit der Mistgabel, die neben der Tür stand. Matthias sprühte eine Flüssigkeit in die Grube, aber die Fäden wuchsen ihm regelrecht entgegen, so dass er zurückwich und sich in

Sicherheit bringen wollte. Keiner war darauf vorbereitet, welcher Gefahr sie ausgesetzt waren, nicht einmal einen Mundschutz oder Handschuhe hatten sie mitgenommen. Der mörderische Pilz verströmte nun seine Sporen in dem grell erleuchteten Grab und im Zurückweichen stolperte Matthias über die Transportkiste, aus der ebenfalls Licht und Sporen fluteten. Schnell rappelte er sich auf und hielt mit der Sprühflasche auf die Box, drückte den Hebel, so schnell er konnte immer wieder und pumpte die Flüssigkeit heraus bis nichts mehr kam. Es zischte in der Box, im Grab aber herrschte weiter das Monster, der Camcorder filmte, aber der Pilz hatte das Stativ erreicht. Thomas erkannte die Situation als erster und warf die Mistgabel weg. Mit einem Sprung war er bei seinem Recorder und schraubte ihn hastig ab, trat mit den Füßen auf den Boden, auf dem sich bereits eine strahlende Myzelmasse ausgebreitet hatte, riss die Kamera schließlich mit hastigem Ruck ab und entfernte sich so schnell er konnte vom Ort des Geschehens, bis er an der Hausecke auf Souriana stieß, die immer noch filmte. Auch Matthias hatte sich dorthin zurückgezogen, nicht wissend, wie weit weg man in Sicherheit sein konnte. Nicht die Ringe waren jetzt das Problem der Verfolgten, sondern die Staubwolken von Sporen, die hoch in die Luft stiegen, über die Pilzgeflechte hinaus, die jetzt weit über einen Meter aus der Grube herausragten und den Garten in volles kaltes Licht tauchten. Nur die Rattenbox war dunkel geworden und dampfte und zischte. Noch immer sagte keiner ein Wort. Die Männer keuchten. Thomas klopfte mit der Hand seine Hosenbeine ab und übergab die Kamera an Matthias, der sofort begriff und das Schauspiel einfing, so gut er konnte.

»Hast Du Fungizide versprüht?«, fragte der klopfende Thomas.

»Nein, Salzsäure«, gab Matthias zurück. »Zieh Deine Hose aus!«

»Ich hole mir den Tod.«

»Sowieso, Du musst das Zeug loswerden.«

Thomas hatte es jetzt eilig, sich auf den Volvo stützend Schuhe, Wollsocken und Hose loszuwerden. Er suchte seine Taschenlampe. Sie lag neben dem Grab. Dahin wollte er nun nicht laufen. Er riss sich die Wollmütze vom Kopf und wischte damit an seinen Füßen und Unterschenkeln herum in der Hoffnung, dass keine Pilzfäden oder Sporen an ihm hafteten. Zumindest leuchtete nichts. Souriana kam ihm zu Hilfe. Sie lief zum Auto und kehrte unmittelbar mit den kleinen Wasserflaschen zurück, zog ebenfalls ihre Pudelmütze vom Kopf und wusch mit Wasser und Mütze Thomas' Füße und Knöchel ab. Die zweite Flasche ließ sie einfach zum Abspülen von den Knien abwärts auslaufen. Matthias brach die Aufnahme ab und kam hinzu.

»Besser, wir bringen Dich hier weg, das Leuchten lässt sowieso nach.«

Er packte Thomas unter dem Arm und dieser humpelte mit ihm zum Auto. Souriana hob noch schnell auf, was sie im Dunkeln finden konnte, und folgte ihnen eiligst. Der Motor war schon gestartet und sofort nahmen die drei ihre Flucht auf.

Die zweite Expedition war beendet.

Bonn-Poppelsdorf, Donnerstagvormittag

Souriana hatte noch einmal bei Matthias übernachtet. Beide waren todmüde gewesen und hatten nur noch kurz geduscht, bevor sie nebeneinander fast gleichzeitig einschliefen. Sie musste nach Köln zurück. Matthias brachte sie zum Bahnhof und machte sich dann auf den Weg zum IOL, um Ross zu berichten. In seinem eigenen Institut hatte er seine Arbeit ziemlich vernachlässigt. Aber zuerst hatte er Bericht zu erstatten.

Ross war mit Errol und Saskia im Labor, eine junge Frau, die Matthias nicht kannte, stand dabei. Sie sahen sehr beschäftigt aus und sprachen lebhaft durcheinander. Ross erblickte den Ankömmling zuerst und posaunte sogleich seine Tagesmeldung heraus: »Da haben wir den Übeltäter.«

»Was bin ich?«, fragte Matthias mit schlechtem Gewissen in der Besorgnis, etwas von der letzten Nacht wäre bereits durchgesickert.

»Die Probe aus Longyearbyen ist angekommen«, sprach der Professor feierlich, »und wir haben sie bereits abgeglichen. Es ist zweifelsfrei Paecilomyces lilacinus.«

Matthias stellte seinen Bericht zurück und erwartete weitere Worte. Zunächst kam nichts, dann besann sich Ross seines Teams und stellte Mia vor: »Ich glaube, Ihr kennt Euch noch gar nicht«, wandte er sich an Mia. »Das ist Matthias Hellborn vom INSERM. Er hilft uns bei dem Fall, bei Deinem Fall, äh…bei den Pilzfällen.« Damit ließ er es mit der Vorstellung bewenden.

»Ich habe schon von Ihnen gehört«, ergriff Mia das Wort, an Matthias gerichtet. »Freue mich sehr, Sie endlich kennenzulernen.«

»Sag doch Matthias zu mir. Du bist also die Mia? Und gesund entlassen?«

»Ja, ich wurde aus dem Krankenhaus entlassen und soweit fühle ich mich ok. Aber ich bin noch krankgeschrieben.«

»Und Du hattest eine nachgewiesene Pilzinfektion, an der andere Menschen gestorben sind?«

»Naja, die haben vom Krankenhaus aus ein Diagnostikverfahren mit meinem Blutserum durchführen lassen. Das ist wohl kein Hokuspokus. Allerdings sind diese Labors eher auf Hefepilze eingestellt. Es hieß, dass ein positiver Nachweis von Antikörpern nicht beweisend für eine Infektion ist.«

»Aber es gab doch auch Deine Hautproben.«

»Genau. Mit denen wurde der Pilz mikroskopisch untersucht. Es war Paecilomyces.«

»Das wussten wir ja schon.«

»Moment. Es kommt ja erst: Es gibt ein neues Verfahren, mit dem können nach einer Pilzinfektion Immunzellen im Blut pilzspezifische Antigene erkennen. So hat es mir einer der Ärzte erklärt. Die Laborleute haben meine Blutproben auf Paecilomyces... naja sie haben den Pilz wohl angezüchtet und auf meine Blutproben angesetzt. Genau weiß ich es nicht. Die Immunzellen, die das Pilzprotein erkannt hatten, wurden aktiviert und haben auf ihrer Oberfläche ein bestimmtes Molekül aufgewiesen. Mit diesem Aktivierungsmolekül konnten sie die in der Blutprobe vorhandenen Paecilomyces-spezifischen Immunzellen quantifizieren. Die Anzahl dieser Immunzellen hat dann angezeigt, dass ich sogar sehr stark von der Pilzinfektion betroffen war.«

»Heißt das, Du hast Antikörper gebildet?«

»So habe ich es verstanden«, schloss Mia.

Ross meldete sich zu Wort: »Ganz neuer Aspekt. Wenn es der gleiche Pilz ist, wie in Longyearbyen, dann kann offenbar der eine Mensch daran sterben, der andere bildet Antikörper und überwindet die Infektion. Medikamente gegen Pilzinfektionen hast Du nicht bekommen?«

»Nicht dass ich wüsste«, antwortete Mia. »Ich habe viel Pfefferminztee getrunken.«

»Antikörper«, sinnierte Ross.

»Da kenne ich mich bei Menschen nicht aus«, warf Matthias ein. *Wieder einmal*, dachte er.

»Ja«, meinte Ross, »dazu braucht es erfahrene Immunologen. Oder die Molekulare Phytomedizin.«

»Doktor Dencker ist nicht da«, reagierte Matthias spontan und bereute es sofort. »Aber vielleicht ist er ja ersetzbar. Pflanzen reagieren auf den Befall durch Krankheitserreger entweder anfällig oder mit Abwehr. Soviel weiß ich auch. Und dass die Abwehr bis hin zu einer vollständigen Resistenz führen kann. Daran arbeiten die in der Molekularen Phytomedizin. Und immerhin kenne ich mich auch mit induzierter Resistenz aus. Wie ich es verstehe, hat man in Mias Blut Antikörper für genau den Pilzstamm gefunden, mit dem sie infiziert war. Wenn nur dieser bestimmte Paecilomyces-Stamm Menschen befällt und Paecilomyces im Allgemeinen nicht, dann wäre es eine Mutation, die ... tja, nun. Abwarten und Pfefferminztee trinken.«

»Große Entdeckungen stehen vor uns«, schwärmte Ross, »bahnbrechende Publikationen in wissenschaftlichen Fachzeitschriften...«.

»Nun mal der Reihe nach«, fiel ihm Matthias ins Wort. »Das ist ein riesiges Gebiet, was wissen wir denn schon?«

»Ich denke in die Zukunft. Und wir haben etwas, wir haben sogar einiges zusammen.«

»Ja«. Matthias erinnerte sich, warum er eigentlich gekommen war. »Ich habe einiges aus der letzten Nacht mitgebracht, einen Film mit Thomas Brunell, Souriana Almassarani und mir. Titel: In den Klauen des Killerpilzes.«

Theatralisch lenkte er die Aufmerksamkeit der Zuschauer auf einen Computer.

»Wenn das als Leinwand genügt, können wir ihn hier abspielen. Kann man hier etwas verdunkeln? Der Eintritt ist frei.«

Schweigend sahen sich Bernhard Ross, Errol, Saskia, Mia und Matthias die Filmsequenzen an. Nach der Vorführung schwiegen sie noch weiter.

»Ich muss nachdenken«, verabschiedete sich Ross und ging auf sein Büro zu.

»Pass' auf«, rief ihm Matthias nach. »Ich fahre Morgen noch einmal mit Thomas zu den Wehners und bringe eine Bodenprobe mit.«

Mehr fiel ihm nicht ein. Ross hob die Hand, ohne sich umzudrehen und ging weiter.

Mia wollte Matthias begleiten, doch der lehnte ab. Er ließ die Drei allein und machte sich auf den Weg in sein eigenes Labor.

»Wenn Ihr mich dann entschuldigen wollt«, trug Errol zum Gespräch bei.« Ich arbeite an meiner Dissertation weiter.

Hennef-Weingartsgasse, Donnerstagnachmittag

Thomas Brunell fühlte sich gut. Er hatte gut und lange geschlafen, gut gefrühstückt und gut nachgedacht. Vielleicht sind Arthrobotrys-Sporidien nicht infektiös. Der

Pilz fängt Beute nur mit den Fangringen. Dann gehe ich doch keine große Gefahr ein, wenn ich mir den Ort noch einmal bei Tageslicht ansehe.

Er nahm sein Fahrrad und fuhr zum nächtlichen Tatort zurück. Nicht nur der Täter kehrt zum Tatort zurück, dachte er bei sich. Die Rollläden an Wehners Haus waren immer noch geschlossen, der Volvo stand unverändert in der Auffahrt. Daneben fand Thomas seine Wollmütze, nass und schmutzig, aber sonst unauffällig. Auch das Grab war unauffällig, als wäre nichts passiert. Darin steckte noch der Spaten, links davon lag die Mistgabel. Unverändert vor dem Grab stand sein zurückgelassenes Stativ. Auch die Transportkiste zeigte kein Leben mehr, sie war leer bis auf die Knochen. Seine Taschenlampe lag ebenfalls neben dem Grab, auch sie war vollkommen leer. Alles sah unberührt aus, kein Pilzmyzel, kein Schimmer. Thomas hatte auch keinen Schimmer vom Verbleib des Pilzes. Der Mörder hatte die Ratten vertilgt, nur ein paar Knochen und Fellreste waren übrig, alles Leblose war unberührt geblieben. Als wäre er ein reiner Fleischfresser, der gezielt auf Beute aus war. Aber wo war er jetzt? Konnte er sich etwa auch noch fortbewegen?

»Haben Sie das alles dahingeworfen?«

Thomas erschrak bis ins Mark, als er hinter sich die Stimme der Nachbarin hörte.

»Äh, nein,... das heißt ja.«

Von der nächtlichen Begebenheit wollte er lieber nichts erzählen.

»Ich hatte in dem Loch hier neulich eine Mülltüte gesehen, aber die ist jetzt weg. Vermutlich war der Hund darin.«

»Ja, sicher war der Hund da drin, den hatte Herr Wehner ja begraben.«

»Kannten Sie den Hund?«

»Den Hund? Das war der Hund von Wehners.«

»Kannten Sie denn die Wehners gut, als Nachbarn?«

»Wir hatten nicht so viel Kontakt. Seit ich im Garten nichts mehr machen kann, noch weniger. *Guten Tag. Hallo. Schönes Wetter.*«

»Und die Tochter?«

»Die Tochter?«

»Ja, Caroline Wehner.«

»Ja, so heißt die. Die wohnt in Amerika.«

»Ich dachte, Sie kennen sie nicht?«

»Kenn' ich auch nicht. Höchstens von früher.«

»Aber sie war vor kurzem hier.«

»Ja, stimmt. Ich hab sie kurz vom Wohnzimmerfenster aus gesehen. Dann nicht mehr.«

»War sie denn vorher nie zu Besuch?«

»Doch, vielleicht drei, vier Mal im Jahr. Da war sie aber länger geblieben als jetzt. Ich bin gar nicht sicher, ob sie da ist oder nicht.«

»Haben Sie ihre Adresse?«

»In Amerika?«

»Ja.«

»Nein.«

8. Longyearbyen, Spitzbergen, 25. bis 26. Januar 2018

Donnerstagnachmittag

Professor Knud Ole Mikkelsen wischte seine Brillengläser. Er startete die Sequenz noch einmal und ging näher an den Monitor. Er konnte kaum glauben, dass die Szene unmanipuliert sein sollte. Aber Bernhard Ross würde seine Zeit nicht damit verschwenden, ausgerechnet ihn auf den Arm zu nehmen. In seiner ersten Mail hatte er nur geschrieben: »Ole, schau Dir das an. Dann bitte telefonieren.«

In der Anlage war Teil eins der Filmszenen, die restlichen kamen mit drei weiteren Mails.

Was sollte er mit dieser Sensation anfangen? Es gab hier in Longyearbyern keinen Arthrobotrys-Fall. Es war damals Paecilomyces, der hier wütete. Und die Recherchen waren seinerzeit allmählich im Sande verlaufen angesichts der eigentlichen Arbeitspläne und Publikationen, die bearbeitet werden wollten. Wie auch immer, Bernhard war Wissenschaftler wie er selbst, und Wissenschaftler leben vom Austausch. Diese Filmaufnahmen waren eine wissenschaftliche Sensation, wenn sie echt waren. Mikkelsen sah sich die weiteren Filme an. Dann überlegte er, was er Bernhard sagen sollte. Hier am Universitätszentrum in Svalbard wollte er zunächst niemanden einweihen. Und Jonas Ellingsen machte seine Karriere mittlerweile in England. Den hätte das am ehesten interessiert. Wo waren sie damals stehengeblieben?

Torill Gulbrandsen war die Letzte, die sich noch damit beschäftigt hatte. Immerhin konnte er sie befragen, denn die jetzige Frau Doktor war noch in seinem Labor beschäftigt, wenn auch mit ganz anderen Themen. Allerdings erinnerte er sich recht genau, dass alle weiteren Nachforschungen eingestellt wurden, nachdem Jan und Camilla Eide gestorben waren. Was hätten sie noch tun sollen? Torill hatte damals recherchiert, dass Paecilomyces lilacinus als »Nematodenfresser« bekannt ist, aber auch als Infektionserreger bei Rentieren vorkam. Wie war das bei Menschen nochmal? Bei den Eides? Er musste mit Torill reden, bevor er sich bei Bernhard Ross melden konnte. Sie war draußen bei Feldexperimenten mit den Studenten, aber er konnte sie per Handy erreichen. Sie meldete sich lachend und mit starken Hintergrundgeräuschen. Offenbar war eine Schneeballschlacht im Gange.

»Störe ich Dich fürchterlich?«, fragte Ole vorsichtig.

»Kein bisschen«, war die Antwort. »Wir machen gerade Pause.«

»Hör zu, Torill. Ich habe aus Deutschland einen Film bekommen, von Bernhard Ross.«

»Kenne ich nicht.«

»Du musst ihn Dir ansehen, sobald Du kannst.«

»Ross?«

»Nein, den Film von räuberischen Pilzen. Ich erkläre es Dir, wenn Du zurück bist. Sag' mir jetzt nur eins: Weißt Du noch, bevor wir den Fall Eide aufgegeben hatten, da hattest Du erwähnt, dass Paecilomyces auch für Menschen gefährlich sein könnte.«

»Ja ich erinnere mich gut. Aber den Fall aufgegeben hatten wir noch nicht.«

»Nicht? Was heißt das?«

»Jonas und ich haben den Pilz weiter kultiviert. Wir wollten eigentlich noch herausfinden, ob das Antibiotikum wirkt, wie hieß es noch? Ich weiß nicht mehr, aber es war hier auf die Schnelle nicht zu beschaffen. Und irgendwie haben wir es nach und nach vergessen. Oder verdrängt. Was hätte es auch den toten Eides genutzt, wenn wir noch mit Rentieren herumexperimentiert hätten?«

»Das hattet Ihr vor?«

»Naja, war so eine Idee. Aber eben nicht ganz unser Fachgebiet. Obwohl, die beschriebenen Symptome an die von Jan Eide und seiner Frau erinnert hatten. Es gab aber keine weiteren Fälle und keinen hat es interessiert. Ich glaube, Jonas hat eine Probe mitgenommen. Wieso fragst Du gerade jetzt?«

»Wann kommst Du zurück?«, fragte Ole, der das Gespräch allmählich beenden wollte. Er wusste erst einmal genug.

»Heute Abend.«

Ole lehnte sich zurück und dachte nach. Dann griff er zum Telefon.

Ross nahm sofort ab und Mikkelsen hörte neben dem »Hallo Ole!« ein Tock-tock im Hintergrund.

»Hallo Bernhard. Ich habe die Sequenzen angesehen.«

»Und was sagst Du dazu?«

»Das ist kein Fake, oder?«

»Ole, was denkst Du...?«

»Es ist nur, weil es so unglaublich ist.«

»Ja, unglaublich.«

Für einen Moment trat Stille ein.

»Bernhard?«

»Ja?«

»Das ist aber nicht Paecilomyces in dem Film, oder?«

»Nein, es ist Arthrobotrys, eindeutig. Eine Mutation, nehme ich an, die hier in der Gegend aufgetreten ist.«

Wieder trat eine kurze Pause ein.

»Ole?«

»Ja?«

»Ich hatte Dir ja gesagt, dass wir einen Paecilomyces-Fall in Bonn haben... oder hatten.«

»Wieder Tote?«

»Nein. Meine Doktorandin Mia Högerl hatte sich mit dem Pilz aus einer Bodenprobe infiziert. Sie war im Krankenhaus und wurde wieder entlassen. Offenbar hat ihr Immunsystem Abwehrmechanismen erzielt.«

»Immunabwehr? Kein Antibiotikum?«

»Nein, wieso Antibiotikum?«

»Weil wir, also meine Mitarbeiter, damals recherchiert hatten, dass es gegen Paecilomyces ein Antibiotikum gibt. Ich müsste nachfragen, was das genau war. Aber die beiden Opfer hatten kein spezifisches Antibiotikum bekommen. Immun waren sie offenbar auch nicht. Sie sind einfach schnell gestorben.«

»Forscht Ihr noch daran?«

»Nein, schon lange nicht mehr, glaube ich. Also ich nicht. Aber vielleicht Jonas Ellingsen, der arbeitet jetzt in London.«

»In London?«.

»Ja, als Gruppenleiter am Imperial College.«

»Da wo auch Harold Burger ist?«

»Den kenne ich nicht.«

»Hast Du denn Kontaktdaten von diesem Ellington?«

»Ellingsen, Jonas Ellingsen. Ja, ich schicke Sie Dir per Mail.«

»Ok danke, Ole. Lass uns in Kontakt bleiben. Wir sind noch an dem Arthrobotrys-Fall dran.«
»Ok, das ist wirklich ein Ding«, schloss Ole Mikkelsen.
Beide legten gleichzeitig auf. Ole hat noch ein Tock-tock im Ohr.

Freitagvormittag

Torill schneite im wörtlichen Sinne zur Tür herein. Fröhlich marschierte sie zu Oles Büro, wobei sie eher annahm, dass er noch nicht da wäre. Er war aber da und schaute gebannt auf seinen Monitor.
»Was lief denn gestern im Kino?«, fragte sie.
»Dieser Film hier. Schau Dir den an. Ich habe alle vier Teile schon hundert Mal gesehen.«
Torill zog einen Stuhl herbei und Ole startete die erste Sequenz.
»Du musst ihn mindestens zweimal sehen. Zuerst lasse ich Dich in Ruhe. Beim zweiten Durchlauf stelle ich Fragen. Ok?«
»Ok«, antwortete Torill, gespannt was nun kommen mochte.
Damit jedenfalls hatte sie nicht gerechnet. Ein Gruselthriller als Stummfilm. Sie sah verstört die erste Runde und wagte es nicht, ein Tönchen von sich zu geben.
»So«, dirigierte Ole Mikkelsen. »Zweiter Durchlauf. Bist Du bereit?«
»Bereit«.
Torill versuchte etwas bequemer zu sitzen, die Finger in der geschlossenen Hand verschränkt.
»Der erste Teil ist offenbar eine Voraufnahme, um die Einstellung zu prüfen. Sag mir, was Du siehst!«.

»Ich sehe fast nichts. Es scheint Nacht zu sein, im Freien. Ah, jetzt ist Licht an. Da ist ein kleines Erdloch, mit Erde daneben gehäuft. Jetzt gibt es einen anderen Blickwinkel, die Aufnahme ist nicht ganz so scharf. In dem Loch liegt etwas. Eine halbe Ratte?«

»Sieht so aus«, bestätigte Ole und startete den zweiten Teil. »Jetzt wird es besser. Was siehst Du jetzt?«

Torill vergaß einen Moment lang, zu antworten, weil ihre Augen etwas sahen, was ihr Gehirn nicht gleich verarbeiten konnte.

»Was siehst Du?«, weckte sie Ole.

»Ratte. Eine ganze Ratte. Das ist noch der zweite Blickwinkel und ich sehe eine Kiste mit einer toten Ratte. Liegt auf der Seite. Da ist Licht, das wackelt, eine Taschenlampe. Oh, und es ist doch kein Stummfilm. Es gibt ein Geräusch. 'Ratsch' oder so. Ende.«

»Noch lange nicht. Jetzt kommt Teil drei. Pass genau auf!«

Teil drei wurde gestartet. Torill beschrieb aufgeregt, was sie sah: »Wieder die erste Perspektive. Dunkel. Nur leichtes Leuchten. Künstliches Licht? Leichter Schimmer aus dem Loch. Und jetzt aus der Box. Jetzt wieder aus dem Loch, heller, das wird immer heller, bläulich. Die Sequenz jetzt ist wieder aus der zweiten Perspektive. Das war zu kurz, aber etwas bewegt sich in der Kiste. Bläulich, Fäden, verlängern sich schnell. Pilze. Pilzfäden wachsen da. Aus der Ratte. Und aus dem Loch. Da! Auch aus der Ratte heraus. Mann, geht das schnell. Jetzt bilden sich Ringe. Geräusche wie schnelle Schritte. Unheimlich. Ein Spaten kommt ins Bild. Bläulicher Staub wirbelt auf. Jemand haut mit dem Spaten auf die Ratte in der Grube ein. Noch mehr Staubwolken. Es zischt etwas. Das blaue Licht wird stärker, Fäden wachsen in die Höhe. Die Kamera wackelt. Ist jetzt echt grell geworden. Aus. Und jetzt wieder der andere Blickwinkel, etwas weiter weg. Ein Bein. Da trampelt jemand mit Fäden am Bein. Stimmen, mehrere, aber nichts Verständliches. Kamera geht weiter zurück. Ein Mann. Noch ein Mann. Aus. Jetzt wieder neuer Blickwinkel. Alles leuchtet bläulich hell. Fäden, sehr groß. Ringe an den Fäden. Stimmen. Sagt was mit »Fungizide«, verstehe nichts. Kleine Kiste qualmt. Wird jetzt dunkler. Aus.«

Der letzte Filmteil war offenbar von einem anderen Tag, denn die Perspektive war eine ganz andere und die Lichtverhältnisse waren anders. Aber das gleiche Erdloch und der bläuliche Lichtschimmer und riesige Gespinste von Pilzfäden waren zu erkennen.

»Und Ringe wie von Arthrobotrys in einem Meter Höhe«, sagte Torill.

»Woher kennst Du den denn?«, fragte Ole erstaunt.

Torill sah weiter auf den Monitor.

»Die Ringe sind bekannt. Ich habe damals alle räuberischen Pilze recherchiert und war ganz hin und weg davon. Und hier, schau doch, eine Ratte, die sich am Boden im Myzel verfangen hat. Die bewegt sich kaum noch, die stirbt schon. Und jetzt so schnell überall Fäden und Ringe, besonders schnell an der Ratte. Aus.«

Torill wirkte euphorisiert und erschöpft zugleich.

»Hast Du jemals von Arthrobotrys in dieser Größenordnung gelesen?« fragte Ole.

»Nicht die Spur. Aber unser Paecilomyces-Fall war für uns auch neu.«

»Das Rätsel von Svalbard«, bestätigte Ole. »Ich hatte Doc Solberg damals noch von dem Antibiotikum erzählt. Der hat sich aber nicht mehr gemeldet, nachdem seine Patienten so schnell gestorben waren.«

»Ja, warum auch. Wir haben auch nicht mehr damit weitergemacht. Ich habe gestern Abend noch einmal nachgelesen. Es ist gar nicht so ungewöhnlich, dass Menschen mit Paecilomyces-Arten infiziert werden. Im gesamten Körper: Haut, Nasennebenhöhlen, Augen und Ohren, Nägel, Bauchfell, Herzbeutel und was weiß ich noch alles. Diese Pilze haben auch eine hohe allergene Potenz. Und sie können mit fungiziden Antibiotika behandelt werden. Es gibt verschiedene, die Namen habe ich nicht notiert.«

»Gut, war auch nicht wirklich noch unsere Sache.«

»Ja«, bestätigte Torill. »Die Rentiere hatten uns auch nicht um Hilfe gerufen.«

»Immerhin gut, dass Ihr den Pilz kultiviert hattet. Die Kollegen in Bonn konnten ihn noch gebrauchen. Svalbard hat wirklich eine wichtige Gendatenbank, nicht nur für Kulturpflanzen.«

»Übrigens habe ich mit Jonas telefoniert. Der hat tatsächlich noch ein bisschen mit Paecilomyces weitergemacht.«

»Was hat er denn »gemacht«?«, wollte Ole wissen.

»Dem Bonner Kollegen hat er es so erzählt. Der hat ihn gestern schon angerufen. Er hätte ihm nur gesagt, dass er mit der Probe, die er mitgenommen hatte, noch ein wenig experimentiert hat. An Mäusen. Es wäre aber nichts dabei herausgekommen, weil der Pilzstamm vermutlich mutiert wäre. Mehr nicht.«

»Was, mehr nicht?«

»Mehr hat er ihm nicht gesagt.«

»Und was hat er Dir gesagt?«

Torill überlegte kurz.

»Also, er hat drei verschiedene Paecilomyces lilacinus-Kulturen aus einer Sammlung von Mikroorganismen gekauft, von einer Firma oder einem Institut in Deutschland. Es gibt da wohl verschiedene Risikogruppen, und seine Pilze waren alle in Risikogruppe 2 eingestuft. Er hat es mir so erklärt, dass das eine von vier Stufen ist, bei der man nicht so viele Sicherheitsmaßnahmen treffen müsste. Sie könnten eine Krankheit beim Menschen hervorrufen, eine Verbreitung in der Bevölkerung wäre aber unwahrscheinlich. Jedenfalls hätte er diese Sicherheitsstufe leicht einhalten können. Er hat mit den drei Kulturen jeweils vier Mäuse in Berührung gebracht und zusätzlich eine Mäusegruppe mit unserer Kultur aus Longyearbyen.«

»Und?« Ole wuchsen förmlich lange Ohren.

»Nichts und.«

Torill schaute so enttäuscht drein, wie es wohl Jonas getan haben musste.

»Nichts ist passiert. Keine Maus wurde krank. Er hat den Versuch neu gestartet und dann noch einmal wiederholt. Wieder wurde keine Maus krank. Daraus hat er gefolgert, dass unsere Probe, die von Jan Eide stammte, nicht mehr dieselbe war, die hier zu zwei Todesfällen geführt hatte. Oder dass sie nie die Todesursache gewesen war.«

»Was hat er noch gemacht?« Oles Ohren ragten an die Decke.

»Nichts weiter. Er sagte, er hatte anderes zu tun und hat damit aufgehört. Das mit den Antibiotika hatte sich auch erledigt.«

»Warum hat er Bernhard Ross dann nicht die ganze Wahrheit erzählt?«

»Keine Ahnung. Er kennt den doch gar nicht. Frag' ihn halt selbst.«

»Das werde ich tun.«

»Ich gehe jetzt rüber ins Labor«, sagte Torill und war schon auf dem Weg zur Tür, als Ole sie fragte: »Du, Torill? Wie sicher waren wir eigentlich, dass dieser Pilz für die Todesfälle verantwortlich war?«

»Sicher?« Torill musste tatsächlich überlegen. »Wir hatten doch überall Pilzmyzel in der Probe.«

»Sauber war es nicht.«

»Nein, keine Reinkultur. Aber das Pilzmyzel ist unglaublich schnell gewachsen und hatte die absolute Vorherrschaft in der Probe.«

»Ja«, raunte Ole. »In der Probe. Und hinterher.«

»Bist Du jetzt nicht mehr sicher?«, fragte Torill enttäuscht.

»Nein, nicht wirklich. Das war keine wissenschaftliche Untersuchung. Wir hatten einen Pilz aus einem Toten entnommen und ihn bestimmt.«

»Und Du meinst, für den Tod der beiden gibt es eine andere Erklärung?«

»Ich weiß es nicht. Ich weiß gar nichts.«

»Hm.«

9. Bonn, 2018, 25. bis 27. Januar

Bonn-Poppelsdorf, Donnerstagnachmittag

»Hallo, hier ist Bernhard Ross aus Bonn. Kann ich unter dieser Nummer Jonas Ellingsen erreichen. Ich habe sie von Ole Mikkelsen erhalten?«

»Einen Moment bitte.«

»Jonas Ellingsen. Hallo?«

»Hallo, hier ist Bernhard Ross aus Bonn. Ole Mikkelsen hat mir die Nummer gegeben. Es geht um einen Fall von Paecilomyces hier in Bonn.«

»In Bonn? Nicht in Longyearbyen?«

»Nein, in Bonn. Ich hatte das Ole schon erzählt, dass wir eine Infektion an meiner Mitarbeiterin hatten. Sie ist inzwischen wieder gesund.«

»Ach, da hat sich Ole sicher gefreut. In Longyearbyen hatten wir schlimmere Erfahrungen gemacht.«

»Ich weiß. Umso erfreulicher ist es, dass meine Doktorandin der Infektion durch eigene Antikörper widerstanden hat. Also…«

»Antikörper? Nicht Antibiotika?«

»Nein, das war nicht nötig, sie hat…«

»Interessant. Das geht auch?«

»Haben Sie andere Erfahrungen gemacht?«

»Nicht in Svalbard, aber hier am Imperial. Da habe ich noch eine Zeit lang mit der Probe experimentiert. An Mäusen. Hat sich aber nach und nach verlaufen. Irgendwas ist immer schiefgegangen. Vielleicht ist die Paecilomyces-Kultur mutiert.«

»Auch ein gutes Stichwort«, sagte Ross.

»Wieso?«, fragte Errol.

»Nun, wenn ein Allerweltspilz, der überall im Boden vorkommt, plötzlich Menschen bedroht, fragt man sich doch, warum normalerweise nichts passiert und es dann wiederum Tote und Infizierte gibt, und dann auch noch möglicherweise vom selben Ursprungsort.«

»Ursprungsort?«

»Na, wussten Sie nicht, dass die Erreger in Longyearbyen möglicherweise vom ICARDA eingeschleppt wurden?«

»Ja, kann sein, da kam das Getreide für das Svalbard Global Seed Vault her. So etwas hatte mein Kollege hier auch angedeutet. Und in der Tat war Jan Kristian Eide damit in Kontakt gewesen, jedenfalls vermutlich, äußerlich.«

»Genau das hat Ihr Kollege Harold Burger mir gegenüber auch vermutet. Der hatte selbst am ICARDA mit Paecilomyces zu tun.«

»Was wollen Sie damit sagen?«

»Nur das, was ich sage. Souriana Almassarani hat es berichtet.«

»Ach, wie kommt die jetzt ins Spiel?«

»Sie ist jetzt in Köln. Kennen Sie sie?«

»Nicht persönlich. Harold Burger hatte mal von ihr gesprochen. Dass sie hier bei uns war. Er hatte sie wohl aus Syrien hergeholt. Aber das war, bevor ich kam.«

»Haben Sie Kontakt mit Harold?«

»Ein wenig. Sein Labor ist ja fast nebenan.«

»Arbeitet er noch mit Paecilomyces?«

»Nicht dass ich wüsste. Das würde mich wohl interessieren. Soweit ich weiß, arbeitet er gerade an Pilzen, die

Amphibienvölker ausrotten. So ein Öko-Gleichgewicht-Projekt, weltweit.«

»Noch eine Frage: Hat niemand ein schlechtes Gewissen, der mit Paecilomyces arbeitet oder gearbeitet hat?«

Es blieb einen Moment still.

»Nein, mit was auch immer wir arbeiten, wir sind alle Wissenschaftler.«

Bonn-Poppelsdorf, Freitagvormittag

»Ross, hallo?«
»Bernhard, ich bin es. Ole.«
»Ole. Hallo! Ich habe gleich Vorlesung. Was verschafft mir die Ehre Deines Anrufs?«
»Du hast doch mit Jonas Ellingsen gesprochen.«
»Ja, noch gestern.«
»Er hat Dir von seinen Experimenten mit Paecilomyces berichtet?«
»Ja, dass er es aufgegeben hat. Er hatte wohl an Mäusen experimentiert, aber erfolglos. Er meinte, die Pilzkultur sei mutiert.«
»Pass auf, Bernhard. Da war noch etwas mehr, was Du wissen solltest.«

Bernhard sah auf die Uhr. Die Studenten mussten ein paar akademische Minütchen warten.

»Schieß los.«

Er setzte sich und nahm seinen Bleistift auf.

»Jonas hat durchaus etwas herausgefunden, das mich stutzig gemacht hat. Willst Du die kurze oder die lange Version hören?«

Erneut schaute Bernhard auf die Uhr und sein Gewissen flüsterte ihm:

»Erstmal die kurze, bitte.«

»Also Jonas hat drei verschiedene Paecilomyces lilacinus-Kulturen aus einer Sammlung von Mikroorganismen gekauft, von einer Firma oder einem Institut in Deutschland.«

»Vermutlich von der DSMZ«, unterbrach Bernhard.

»Von was?«

»Ist jetzt egal, erzähle weiter.«

»Nun, er hat mit den drei Kulturen jeweils vier Mäuse infizieren wollen und eine Testgruppe mit unserer Kultur aus Longyearbyen. Aber keine Maus ist erkrankt. Er hat daraus gefolgert, dass keine der Pilzkulturen infektiös ist, auch unsere nicht. Seine Vermutung war, dass unser Exemplar mutiert ist.«

»Das hat er mir auch gesagt.«

»Und willst Du meine Vermutung noch hören?«

»In jeder Version.« Zeit spielte für Bernhard gerade keine Rolle mehr.

»Es gibt sie nur in Kurzform: Ich bin überhaupt nicht sicher, ob unser Paecilomyces die Todesursache in Longyearbyen war.«

Bernhard schwieg.

»Bist Du noch dran?«

»Ja«, sagte Bernhard. »Was macht Dich unsicher?«

»Wir hatten einen Pilz aus einem Toten entnommen und ihn bestimmt. Mehr nicht. Es war nicht einmal eine saubere Probe, da war alles Mögliche drin.«

»Aber der Tote war tot.«

»Ja, warum auch immer.«

»Danke, Ole, dass Du mir das sagst«, schloss Bernhard. »Wir bleiben dran. Und mit dem Arthrobotrys auch.«

Dann eilte er zur Vorlesung.

Bonn-Poppelsdorf, Freitagnachmittag

Professor Bernhard Ross hatte seine Vorlesung unkonzentriert gehalten und saß nun wieder in seinem Büro, in der linken Hand ein belegtes Brötchen, in der rechten seinen Bleistift, den er in Momenten größter Konzentration zum Klopfen benutzte; es erinnerte ihn an die beschauliche Standuhr in der elterlichen Wohnung.

Matthias Hellborn klopfte ihn aus seiner Kontemplation. Er stand mit Thomas Brunell in der Tür und hielt einen Eimer mit Tüten in der Hand.

»Stören wir?«, fragte Matthias.

»Nein, kommt herein. Was habt Ihr da nun wieder?«

»Ich frage mich, wo der Hund geblieben ist«, antwortete Thomas nicht ganz zum Thema.

»Ok, Thomas« ging Matthias dazwischen. »Wir haben auch nach dem Hund gesucht, aber in seinem Grab ist er nicht mehr und laufen konnte er auch nicht mehr. Da haben wir uns nur gefragt, ob der Pilz auch Plastik frisst.«

»Plastik?«, fragte Ross verwirrt.

»Den Müllsack zum Beispiel, in den er eingepackt war«, erklärte nun Thomas.

»Moment, Moment, ich komme nicht mit.« Ross war offenbar etwas gereizt.

»Stellen wir das mal zurück«, erklärte Matthias. »Wir haben Bodenproben direkt aus dem Hundegrab mitgebracht und wollen sie auf Arthrobotrys untersuchen. Der kann nämlich auch nicht laufen. Glaube ich. Wir könnten ein paar Labortests machen, wie wir es im Freiland nachts versucht hatten.«

Von Bernhard Ross kam ein langgezogenes »Ja«, während er sein Kinn rieb.

»Ich habe interessante Neuigkeiten. Setzt Euch doch irgendwo.« Ross machte eine ausladende Geste über den einen Stuhl, der frei war. Matthias zog einen zweiten aus dem Labor herüber.

»Hört zu«, begann Ross. »In London gab es Labortests mit verschiedenen Paecilomyces-Kulturen, und zwar mit Mäusen. Sie wurden aber eingestellt, nachdem keine Maus erkrankt war, auch nicht durch die Probe aus Longyearbyen. Es wird angenommen, dass sie mutiert war und nicht mehr virulent.«

»Schade«, seufzte Matthias, »aber ich rede von Arthrobotrys.«

Ross insistierte fast verärgert: »Ich rede gerade von Mutation. Versteht Ihr das? Eine mutierte Zelle kann zum Beispiel irgendeinen Krebs auslösen. Mutationen treten dauernd auf, in jedem Körper. Bei Menschen, Tieren, Pflanzen, also auch in Pilzen.«

»Aha.« Thomas betastete die Tüten im Eimer, während Ross fortfuhr:

»In Longyearbyen ist Ole Mikkelsen nicht mehr sicher, ob Paecilomyces den Tod von zwei Menschen verursacht hatte, weil es keine saubere Kultur war. In London wurden die Tests eingestellt, weil keine Infektion nachweisbar war.«

»Aber es gab Tote in Syrien, oder?«, warf Matthias ein.

»Ja, das ist zu bedenken. Aber war eine Pilzkultur die Ursache?«, hielt Ross dagegen.

»Was hatte dieser Burger noch zu Souriana gesagt? Hatte er nicht gefriergetrocknetes Material von einem Offizier?«

»Von einem Laien. Womöglich Militär, das biologische Waffen testete. Pfff. Und das sollte rein gewesen sein?« Ross reckte sein Kinn vor.

»Es gab Tote!« Matthias gab nicht auf.

»Ja.« Ross erhob sich und begann, in dem kleinen Büro auf und abzugehen.

»Ja. Jaja. So sieht es aus. Verursacht durch Paecilomyces oder auch nicht. Oder anders herum: Mit zeitweise virulentem Material. Das vielleicht nach Longyearbyen gelangt ist und vielleicht auch dort Menschen umgebracht hat. Vielleicht. Das aber von da aus in England nichts mehr von seiner tödlichen Eigenschaft übrig hatte.«

Er machte eine Kunstpause.

»Ein Allerweltspilz könnte theoretisch mutieren zu einem humanpathogenen Pilz und wieder zurück. Er verändert sich, sei es durch alternative Nahrungsmöglichkeiten – er ernährt sich ja in der Regel von totem Pflanzenmaterial und gelegentlich von Nematoden. Oder sei es durch die Aufbewahrung im Kühlschrank oder während der Kultivierung im Labor. Was auch immer. Mutationen sind immer möglich.«

»In die eine wie in die andere Richtung?« fragte Matthias interessiert, während Thomas versonnen eine Tüte streichelte.

»Vielleicht.«

»Was hatte dann Mia?«

»Da komme ich auf den Punkt. Vielleicht eine andere Mutation von Paecilomyces, die nicht so virulent ist. Wir haben sie ja noch hier. Eine abgeschwächte Pilzkultur, etwa so wie man abgeschwächte Viren zur Impfung nutzt. Ich glaube, wir sollten endlich anfangen, einmal alles ordentlich zu notieren, was wir bisher wissen und welche

Fragen sich uns stellen. Und ob sich nicht doch etwas publizieren lässt«, sprach der Professor.

»Dazu gehören Experimente«, ergänzte Matthias. »Und die setze ich jetzt an. Thomas, kommst Du mit?«

»Ich wollte heute Abend eigentlich in meine Schänke...«.

»Na schön, ich fahre Dich zurück«, entgegnete Matthias etwas enttäuscht und wandte sich noch einmal zu Ross: »Habt Ihr nicht Regenwurmkulturen hier?«

»Du meinst statt Mäusen?«

»Genau.«

»Bediene Dich nach Herzenslust. Eine von den Assistentinnen kann Dich damit verwöhnen, wenn noch eine da ist.«

Matthias schaute auf die Uhr. Es war sicher schon Feierabend.

Bonn-Poppelsdorf, Samstagvormittag, INRES, Pflanzenkrankheiten und Pflanzenschutz

Matthias hatte Souriana vom Bahnhof abgeholt, mit ihr gemeinsam in einem Bistro in der Innenstadt gefrühstückt und sie dann mit in sein Institut geschleppt, obwohl sie lieber bummeln wollte, wie sie sich ausdrückte. Aber was immer gemeint war, Matthias hatte zum Bummeln keine Zeit und schließlich waren sie beide Wissenschaftler, die in schwieriger Mission unterwegs waren.

Matthias hatte Glück, dass er gestern noch Christina Thaller im IOL angetroffen hatte, die ihm so spät noch ein Referat über die verschiedenen Regenwurmarten und ihre Vor- und Nachteile bei der Züchtung hielt, ehe sie ihm eine hölzerne Wurmkiste anvertraute und ein schönes Wochenende damit wünschte. Nun öffnete er die Wunderkiste und schaute hinein. Auch Souriana interessierte sich für die kleinen Würmer, die offenbar eine Hochkultur waren, nahezu sauber und nur mit dem nötigsten Fressmaterial versehen. Vielleicht würden sie auch nicht mehr benötigen.

Für seine Verhältnisse war das Experiment ausgesprochen simpel. Matthias wollte lediglich wissen, ob die beiden verdächtigen Pilzarten, die mittlerweile sauber kultiviert waren, etwas anderes als Nematoden befallen würden. Dass sie die Fadenwürmer als Speise mochten, war nicht nur aus der Literatur bekannt, sondern in den eigenen Labors bewiesen worden. Während die Pilze in Reinkultur in Kühlschränken lagerten, waren die Würmer völlig unsteril und würden es wohl auch bleiben. Wie hätte er die kleinen Dreckfresser samt ihrem Inneren sterilisieren sollen, ohne sie zu schädigen. Also nahm Matthias zunächst fünf größere Würmer aus der Kiste und legte sie in eine flache Plastikschale mit Deckel. Den Deckel beschriftete er mit A1, wobei A für Arthrobotrys stand. Ebenso legte er fünf weitere Würmer in zwei weitere Schalen und beschriftete diese mit A2 und A3. Anschließend wiederholte er das Ganze und beschriftete die Deckel mit P1, P2 und P3 für Paecilomyces. Zuletzt füllte er je fünf Regenwürmer in Schalen, die er mit 01, 02 und 03 beschriftete, die Nullproben, denen er keine Pilze zuzufügen gedachte, zur Kontrolle.

Um Souriana ein wenig Sicherheit vorzuspielen, zog Matthias jetzt Einmalhandschuhe und einen Mundschutz an, bevor er mit einem kleinen Spatel jeweils in drei Schalen die entsprechenden Pilzarten hinzufügte. Die Regenwürmer waren nun den Pilzen ausgeliefert. Die Würmer in den Nullproben bekamen keine Pilze. Jetzt hieß es abwarten. Souriana hatte bislang nur insoweit assistiert, als sie ihm die Deckel zur Beschriftung angereicht hatte. Jetzt wollte sie selbst ihren wissenschaftlichen Instinkt beweisen und ging mit Schale A1 zu einem Lichtmikroskop, unter dem sie die riesigen Würmer fachmännisch betrachtete. Viel war nicht zu sehen, denn für die relativ großen Regenwürmer war schon die kleinste Vergrößerung zu stark, so dass Souriana nur rotbraune bewegliche geringelte Massen vorüberziehen sah. Von Arthrobotrys hingegen waren Pilzgeflechte und Pilzsporen zu sehen, für die die Auflösung eher zu schwach war. Mit großer Geduld verstellte sie die Objektive und den Lichtwinkel und schob die Schale hin und her. Eine ganze Weile saß sie schweigend vor dem Mikroskop, um dann festzustellen: »Eigentlich tut sich hier gar nichts. Ich sehe nicht einmal Ringe.«

»Komm doch mal hier rüber«, antwortete Matthias, der ebenfalls an einem Mikroskop saß und bisher geschwiegen hatte, jedoch nicht aus Langeweile, sondern vor gebannter Aufmerksamkeit. Souriana ging hinüber und sah den Deckel neben dem Mikroskop, auf dem P1 stand.

»Die kleben, wie es im Buche steht. Schau mal«, sagte der Wissenschaftler.

Souriana nahm seinen Platz ein, fokussierte ein wenig und erkannte sofort die zahlreichen Sporidien, die an der Oberfläche der Regenwürmer hafteten. Sie sagte nichts, während Matthias die Gelegenheit nutzte, den Platz zu tauschen. Auch er fand keine besonderen Aktivitäten in Schale A1 außer den sich ringelnden Würmern, die auch ohne Mikroskop zu sehen waren. Souriana war indessen überwältigt von dem Anblick, der sich ihr bot. Es waren keine zehn Minuten vergangen und Paecilomyces fing an zu wachsen. Sie konnte nicht erkennen, ob die Sporen mit ihren keimenden Pilzfäden in den Wurm eindrangen, aber es wuchsen Pilzfäden ringsherum so schnell, dass man zusehen konnte.

»Unglaublich«, entfuhr es ihr, und damit hatte sie den Wissenschaftler neugierig gemacht. »Die wachsen schon.«

»Lass mich mal«. Matthias spurtete zurück und es entstand ein kleines Gerangel um die beste Aussicht.

»Du kannst doch eine andere Schale nehmen«, beschwerte sich Souriana.

Das tat er umgehend und nahm sich P2 vor. Hier sah er das gleiche Schauspiel. Einer der Regenwürmer war übersät mit Sporidien und Pilzmyzel wucherte bereits auf dem Boden der Plastikschale und zwischen den Resten von Wurmnahrung und Kot. Matthias trug die Schale zum Fotomikroskop im Nachbarlabor und machte sofort Aufnahmen. Er hatte vergessen, die Zeit zu messen, merkte sich aber nach einem Blick auf die Uhr, dass es viertel nach elf war und etwa zehn Minuten vergangen sein mussten, seit er die Pilze hinzugegeben hatte. Er notierte die Uhrzeit auf einem Block und daneben die Zahl der Aufnahmen. Als er wieder auf die Schale blickte, stellte er fest, dass die Würmer heftig zuckten. Er blickte wieder in das Mikroskop und versuchte, eine stärkere Vergrößerung einzustellen. Es scheiterte aber daran, dass er nur das Vorbeihuschen eines Wurmes erkannte. So machten auch Aufnahmen keinen Sinn. Was es zu sehen gab, sah er mit bloßem Auge: Pilzmyzel hatte den gesamten Boden der Schale ausgefüllt und wuchs pelzig über die Würmer. Waren die klebrigen Sporen schon in die Würmer eingedrungen? Schon wurden die Zuckungen langsamer, ein Wurm nach dem anderen schien dem Pilz zu erliegen und das Pilzmyzel breitete sich weiter aus. Ein letzter Blick in das Vergrößerungsgerät zeigte die unansehnlichen Oberflächen toter Regenwürmer. Matthias nahm sie auf und notierte 11:19 Uhr und daneben eine fünf für die Anzahl der Klicks.

»Sie sind tot«, rief Souriana von neben an, »alle fünf. Sie bewegen sich nicht mehr.«
»Ich weiß,« rief Matthias zurück, »meine auch. Zieh doch Handschuhe an.«
Stattdessen verschloss Souriana die Schale mit dem Deckel und stellte sie auf die Schale P3, in der sich ebenfalls nichts mehr bewegte und nur noch Watte zu sehen war. Auf die beiden Schalen stellte sie eine Wasserflasche als Beschwerer, damit die Deckel geschlossen blieben. Dann lief sie zu Matthias hinüber, der inzwischen eine Wurmspitze herauspräpariert hatte und sie mit starker Vergrößerung betrachtete. Er machte erst einige Fotos und Notizen, bevor er Souriana beachtete. Die hatte inzwischen geistesgegenwärtig den Deckel auf die unbeaufsichtigte Schale gelegt und schrie: »Der wächst schon über den Rand.«
Matthias war die erstarrte Ruhe selbst und sah abwechselnd von der Schale auf Sourianas Hände, bis er sie aufforderte, sich die Hände zu waschen. Das tat sie gehorsam und ausgiebig, bevor ihr ein Blick in das Mikroskop gewährt wurde. Bei dieser Vergrößerung und dem Längsschnitt des Wurmes war deutlich erkennbar, dass der Pilz in das Tier eingedrungen und es vollständig besiedelt hatte. Neue Konidienträger wuchsen bereits aus dem Wurm heraus. Matthias notierte 11:24 Uhr.

Bonn-Poppelsdorf, Samstagnachmittag, INRES, Pflanzenkrankheiten und Pflanzenschutz

Das Wetter war schön und der Hunger machte sich bemerkbar. Matthias und Souriana nahmen einen Mittagsimbiss in Poppelsdorf ein, kauften ein paar Vorräte für den Sonntag und schleppten sich mit zwei Jutetaschen wieder zum Institut, um ihre Experimente zu beaufsichtigen. Auf den südlichen Trakt fielen helle Sonnenstrahlen und Matthias zog die Rollos herunter, bevor sie sich wieder den Tätern und ihren Opfern zuwandten. Die drei Paecilomyces-Schalen hatten sie in einer Plastiktüte verpackt, die inzwischen so von grauem Myzel gefüllt war, dass sie sich aufzublähen schien. Matthias packte noch eine zweite Tüte darüber und legte das ganze in ein Gefrierfach. Wer weiß, was man damit noch tun konnte.

Die Kontrollgruppe war gesund und ringelte sich munter im eigenen Kot. Die Arthrobotrys-Gruppe sah ebenfalls unbehelligt aus und unter dem Mikroskop waren weiterhin nur vereinzelte Pilzgeflechte und Pilzsporen dort zu sehen, wo sie bei der Applikation gelandet waren.

»Der tut nix«, sagte Matthias und machte sich daran, Kaffee zu kochen. Souriana gelüstete es bei dem schönen Wetter immer noch zum Bummeln in der Stadt. Hier drinnen war es überheizt und jetzt auch noch halb dunkel.

»Wollen wir nicht noch ein wenig in die Stadt gehen? Es ist so schön draußen.«

»Ich habe noch kein Wasser eingefüllt. Ein kleiner Spaziergang mit Dir wäre wohl drin. Aber nur, wenn Du ganz lieb bist.«

Souriana hatte sich von Hinten angeschlichen und drehte seinen Kopf zärtlich zu ihr herum. Sie küsste ihn auf den Mund und Matthias suchte blind einen Abstellplatz für die Kaffeekanne, bevor er seine Arme um sie schlang. Es war sehr ruhig in dem Haus und sie waren hier ganz allein an einem schönen Samstag, der schon sehr erlebnisreich war. Sie zog ihn zum nächsten Stuhl und er wusste nicht, ob er sich irgendwie mit darauf platzieren oder vor ihr knien sollte, da hielt sie plötzlich inne und starrte in den Nachbarraum. »Ich habe doch kein Licht angemacht«, stammelte sie. »Was zum Teufel...«.

Matthias drehte sich in halber Verbeugung um und blickte in die Richtung, die sie meinte. Tatsächlich war der Raum abgedunkelt. Offenbar hatte sich eine Wolke vor die Sonne geschoben und so sah er jetzt noch etwas

dunkler aus. Aber ein leichter Schein wie von einer Tischlampe fiel ihm sofort auf und Matthias kam langsam in die Vertikale. Er zog Souriana aus dem Stuhl mit sich nach nebenan und beide blickten sofort auf die drei Schalen neben dem Mikroskop, von wo der Schein kam.

»Der tut doch was«, erfasste Matthias die Situation. »Dieses Licht kenne ich doch. Bleib' mal zurück!«

Souriana blieb an der Tür stehen und sah sich geistesgegenwärtig nach Handschuhen und Mundschutz um, während Matthias sich langsam und leise dem Labortisch näherte, als gebe es hier irgend jemanden zu ertappen. Das Licht flackerte und wurde intensiver, es sah aus wie übergroße Glühwürmchen, die in Plastikschalen gefangen waren. Ein Deckel hing etwas schief und aus der Schale wuchsen bläulich schimmernde Fäden, die ihn offenbar angehoben hatten. Immer heller wurde es in den Schalen, die sich irgendwie zu bewegen schienen. So langsam, wie sich Matthias näherte, hätte er keine Chance, noch rechtzeitig den Deckel aufzusetzen. Schon wuchsen dickere Fäden auch aus den beiden anderen Schalen, ein Deckel war vollkommen zur Seite gerutscht, Ringe bildeten sich so schnell, dass man es mit einem Zentimetermaß hätte messen können, wurden in die Höhe geschoben auf Stielen, die eine erstaunliche Dicke hatten, mindesten zwanzig Zentimeter hoch, eher dreißig. Sie schwankten hin und her, an der Spitze und an Seitenästen Ringe bildend, die sich bedrohlich bewegten als wollten sie jeden einfangen, der sich in die Nähe wagte. Doch niemand wagte es, auch nur einen Schritt näher zu kommen.

»Bleib stehen, Matthias«, schrie Souriana, »geh nicht näher ran!«

»Tu ich nicht. Schnell, hol' irgendeine Kamera, Dein Handy, schraub' die Kamera vom Mikroskop ab, tu doch was!«, hechelte Matthias in höchster Aufregung, nicht wissend, was er als nächstes tun konnte. Souriana verschwand und er traute sich noch einen Schritt näher, war bis auf etwa einen Meter herangekommen und wusste immer noch nicht, ob er sich mit was auch immer verteidigen sollte oder einfach auf den Pilz zuspringen und ihn mit eigenen Händen erwürgen. In diesem Moment machte einer der tentakelähnlichen Fäden mit einem Ring an der Spitze eine rasche Bewegung auf ihn zu. Tatsächlich kam es ihm so vor, als wolle er ihn angreifen, ohne Augen und Ohren, als hätte er einen Sinn für alles was sich bewegt oder lebt. Leben war ihm wichtiger und er trat einen Schritt zurück in dem Augenblick, als Souriana in der Tür erschien und an ihrem Handy fummelte. Urplötzlich brach das Gebilde förmlich in sich zusammen und das Licht verlosch so schnell wie es angeschwollen war.

Matthias hatte sich schweißgebadet auf den Boden gesetzt und starrte noch immer in die Leere, die zurückgeblieben war. Souriana kam zögernd auf ihn zu und half ihm auf. Beide blickten noch einmal auf die Schalen neben dem Mikroskop. Nichts Spektakuläres war dort zu sehen, nur Umrisse von Regenwurmresten, Kot und stillem grauem Pilzmyzel. In diese Stille platzte erneut Sourianas Handy.

Bonn-Poppelsdorf, Samstagnachmittag, IOL

Bernhard Ross saß am Samstag allein in seinem Büro und schrieb seine Memoiren. Seine Frau Dörthe war zum Einkaufen in der Stadt, die Kinder unterwegs. Niemand würde ihn vermissen. Er nahm seinen Bleistift und ein Blatt Papier. Darauf begann er mit einer Zeichnung. Der Bleistift war stumpf vom Klopfen und so gerieten die Aufzeichnungen hinreichend dick.

Oben links schrieb er »Aleppo« und malte ein P in einem Kreis. Das war Paecilomyces.

Darunter schrieb er »Longyearbyen« und ein P in einem Kreis. Das war ebenfalls Paecilomyces.

Darunter schrieb er »London/Ellingsen« und ein P in einem Kreis.

Und darunter kam »Bonn« und ein P in einem Kreis.

Oben rechts schrieb er »Wehner« und ein A in einem Kreis. Das war Arthrobotrys.

Darunter schrieb er »Wiesengut« mit einem umkreisten A.

Das waren die wichtigsten Fundorte. Wie hingen die zusammen?

Ross zog einen geschwungenen Pfeil von »Aleppo« nach »Longyearbyen«. Von dort zeichnete er einen Pfeil weiter nach »London/Ellingsen«. Von dort aus führte ein weiterer Pfeil nach »Bonn«. Er betrachtete sein Werk, überlegte eine Weile und malte schließlich eine gestrichelte Linie von Aleppo nach London und eine weitere gestrichelte Linie von London nach Bonn. Da war er unschlüssig. Harold hatte viele Pilzsammlungen. Darunter konnte eine über Jonas Ellingsen aus Longyearbyen stammen. Die Zusammenarbeit der beiden war nicht klar; dieses Exemplar schien nicht sehr infektiös zu sein, jedenfalls für Mäuse. Ob Harold auch eine Probe direkt aus Aleppo hatte, wusste Ross auch nicht. Eine infektiösere gar? Hinter die beiden gestrichelten Linien machte er je ein Fragezeichen und ließ es offen.

Zwischen »Wehner« und »Wiesengut« zog er eine Linie ohne Pfeil und mit einem Fragezeichen.

Zufrieden war er nicht. »London/Ellingsen« stimmte nicht ganz, denn die Proben in Bonn hatte er von Harold aus London bekommen, also eher »London/Burger«. Oder nur London? Ross schrieb stattdessen »London/Burger/Ellingsen«.

Mehr fiel ihm nicht ein. Frustrierend.

Er musste sich ans Texten machen. Es gab trotz aller Informationen noch keine Aufzeichnungen, aus der sich wirkliche Erkenntnisse, Zusammenhänge und Folgerungen ergaben. Wenn es denn Zusammenhänge und Folgerungen überhaupt gab. Da war zum Beispiel die Sache mit »Longyearbyen«. Damals war man sicher, zwei Menschen wären durch Paecilomyces gestorben. Jetzt aber war Ole Mikkelsen gar nicht sicher. In London wurden weitere Experimente eingestellt wegen möglicher Mutation des verdächtigen Pilzstammes. Wenn nun nichts von alledem wirklich relevant war, so gab es doch hier in seinem eigenen Labor eine Infektion mit Paecilomyces, die aber nicht tödlich endete, sondern offenbar durch Immunabwehr geheilt wurde.

Wie auch immer, beide Pilze waren bekannt als Nematoden-Antagonisten. Sie konnten, wenn sich die Gelegenheit bot, von den Fadenwürmern Nährstoffe gewinnen, Kohlenstoff und vor allem Stickstoff. Ansonsten lebten sie friedlich in der Erde. Im Grunde Nützlinge in mehrfacher Hinsicht. Aber nicht, wenn sie zu Menschenfressern mutierten. War das möglich? Gerade die Aufnahmen von Arthrobotrys hatten doch gezeigt, dass Ratten auf Wehners Grundstück in Nullkommanichts aufgefressen wurden. Wie weit war es da zum Menschen. Waren die Wehners tatsächlich an Arthrobotrys gestorben?

Ross betrachtete seine Notizen. Sie waren bei weitem nicht vollständig, nur ein Anfang, der die bisherige Detektivarbeit letztlich zusammenfassen sollte. Was sie alle hier taten und recherchierten, war doch echte Forschung und nichts für die Polizei oder sonstige Behörden. Und wie weit wäre es dann zu einer wissenschaftlichen Veröffentlichung?

Das Telefon läutete. *Wer ruft denn hier am Samstag an?*, dachte Ross und hatte schon abgehoben.

»Du bist tatsächlich im Büro?«, fragte ein aufgeregter Matthias. »Können wir rüberkommen? Sofort?«

»Von wo auch immer – ich bin hier«, grunzte Ross.

Es dauerte keine fünf Minuten und zwei Gespenster standen vor Ross.

»Ich habe einige Aufzeichnungen gemacht...«.

Matthias unterbrach ihn sofort: »Zwei Dinge: In meinem Labor war die Hölle los. Wir haben Arthrobotrys auf Regenwürmer angesetzt.« Er musste Luft holen.

»Und zweitens?« fragte Ross.

»Sobald wir den Raum verdunkelt hatten, fing der wie irre an zu wachsen und hat die Regenwürmer vertilgt. Und der hat richtig geleuchtet, wie in Wehners Garten. Das Ding wollte sogar nach mir schnappen. Es hat alle Regenwürmer gefressen.«

»Wieso Regenwürmer? Du meinst Nematoden?«, stoppte ihn Ross.

»Nein Regenwürmer. Es war die einfachste Beute, die ich auftreiben konnte für unser Experiment. Christina hat sie mir gegeben.«

»Regenwürmer sind doch überall im Boden. Da müsste es ja ständig leuchten.«

»Glaube es oder glaube es nicht«, reagierte Matthias ärgerlich. »Wir haben es mit unseren eigenen Augen gesehen. Dieser Arthrobotrys frisst Regenwürmer. Jedenfalls wenn es dunkel wird und er nichts Anderes findet.«

Ross schaute beiden in die Augen.

»Ob ich das glauben soll oder nicht, weiß ich nicht. Aber getrunken habt ihr nicht. War das schon zweitens?«

»Nein«, schaltete sich Souriana ein. »Ich muss mich setzen.«

Alle nahmen sich einen Stuhl und bildeten einen kleinen Stuhlkreis.

Souriana begann ihren Bericht.

»Als es gerade vorbei war, klingelte mein Handy. Es war meine beste Freundin, die ich in Tel Hadya damals hatte, Sanaa Mohadeen. Matthias kennt sie auch. Sie ist seit Kurzem in London bei Harold Burger und wollte sich eigentlich nur einmal melden, um mir das zu sagen. Ich war noch wie gelähmt von dem Ereignis, dass ich sofort mit den nematophagen Pilzen anfing. Da hatten wir ein Thema.«

10. Aleppo, Syrien, 2017, Juni

Tel Hadya, ehemalige Forschungsstation des ICARDA

Die Sonne flirrte. Eine Schraube rollte unter dem Humvee hervor, der dicht an der Wand des Lagerhauses im Schatten stand. Dahinter ertönte ein arabischer Fluch. Ein Schraubenschlüssel flog hinterher. Das Trio von Schraube, Fluch und Schlüssel erweckte das Interesse des an der Hauswand lehnenden Arabers, der einen Grashalm kaute und dabei etwas unter den Armeewagen rief. Statt einer Antwort flog ein Auspuff-Endtopf hinterher und diesem folgte ein weiteres ‚Khara!'. Ein dunkles ölbeflecktes Gesicht mit Bart lugte unter dem Fahrzeug hervor und schließlich kam ein Mann in oliver Ranger Feldhose und ehemals weißem Unterhemd mit dem Rücken auf einem wackeligen Rollbrett zum Vorschein. Er spuckte aus und es kehrte wieder Ruhe ein.

Die Zeit schien stillzustehen. Der Rauch der letzten Jahre war verzogen. Aleppo hatte seine besondere Weihnachtsgeschichte erlebt. Zurückgeblieben waren zerborstene Fenster, bröckelnde Fassaden, öde Felder und verrostete Armeefahrzeuge am Straßenrand. Ein Großteil der Bewohner von Tel Hadya war in den Ort zurückgekehrt, fand aber keine Arbeit mehr. Der Wiederaufbau der Landwirtschaft war ein zäher Prozess. Moderne Maschinen, wie sie einst vom ICARDA zur Verfügung standen, waren mangels Ersatzteilen unbrauchbar. Einige standen ebenfalls am Wegesrand, mit Graffiti verziert. Besonders eindrucksvoll erschien der Dominator Mähdrescher, der mitten auf einem Feld stehen geblieben und auch mit Fähnchen geschmückt war, vor der Kulisse eines Gewächshausgerippes auf verdorrtem Boden. Saatgut, das es hier in Hülle und Fülle gegeben hatte, war Mangelware. Was es noch gab, waren löchrige Gewächshäuser, leere Lagerhallen und Labors, die zwar verwüstet, aber nicht unbrauchbar waren. Wie durch Zauberhand war ein Raum vollständig intakt, klimatisiert und mit modernsten Computern ausgestattet. Andere sahen ebenfalls aufgeräumt aus und beherbergten eine Laborausstattung, die europäischen Maßstäben durchaus genügt hätte. Nur die quadratischen Deckenbeleuchtungen waren zur Hälfte ausgefallen. Offenbar gab es gerade keine Leuchtstoffröhren. Die grünen Holzschränke und -tische, die immer so liebevoll repariert wurden und an deren Gläsergestellen man so viele schöne Laborinstrumente aufhängen konnte, standen zusammengepfercht und ausrangiert in einem Nebenraum. Das Porträt von Baschar al Assad hing überlebensgroß über dem Tor eines Lagerhauses. Syrische Flaggen waren an den Fenstern des Bürogebäudes zu sehen und im Inneren noch mehr davon. Und russische. Und die der libanesischen Schiitenmiliz Hizbullah.

In einem der Labors war Sanaa Mohadeen dabei, mit einer Pipette eine Flüssigkeit in ein Zylinderglas zu träufeln, dessen Inhalt auf einem Magnetrührer stand. Draußen fuhr ein kleiner Konvoi vor, wie fast jeden Tag. Khaki braune Kisten wurden abgeladen und in eine der Lagerhallen transportiert. Der Landarbeiter Abdillaziz Shikhani und seine Schwester Mehriban halfen dabei, im Gegenzug kleinere silberne Transportbehälter und Säckchen in den Transportfahrzeugen zu verstauen. Es ging sehr ruhig zu.

In seinem Büro hatte Doktor Ebrahim Khattab die Füße hochgelegt und studierte handgeschriebene Dokumente. Der ehemalige Militärarzt war abkommandiert, um Forschungsarbeiten zu beaufsichtigen, die im Wesentlichen von dem Biologen Kamal Habash durchgeführt wurden. Das eigentliche Laborteam war damit vollständig, Sanaa eingeschlossen. Darum herum scharte sich eine personelle Infrastruktur aus militärischen oder paramilitärischen Einheiten, die ständig wechselten, und ebenso die Uniformen, die nicht anders als khaki-bunt zu bezeichnen waren. Immerhin ein gutes Dutzend von ihnen waren zu jedem Zeitpunkt in einem Gebäude stationiert, das einmal als Schafstall diente und ebenfalls ordentlich renoviert worden war. Der bunte Haufen war sich untereinander nicht einig. Sie stritten ständig und es gab auch kleinere Schlägereien, denen Einhalt zu gebieten niemand in der Lage schien.

Sanaa hatte es fast aufgegeben, den Zweck ihres Daseins zu erfahren. Immerhin bekam sie hier regelmäßigen Lohn, mehr als ihre gesamte siebenköpfige Familie zusammen. Nach einem heftigen Geschrei drüben im Wohnhaus hatte sie Mehriban nach dem Grund gefragt, jedoch nur ein Schulterzucken geerntet und etwas wie ‚Glaubenskrieg' verstanden. Mehriban nannte die Leute ‚Bunte Brigaden'. Das passte ziemlich gut. Das Leben der Bunten wurde offenbar von religiösen, politischen und sozialen Trennlinien bestimmt. Denen konnte keiner helfen. Hier war jeder auf sich selbst gestellt und vieles lief im Verborgenen. Es schien Sanaa, als wäre im Untergrund mehr Leben als auf den ehemals blühenden Feldern.

Draußen fuhr der nächste Treck vor und die stationierte Brigade schien wieder ausgetauscht zu werden. Ein halbes Dutzend Humvees und Armeelastwagen parkten in einer Reihe auf dem Hof, wo die alten Kameraden schon mit spärlichem Gepäck warteten. Aus einer schwarzen Limousine mit Fähnchen stieg ein Mann in Uniform und schritt mit einer Aktentasche unter dem Arm geradewegs zum Büro von Ebrahim Khattab. Er winkte im Gehen seinen Fahrer heran. Der Befehl, ihm zu folgen. Das war der Tag, an dem Sanaa wissen wollte, was der Sinn ihrer Arbeit war. Nicht erst heute hatte sie festgestellt, dass es immer dann neue Arbeiten gab, nachdem solcher Besuch gekommen war. Ihre Aufgabe war seit Monaten dieselbe: Herstellung und Züchtung von Pilzkulturen und ihre Lagerung durch Gefriertrocknen. An diesem Tag löste sie sich von ihrer Arbeit und ging nur mit einer Schreibmappe ausgestattet unauffällig zum Gebäude des Büroleiters. Die Mappe galt als Alibi. Falls jemand sie nach dem Ziel fragte, hätte sie eben dem Leiter etwas zu berichten. Das war weder ungewöhnlich noch verboten und so blieb sie erwartungsgemäß unbehelligt. Allerdings betrat sie das Gebäude nicht, sondern ging darum herum und hockte sich unter das geöffnete Fenster von Ebrahim Khattabs Büro. Sie hörte die beiden in einem Mix aus Arabisch und Englisch sprechen, wovon sie zwar alles verstand. Jedoch konnte sie den Inhalt des Gesprächs nicht einordnen. Es war deutlich die Rede von Lieferungen und Pilzen, deren Namen sie sich merken wollte: Der eine hieß Pezilomyzes, der andere Atrobotris. Sie schrieb es in die Mappe, die damit zum Geheimnisträger wurde. Ab jetzt sollte sie lieber keiner mehr nach dem Ziel fragen. Offenbar war etwas unerwartet verlaufen oder schiefgegangen, denn die Tonlage beider Stimmen erhöhte sich plötzlich, die Gemüter waren hörbar erhitzt. Zunächst ging es um einen ‚Unfall', dann um ‚Tote'. Auch das war im Grunde nicht ungewöhnlich, experimentierte doch Kamal Habash mit Mäusen, von denen einige überlebten und einige starben. Die toten Tiere wurden irgendwo auf den Feldern entsorgt. Sanaa notierte gerade die Stichworte, als das Fenster unsanft geschlossen wurde und gleich darauf eine Tür knallte wie ein Schuss. Erschrocken erhob sich Sanaa, um geduckt an der Hauswand entlang weiter um das Gebäude zu gehen, worauf sie auf der anderen Seite wieder auf dem Hof landete. Der Uniformierte schritt scharf auf sein Fahrzeug zu, an welchem der Chauffeur ihm schon die Tür aufhielt. In einer Staubwolke entfernte sich die Limousine vom Gelände.

So unauffällig, wie sie sich entfernt hatte, kehrte Sanaa zurück zu ihrer Arbeit. Die Pilzkulturen betrachtete sie fortan mit anderen Augen. Endlich konnte sie sich erklären, worum es sich bei den Aufschriften handelte, die jeweils mit einem Buchstaben begannen, darunter auch P und A. Mit ihrem Handy suchte sie nach den Namen und erkannte schnell, dass es sich um bekannte Pilzarten handelte, die sie nicht ganz korrekt geschrieben hatte und die auch als Nematophagen bezeichnet wurden. Das machte Sinn, denn Nematoden waren auch hier in Tel Hadya ein bekanntes Problem, das man möglicherweise auf diese biologische Art bekämpfen konnte. Die Worte ‚Unfall' und ‚Tote' bedurften aber einer weiteren Klärung. Habash konnte sie nicht fragen, der sprach kaum ein

Wort und schon gar nicht über seine Experimente. Nicht einmal seine Aufzeichnungen durfte sie sehen.

Wie jeden Mittag traf sich Sanaa mit den Landarbeitern, die nicht auf den Feldern im Einsatz waren, in einem Anbau neben der großen Lagerhalle, der mit wackeligen Tischen und Stühlen aus der guten alten Zeit bestückt als eine Art Kantine eingerichtet war. Dort gab es auch einen Kühlschrank, der immer mit Wasserflaschen und Cola gefüllt war und an dem sich jeder nach Belieben bedienen durfte. Die Geschwister Abdillaziz und Mehriban packten gerade ihren mitgebrachten Proviant aus und tranken ausgiebig Wasser. Auch Sanaa bediente sich mit dem kühlen Getränk und setzte sich zu ihnen. Wie konnte sie hier ein unverfängliches Gespräch beginnen? Sie versuchte es mit dem Hinweis auf den schnellen Abgang des Uniformierten, woraufhin Abdillaziz lediglich korrigierte, dass es sich um einen Offizier handelte. Mehriban blickte sich unsicher um. Es waren mindestens acht weitere Arbeiter im Raum. Sollte Sanaa hier und jetzt von dem Gespräch berichten? Besser nicht. Die Blicke der Geschwister ruhten flackernd auf ihr. Das schien ihr Zeichen genug. Sie fragte, ob man am Wochenende vielleicht einmal ins Kino nach Aleppo fahren sollte, wohl wissend, dass die beiden für solchen Luxus kein Geld hatten. Eine Einladung wurde höflich, aber bestimmt abgelehnt, wobei es fast im Flüsterton geschah. Abdillaziz flüsterte ihr ins Ohr, dass sie heute Abend bei den Geschwistern eingeladen ist. Danach widmeten sich alle dem Mittagsimbiss und den gekühlten Getränken.

Zum Abendessen hatte sich Sanaa zu den beiden nach Hause begeben, einen Strauß selbst gepflückter Blumen in der Hand, und wurde herzlich empfangen. Die beiden wohnten in einem zweistöckigen Haus in Tel Hadya. Der alte Mann, der über Ihnen gewohnt hatte, war vor zwei Monaten gestorben. Seitdem standen die zwei Zimmer oben leer im Sinne des Wortes. Bis auf eine fadenscheinige Matratze und einen Stuhl war kein Mobiliar in diesem Zimmer vorhanden. Nur einige zerknitterte Pappkartons standen in einer Ecke. Trotzdem luden die beiden Sanaa nach oben und setzten sich dort mit ihr auf den Boden, rund um eine ausgebreitete Tischdecke mit allerlei kleinen Speisen und einer Kerze, die angesichts des kleinen Fensters und des gering einfallenden Lichtscheins schon angezündet war. Man freute sich allseits über das gelungene Treffen und überhaupt die Idee, etwas gemeinsam zu tun. Mit den anderen Arbeitern bestand ja wenig Kontakt; viele von ihnen waren nicht von hier und diejenigen, die sie früher gekannt hatten, waren fort – oder tot.

‚Unfall' und ‚Tote', schoss es Sanaa in den Sinn. Jetzt und nachdem man ihr versichert hatte, dass hier niemand zuhörte, begann sie leise von ihrem Lauschangriff zu berichten. Wenn sie erschrockene oder verlegene Kollegen erwartet hatte, wurde sie eines Besseren belehrt, denn die beiden waren erstaunlich gut informiert. Sie berichteten abwechselnd und sich gegenseitig ergänzend von Toten, die zwar mausetot waren, bei denen es sich aber keineswegs um Mäuse handelte. Ob sie nicht bemerkt habe, dass auch unter der Arbeiterschaft ein reger Wechsel stattfände. Ob sie niemals darüber nachgedacht habe, was in den silbernen Transportbehältern und Säckchen drin war, die regelmäßig abtransportiert wurden. Und schließlich, ob sie noch nie das blaue Licht gesehen habe, das gelegentlich nachts auf den Feldern leuchtete. Auf die Fragen, die Sanaa überhaupt nicht verstand, wurden ihr von den Geschwistern klare Antworten geliefert. Die Geschwister wussten mehr als genug, um Sanaa in helle Aufregung zu versetzen. Was ihr soeben offen mitgeteilt wurde war nichts Anderes, als dass menschliche Versuchskaninchen auf den Feldern herumhüpften. Nein, nicht alle hüpften.

Was Sanaa ebenfalls nicht gewusst hatte war, dass die Beobachtungen der Geschwister ihre eigene Arbeit betrafen. Gemeint waren zum einen die geschwisterlichen Tätigkeiten: Das war fast nichts außer Kisten tragen und ansonsten Getreide in kleine Säckchen füllen. Sie fragten sich, warum sie überhaupt dort beschäftigt waren. Zum anderen betraf es Sanaas Tätigkeiten, die ihnen keinesfalls geheuer erschienen. Was tat sie denn mit ihren Sachen? Womit arbeitete sie eigentlich den ganzen Tag im Labor? War sie nicht selbst verdächtig, in einem Spiel mitzuwirken, bei dem Menschen kamen und verschwanden? Sanaa konnte nicht weiteressen. Sie saß wie versteinert auf dem Boden und beteuerte, nicht zu wissen, womit sie arbeitete, zumindest bis heute nicht. Sie merkte, dass sie den beiden ein Stück ihres Puzzles geliefert hatte, das sie nicht hatten lösen können, weil keiner redete. Die Pilze waren für sie Teil eines bösen Plans. Der Feind war überall. Ganz normal in dieser Gegend.

Sie saßen noch bis zum Einbruch der Dunkelheit beieinander und die Geschwister erzählten, wie sie dieses Haus einfach bezogen hatten ohne zu wissen, wem es eigentlich gehörte. Es habe bis heute keiner protestiert und sie hatten es sich eingerichtet, so gut es ging. Den Mann hier oben hatte ohnehin keiner gekannt. Vor zwei Monaten sei einer der Armeelastwagen gekommen und habe den Toten abtransportiert. Das hatte nichts mit dem bösen Plan zu tun, er ist einfach so gestorben. Aber andere...

Da war das Thema wieder. Abdillaziz schaute aus dem kleinen Fenster. Nach einer Weile winkte er Sanaa zu sich und deutete in Richtung des ehemaligen Forschungsgeländes, das von hier aus gut zu sehen war. Zwei Laternen leuchteten schwach. Das waren die, die auf dem Hof standen. Dazwischen leuchtete noch etwas, auf das Abdillaziz stumm zeigte. Sanaa fragte, was sie sehen sollte. Er fragte zurück, wie viele Laternen sie auf dem Hof kenne. Sie kannte nur zwei, die an Masten hoch genug hingen, um sie von hier aus sehen zu können. Abdillaziz fragte weiter, was wohl dazwischen für ein Licht wäre. Sie konnte es sich nicht erklären. Dann fuhr das Licht ab. Ein Wagen also. Er verschwand hinter einem Gebäude und kam links davon wieder heraus. Das Fahrzeug bewegte sich in Richtung Nordosten über die Felder, fuhr etwas zickzack und stand plötzlich. Das Licht war etwas größer geworden, der Wagen war näher auf Tel Hadya zugekommen. Dann ging das Licht aus. Nur der Mond trug mit seinem Schein zur Beleuchtung des schwarzen Punktes bei, der kaum noch erkennbar war. Warum stand das Fahrzeug jetzt dort, ziemlich nah bei dem Fußpfad, der das Dorf mit der Forschungsstation verband?

Abdillaziz nahm Sanaa bei der Hand, nahm die Kerze, pustete sie aus und zog seine Kollegin mit sich die Treppe hinunter und aus dem Haus. Draußen flüsterte er ihr zur Erklärung, er wollte etwas näher herangehen und beobachten. Sie bogen um zwei Häuserecken und erreichten bereits den Fußweg, der an einem ausgetrockneten Wasserlauf entlangführte. Sie blieben stehen und duckten sich. Etwa dreihundert Meter entfernt stand der Wagen, er war jetzt deutlich umrissen. Rechts und links stiegen gerade zwei Personen ein, der Wagen wendete und fuhr davon. Erst jetzt wurde das Licht wieder eingeschaltet. Das Brummen wurde leiser, bis völlige Stille herrschte.

Die beiden Beobachter richteten sich auf und gingen ohne ein Wort zu sagen spontan in die Richtung, wo der Wagen gestanden hatte. Bis auf zwanzig Meter waren sie herangekommen, da packte Abdillaziz plötzlich Sanaa am Arm und hielt sie an. Mit der freien Hand deutete er nach vorne. Sanaa traute ihren Augen nicht. Ein kleiner Lichtschimmer war gerade dabei anzuschwellen wie ein mit Wasser gefüllter Luftballon, er schien geradezu lebendig zu werden und sich zu bewegen, während er immer größer und heller wurde. Ein bläulich-violettes Licht erhellte das Feld mittlerweile so sehr, dass man den Erdwall erkennen konnte, aus dem das Lichtgebilde herauswuchs. Sanaa zückte ihr Handy und stellte es auf Filmen, ließ es laufen, während sie Schritt für Schritt näher heranging, von Abdillaziz zurückgerufen, ihn aber nicht beachtend, jedes Empfinden für Entfernung verlierend nur durch das Handy auf die Szene blickend auf dem einsamen mondbeschienenen Feld, Figuren erkennend, die sich tanzend emporhoben, dann wieder aus dem Fokus geratend, nachdem sie über etwas gestolpert war. Sie riss das Handy hoch und hielt es im Liegen auf das unheimliche Objekt gerichtet, das in diesem Moment eine Art Höhepunkt des Tanzes vollführte; sie sah Fäden von gut einem Meter Höhe, wie ein violett schimmernder Türvorhang, mit Befestigungsringen, die in der Luft hingen, und sie sah wirbelnde Staubwolken wie winzige Glühwürmchen. Der Akku war leer, die Aufnahme beendet. In fast demselben Moment endete auch das Schauspiel vor ihr und sie merkte erschrocken, dass sie bis auf wenige Meter herangetreten war an dieses..., das...., etwas, das im verblassenden Schein vor ihr lag. Ein Schrei entriss sich ihrer Kehle, als sie bei der Schulter gepackt wurde. Es war Abdillaziz.

Was sie gesehen hatte, konnte Sanaa in diesem Moment noch nicht verarbeiten. Nur gut, dass sie gefilmt hatte. Es würde ihr sonst niemand glauben. Dabei fuhr es ihr durch den Kopf: Welcher niemand eigentlich? Abdillaziz war der einzige, mit dem sie das Erlebte teilte. Der hatte mit einem Feuerzeug seine Kerze angezündet und leuchtete das Umfeld ab, so weit es möglich war. Viel war nicht zu sehen. Ein Erdhügel, vielleicht ein Grab? Fußabdrücke von Stiefeln im staubigen Boden. Das komplette Gebilde war plötzlich wie vom Erdboden verschluckt. Von diesem Erdboden. War das das Ende eines Experiments gewesen? Mit Versuchskaninchen, wie es die Geschwister angedeutet hatten? War sie daran beteiligt?

Abdillaziz zog sie weg. Er sagte nur: »Böser Plan.«

Am nächsten Tag rief Sanaa Harold Burger an.

11. London, 2017, November

Für Ende November war es sehr angenehm im Hyde Park. Außer vereinzelten Nieselschauern war der ganze November bisher erstaunlich trocken gewesen. Bei sonnigen 15 Grad konnte Sanaa in der Mittagspause sogar auf der Wiese vor dem Albert Memorial sitzen, einen Katzensprung entfernt von ihrem neuen Arbeitsplatz, dem *Centre for Environmental Policy* in der Exhibition Road. Sie biss in ihr Shrimp Salad Sandwich und kaute und grübelte. Sie grübelte über das Sandwich als solches und die importierten Shrimps im Besonderen. Seit zwei Monaten arbeitete sie mit Harold Burger an einem Projekt zu Killer-Shrimps.

Dikerogammarus villosus und Dikerogammarus haemobaphes waren ihre wissenschaftlichen Namen. Die Arbeit war interessant und diente einem guten und klaren Zweck, den sie kannte - anders als in Tel Hadya. Es waren Arten, die aus Osteuropa in Großbritannien eingewandert waren. Die Kleinen waren außerordentlich gefräßige Räuber und sie hatten hier in der Fremde beträchtlichen Schaden angerichtet, sei es bei anderen Shrimps oder auch bei Jungfischen. In jedem Fall waren sie dabei, ganze Ökosysteme zu verändern. Es ging um eine nationale Aufgabe der biologischen Sicherheit.

Auch Sanaa war in der Fremde, aber sie fühlte sich ausgesprochen wohl und sicher in diesem Teil von London und besonders am Imperial College, zu dem das *Centre for Environmental Policy* gehörte. Harold hatte sie nicht nur aus Syrien importiert, sondern dafür gesorgt, dass sie in seinem Institut eine Stelle als Technische Assistentin bekam, so wie er damals auch für Souriana gesorgt hatte. Wenn alles gut ging, würde sie nächstes Jahr noch Biologie studieren. Und Souriana besuchen. Oder einladen. Aber jetzt war die Mittagspause zu Ende und Sanaa machte sich mit Shrimps im Bauch wieder auf den Weg zurück zu ihrem Institut und ihren Killer-Shrimps-Experimenten.

Heute Morgen hatte sie sich in Harolds Vorlesung gesetzt und wieder viel gelernt. Harold konnte so gut erklären, welch vielfache Facetten Biologische Sicherheit hatte. Der internationale Handel war heute das Thema. Pflanzen, Pflanzenmaterial und Saatgut wurden weltweit verschifft und mit ihnen fremde Tiere, Pflanzen und Mikroorganismen. Es gab eine große Liste von Pflanzenschädlingen und Pflanzenkrankheiten, die durch eingeschleppte Organismen verursacht wurden. Ein immer wieder neues und spannendes Thema, bei dem auch menschliche Krankheitserreger nicht ausgeschlossen waren. Wie in Tel Hadya. Am Ende der Fahnenstange gipfelte es in der Gefahr eines Bioterrorismus.

Nach Tel Hadya schweiften Sanaas Gedanken immer wieder zurück, aber sie verspürte keine Traurigkeit. Hier in London hatte sie ein neues Leben begonnen und alle Verwandten hatten sie gesegnet ziehen lassen in der Hoffnung, ihr würde es besser gelingen, eine gute Zukunft aufzubauen. Obendrein hatte sie hier auch schon angebandelt. Dr. Jonas Ellingsen war ein attraktiver Norweger, der schon einige Zeit an einem benachbarten Institut forschte. Sie war bei dem kleinen Empfang mit ihm zusammengekommen, den Harold zur Begrüßung am College für sie ausgerichtet hatte. Wirklich nur ein kleiner Empfang mit einem Glas Sekt im Stehen. Aber groß und lange genug, um ein intensives Gespräch mit Jonas zu führen. Seine Forschung hatte sie zunächst weniger interessiert als er selbst. Erst nachdem sie von ihrer Herkunft erzählt hatte, konnten sie beide nicht mehr aufhören, Gemeinsamkeiten auszuloten. Er kam aus Longyearbyen, wo das syrische Saatgut im *Svalbard Global Seed Vault* gelagert hatte. Und sie kam vom ehemaligen - ICARDA, wo das Saatgut herstammte. Er hatte mit Paecilomyces experimentiert, sie wohl auch. Und Harold?

Jonas war ziemlich sicher, dass Harold ebenfalls mit dem Pilz experimentiert hatte. Als sie sich kennengelernt hatten, war es auch ihre erste Gemeinsamkeit und sie hatten sich einmal kurz darüber unterhalten. Jonas erzählte Sanaa, was er wusste und dass er selbst sein Interesse verloren hatte, nachdem seine Pilzkultur aus Longyearbyen nicht mehr infektiös war. Aber Harold habe seine eigene Pilzkultur aus Syrien gehabt. Mit der hätte er Nematoden infiziert und soweit hatte es wohl funktioniert. Nichts Besonderes also. Offenbar hat er damit aufgehört, nachdem er neue Forschungsgelder an Land gezogen hatte und dieses Projekt mit Amphibien ihn in Beschlag genommen hatte. Vielleicht müsste man ihn selbst noch einmal fragen.

»Habt ihr nicht Eure Pilze verglichen oder ausgetauscht?«, wollte Sanaa wissen.

»Wie gesagt, ich habe mit den Mäusen nicht weitergemacht und Harold – keine Ahnung. Fragen wir ihn doch.«

Sie gingen hinüber zu Harold, der mit der Sektflasche in der linken und einem leeren Glas in der rechten bei einer kleinen Gruppe stand und sich soeben neu einschenkte.

»Dürfen wir Dich kurz entführen?«, hauchte Sanaa ihn demonstrativ an. Die Gruppe war der Rest vom Fest und ohnehin gerade in Auflösung begriffen.

»Die Party ist wohl vorbei«, sang Harold mit leichtem Lallen. »Entführt mich von hier.«

Damit nahm er einen großen Schluck aus der Flasche.

»Wir hatten uns über Paecilomyces unterhalten,« flüsterte Sanaa ihm ins Ohr.

Harold war im gleichen Moment stocknüchtern. Nur seine Ohren wackelten.

»Aha!«, war die knappe Reaktion.

»Wir haben lange nicht mehr darüber gesprochen«, ergänzte Jonas.

»Da gibt es auch nichts mehr zu besprechen.« Harold stellte Glas und Flasche ab, nahm ein Taschentuch und wischte sich über den Mund.

»Wir haben damit aufgehört – beide.«

Alle schwiegen.

Endlich sagte Harold: »Gehen wir in mein Büro.«

In seinem Büro stapelten sich Dokumente und Bücher. Aber es gab drei Stühle, auf denen Harold ihnen Platz anwies und sich selbst in seinen Drehstuhl fallen ließ. Er rieb sein Kinn und stöhnte leicht. Dann begann er zu erzählen.

»Als ich das ICARDA verließ, hatte ich natürlich Gepäck dabei. Auch Pilzproben. Das ist für einen Wissenschaftler wohl nicht ungewöhnlich. Ihr müsst wissen, dass es damals ziemlich hektisch zuging und nicht alles perfekt ordentlich zum *Svalbard Global Seed Vault* verfrachtet wurde. Wissenschaftler, die flüchteten oder – auch vor dem Exodus – in ihre Heimat zurückkehrten, nahmen gern einige Säckchen Hartweizen oder Ackerbohnen mit, als Souvenir, Asservat oder Experimentiermaterial. Ich habe eine gefriergetrocknete Paecilomyces-Kultur eingepackt.«

»Genau wie ich«, lachte Jonas auf. Und Du hast auch damit gearbeitet, war es nicht so?«

»Ja, wir hatten doch darüber gesprochen«, fuhr Harold fort. »Was ich Dir noch nicht erzählt habe ist, dass ich zwei Projekte miteinander verknüpft hatte. Wo ich schon einmal mit Pilzen gearbeitet habe. Das neue Projekt beschäftigte sich mit einem Pilz namens Batrachochytrium dendrobatidis - kurz Chytridpilz, noch kürzer BD. Er gilt vor allem in den Tropen als Mitverursacher des weltweiten Amphibiensterbens. In vielen Fällen endet die Infektion mit diesem Pilz bei Amphibien tödlich. Der Pilzbefall muss aber nicht zwangsläufig zu einer tödlichen Erkrankung führen. Es ist offen, wie gefährlich der Pilz für unsere heimischen Arten ist und ob es möglicherweise unterschiedlich gefährliche Pilz-Stämme gibt. In Europa kam es bisher lediglich in Spanien zu einem regionalen Massensterben von Geburtshelferkröten und Feuersalamandern. Das ist das eine Projekt, für das ich offiziell Fördermittel bekomme. Nun hatte ich aber noch die Paecilomyces-Kultur. Die habe ich einfach aufgetaut und vermehrt und damit Salamander in Kontakt gebracht. Die sind dann gestorben.«

»Weiter«, drängte Sanaa.

»Warum hast Du mir davon noch nichts erzählt?«, fragte Jonas.

»Es ist ja nicht offiziell. Mein Hobby sozusagen. Ich hatte die Versuche allein gemacht.«

»Was genau war mit den Salamandern passiert?«. Jonas war ganz aufgeregt und stand auf.

»Also schön«, sagte Harold. »Da wir gerade vor dem Computer sitzen, zeige ich Euch etwas.«

Er suchte einen Dateiordner und zeigte zwei Dutzend Fotos von Feuersalamandern in einer Zeitreihe. Die ersten sahen gesund aus, danach sah man einen Salamander in Myzel und Sporen liegend. Auf den weiteren Fotos breitete sich der Pilz ganz deutlich aus und der Salamander wurde immer grauer.

»Waren sie tot?« Jonas war völlig gebannt.

»Was mich überrascht hatte, war nicht ihr Tod«, erklärte Harold, »sondern die Geschwindigkeit. Was ihr hier gesehen habt, hatte sich in weniger als einer Stunde abgespielt.«

»Wahnsinn«, entfuhr es Sanaa. Das heißt dieser Paecilomyces befällt nicht nur Nematoden, sondern auch Amphibien?«

»Vermutlich hätte mein Paecilomyces auch Jonas' Mäuse gefressen.«

»Und Menschen?«

»Mich hat er nicht gefressen.«

»Machst Du immer noch Experimente damit?«, wollte Jonas wissen.

»Nein. Nie wieder. Ich habe jetzt Killer-Shrimps.«

12. Bonn, 2018, 27. Januar

Bonn-Poppelsdorf, Samstagspätnachmittag, IOL

Souriana hatte ihren Bericht beendet.

Bernhard Ross streckte sich und grummelte: »Ich habe gerade einen overflow in der runtime unit. Zuviel Information.«

»Sanaa Mohadeen.« In Matthias stiegen Erinnerungen an Aleppo auf. Seine Gedanken verweilten noch einen Moment bei Sanaa, bevor sie zur Story zurückkehrten.

»Jetzt geht es wieder mit Paecilomyces los. Das ist doch alles kein Zufall.«

Ross erhob sich und begann, im Zimmer auf und ab zu gehen. »Ich wollte Euch auch noch etwas zeigen. Lasst uns mal zusammenfassen, was wir im Großen und Ganzen wissen. Seht Euch meine Aufzeichnung an, ganz simpel: Hier oben ist Aleppo und Paecilomyces. Darunter ist Longyearbyen und Paecilomyces. Herkunft möglicherweise Aleppo. Zwei tote Menschen.« Er malte zwei Strichmännchen und kreuzte sie durch. »Ich denke, hinter Aleppo muss ich auch noch Tote einzeichnen.« Er malte ein Strichmännchen, kreuzte es durch und schrieb ein x davor. Das Ganze sah jetzt ungefähr aus wie x und ein Stern.

»Darunter haben wir London/Burger/Ellingsen; das muss ich noch irgendwie auftrennen. Und hier habe ich Bonn. Ich schreibe noch und ‚Mia' dahinter und ‚immun' mit Fragezeichen. Jetzt wo ich mehr weiß, zeichne ich hinter London/Burger/Ellingsen eine Maus und einen Salamander. Es gelang ihm eine Art Maus mit Kringelschwanz und näherungsweise eine Schlange mit zwei Füßen. Er kreuzte die Mausart und die Salamanderart durch zum Zeichen, dass sie verstorben seien.

»Hier habe ich Wehner hingeschrieben und Arthrobotrys. Da fehlen noch die toten Ratten vom Team Matthias.« Er malte eine ähnliche Art Maus wie zuvor, mit Kringelschwanz. »Herkunft A Fragezeichen. Hinter das A muss ich noch zwei Tote zeichnen – durchgestrichen. Ich könnte sie auch hinter Wiesengut setzen. Lassen wir es mal so. Darunter haben wir das Wiesengut mit A.«

Er sah sich seine Zeichnung zufrieden an.

»Sehr einprägsame Darstellung«, sagte Matthias. »Man sieht sofort, worum es geht. Hervorstechend erscheinen vor allem die Fragezeichen.«

»Mir fehlen die Regenwürmer«, ergänzte Souriana.

»Herrgott ja«, fluchte Ross. »Es wird langsam kompliziert. Also hinter Bonn noch tote Würmer.« Er malte eine Schlange mit zwei Füßen und kreuzte sie durch, bemerkte seinen Fehler und kritzelte die Füße durch. »Ich werde noch ganz kirre.«

»Zu viele Fragezeichen«, insistierte Matthias entnervt.

»Wo ist die Quelle von Paecilomyces?«, fragte Ross vor sich hin. »In Bonn eher nicht, es sei denn, im Boden vom Wiesengut ist Paecilomyces. Nicht auszuschließen, wäre aber starker Zufall. Obwohl, wenn der weniger infektiös wäre... In Longyearbyen wohl auch nicht, es sei denn dort sind die Rentiere verseucht. In London bestimmt nicht originär, entweder von Ellingsen aus Longyearbyen. Die sind nicht mehr infektiös. Ich streiche mal Ellingsen durch. Das nennt man Ausschlussverfahren. Hier bleibt nur Burger. Der hat sie aus Aleppo.« Bernhard zeichnete einen weiteren geschwungenen Pfeil von Aleppo nach London/Burger/Ellingsen, wodurch die Darstellung nicht übersichtlicher wurde.

Er überlegte: »Also die alte Pilzkultur von Harold hat Mia in Bonn verwendet, aber sie war nicht tödlich. Ich versteh's nicht.«

Es entstand eine Pause des Nachdenkens.

»Was ist mit Wehner und Wiesengut?« fragte Matthias zur Abwechslung. »Im Anfang war der Hund?«

Ross sah ihn verdutzt an. »Wie meinen?«

»Darauf hatte ich schon früher hingewiesen.«

»Der Hund hat Herrchen und Frauchen getötet?«

»Ok«, gab Matthias auf. »Da sollten wir Thomas dabeihaben.«

Ross wechselte erneut das Objekt: »Ich sage, am Anfang steht Aleppo. Diese komischen Milizen, die haben doch Experimente gemacht, oder was?«

Souriana schaltete sich ein: »Paecilomyces wurde geliefert.«

»Geliefert?«, fragte Ross irritiert.

»Hatte ich es nicht gesagt? Harold hatte eine Lieferung aus Beirut bekommen, von einem Offizier, wie er sagte. Mit einem Armeefahrzeug.«

»Stimmt«, erinnerte sich Matthias. »Das hattest Du gesagt. Woher in Beirut kam das Zeug?«

»Weiß ich nicht. Und ich denke, er wusste es auch nicht.«

»Er hat doch wohl nur mit Nematoden experimentiert«, fügte Ross hinzu und blickte jetzt misstrauisch drein.

Souriana zuckte mit den Schultern.

»Kann man noch jemand anderen fragen? Den Institutsleiter vielleicht?«, überlegte Matthias.

Souriana zuckte mit den Schultern. Dann besann sie sich: »Es gab keinen Lieferschein. Auf der Verpackung klebte aber ein Schild. Da stand, aber das hatte ich doch auch schon erzählt... da stand P. lilacinus und Zahlen. Und ein Name.«

»Welcher Name? Der von dem Offizier?« Ross war deutlich aufgeregt. Das war eine Spur.

»Ich erinnere mich nicht. Eher ein Name von einem Labor oder einer Firma.«

»Eine Firma in Beirut, die Pilze liefert«, eiferte sich Ross. »Wie viele wird es davon wohl geben? Die muss doch zu finden sein.«

»Lasst mich nochmal mit Sanaa sprechen«, sagte Souriana. »Ganz genau habe ich es nicht verstanden. Oder fragen wir Harold selbst?«

»Soll ich 'Beirut' noch auf die Zeichnung setzen?«, fragte Matthias.

Bonn, Samstagabend

Bernhard Ross hatte ‚Zuviel Information'. Er hatte seine Gäste hinausgeleitet, das Institut abgeschlossen und sich verabschiedet. Er brauche jetzt Zeit zum Nachdenken. Matthias fand, dass es eher zu wenig Information gab und stattdessen zu viele Fragezeichen. Er hatte noch so viele Fragen mehr.

Matthias und Souriana gingen noch einmal hinüber zum INRES, um einen Blick auf das Desaster zu werfen und aufzuräumen. Es gab aber fast nichts aufzuräumen. Die Rollos wurden hochgezogen, die pelzigen Schalen eingetütet und gut verschlossen in einem Kühlschrank platziert.

Die Mikroskope wurden ausgeschaltet und die Fotos auf einen USB-Stick übertragen. Mehr war im Moment nicht zu tun. Matthias sprühte noch Desinfektionsmittel auf alles, was heute benutzt worden war. Dann meldete sich lautstark sein Magen.

»Ich habe auch Hunger«, grinste Souriana.

»Wieder zum Italiener?«, fragte Matthias bange.

Sie grinste noch breiter: »Ich hatte eher an einen Snack gedacht.«

Auf dem Weg in die City war das Thema für ihn nicht beendet. Ständig tauchten in Matthias' Kopf neue Fragen auf und er stellte sie sich und Souriana, ohne Rücksicht auf Feierabend, Wochenende und Privatleben. Typisch Wissenschaftler. Schon beim Abschließen der Institutspforte sprudelte er los: »Wie hieß nochmal der Leiter des ICARDA? Amman oder so? Mit dem hatte ich nicht so viel Kontakt gehabt.«

»Al Emam«, seufzte Souriana, deren Gedanken offenbar schon in der City waren.

»Wusste der von Harolds Experimenten?«

»Ja, als einziger außer Harold.«

»Wusste er auch von der Lieferung?«

»Ja, als einziger außer Harold.«

»Kann es sein, dass Du etwas einsilbig bist?«

»Ja, als einzige.«

Sie mussten lachen und merkten rückblickend, dass sie bei Rot über die Ampel gegangen waren.

»Wo ist Al Emam heute? Lebt er noch?«

»Ich glaube, er ging nach Beirut.«

»Ins Hauptquartier von ICARDA?«

»Wohin sonst?«

»Können wir ihn erreichen?«

»Wir könnten es versuchen.« Souriana blieb kurz stehen und sah Matthias an: »Was willst Du von dem? Der wird uns nichts sagen. Wir können doch Harold fragen, welches Labor in Beirut Paecilomyces geliefert hatte.«

»Stimmt. Das wäre einfacher. Kann man den jetzt noch anrufen?«

»Immer. Sogar nach dem Abendessen.«

Eine Pizzeria lag gerade gerade recht am Wegesrand und dort kehrten sie ein.

»Wir hätten Fotoreporter werden sollen«, fuhr Matthias fort, noch ehe sie sich gesetzt hatten. Filme und Fotos haben wir massenhaft.«

»Ich nehme eine Lasagne und ein kleines Kölsch«, sagte Souriana zum Kellner, der ‚immediatamente' neben ihr stand und notierte.

Matthias ergänzte: »Ich auch.«

»Was haben Nematoden, Regenwürmer, Salamander, Ratten, Mäuse und Menschen gemeinsam?«, sinnierte Matthias laut.

»Nach der Zeichnung des Professors Füße«, flachste Souriana.

»Sei nicht albern.«

»Na gut, Kohlenstoff, Stickstoff undsoweiter.«

»Und was können nematophage Pilze davon gebrauchen?«

»Ich weiß, was ich jetzt gebrauchen kann.«

Matthias hörte nicht auf. »Und warum machen sie es im Dunkeln?«

Souriana lächelte vieldeutig. Ihr Gegenüber war eindeutig nicht bei ihr. Dabei wäre sie so gern bei ihm. Nachher würde sie mit ihm nach Hause gehen und sie würden sich lieben. Wie sollte es eigentlich weitergehen? Sie fand sich alt genug, um sich an jemanden zu binden, den sie sehr mochte und dem sie vertraute. Er hatte sich jedenfalls noch nicht gebunden. Matthias Stimme drang zwischen ihre Gedanken: »Aber eigentlich hat er auch weitergemacht, als am Hundegrab die Taschenlampe und die Kameralichter eingeschaltet waren.«

»Das Essen kommt«, versuchte Souriana abzulenken. Kaum war es serviert, begann sie in den heißen Teig zu stechen und zu pusten, während ihr Freund sein Kölsch in einem Zug austrank und dem Kellner eine Nachbestellung hinterherrief.

»Wie kommen wir an den Absender aus Beirut?«

Aus Sourianas Mund drang nur weiteres Pusten und dann ein langgezogenes »Hmm.«

In Matthias Wohnung war es gemütlich warm und seine Begleiterin entledigte sich sofort ihrer Schuhe wie auch der schwarzen Jeans, setzte sich im Wohnzimmer auf das Sofa und fragte nach einem Drink.

»Drink?«, fragte Matthias irritiert. »Ich glaube, ich habe Wasser und Orangensaft.«

»Wir haben doch eingekauft. Wo sind denn die Jutetaschen?«, fragte die Geliebte entsetzt.

»Im Institut?«, gab ihr Gefährte kleinlaut von sich.

»Mist. Ich hatte auch eine Flasche Wein gekauft. Dann nehme ich Wasser«, gab seine Freundin ebenso leise von sich.

Matthias kam mit einem Glas Wasser zurück aus der Küche. »Können wir jetzt Harold anrufen?«

Souriana war enttäuscht, aber er merkte es nicht. Sie hatte von einem romantischen Abend mit ihrem Liebhaber geträumt und in Gedanken schon die Wohnung neu eingerichtet, wenn sie einmal zusammenziehen würden.

Er war damit beschäftigt, seinen Computer hochzufahren.

Sie wählte Harolds Nummer und wartete.

Er tippte ein Passwort ein und wartete.

Endlich löste sich die Spannung.

»Hallo Harold. Hier ist Souriana. Ich bin gerade in Bonn.«

Matthias hörte nicht, was der Gesprächspartner sagte; seine Kollegin hörte ziemlich lange zu.

»Ja, das ist nett von Dir. Sanaa hat es verdient. Sie hat mich auch heute angerufen und mir einiges erzählt.«

Wieder Funkstille für Matthias Hellborn. Der trommelte mit den Fingern auf seinen Oberschenkeln.

»Ja.«

Stille.

»Ja, wir auch.«

Matthias zog seinen Pulli aus.

»Ja, auch von der Paecilomyces-Kultur. Deinem Asservat.«

Matthias zog die Schuhe aus und machte ungeduldige Schulterbewegungen.

»Du hattest mir in Tel Hadya erzählt, wo sie hergekommen war. Aber ich habe es vergessen.«

Funkstille.

»Warte, ich will das notieren.«

Souriana winkte hastig Matthias zu, der sofort aufsprang und etwas zum Schreiben suchte, aber nichts fand.

»Ich buchstabiere: m y k o l a b s. Aus Beirut. Nicht?«

Matthias verstand die halben Gesprächsteile nicht mehr ganz, hatte aber ‚mykolabs' einfach in seinem Textprogramm aufgeschrieben.

»Ich Dir auch, Harold. Mach's gut. Und grüße Sanaa von mir. Ich melde mich wieder bei ihr. Vielleicht treffen wir uns alle mal. Ok. Bye.«

Die Liebhaberin hatte ihren Liebhaber lieb, stand auf und begann, ihm die Schultern zu massieren.

»Spann mich nicht auf die Folter«, reagierte der Geliebte nicht ganz erwartungsgemäß.

»Also, mein lieber Matthias«, begann Souriana und verteilte weiter Streicheleinheiten an Hals und Kopf. »Das Wichtigste. Harold hatte die Lieferung auf einem Armeefahrzeug erhalten. Es klebte nur ein kleines Schild darauf. Er hatte in Tel Hadya mit den Tests aufgehört. Aber bei der Rückreise nach London hatte er eine tiefgefrorene Paecilomyces-Kultur im Gepäck. Und das Etikett auf einem Blatt Papier. Aus dem Kopf wusste er noch ungefähr, was draufstand: P. lilacinus – ein paar Ziffern und mykolabs. Wie ich es buchstabiert habe.«

»Na prima«, jauchzte Matthias und machte sich an seiner Suchmaschine bereit.

»Aber nicht unbedingt aus Beirut«, ergänzte Souriana.

Der Forscher sah sie schmachtend an. Den Blicken zufolge schmachteten sie nach verschiedenen Richtungen. Souriana beugte sich dem Wissensdrang. »Er meint, dass der Offizier in Beirut ihm die Lieferung organisiert hat. Das hieße aber nicht unbedingt, dass sie aus Beirut stammt. Harold kennt auch kein Labor in Beirut, das mit diesem Pilz arbeitet.«

Der Wissensgedrängte gab ‚mykolabs' in die Suchmaschine ein und erzielte prompt 12.700 Ergebnisse. Es stellte sich allerdings schnell heraus, dass nichts davon brauchbar war. Die meisten Treffer erzielte MyKolab.com, ein E-Mail- und Groupware-Dienst. Mit der Modifikation waren es sogar 13.600 Ergebnisse. Allerdings war das weit weg von einem Pilzdienst. Es gab einen australischen Pilzdienst namens Mycolab, aber das war eher ein Teppichreiniger, der Probleme mit Pilzen und Hausschwamm löste. Auch ähnliche Treffer wie MYCOLAB oder Mycolab Solutions stellten sich schnell als Referenzlabor oder als Quelle für den Hobbygärtner heraus, der eigene Speisepilze züchten möchte. Der Forscher versuchte noch zwei weitere Suchmaschinen, während die Geliebte neben ihm kniete und abwechselnd auf den Bildschirm und auf seine Hände blickte, die so flink und stark auf der falschen Tastatur spielten. Endlich stöhnte er, sei es weil er von der Suche erschöpft oder von Sourianas Berührung erregt war, nachdem sie seinen Reißverschluss geöffnet hatte.

13. Seattle, USA, 2018, 27. bis 29. Januar

Virginia Mason, Samstagabend

In der Spring Street blinkten sämtliche Lichter des Ambulanz-Wagens. Es war schon der dritte Patient heute Abend, der im Virginia Mason Hospital mit Pusteln übersät eingeliefert wurde. Der dritte Mann, der dritte junge Mann, der dritte verwahrloste junge Mann. Im 30 Minuten-Takt wurden sie ins Emergency Department geschoben. Der erste wurde seit 10 Minuten untersucht.

Der diensthabende Arzt war Blake Hammond, ein 34-jähriger Ire mit halblangen rotblonden Haaren, fleischig wirkender Statur und dem grauen Gesicht eines starken Rauchers. Er machte sich gerade Notizen im Untersuchungsraum, als er von Nummer drei erfuhr. Gleiche Symptome. Hammond drückte der Krankenschwester seine Notizen in die Hand und befahl mit rauer Stimme:
»Machen Sie davon eine Kopie und bringen Sie die samt dem Patienten sofort ins ID. Ich kann hier nicht helfen.«
Nummer eins wurde hinausgeschoben und Nummer zwei herein. Hammond beugte sich über den stöhnenden Penner, der sicher viel jünger war als er, aber viel älter aussah. Vielleicht war er gerade um Jahre gealtert. Hammond sah sich sein Gesicht an. Es war voller Pusteln und roter Flecken. Der Mann blutete leicht aus Nase und Mund. 'Schimmel' schoss es Hammond wieder durch den Kopf, wie beim ersten Notfall. Aus Nase und Mund quol-

len wattige Gewebe, wie Schimmelpilze. Der Mann atmete schwer. Hammond sah hinunter zu den Händen: Pusteln. Er schob das Hosenbein hoch: Pusteln. Er zog das fleckige Hemd etwas hoch: Pusteln auf dem Bauch. Mehr wollte er gar nicht wissen. 'Gleiche Symptome' notierte er, beorderte den Mann zum selben Zielort wie den ersten und verließ die Notaufnahme, trat auf die Straße hinaus und zündete sich eine Zigarette an. Es entsprach natürlich nicht ganz der non-smoking policy des Virginia Mason. Aber in 'seiner Nische' sah ihn keiner. Er dachte kurz nach. Wo kamen diese Patienten hintereinander her?

Blake Hammond kehrte zurück und musste sich das vorwurfsvolle Gesicht von Josy ansehen. Er mochte die kleine Krankenschwester, weil sie sein Laster duldete und sehr flink bei der Arbeit war. Er war im Hause schon verdächtig, inkontinent zu sein, weil Josy jedem, der ihn gerade suchte, mit dem Finger zur Toilette wies. Er fürchtete allerdings diesen Blick und den befehlenden Fingerzeig auf Nummer drei, der auf der Trage im Gang lag, würgte und nach Luft rang. Der Mann schien im Gegensatz zu den anderen beiden ansprechbar zu sein.
»Können Sie mich verstehen?«, fragte Hammond den gekrümmt Liegenden. Er nickte deutlich und würgte wieder, aber es kam nichts. Es schien ihm im Halse stecken zu bleiben.
»Haben Sie etwas Falsches gegessen?« Kopfschütteln.
»Haben Sie etwas angefasst?«. Keine Reaktion.
»Es sieht nach einer Infektion aus. Haben Sie sich bei jemanden angesteckt?«
»Noa.«
»Noah?«

»Nein.« Das war jetzt deutlich.
»Wo kommen Sie her?«
»Yesler Terrace.«
Armenviertel, dachte Hammond.
»Wurden Sie eben dort aufgefunden?«
Kopfschütteln und Würgen folgten gleichzeitig. Hammond wies den Krankenpfleger an, den Mann ins Untersuchungszimmer zu bringen. »Stellen Sie die Fundorte zusammen«, raunte er ihm im Gehen zu.

Er untersuchte den etwas vitaleren jungen Mann, der auch nicht ganz so verwahrlost aussah, ebenso wie die vorherigen Patienten, leuchtete ihm in Augen, Mund, Nase und Ohren. Er konnte keine Watte entdecken. Allerdings die gleichen Pusteln an Gliedmaßen und Unterleib, soweit er sie zu sehen bekam.

»Ich gebe Ihnen Penicillin intravenös, das wird vielleicht für's Erste helfen«, sagte er und setzte die Lösung selbst an. »Und eine Blutprobe nehme ich bei der Gelegenheit auch.«

Josy schaute zur Tür herein und rief: »Blake, Telefon, dringend.« Schon war sie wieder verschwunden.

»Bleiben Sie noch ruhig liegen«, befahl er dem Patienten und eilte hinaus, um den Hörer in Empfang zu nehmen. Die Stimme am anderen Ende war laut genug, dass Josy mithören konnte. Es war die Stimme von Jason C. Crowe, dem Stationsleiter des Department Infectious Diseases.

»Blake, was schickt Ihr uns denn hierher? Die sind doch verseucht. Wo soll ich die denn isolieren?"

»Der Dritte kommt gleich nach«, blaffte Hammond zurück. »Hier kann ich sie auch nicht behalten.«

»Hast Du sie untersucht?«

»Ja, es gibt am ganzen Körper Pusteln, ich tippe auf eine Infektion und habe dem Letzten gerade Penicillin gespritzt. Vielleicht aber auch eine Mykose. Die beiden ersten haben ja eine Menge Schimmel im Mund – und foetor ex ore, Du hast es ja wohl selbst gesehen und gerochen. Die Symptome sind mir nicht wirklich klar, am Körper vielleicht sowas wie Impetigo contagiosa. So als Gedanke. Dermatitis herpetiformis und Hand-foot-mouth-disease kann ich ausschließen. Ich werde mich schlau machen, wo die Leute herkommen, dann sehen wir weiter.«

»Immerhin. Ich werde mir auch etwas einfallen lassen müssen.«

Crowe hatte aufgelegt. Neben Hammond stand inzwischen der Krankenpfleger und reichte ihm die Einlieferungsscheine: »Die kommen alle aus dem Industrial District. Einzeln und nacheinander.«

Wortlos nickte Hammond ihm zu und ging zurück ins Untersuchungszimmer. Nummer drei war brav liegengeblieben, stöhnte aber sehr bemüht, als der den Arzt sah.

»George Walsh. Sie waren also im Industrial District«, legte Hammond gleich los, ohne ihn weiter zu untersuchen.

»Mmh.«

»Sie sind nicht der einzige, der dort aufgegabelt wurde.«

»Hm?«

»Wir haben jetzt drei Patienten mit den gleichen Symptomen hier. Alle wurden im Industrial District aufgegabelt.«

»Hm.«

»Können Sie noch sprechen?«

»Ja, ich kann noch sprechen«, motzte Nummer drei nun klar verständlich.

»Prima«, seufzte Hammond. »Hören Sie, Ihr seid Notfälle. Ihr braucht Hilfe.«

»Hilfe!«

»Aber ich muss wissen, ob Ihr zusammen da wart. Wart Ihr zu dritt?«

»Zu viert, einer ist noch drin.«

»Wo drin?«

»Willst Du mir helfen oder mich verhören?«

»Ok, dann Du«, bot der Arzt an. »Ich muss Dir helfen, das ist mein Job. Habt Ihr auch einen Job gemacht im Industrial? Da ist doch um diese Zeit sonst nichts los.«

»Da waren Kisten. Die haben wir aufgemacht und reingeguckt.«

»Hör mal, George. Das ist kein Verhör. Du musst mir einfach sagen, womit Ihr da in Berührung gekommen seid. Ihr vier. Erzähl einfach. Ich habe Schweigepflicht.«

Das half endlich auf die Sprünge. Hammond setzte sich und nahm einen Notizblock.

Industrial District, Samstagabend

Das weiß gestrichene Gebäude mit der Lagerhalle lag in der Dawson Street am südlichen Ende des Industrial District. Auf dem Gelände standen einige Autowracks und Müllcontainer. Es sah aus, als läge noch mehr Müll herum, aber die Beleuchtung war schwach. Die Halle hatte eine Rampe und war fensterlos. Nur ein schmaler Lichteinlass befand sich über dem Tor am Ende der Rampe. Für die vier arbeitslosen Strolche war es keine Nacht für Discobesuche, wie für andere. Für sie war es ein Streifzug nach irgendeiner Beute, die sich verkaufen ließ. Und die Lagerhalle war ein nicht erkundeter Ort. Einer von ihnen postierte sich an der Straße, wo nur ab und zu ein Wagen vorbeifuhr. Er trat einen Schritt zurück und dann wieder aus dem Schatten des Baumes, winkte hinüber zu seinen Gefährten, Daumen hoch. George besah sich das Hofgelände, während die anderen beiden sich an dem kleinen Lichteinlass zu schaffen machten. Ein Stein flog. Dem Klirren folgte nur ein Hundegebell in sicherer Entfernung. Sie warteten zwei Minuten. George Walsh kam mit seiner Werkzeugtasche hinzu. Die Werkzeugtasche war eine Plastiktüte, ihr Inhalt eine fast leere Flasche Gin, ein Hammer mit abgebrochenem Stiel und ein rostiger Schraubendreher. Eine Taschenlampe wäre nützlich gewesen, aber unbezahlbar. Einer machte eine Gaunerleiter und half dem anderen zum Schlupfloch hoch. Es knackte ein paarmal, dann flog ein Rahmen hinunter und das Loch war breit genug. Der Kletterer zwängte sich durch und kam offenbar unversehrt auf dem Boden der Halle auf die Füße. Dann ging die in das Tor eingelassene Tür von innen auf und es entstand freudige Aufregung. Auch der Wachtposten kam herbei und alle sahen sich in der Dunkelheit um. Zunächst war nichts zu erkennen, dann stieß einer mit dem Knie irgendwo an und sein schlecht unterdrückter Schmerzensruf trieb damit zwei Kollegen in seine Richtung, während George zur Tür zurück schlich, um Schmiere zu stehen. Von dort hörte er die drei reden und fluchen. Dann noch einen zweiten Schmerzensschrei, nachdem etwas deutlich geknackt hatte. Von dem, was er hörte, verstand er nur ‚ouch!‘ und ‚bloody‘. Offenbar hatte sich einer beim Öffnen einer Kiste verletzt, die George jetzt einigermaßen erkennen konnte, nachdem sich seine Augen an die Dunkelheit gewöhnt hatten. Es waren viele Kisten, die ungeordnet in der Halle standen, einige übereinandergestapelt. Die Schatten der

Einbrecher waren jetzt ebenfalls sichtbar. Einer bewegte sich nach links, zwei hantierten an einer Kiste. Ein Wagen fuhr vorüber. Ein Polizeiwagen. Mit Sirene. George erstarrte, in der Halle wurde es mucksmäuschenstill. Der Wagen fuhr schnell und ebenso schnell war er vorbei. George atmete aus und rief leise in die dunkle Halle, dass alles okay ist. Nichts war okay, überhaupt nicht.

Virginia Mason, Samstagabend

Das Department Infectious Diseases lag nebenan im Central Pavilion, Level 7. Dort wurde ein Patient in ein künstliches Koma versetzt, nachdem ein plötzliches Lungenversagen und Bewusstlosigkeit festgestellt wurde. Jason C. Crowe ordnete an, das Zimmer ab sofort zu isolieren und die entsprechenden Sicherheitsmaßnahmen einzuleiten. Er warf noch einen Blick auf den zweiten Patienten, der von einem Assistenzarzt untersucht wurde.

»Bereiten Sie sich vor, dass der gleich zu dem anderen in das Isolierzimmer kommt«, rief er ihm zu und eilte weiter zum Emergency Department.

Blake Hammond schreckte hoch, als der hagere Kollege erstaunlich fest auf die Türklinke gedrückt und das Zimmer gestürmt hatte.

»Blake, ich brauche mehr Information«, polterte er los. »Was ist passiert? Wo kommen die her?«

»Ich bin gerade dabei, das zu erfahren, Jason«, versuchte Hammond zu beruhigen.

»Das ist George Walsh. Ihn hat es nicht ganz so schlimm erwischt. Er berichtet mir gerade, was sich zugetragen hat. Sie waren zu viert.«

George Walsh sah den hageren Polterarzt misstrauisch an. Hammond erklärte es.

»Ich habe ein Schweigegelübde abgelegt. Offenbar handelt es sich um einen Einbruch.«

»Hast Du Blutproben genommen?«, forcierte Crowe seinen Wissensdurst.

»Yes, Sir! Von ihm.« Er deutete auf George und dann auf den Beistelltisch. »Liegt noch hier auf dem Tisch. Nimm sie gleich mit.«

»Halt mich auf dem Laufenden«, schnaubte Crowe, nahm die Blutprobe und verließ das Zimmer.

George saß auf dem Untersuchungsbett und blickte verwirrt.

»Wie geht es Dir jetzt?«, fragte Hammond.

»Is okay.«

Hammond stand auf und untersuchte seinen Patienten erneut, ließ ihn das Hemd hochkrempeln und die Hose ausziehen. Dann schaute er sich das Gesicht an. Er konnte keine Veränderung feststellen. Außer Pusteln war nichts zu sehen. Umso wichtiger schien ihm die Blutprobe.

»Möchtest Du ein Glas Wasser?«, fragte er.

Wie erwartet bat George dringend darum, ohne Husten oder Würgen.

Als Hammond kurz darauf mit Wasser zurückkam, konnte er es ohne Probleme schlucken.

Hammond setzte sich wieder und betrachtete den Patienten einen Augenblick. Dann sagte er: »Du kannst die Hose wieder anziehen. Du kannst auch gern auf den Stuhl da setzen. Das Bettchen ist ja unbequem.«

»Wenn Du wüsstest, was mein Bettchen ist«, entgegnete George und nahm auf dem Stuhl Platz.

»Können wir weitermachen?«. Hammond nahm wieder seine Schreibarbeit auf.

Industrial District, Samstagabend

George hatte Entwarnung gegeben. Für ihn bedeutete es, dass draußen kein Störenfried in Sicht war und die Erkundungen weitergehen konnten. Für die drei anderen war es der Anfang vom Ende. Es gab ein lautes Knacken und die erste der kleinen Kisten war geöffnet. Heraus sprangen ein oder zwei Dutzend Mäuse und huschten in alle Richtungen davon. Nach dem ersten Schreck folgte der zweite, als eine andere Kiste geöffnet wurde – eine silberne, die unverschlossen war. Ein Zippo ging an und beleuchtete schwach flackernd die Plastiktüten im Inneren. Offenbar vermuteten die Kollegen Koks oder etwas ähnlich Wertvolles, denn sie rissen eine Tüte auf, rochen daran, einer leckte seinen Zeigefinger und tauchte ihn hinein, zog ihn heraus und versuchte etwas zu schmecken. Dann ging das Zippo aus und George konnte kaum noch etwas sehen. Deshalb ging er näher heran. Die Kameraden fuchtelten mit den Händen und schüttelten die Köpfe ziemlich wild. Das Feuerzeug ging wieder an und George erkannte nichts weiter als eine zertrampelte Maus und drei Einbrecher in einer Staubwolke. Einer hustete. Das Feuerzeug ging aus und fiel zu Boden. George versuchte, es zu finden, machte sich angesichts der aufkommenden Hektik aber lieber auf den Rückzug zur Tür.

Georges Kumpel Bo lief schreiend aus der Lagerhalle und auf die Dawson Street. Wie sich später herausstellte, kam er bis zum *Georgetown Morgue Haunted House*, wo es gerade eine Nightmare-Show gab, und wurde dort von der Ambulanz abgeholt, nachdem die ohnehin schreckhaften Besucher des sogenannten »Geisterhauses« ihre Smartphones gezückt hatten.

Stew, der zweite Entflohene, strampelte sich auf dem Hof ab und fuchtelte mit den Händen an allen Körperteilen, die er erreichen konnte. George ging zu ihm hinüber, aber er wurde abgewehrt, als er helfen wollte. Er sollte Hilfe holen. Stew war nicht in der Lage, sich zu artikulieren. ‚Ein Schwarm von Viechern' meinte George zu verstehen. Stew brüllte weiter, hüpfte wie ein Veitstanzender über den Hof und verschwand in der Dunkelheit. Später wurde er von einem Passanten vor einer Grillbar liegend gefunden wurde, der einen Notarzt rief.

George musste würgen. Er hatte etwas von der Wolke abbekommen, das war ihm klar. Was war das für ein Zeug, das ihm das Atmen schwermachte? Sein Kreislauf machte schlapp und er spürte Jucken am ganzen Körper. Schweiß trat ihm aus allen Poren. Er schwankte, drohte das Bewusstsein zu verlieren und torkelte die Straße hinab, den gleichen Weg, den Bo vorher genommen hatte. Aber das wusste George nicht. Er sah nur das Licht des Geisterhauses, versuchte sich mit letzter Kraft dorthin zu schleppen, aber er schaffte es nicht. Er hielt sich an einer Mauer fest und sackte langsam zusammen. Dann verlor er das Bewusstsein endgültig. Er erwachte im Virginia Mason. Joey dagegen war mit verletztem Knie liegen geblieben und im Koma versunken.

Virginia Mason, Samstagabend

George Walsh hatte seinen Bericht beendet und Blake Hammond seine Notizen weggelegt.
»Es ist also noch eine verletzte Person in der Halle?«
»Ich habe ihn nicht herauskommen sehen.«
»Ich schicke einen Wagen hin«, sagte Hammond müde. »Können wir Dich über Nacht hier behalten zur Überwachung?«
»Überwachung?« Bei dem Wort zuckte George kurz zusammen, verstand aber sofort. »Gerne nehme ich ein Zimmer in diesem Hotel.«
»Aber zuerst begleitest Du uns zu dieser Halle. Die finden wir nicht ohne Dich.«
Das wiederum behagte George überhaupt nicht. Ihm war allerdings klar, dass er sich jetzt nicht verweigern durfte, ohne die Aussicht auf Kost und Logis zu verlieren. Also setzte er sich mit Hammond hinten in das Krankenfahrzeug und ließ ihn die Interstate 5 entlangfahren. Ab Lucile Street dirigierte er die beiden Sanitäter bis zum Ziel. Mitternacht war vorbei.

Industrial District, Samstagnacht

Ohne Sirene und Warnlicht rollte der Wagen in der Dawson Street aus, nachdem George die Halle wiedererkannt und darauf gezeigt hatte. Die Sanitäter sprangen sofort in ihren Schutzanzügen und mit Koffern und Handlampen aus dem Fahrzeug, während sich die auf Klappstühlen sitzenden Mitinsassen nach hinten hinaus bemühten. Draußen atmete George tief ein, schnupperte und wartete einen Moment. Hammond zog ihn wortlos mit sich und sie folgten den Lichtern. Das Tor stand offen.

Unter der routinierten Führung des Ersthelfers leuchtete seine starke Handlampe zielsicher auf zwei halb übereinanderstehende braune Holzkisten zu, neben denen man Joeys Beine sah. Der Sanitäter bückte sich und untersuchte den Einbrecher. Die Untersuchung war schnell beendet.

»Zu spät«, sagte er. Hammond trat bis auf wenige Schritte heran, nahm ihm die Lampe ab und beleuchtete den Toten von oben nach unten. George stand noch weiter hinter ihm und übergab sich seitlich. Schon wirbelte Staub auf. Gebeugt lief George hinaus ins Freie. Auch Hammond sah die Staubwolke und zog sich rasch zurück.

»Schafft ihn hier raus, aber seid vorsichtig«, rief er den Sanitätern zu. Diese waren bemüht, nicht noch mehr Staub aufzuwirbeln, zogen jetzt auch Atemschutzmasken auf und schleiften den armen Joey einfach über den Boden zum Tor. Erst draußen holte einer die Tragbahre aus dem Fahrzeug, auf die man die Leiche bettete und in den Wagen transportierten wollte.

»Moment«, rief Hammond. »Der ist kontaminiert. Und tot. Er ist kein Notfall mehr.«

Beide Helfer signalisierten Zustimmung und man beratschlagte, wie man in diesem Fall vorzugehen hatte. Einer der Sanitäter telefonierte mit der Feuerwehr, machte Angaben über Infektionsgefahr, soweit das zu beurteilen war und forderte einen Wagen mit entsprechender Sicherheit an. Damit war die Arbeit getan. Nicht jedoch für Blake Hammond.

»Geht einer von Euch nochmal mit mir da rein?«, fragte er die Rettungsleute, die in diesem Punkt vollkommen unterschiedlich reagierten. Der eine tippte sich an die Stirn und sagte nur: »Kein Notfall mehr.« Der andere hatte schon seinen Rettungskoffer aufgenommen und meldete sich mit militärischem Gruß zur Front, auf die er bereits wortlos zuschritt. Hammond folgte ihm mit einem Mundschutz und Einmalhandschuhen. Er hatte ein mulmiges Gefühl, aber er wollte wissen, was es mit dem Staub auf sich hatte.

Der Sanitäter leuchtete systematisch die Halle aus, machte vorsichtig einen Schritt nach dem anderen und deutete auf Kisten. Kisten über Kisten. Hammond registrierte die unordentliche Stapelung, als wäre hier lieblos Trödel entsorgt worden. Dem ersten Eindruck folgte jedoch ein ganz anderer Aspekt, sobald das Licht auf die Glaswand im hinteren Hallenbereich schien. Hammond gab ein Zeichen zum Vorrücken und die beiden schlichen sich an eine Glastür heran, die verschlossen war. Durch die sauberen Scheiben konnte man aber sehen, was der Raum alles beinhaltete: Weiße Schränke und Arbeitsplatten, saubere Waschbecken, Kühlschränke, einen Geschirrspüler, eine Zentrifuge, Autoklaven, eine sterile Werkbank, Destillationsapparate, Glaswaren, Handschuhkisten und Papierrollen, Desinfektionsmittel und Entsorgungsbehälter. An drei Haken hingen komplette Sicherheitsanzüge. Das war nichts anderes als ein Labor. Der Glaskasten endete hinten an der Hallenwand. Es war ein Haus im Haus mit einem geschlossenen Dach, aus dem Abluftrohre durch die Hallenwand führten. Hammond machte ein paar Fotos mit seinem Handy, so gut das mit seinen Plastikhandschuhen ging. Er rüttelte noch einmal an der Glastür und gab seinem Mitstreiter dann das Zeichen zum vorsichtigen Rückzug. Auch von den Kisten und der Stelle, wo die Leiche gelegen hatte, und von der aus viele Fußspuren und eine Schleifspur abzweigten, machte er aus einiger Entfernung Aufnahmen mit Vergrößerung und Blitzlicht. Und von toten Mäusen, die mit Watte zugedeckt waren. Der Kollege kam mit seinem Koffer, zog eine Plastiktüte heraus und tütete wortlos eine Maus mit einer Pinzette ein.

Draußen leuchteten die Warnlichter der Feuerwehr, die kurzerhand die Leiche in einen Metallsarg verfrachtet und bereits zum Einsatzfahrzeug gebracht hatte. Hammond ließ sich aufschreiben, wohin der Transport ging. Vielleicht brauchte er noch Informationen. Jetzt aber brauchte er nichts nötiger als Schlaf. Sie fuhren zurück zum Krankenhaus, wo Hammond seinem Freund George ein leeres Zimmer für die Nacht zeigte und die Nachtschwester anwies, ihm noch Tee und etwas zum Essen zu bringen. George fühlte sich sehr unwohl in seiner Haut. Was hatten sie da für einen Bruch begangen? Als aber die Nachtschwester kam, war er bereits selig eingeschlafen.

Virginia Mason, Sonntagmorgen

Jason Crowe, der Stationsleiter des Department Infectious Diseases betrachtete seine Patienten im Isolierzimmer. Nummer eins lag am Fenster und Nummer zwei nahe der Tür. Papiere hatten sie nicht bei sich und so wurden ihnen Nummern gegeben. Beide wurden künstlich beatmet. Sie sahen sehr ähnlich aus in ihren Betten und den Krankenhauskitteln, außer dass bei Nummer zwei der Hintern rausguckte. Voller Pusteln. Und immer noch wuchs aus jeder möglichen Körperöffnung Pilzgewebe heraus. Crowe wischte sie so gut es ging mit Feuchttüchern ab. Zuerst die Augen; sie waren am stärksten befallen. Augenmykose war seine Diagnose. Allein das war ihm geläufig und deshalb hatte er bereits gestern hohe Dosen von Miconazol verabreichen lassen. Aber hier kämpfte wohl David gegen Goliath. Der Arzt überzeugte sich von dem Gesamtkörperbild, indem er bei beiden Patienten die Decke lupfte und die Hautrötungen und Ausschläge inspizierte. Mit einem Spatel kratze er jeweils etwas von Unterarmen, Oberschenkeln und Brust ab und verfrachtete die Ausbeute in sechs verschiedene Plastikbecher, die er beschriftete und in Plastiktüten einpackte. Dann nahm er Blutproben, beschriftete sie ebenfalls und brachte alles ins Labor. Hoffentlich hielten die beiden Vagabunden noch eine Weile durch. Crowe hatte noch ein wenig Hoffnung. Er hatte sich nämlich an ähnliche Symptome erinnert, die er letztes Jahr in Galveston, Texas, bei einem Gordon Research Seminar gesehen hatte. Die ganze Veranstaltung hatte sich um Immunologie von Pilzinfektionen gedreht und jetzt hatte er hier zwei Fälle von Pilzen. Deshalb musste er unbedingt mit Professor Albert W. Nelson reden.

Im Labor war nur ein Notdienst eingerichtet. Unerwarteterweise freute sich der junge Laborant aber über eine eilige und wichtige Aufgabe, die ihm der Stationsarzt überantwortete. Es ging um Leben und Tod, also ein echter Fall für den Notdienst. Ein Lichtmikroskop war vorhanden und so machte sich der Chef gleich selbst anheischig, an der Notfalllösung mitzuwirken. Er untersuchte die Hautproben auf Pilze und fand mehr als genügend Material von Myzel und Sporen.

»Wenn das Albert sehen könnte«, sagte Crowe laut vor sich hin. Der eifrige Laborant antwortete geradeheraus: »Ja, Blutsenkungen laufen schon« und gab gerade erst Natriumcitrat zu. »In einer Stunde wissen wir es.«

Albert war ihm nicht bekannt.

Crowe ließ das Mikroskop stehen und lief zu seinem Department-Büro. Er suchte Alberts Telefonnummer. An der Uni war er heute sicher nicht. Aber mit seiner Mobilnummer hatte er sofort sein Ziel erreicht.

»Albert,« platzte er los, »hier ist Jason Crowe vom Virginia Mason...«.

»Jason, das ist ja eine Überraschung, gleich nach dem Sonntagsgottesdienst...«.

»Äh, ja genau. Nein, hör zu, ich habe hier zwei Patienten mit akuten Mykosen, Notfälle, künstlich beatmet, ich brauche Deinen Rat, dringend...«.

»Wo bist Du?«, fragte Albert Nelson.

»Ich bin gleich wieder unten im Labor, am Mikrosokop.«

»Ich komme. Gib mir zwanzig Minuten.«

Jason Crowe war ganz aufgeregt. So ein Fall an einem Sonntag, wo mich keiner stört. Und Albert Nelson, der graulockige schwarze Professor von der University of Washington, Seattle, hatte Zeit für ihn. Er hastete zurück zum Labor.

Notfall, Notfall, schoss es ihm dauernd durch den Kopf. Während er die Gänge entlanglief. Das Virginia Mason hatte 2013 eine Epidemie mit Darmbakterien zu bewältigen. Zurückgeführt wurden die Infektionen auf unordentlich gereinigte Endoskope. Mindestens 35 Menschen waren betroffen und elf gestorben. Aber es war nie klar, ob es wirklich, die Darmbakterien waren, die letztlich den Tod verursacht hatten. Es konnten auch andere Erreger sein, die Vermutung war jedoch, dass die meisten Todesfälle auf die Begleitumstände der Krebspatienten zurückzuführen waren. Immundepression. Waren Nummer eins und Nummer zwei immungeschwächt? Das war später zu klären, jetzt musste er Kleingeld zählen, denn wenn Albert Nelson an einem Sonntagmorgen erschien, verlangte er garantiert zuerst einen Kaffee vom Automaten.

Der Laborant machte offenbar weitere Tests, hoffentlich wusste er, was zu tun war, denn Jason hatte jetzt keine Zeit für ihn. Auch Albert hatte keinen Blick für den jungen Mann, als er eintrat. »Erzähle mir eine Geschichte«, war alles, was er sagte, bevor er sich den Kaffeebecher nahm und vor dem Mikroskop Platz nahm. Jason erzählte das wenige, was er bisher wusste und wurde schon bald unterbrochen.
»Du hast beim Gordon Research Seminar gut aufgepasst, Jason.«
»Was siehst Du denn? Candida albicans? Oder Aspergillus fumigatus?"
»Ja, das waren die Themen des Seminars«, dozierte der Professor ruhig. »Aber das hier ist etwas Anderes.«
»Was denn noch?«
»Ich sehe mindestens zwei Pilze. Der ganz dominierende ist ein Paecilomyces. Und daneben sehe ich die deutlichen Ringe von Arthrobotrys.«
Jason klappte die Kinnlade herunter und drängte ans Mikroskop. »Wie hast Du die denn so schnell erkannt?«
»Paecilomyces habe ich an der Uni früher in Reinkultur gehabt. Jetzt leider nicht mehr. Die Forschungsarbeiten wurden nicht weiter finanziert. Schau Dir die Konidien-

träger an, sie verzweigen sich wirtelig; an den Phialiden siehst Du kettenförmig die einzelligen Konidien. Diese Sporen haben eine violette Färbung...«.

»Schon gut, ich sehe alles, was Du sagst. Du bist ein echter Experte.«

»Nur leider kein Experte für die Behandlung«, entgegnete Albert resigniert.

»Und da sind Ringe. Tatsächlich. Arthrobotrys. Den habe ich mal gesehen. Frisst Nematoden.« Jason stockte.

»Nematoden sind hier nicht dabei. Siehst Du sonst noch etwas Bedrohliches?«, fragte Albert.

»Es ist nicht steril, es kleckern sicher auch Bakterien herum.«

»Jason«, Albert legte eine Hand auf die Schulter des Arztes. »Paecilomyces ist schlimm genug; da brauchst Du keine Bakterien mehr. Es gibt weltweit Fälle von Infektionen bei Menschen. Nur für Arthrobotrys wäre mir das neu. Aber gib mir Zeit bis Morgen früh und ich werde einiges recherchieren.«

»Ich werde auch noch Proben mitbringen«, sagte Crowne erfreut. »Wann soll ich bei Dir sein?«

»Gerne,« antwortete der Graue. »Wenn Du kommen möchtest, wäre halb elf ganz gut.«

Industrial District, Sonntagmittag

George Walsh hatte gut geschlafen und fühlte sich ausgeruht. Das Frühstück war köstlich, die Schwester sehr freundlich, nur leider nicht hübsch. Er hatte sogar Zahnputzzeug und Rasierzeug bekommen und beides ordentlich ausprobiert. Seine Klamotten rochen dagegen weniger angenehm. Auf Socken konnte er nicht bleiben, den Mief musste er schnell in den Turnschuhen verstecken. Eine Weile hatte er aus dem Fenster auf einen Innenhof geblickt, in dem Gipsfüße und Rollatoren mit ihren Familien herumgurkten. Es kam keiner mehr ins Zimmer und ihm wurde langweilig.

George nahm seine Werkzeugtüte mit dem Rest Fusel und ging auf den Gang hinaus. Zuerst bog er nach rechts, nahm dann eine Treppe hinunter und ehe er sich versah, war er draußen auf der Straße. Unschlüssig ging er ein paar Schritte auf und ab auf der Spring Street und stand plötzlich vor einer Bushaltestelle. Er kaufte ein Ticket für ein Vermögen von zwei Dollar fünfundsiebzig und blieb sitzen bis zur Jackson Street, eine Weltreise für George. Den Rest der Weltreise legte er zu Fuß zurück, sechs oder sieben Kilometer durch ödes Industriegelände, über Brücken und Schleichwege fast immer geradeaus nach Süden bis zur Dawson Street. In seinem District kannte er sich aus. Unterwegs hatte er sich des Fusels entledigt, drei warme Schlucke aus der Pulle, die an einer Haltestelle entsorgt wurde. Das hatte den Hunger zwar unterdrückt, aber das Gehen nicht erleichtert.

Bei Tag war die Dawson kaum belebter als bei Nacht. George sah das offenstehende Hallentor, es hatte sich nichts verändert. Niemand schien da zu sein. Von Neugier getrieben machte er zwei kleine Schritte hinein in die Lagerhalle, nicht weiter. Kein Geräusch war zu hören, das Licht vom Tor her reichte aus, um die vielen Kisten und Fußspuren zu sehen, von denen er sich lieber fernhalten wollte. Er ging noch einmal hinaus und um das Gebäude herum. Autowracks und Müllcontainer standen einsam und rostend auf dem Hof. Das weiß gestrichene

Gebäude grenzte unmittelbar an die Halle an und sah unbewohnt aus. Es hatte ein Klingelschild, auf dem kein Name stand. Auf dem Gelände war niemand, da war sich George fast sicher. Um die Tür zu öffnen, hatte er weder Schlüssel noch Dietrich. Unverhohlen drückte er die Klingel, hörte aber kein Läuten. Er klingelte noch einmal. Wenn jemand aufmachte, würde er nach dem Weg zum Grillrestaurant fragen. Er spürte Hunger. Da nichts geschah, ging er auf der Hofseite weiter um das Haus herum zu einem Fenster ohne Rollladen hinter einem rostigen Ford. Er nahm einen Stein und warf ihn durch die Scheibe, die sofort zerbarst und gehörig Lärm machte. George wartete eine Minute, zwei Minuten. Dann wurde er ungeduldig, schlug mit einem rostigen Eisenrohr die Glassplitter aus dem Rahmen und schwang sich empor.

Drinnen war es ruhig, draußen auch. So sollte es sein. Am helllichten Tag wanderte er ungestört durch das leerstehende Haus, in dem es absolut nichts Interessantes zu sehen und schon gar nicht zu erbeuten gab. Irgendwie war er enttäuscht, als er dort im Nirwana stand. Gerade wollte er zur Treppe nach oben gehen, da entdeckte er eine Metalltür im Westen des Gebäudes. Theoretisch musste sie zur Lagerhalle führen. Aber sie zu öffnen war hoffnungslos. Hoffnungslos und enttäuscht kehrte er zum Fenster zurück, sprang hinaus und stand wieder auf dem Hof, das Eisenrohr noch immer in der Hand. Was war das nur für eine Halle?

Der Gedanke trieb George zurück auf die kleine Rampe, durch das Hallentor und an der linken Wand entlang, wo keine Kisten standen und der Boden nicht staubbedeckt war, auf eine Art Glashaus zu. Ein Glashaus in der Halle neben dem weißen Haus. Das war doch interessant genug, um vorsichtig untersucht zu werden. Er schaute durch das Glas auf allerlei Geräte, die blitzblank waren, und in einen ordentlichen küchenähnlichen Raum, an dessen Hinterwand die Metalltür zu sehen war. Wenn nicht dort, dann hier, sagte er sich, drehte sich noch einmal um und schlug mit dem Eisenrohr auf die Glastür. Er erzeugte nur einen kleinen Kratzer, er musste fester schlagen. Viermal hieb er mit aller Kraft auf das Glas, ehe es in tausend Teile zersprang, wie er es von Sicherheitsglas kannte. Aber nicht Panzerglas, sonst hätte der das verkrümmte Rohr noch hundert Mal darauf schlagen können. Zu seinem Erstaunen steckte innen ein Sicherheitsschlüssel, was ihm das Eindringen doch sehr erleichterte. Im Nu war er durch die geöffnete Tür und stand in der sauberen Küche. Mit dem Instrumentarium und dem Inhalt der Schränke konnte er nichts anfangen. Alles zu sperrig. Eine Tür führte zu einem Nebenraum, in dem sich Metallregale befanden. Der Raum war kühl und jetzt bemerkte George auch einen leichten Luftzug, der von der Halle her in die Decke führte, wo eine Abdeckung offenbar den Abzug verbarg. Die Metallregale fingen seinen Blick auf und er sah Glaskolben auf vier Etagen eng nebeneinander gereiht, die verschiedene hässliche Flüssigkeiten enthielten. Sie waren beschriftet mit Abkürzungen und Zahlen, die ihm nichts sagten. Von diesem Gebräu würde er lieber die Finger lassen. George dachte kurz an die Kisten und das Drama, das sich in der Nacht hier abgespielt hatte. Plötzlich wurde ihm mulmig und er wollte raus aus diesem Rattennest. Kurz streifte sein Blick noch einmal den Nebenraum, fiel auf ein Blatt Papier in Folie, das auf der untersten Etage hochkant stand, und steckte es in seine Tüte. Dann schlich er vorsichtig wie er gekommen war durch die Glastür, durch die Halle, die Rampe hinunter und auf die Straße. Nichts und niemand war zu sehen, nur Vogelgezwitscher in den Bäumen war zu hören.

Virginia Mason, Montagmorgen

Obwohl er lange unschlüssig in seinem District herumgelaufen war, hatte es George Walsh doch wieder in sein Hospitalzimmer getrieben. Ohne Geld und nur um nichtswürdige Beute reicher hatte er sich den ganzen Weg zurück zu Fuß geschleppt, weil sein Geld nicht mehr reichte. Erst gegen Abend war er angekommen und auf seinem Bettchen zusammengesackt. Er hörte kaum, wie die Schwester, die ihn so freundlich bedient hatte, laut schimpfend über ihn herzog. Nachdem sie ihn oberflächlich untersucht hatte, überwog ihr schwesterliches Gewissen die Wut und er bekam noch eine köstliche warme Mahlzeit und zwei Flaschen Wasser. Danach war er sofort in tiefen Schlaf gefallen.

Jetzt aber wurde er gerüttelt. An seinem Bett standen Blake Hammond und der Polterarzt und stellten Fragen, die George vor seinem Erwachen nicht hatte beantworten können. Nur langsam wurde er wach und verstand das Stimmengewirr. Zuerst musste er die Frage beantworten, wo er gestern war und es fiel ihm leicht, alles so schnell zu berichten, dass Hammond nicht mit dem Notieren nachkam. Wie er auf diese absurde Idee gekommen sei, war weniger leicht zu beantworten. Es war ihm halt langweilig. Und jetzt hatte er Muskelkater. Das gab er auch deutlich zu verstehen: »Hab' Muskelkater.«

»Du hast noch viel mehr als Muskelkater, Junge«, blökte Blake ihn an. »Wir müssen Dich untersuchen.«

Die Schwester nahm ihm Blut ab und die Ärzte schabten an seinem Körper herum.

»Keine Pusteln, nur kleine Narben«, stellte Jason Crowe verwundert fest. »Spontanheilung.«

»Oder das Penicillin hat gewirkt oder er ist immun«, ergänzte Hammond. »Kann man die Immunität nachweisen?«

»Albert kann das. Der kann alles. Wir bringen ihm die Proben in die Uni.«

»Wer zum Teufel ist Albert?«

Crowes Miene versteinerte sich. »Ich habe gestern gearbeitet. Zusammen mit seiner Eminenz, Professor Albert Nelson von der University of Washington. Ich bin mit ihm verabredet. Komm mit, ich erzähle Dir alles unterwegs.«

Alle drei Besucher verließen das Zimmer und George streckte sich noch einmal kräftig auf seinem Bettchen. Von jetzt an wollte er brav hierbleiben und auf das Frühstück warten, auch wenn es nichts zu tun gab. Er überlegte, was er gestern gesehen hatte und erinnerte sich zuletzt an das Blatt Papier in seiner Tüte. Es war noch darin und George sah es jetzt genauer an.

P. lilacinus – 11-17-09-f. mykolabs

P. lilacinus – 12-17-12-g. mykolabs

P. lilacinus – 05-18-01-a. mykolabs

D. candida – 06-18-01-a. mykolabs

D. candida – 10-17-02-d. mykolabs

D. candida – 09-17-02-a. mykolabs

M. cionopagum – 08-17-19-h. mykolabs

A. oligospora – 08-17-20-b. mykolabs

A. dactyloides – 10-17-23-b. mykolabs

A. dactyloides – 10-17-30-a. mykolabs
H. anguillulae – 06-17-24-e. mykolabs

University of Washington, Seattle, Infectious Disease at Northwest Hospital, Montagmorgen

Jason Crowe fuhr, Blake Hammond hörte zu. Hammond hatte sich von der Arbeit abmelden müssen, was für ziemlichen Notstand in der Notaufnahme sorgte. Aber das Volkswohl ging vor. Crowe nahm die Interstate nach Norden, zweigte am Evergreen Washelli Friedhof ab und hatte mehr als 40 Minuten Zeit zu erzählen. Bis sie einen Parkplatz gefunden und das Büro seiner Eminenz, Professor Albert Nelson, erreicht hatten, war es schon elf Uhr durch, mehr als eine halbe Stunde später als verabredet. Trotzdem thronte Albert hinter seinem Schreibtisch ruhig und mit müdem Blick wie ein Richter. Er hatte die Zeit genutzt, um noch mehr Informationen bereitzustellen, mit denen er den Kollegen überschütten wollte. Hammond wurde vorgestellt und den Gästen wurde Kaffee und Wasser angeboten. Dann holte Nelson aus:
»Paecilomyces lilacinus ist ein gern genutzter Pilz in der biologischen Bekämpfung von Nematoden. Es ist allerdings bekannt, dass er auch Menschen und Tiere infizieren kann. Es scheint auf den Pilzstamm anzukommen, ob er Menschen etwas tut oder nicht, also wo er herstammt, wovon er lebt, wie er sich vermehrt und kreuzt oder im Labor verändert, die Gefahr ist ungewiss. Deshalb sind Experimente mit Paecilomyces ein Sicherheitsrisiko und die Stämme müssen sorgfältig geprüft werden, bevor sie ins Freiland gebracht werden. Manche Regulierungsbe-

hörden verlangen hinlängliche Tests, zum Beispiel Australien.«

Crowe hörte aufmerksam zu, Hammond nicht minder, füllte aber zugleich seinen Notizblock.

Crowe konnte seine Zwischenfragen nicht zurückhalten: »Du hast ja die Pilze im Mikroskop schon erkannt. Wie können wir wissen, ob sie wirklich die Ursache für die Symptome sind? Und wie lange dauert ein Test? Und was können wir dagegen tun?«

Nelson fuhr fort, als wäre genau das sein nächster Punkt gewesen: »Paecilomyces lilacinus bildet ein Toxin, Paecilotoxin. Wie könnte es auch anders heißen. Man kann es mit HPLC nachweisen, also Säulenchromatographie. Was man dazu braucht, ist eine Reinkultur des Pilzes. Und wenn man ihn vornehmlich in Erlenmeyerkolben anzüchtet, hat man in etwa zwei Wochen genug Pilzmaterial, um den Nachweis durchzuführen.«

Er griff auf seine Unterlagen zurück.

»Was ich eben noch gefunden habe, ist eine Veröffentlichung aus dem Jahr 2006, in der 61 Fälle von Paecilomyces lilacinus-Infektionen weltweit aufgelistet sind. Sicher gibt es neuere Literatur. Was ich andeuten will, ist die Verbreitung des Pilzes und die unterschiedlichen Infektionen oder Nicht-Infektionen. Man kann ihn züchten, sicher auch verändern. Und dann müsste man die Stämme testen. Letztlich sind Heilmethoden untersucht, dazu gibt es wohl eine Reihe getesteter Antimykotika.«

Crowe stand auf und ging nervös umher. Seine Proben fielen ihm ein; er hatte sie in einem Transportbehälter mitgebracht, den er nun öffnete. Er stellte die in Tüten eingepackten Plastikbecher einfach auf den edlen Schreibtisch, doch Nelson verzog keine Miene, sagte nur: »Jason, ich brauche zwei Wochen für eine Reinkultur.«

»Verstehe«, antwortete Crowe enttäuscht. »Wirst Du uns helfen?«

»Wir werden es selbstverständlich versuchen. Nimm einstweilen neue Proben und lass diese hier«.

Er blickte diskret auf die Wanduhr und drehte sich zur Tür.

»Eins noch«, setzte Crowe hinzu: »Was ist mit Arthrobotrys?«

»Dafür brauche ich mehr Zeit. Bislang ist mir nicht bekannt, dass er für Menschen gefährlich ist. Er wächst auch langsam. Kümmere Dich um Deine Patienten und gib ihnen Itraconazol oder Efinaconazol oder Tavaborol gegen Paecilomyces. Und schau Dir den gesünderen Patienten genauer an. Vielleicht ist er immunisiert.«

Hammond notierte hastig die Pilzmittel. Die Besuchszeit war beendet.

»Übrigens, erinnerst Du Dich an Harold Burger?«, fragte Nelson plötzlich im Gehen.

Crowe schüttelte den Kopf.

»Na, der war doch auch beim Gordon Research Seminar. Dein Gedächtnis ist doch nicht so gut, wie ich dachte.«

Crowe machte eine fahrige Bewegung mit der Hand an die Stirn.

»Schon gut«, beendete Nelson das Gespräch endgültig. »Ich kontaktiere ihn und gebe ihm Deine Kontaktdaten.«

Virginia Mason, Montagmittag

George Walsh fiel die Kartoffel von der Gabelspitze, als Hammond hereinplatzte.

»Schmeckt's?«, fragte der Arzt und zog einen Kittel und Handschuhe an.

»Mumberbar«, antworte der Patient mit vollem Mund.

»Das schmeckt auch gleich noch. Ich möchte Dich noch einmal untersuchen.«

Bereitwillig legte sich George auf sein Bettchen.

Hammond trat beim Näherkommen gegen eine Tüte, aus der ein Blatt Papier herausragte. Er hob es mit Handschuhen auf und überflog es, dann las er es. Dann las er es noch einmal sorgfältig. Er las lange. George hatte nicht so lange gebraucht.

»Wo kommt das her?«

»Aus der Lagerhalle im District.«

»Die hast Du im Dunkeln mitgenommen und nichts gesagt?«

»Nicht im Dunkeln. Gestern war ich doch im Hellen da und fand dieses Glashaus.«

»Das Glashaus kenne ich. Das war abgeschlossen.«

»Jetzt nicht mehr.«

»Heißt das, Du bist da eingebrochen, am helllichten Tag.«

»Ja.«

»Was, ja? Erzähl doch'!«

»Da waren ganz viele Glaskolben auf einem Regal mit trüben Flüssigkeiten.«

»Und diese Liste?«

»Ja, die lag im Regal.«

»Gut gemacht, George. Wirklich gut gemacht.«

Hammond konnte es nicht fassen. Da waren Glaskolben mit Flüssigkeiten und eine Liste mit Namen, von denen er einige kannte. Pilze. Pilzkulturen.

Er lief hinüber zu Crowes Abteilung und hielt ihm die Liste unter die Nase. Mit knappen Worten erzählte er

Georges Entdeckung nach, deren Bedeutung hatte Crowe aber sofort erkannt.

»Das sind Flüssigkulturen, die wir dringend suchen. Wir müssen sofort da hin.«

»Ich habe frei«, sagte Hammond. »Du fährst.«

Zehn Minuten später waren sie mit Sicherheitsanzügen und Transportkisten unterwegs. Jason Crowe fuhr und hörte zu. Das heißeste Thema war schließlich das unbefugte Eindringen und das Entwenden von fremdem Material aus einem fremden Haus. Sie waren sich aber dermaßen einig, dass hier Gefahr im Verzug ist und sie als Ärzte verpflichtet waren, unverzüglich Hilfe zu leisten, wie auch immer die aussehen sollte. Möglicherweise mussten biologische Kampfstoffe gesichert werden. Das klang hochtrabend für den Fall, dass sie sich rechtfertigen müssten. Zugleich waren sie aber einig, dass genau das der Fall war. Wenn die Polizei einzuschalten wäre, könnten sie das auch später tun. »Abgemacht.« High five.

Industrial District, Montagmittag

Als sie in den Hof mit der Lagerhalle einbogen, stand ein verbeulter Ford Excursion, der vermutlich einmal weiß gewesen war, neben der Rampe. Crowe legte den Rückwärtsgang ein, blieb aber stehen und sah Hammond fragend an. Der zuckte die Schultern.

»Scheint ein ungünstiger Zeitpunkt zu sein«, meinte Crowe und setzte rückwärts auf den Seitenstreifen der Straße, so dass der Wagen hinter den Bäumen vom Hof aus nicht zu sehen war.

»Jedenfalls können wir jetzt nicht mit unseren Sicherheitsanzügen einfach hineinspazieren«, bestätigte Hammond. »Warten wir ein paar Minuten.«

Ungeduldig warteten sie ein paar Minuten.

»Ich gehe rein.« Mit diesen Worten öffnete Hammond die Beifahrertür und Crowe hielt ihn nicht zurück.

Blake Hammond spielte den Mutigen und schritt im Tempo eines Suchenden auf den Hof, der notfalls nach der nächstgelegenen Tankstelle fragen würde. Niemand war zu sehen. Hammond ging die Rampe hinauf zu der offenen Tür und rief »Hallo.«

Keine Antwort. Er ging ein paar Schritte in die Halle und rief noch einmal: »Hallo, jemand zu Hause?«

Weiter wagte er sich nicht vor. Stattdessen ging er durch das Tor hinaus und erschrak vor dem Mann, der über den Hof kam und auf seinen Wagen zusteuerte. Der Typ sah vergammelt aus. Schon aus der Entfernung konnte Hammond die kaputte Jeans und das schmutzige Hemd sehen, das über der Hose hing; seine ärmellose Steppjacke sah aus wie nach einem Absturz in den Bergen. In der Hand hielt er eine dicke Eisenstange. Hammond fasste allen Mut zusammen und rief dem Mann entschlossen zu: »Was suchen Sie denn? Kann ich Ihnen helfen?«

Die Antwort war ein zahnlückiges Lachen aus rauer Kehle, dem ein ausgespuckter Kaugummi in Hammonds Richtung folgte. Hammond überlegte, ob die Frage eine gute Idee war, denn eine Antwort ließ auf sich warten. Endlich öffnete der Cowboy seine Wagentür und rief:

»Hab' nur geguckt, ob Alteisen da ist.«

Er startete seinen Wagen, fuhr einen großen Kreis und hinaus auf die Straße. Hammond atmete tief durch.

Crowe hatte den abfahrenden Wagen gesehen und rollte nun langsam bis vor die Rampe.

»Was war das denn?«, fragte er beim Aussteigen.

»Der spielte den Alteisensammler«, erklärte Hammond. »Keine Ahnung, ob der hierhergehört und uns verpetzt.«

»Umso schneller sollten wir abräumen«, meinte Crowe und begann sich ohne weitere Vorsicht in seinen Schutzanzug zu zwängen. Es dauerte fünf Minuten, bis sie vorbereitet waren und mit den Transportkisten durch die Halle gingen. Nach weiteren zehn Minuten waren sie wieder draußen, verstauten die Beute von fünf Kästen mit 44 Glaskolben im Wagen und zogen die Schutzanzüge aus. Es kam keine weitere Störung. Trotzdem hatten sie ein schlechtes Gefühl.

Virginia Mason, Montagnachmittag

»Doktor Crowe, ein Harold Burger hat dreimal aus England angerufen und nach Ihnen gefragt.« Die Stationsschwester rief dem vorbeieilenden Crowe durch die offene Tür hinterher. Crowe stoppte so schnell, dass er stolperte.

»Kann ich ihn zurückrufen?«

»Hier ist die Handynummer. In England ist es jetzt später Abend; er hat aber gesagt, dass Sie ihn bis Mitternacht anrufen können.«

Crowe eilte weiter in sein Büro und wählte die Nummer. Das Gespräch wurde sofort angenommen.

14. London, 2018, 29. Januar

Montagabend

Harold Burger hatte endlich Kontakt mit dem interessanten Mann in Seattle. Schon seit Stunden gingen ihm Albert Nelsons Worte durch den Kopf und hielten ihn von seinen Killer-Shrimps ab, gegen die immer noch kein Mittel gefunden wurde, während das Sterben ihrer Opfer-Shrimps und der Jungfische weiterging. Kurz hatte er in der Weihnachtszeit an Paecilomyces gedacht. Vielleicht konnte der auch Killer-Shrimps killen. Aber er hatte sich geschworen, den Pilz nicht mehr anzurühren. Eigentlich wollte er die Pilzkultur vernichten. Jetzt aber ließ ihm allein schon der Name wieder einmal keine Ruhe. Es war einfach faszinierend, dass immer wieder Menschen befallen wurden.

»Hallo, hier ist Jason Crowe aus Seattle. Ich hoffe, ich störe nicht so spät.«

»Im Gegenteil, ich hätte ohne Ihren Anruf nicht schlafen können. Albert hat mir schon das Wesentliche berichtet. Wir kennen uns doch aus Galveston letztes Jahr?«

Crowe wusste jetzt nicht, ob Nelson oder er gemeint war und heuchelte: »Ja, das war sehr interessant. Aber jetzt sind wir hier selbst mit akuten Verdachtsfällen konfrontiert und sehr in Not. Albert Nelson meinte, Sie könnten uns helfen.«

»Ich möchte gern helfen, wenn ich kann. Allerdings sagte Albert bereits, dass Ihr bisher nur Hautproben habt und den Pilz erst einmal kultivieren müsst.«

»Da gibt es eine neuere Entwicklung. Es ist unfassbar, aber wir haben lebende Kulturen von verschiedenen Pilzen hier, die als Nematophagen bekannt sind, auch einige Kulturen von Paecilomyces lilacinus.«

»Oh«, war die Reaktion.

»Sind Sie noch da?«, war die Frage.

»Oh, ja!«, war die Antwort. »Ich habe nur kurz überlegt, wie Sie das so schnell gemacht haben.«

»Wir haben eigentlich nichts gemacht«, erklärte Crowe und suchte nach Worten. »Die Kulturen stammen aus der Lagerhalle, in der sich die Patienten infiziert haben.«

»Ah, das ist gut«, entgegnete Harold Burger ohne weitere Nachfrage. »Nun, ich habe hier auch Paecilomyces-Kulturen, die stammen aus meiner Zeit in Syrien. Die Sache war die, dass dort Menschen ... möglicherweise ... an Paecilomyces gestorben sind. Was nicht allgemein bekannt ist, wenn Sie verstehen.«

»Ich verstehe«, log Crowe. »Es gibt wohl kein Gegenmittel, das schnell helfen könnte?«

»Das Gegenmittel ist Paecilomyces selbst. Es scheint Mutationen zu geben. Und die gehören ausgerottet. Sie wissen sicher, dass der Pilz in der Regel für Menschen harmlos ist. Aber es wurden Versuche gemacht mit Pilzstämmen unbekannter Herkunft. Dabei sind, wie gesagt möglicherweise, Menschen gestorben, in Syrien, in Norwegen, in Deutschland gibt es offenbar einen Fall von Immunreaktion. Ich vermute, aber es ist wirklich nur eine Vermutung, dass die Pilzstämme manipuliert wurden.«

»Sie meinen, mit Absicht? Mit böser Absicht?«

»Wenn es keine spontane Mutation war, ist es fast anzunehmen. Warum sonst ...«

»Sagt Ihnen ‚Mykolabs' etwas?" fragte Crowe dazwischen.

»Hm, Mykolabs, ja und nein. In Syrien hatte ich eine Lieferung bekommen, auf der Zahlen standen und der Pilzname - und ja, mykolabs. Aber wo die Lieferung herkam, weiß ich nicht. Mykolabs klingt nach einem Labor oder einer Firma. Die kenne ich nicht.«

Crowe fischte die Liste hervor: »Wir haben hier eine Liste, auf der stehen die Namen der Kulturen, unter anderem P. lilacinus – 11-17-09-f. mykolabs. Ist das dieses Mykolab?«

»So oder ähnlich war auch die Kultur beschriftet, die ich in Syrien bekommen hatte. Ich sollte die Kollegen in Deutschland einbeziehen. Die waren auch sehr daran interessiert. Vielleicht haben die bei der Recherche Erfolg gehabt.«

»In Deutschland auch?«

»Ja, da auch. Es scheinen viele an dem Problem zu arbeiten. Mich hat das Thema nie losgelassen, ich habe nur versucht, es zu verdrängen. Jetzt taucht es wieder auf und Sie haben Infizierte in Amerika. Das ist jetzt ein ganz neuer Aspekt. Wie kommen diese Pilze dahin?«

Crowe überlegte kurz und meinte dann: »Vielleicht ist die Frage auch, wie kommen sie von hier in die Welt hinaus?«

»Auch eine gute Möglichkeit. Gibt es Anhaltspunkte?«

»Wenn ich den Fundort beschreiben soll, dann so, dass dort viele Kisten stehen, mit Mäusen und vielleicht auch mit Pilzen, und ...«

»Die Pilze? Haben Sie die probeweise aus den Kisten genommen?«

»Äh, nein, gute Idee. Aber hinten in der Halle steht ein komplettes kleines Labor, in dem wir die flüssigen Kulturen gefunden haben.«

»Sagenhaft«, begeisterte sich Harold und setzte spontan hinzu: »Ich glaube, ich könnte Ihnen mehr helfen, wenn ich mir das vor Ort ansehen würde, als von hier aus.«

»Das würden Sie tun? Hierherkommen?«

»Ich wäre wirklich sehr interessiert. Kann ich Sie in den nächsten Tagen noch einmal erreichen?«

»Klar. Selbstverständlich. Gerne. So bald wie möglich«, antwortete Crowe und wünschte eine gute Nacht. Eigentlich hatte er so viel nicht erwartet, wie er jetzt offenbar erreicht hatte. Dieser Burger hatte förmlich Blut geleckt. Wer hatte hier wohl böse Absichten? Was verbarg sich hinter Mykolabs? War er etwa näher dran als andere?

Harold war keineswegs müde. Er überlegte kurz, fasste einen spontanen Entschluss und wählte die Handynummer von Souriana. Sie war sofort dran, sie kannte diese Nummer.

»Hallo Harold, ich sitze schon auf der Bettkante und Du arbeitest noch?«

»Tut mir leid, ich kann nicht schlafen.«

»Soll ich Dir etwas vorsingen?«

»Souriana, es ist mir unheimlich wichtig und ich sage Dir zunächst, was ich vorhabe, ok?«

»Viele Schlaflieder kenne ich nicht.«

»Hör einfach zu. Ganz kurz das Wichtigste: Ich habe gerade mit einem Arzt aus Seattle telefoniert. Da gibt es mehrere akute Fälle von Paecilomyces-Infektionen bei Menschen. Die suchen dringend Hilfe. Der Arzt weiß, dass ich in Tel Hadya mit Paecilomyces experimentiert habe ... und dass es Tote gegeben hatte ... möglicherweise

... dadurch. Der Mann hat sogar Paecilomyces-Kulturen, woher auch immer; die wurden genau dort gefunden, wo sich die Leute infiziert haben. Also alles ganz frisch. Auf den Kulturen steht ‚P. lilacinus – blablabla Mykolabs'. Erinnert Dich das an etwas?«

Souriana war inzwischen aufgestanden und musste so tief Luft holen, dass Harold es deutlich vernehmen konnte.

»Ja, ich erinnere mich, was Du mir schon einmal erzählt hast. Matthias und ich haben im Internet recherchiert. Da war nichts zu finden.«

»Über das Internet kann man so etwas vermutlich auch nicht finden. Da läuft etwas ganz Krummes auf geheimen Wegen. Und das nicht erst seit heute. Deshalb...«.

Er unterbrach sich und überlegte, wie er seinen Plan formulieren sollte.

»Deshalb fliege ich so schnell wie möglich nach Seattle. Ich will wissen, was da läuft. Es war einmal mein Forschungsobjekt.«

Da Souriana nichts sagte, stellte er seine Frage: »Würdest Du auch mitkommen?«

Nun war Souriana komplett sprachlos.

»Harold, so kenne ich Dich gar nicht. Du hast doch nichts getrunken, oder?«

»Ich bin stocknüchtern, der Sekt ist alle. Ich würde sogar Sanaa mitnehmen.«

»Darüber muss ich nachdenken. Und wenn ja, müsste ich packen und planen und - und Matthias möchte ich vorher fragen, was er davon hält.«

»Ja«, sagte Harold. »Denk nach. Wir können Morgen nochmal telefonieren. Schlaf gut!«

»Du auch Harold. Schlaf noch einmal darüber. Gute Nacht.«

An ‚Gute Nacht' wollte Harold jetzt gar nicht denken. Er hatte seine Entscheidung getroffen. Er war zu wach, um zu schlafen. Aufgeputscht suchte er bereits Flüge aus dem Web und wollte einen Flug online buchen. Aber so schnell, wie er gehofft hatte ging das nicht. Die Einreiseformalitäten hinderten ihn.

15. Hennef, 2018, 29. Januar

Montagmorgen

Bei Thomas Brunell klingelte es, als er gerade bei einer Tasse Kaffee ein Sudoku löste. Dabei ließ er sich ungern stören. Er nahm den Anruf entgegen und hörte eine rauchige Frauenstimme.

»Herr Brunell?«

Er hatte noch nicht einmal 'Hallo' gesagt. »Wer will das wissen?«, fragte er jetzt zurück.

»Caroline Wehner. Entschuldigen Sie, ich habe ihre Nummer von Ihrer Visitenkarte...«.

»Wehner?«, unterbrach Thomas. »Wehner in Weingartsgasse?«

»Genau, ich bin das. Caroline Wehner. Die Tochter. Ich würde gern mit Ihnen sprechen, wenn es Ihnen Recht ist. Jetzt oder bald.«

»Es ist keine zwei Wochen her, dass wir uns gesehen haben. Dann waren Sie wieder weg.«

»Ja. Darüber würde ich gern mit Ihnen reden. Ich weiß nicht, an wen ich mich sonst wenden könnte. Haben Sie Zeit?«

»Äh«, überlegte Thomas kurz, »ja, sicher, jetzt?«

»Gern, wenn Sie mögen. Kennen Sie noch meine Adresse, pardon, die meiner Eltern?«

»Sicher«, sagte Thomas und dachte: wenn Du wüsstest, wie gut. »In einer halben Stunde?«

»Dann bis gleich. Danke.«

Thomas war nun doch verwirrt, obwohl es ihm eben noch selbstverständlich vorkam, zu Wehners oder ihrer Tochter zu fahren. Sie war wieder einmal knapp und direkt und wirkte doch nicht gerade offenherzig. Er kannte sie eigentlich nicht, und jetzt wollte sie mit ihm reden? Nichtsdestotrotz, er hatte Zeit und war neugierig. Er zog seinen Trenchcoat an und setzte sich auf sein Fahrrad.

Der Kaffee roch durch die ganze Wohnung, schon beim Eintreten wirkte es gemütlich auf Thomas, im Gegensatz zu seiner ersten Visite. Caroline Wehner begrüßte ihn höflich und etwas förmlich in einem schwarzweißen schicken Kostüm an der Vordertür. Die hatte er bisher noch nicht benutzt. Alle Rollläden waren hochgezogen und die Wohnung wirkte sauber und aufgeräumt. Caroline Wehner entschuldigte sich dennoch, dass es etwas unordentlich sei. Sie bat ihn, ihr in ein Esszimmer zu folgen, das an die Küche angrenzte, aber von ihr abgetrennt war. Sie bat ihn Platz zu nehmen, wo es ihm gefällt, und holte Kaffee aus der Küche. Auf dem Tisch stand eine kleine Vase mit Schnittblumen, die frisch sein mussten. Außerdem waren zwei kleine geblümte Kaffeetassen mit ebensolchen Untertassen, Löffel, Milch und Zucker bereitgestellt. Die Tischdecke zeigte ein ähnliches Blümchenmuster wie das Service, nur mit hellblauem statt weißem Untergrund. Der Begriff *gemütlich* kam Thomas in den Sinn und er blickte auf das Bild an der Wand, offenbar ein älteres Urlaubsfoto der Familie Wehner.

»Ja, das waren glückliche Zeiten«, sagte Caroline Wehner, als sie mit der Kanne ins Esszimmer zurückkehrte und Thomas' Blick auffing.

»Italien. Meine letzte Reise mit meinen Eltern. In dem Jahr, bevor ich das Abi gemacht habe.«

»Sie sehen wirklich alle glücklich aus«, bemerkte Thomas höflich.

»Darf ich?«, fragte Frau Wehner mit Blick auf die Kaffeetasse.

»Sehr gerne.« Thomas hob die kleine Tasse der Kanne entgegen. »Danke sehr.«

Caroline Wehner schenkte sich selbst ein, stellte die Kanne auf einen Untersetzer und nahm Thomas gegenüber Platz. Sie sah ihm direkt in die Augen.

»Sie fragen sich bestimmt, über was ich reden will«, sagte sie mit einem erstaunlich freundlichen Lächeln und einem kurzen Wimpernschlag.

Thomas war auf die Frage nicht vorbereitet, fühlte sich aber entspannt.

»Nicht wirklich. Es war einfach verlockend, Sie wiederzusehen und mit Ihnen Kaffee zu trinken.«

Er lächelte etwas schräg, aber der Witz schien angekommen zu sein.

»Das bin ich Ihnen schon als Wiedergutmachung schuldig. Immerhin habe ich mich noch nicht bedankt, dass Sie sich um meinen Vater gekümmert haben. Und um meine Mutter. Jetzt sind sie tot.«

Das Wort schwebte kurz im Raum. Jeder nahm einen Schluck von dem heißen Getränk. Frau Wehner schneuzte sich kurz. Dann erhob sie sich und nahm eine Visitenkarte von einem Stapel, der auf einem Sideboard lag. Sie legte die Karte neben seine Tasse und fragte: »Können Sie damit etwas anfangen?«

Thomas las laut:
Caroline Wehner M.S.
Plant Pathology
mykolabs Ltd.
PO Box 10395

Seattle, WA

»Keine Adresse? Kein Telefon?«

»Gebe ich nur Freunden bekannt.«

Thomas ging darüber hinweg, sah sie an und sagte höflich: »Sie sind Pflanzenärztin. Das ist ja interessant.«

»Oh, ja, ich habe an der University of Illinois in Urbana studiert und meinen Master gemacht. Und dann bin ich in Amerika geblieben.«

»Wohl der Liebe wegen?« fragte Thomas verschmitzt.

»Nein – des Geldes wegen. Das liegt ja in den Staaten auf der Straße.«

»Das klang etwas traurig«, konstatierte Thomas.

»Ist es auch. Es ist eine Katastrophe. Und genau darüber muss ich mich jemandem anvertrauen, bevor man mich hier findet.«

Das klang spannend. Die Frau war plötzlich ganz aufgeregt, griff in ihre Kostümtasche und zündete sich urplötzlich eine Zigarette an.

»Entschuldigen Sie bitte. Wenn Sie der Rauch belästigt, gehen wir raus«, sagte sie endlich und pustete den Qualm seitlich weg.

»Nein gar nicht, bitte erzählen Sie. Ich bin ganz Ohr«, sagte Thomas sehr höflich.

»Nun, die Geschichte ist etwas länger. Ich versuche eine Kurzversion zu fassen. In Urbana lernte ich einen jungen Doktoranden kennen, Rawad Jawich. Er war Biologe und machte seinen Doktor in Molekular- und Zellbiologie. Er war kurz vor seinem Abschluss, ich war kurz vor vor meinem Abschluss. Wir trafen uns immer häufiger, aber nicht, wie Sie sagten, der Liebe wegen, sondern weil er tolle Ideen hatte. Er träumte davon, sich selbständig zu machen, ein eigenes Labor aufzumachen und mit seinem

Wissen Geld zu verdienen. Zunächst habe ich mir das nur angehört. Aber nach und nach wurde mein Interesse größer, spätestens dann, als er von Geldgebern und Kontakten in Seattle sprach. Ich hatte keine Pläne.«

Sie drückte ihre Zigarette in einem geblümten Aschenbecher auf dem Sideboard aus und nahm einen Schluck Kaffee.

»Darf ich Ihnen nachschenken?«, fragte sie.

»Nein danke, es war schon meine dritte Tasse«, antwortete Thomas höflich. »Bitte erzählen Sie weiter.«

»Ach, es ist so viel zu erzählen. Wo mache ich weiter? Um das erste Thema zu Ende zu bringen, ich ging letztlich mit Rawad nach Seattle, genauer gesagt, ich folgte ihm drei Monate nach meinem Abschluss, und da hatte er seine Firma schon gegründet: mykolabs. Sagt Ihnen der Name etwas?«

Thomas überlegte und sagte dann mehr zu sich selbst: »Ich bin nicht sicher, ich erinnere mich nicht.«

»Ich erkläre es Ihnen«, sagte Frau Wehner. »Aber zuerst brauche ich Ihr Wort, dass ich Ihnen vertrauen darf. Ich habe sonst niemanden.«

Das klang für Thomas fast wie eine Gunstbezeugung, was ihn irritierte. In der Not und aus Höflichkeit antwortete er: »Gern. Was muss ich tun?«

»Sag Caroline zu mir.«

Der Tischnachbar zuckte innerlich, nahm einen Schluck aus der leeren Tasse und blickte in zwei wunderschöne blaue Augen. Dann sagte er brav: »Caroline.«

Caroline lachte keckernd auf und zündete sich noch eine Zigarette an.

»Ich meine einfach, wir sollten uns duzen, Thomas. Das macht es mir leichter, meine Beichte abzulegen«, hauchte sie lasziv.

»Ok, gerne, dann bin ich Dein Beichtvater. Caroline. Du machst es aber spannend. Hat das Ganze denn auch etwas mit mir zu tun?«

»Und ob«, blies sie den Qualm Richtung Fenster.

»Es hat mit Pilzen zu tun – und mit Tieren – und leider auch mit Menschen.«

»Bin dabei! Der Beichtstuhl steht weit offen.«

Caroline drückte die zweite Zigarette aus und beugte sich, den Kopf auf die Arme gestützt, über den Tisch. Sie zog kurz die Nase hoch, entweder gerührt oder verschnupft.

»Ich bin gerade in einer schwierigen Lage. Es begann mit meinem Umzug nach Seattle letztes Jahr im Spätsommer. Rawad hatte ein kleines Labor und Büroräume angemietet und angefangen, für mehrere Firmen Bodenpilze zu isolieren und zu vermehren. Für biologischen Pflanzenschutz. Damit kannte ich mich aus. Er hatte nur eine Laborantin und eine Sekretärin für den Schreibkram. Ich durfte im Labor mitarbeiten und er hat mich ordentlich bezahlt. Manchmal haben wir die Nacht durchgearbeitet und ich war hundemüde in meinem kleinen Apartment angekommen. Überhaupt ging es nur um das Projekt. Und nach gut zwei Monaten hatte ich schon keine Power und keine Lust mehr. Dann hat er das Labor gekauft und noch eine größere Lagerhalle in der Nähe. Er kam zu richtig viel Geld und hat mich auch mit fast unanständig hoher Bezahlung halten wollen. Zu Weihnachten habe ich dann meine Eltern besucht und bin bis Neujahr hiergeblieben. Wir haben uns beraten, ob ich wieder nach Deutschland kommen sollte.«

»Da war noch alles in Ordnung?« fragte Thomas dazwischen.

»Ja, soweit es meine Mutter betrifft. Mit meinem Vater hatte ich kein so gutes Verhältnis. Ich bin jedenfalls zurückgeflogen und wollte meine Sachen packen. Aber Rawad hatte mich sofort wieder eingespannt. Inzwischen waren da schon acht oder neun Leute beschäftigt. Ich wusste gar nicht mehr, wer dazugehörte und wer Kunde war. Die Kunden machten nicht unbedingt den Eindruck von Geschäftsleuten, eher so Typ Kleinkaufmann aus Panama oder Kriegsveteran. Dann ist bei mir eine Bombe geplatzt, weil einer der Geschäftspartner mir erzählt hat, wohin seine Pilze geliefert wurden. Rawad lieferte Pilze nach Syrien und Afghanistan, andere nach Afrika. Ausgerechnet in Länder, die sich die Pilzkulturen gar nicht leisten konnten. Ausgerechnet in Krisengebiete. Wie konnte er da Geld verdienen?«

Thomas wurde unruhig. »Für biologischen Pflanzenschutz, sagten Sie?«

»Du!«

»Ja, sorry. Sagtest Du.«

»Naja. Ich habe Rawad darauf angesprochen und er wurde furchtbar wütend. Ich habe mir nichts anmerken lassen, bin aber am nächsten Tag früh ins Büro gegangen; das liegt direkt neben dem Labor. Es sind in dem ganzen angrenzenden Haus nur Zimmer in der ersten Etage genutzt. Rawad war selten dort, jedenfalls nie morgens. Die Sekretärin hieß Jenny, Nachname Quatschnudel. Wir kannten uns schon vom ersten Abendcocktail, den wir zusammen in diesem Büro verdrückt hatten. Seitdem waren wir täglich zusammen. Neuerdings war noch Olli im Büro, eine Art wissenschaftlicher Berater. Ich habe Jenny rundheraus gefragt, ob die afghanischen Kunden noch Extrawünsche hätten, und sie antwortete prompt, es sei alles zu ihrer Zufriedenheit. Nur die Abschussgeräte müssten besser angepasst werden. Da gingen bei mir alle Alarmglocken an. Ich bin wieder in mein Apartment gefahren und habe geheult. Und geheult. Und Wein getrunken. Bis ich eingeschlafen war. Mitten in der Nacht ging das Telefon und ich kam langsam zu mir. Ich hatte mich so gefreut, die Stimme meiner Mutter zu hören. Aber dann erzählte sie mir, was passiert war. Dann habe ich noch mehr geheult.«

»Und sind wieder nach Deutschland geflogen«, unterbrach Thomas leise, weil Caroline jetzt weinte und nicht weitersprechen konnte. Ihre Nase lief. Sie schneuzte, tupfte sich die Tränen weg und nickte.

»Und dann haben wir uns kennengelernt«, konstatierte Thomas.

Sie nickte weiter und sagte: »Jetzt sind sie beide tot und ich habe hier niemanden und da niemanden. Ich habe Angst. Verstehst Du? Ich bin auf der Flucht.«

»Vor Rawad?«

»Vielleicht. Vielleicht aber auch vor diesen Geschäftsleuten.«

Thomas stand auf und ging zu der zusammengesackten Frau hinüber. Er legte vorsichtig eine Hand auf ihre Schulter und versuchte sie mit Gemurmel zu trösten. Währenddessen schluchzte sie wortlos und er dachte nach.

»Lassen Sie uns nach Bonn fahren. Das sind nette Leute, die das alles sehr interessiert. Vielleicht wissen die auch, wo Sie unterkommen können.«

Caroline sah ihn an wie ein kleines Mädchen, Tränen in den roten Augen: »Duzen wir uns nicht mehr?«

»Oh, sorry, ich bin ganz neben mir. Caroline.«

»Wir können den Wagen meiner Eltern nehmen«, sagte sie mit aufgetragener Gefasstheit. »Und meine Mobilnummer schreibe ich Dir auf die Karte.«

Sie schrieb mit schwungvoller Schrift eine Zahlenkombination auf eine weitere Visitenkarte und reichte sie hinüber.

Unterwegs kam Thomas eine Frage in den Sinn: »Was war eigentlich mit Figo passiert?«

Er sah, dass Caroline ihre Hände am Steuer verkrampfte.

»Mit Figo? Wieso?«

»Beichte, Caroline!«

»Der ist gestorben.«

»Und Dein Vater hat ihn in einer Plastiktüte beerdigt.«

»Ja.«

»Und die Tüte ist weg.«

»Wie weg?«

»Weg. Und der Hund auch. Den hat der Arthrobotrys gefressen.«

Caroline schwieg und suchte eine Möglichkeit zum Halten, fand sie schließlich und sah Thomas an.

»Ok, Du willst es wissen. Dann sage ich es Dir. Ich habe ihn vermutlich auf dem Gewissen. Bei meinem Weihnachtsbesuch hatte ich Proben von Arthrobotrys und Paecilomyces mitgebracht. In kleinen Tütchen. Einfach durch den Zoll. Ich wollte Beweismaterial verstecken.«

»Und wie kam Figo daran? Hast Du ihn damit gefüttert?«

»Nein, ich habe es unter einem Strauch im Garten vergraben, in einer kleinen Holzkiste. Die hätte mein Vater da nicht aufgestöbert.«

»Aber Figo.«

»Ja, sieht so aus.«

»Und die Plastiktüte?«

»Habe ich beim letzten Besuch in die Mülltonne geworfen.«

Thomas bemühte sich, sein Entsetzen zu verbergen und dachte bei sich: *Eiskalt, Frau Wehner.*

16. Bonn, 2018, 29. bis 30. Januar

Bonn-Poppelsdorf, Montagmittag

Matthias schrieb an seiner Publikation weiter, seiner eigentlichen Aufgabe, die er sehr vernachlässigt hatte. Wollte er jemals Professor werden, musste dieser Baustein gelingen. Und weitere Bausteine mussten folgen. Stattdessen hatte er sich mit Pilzen aufgehalten, die im Moment nicht sein Thema waren. Oder doch. Eigentlich waren sie es ständig. Und bevor Bernhard Ross ihm die Schau stahl, könnte er selbst über eine Publikation nachdenken, die abseits seines Kerngebiets war, aber doch unglaublich interessantes Material lieferte. Seit Samstagabend schwirrte in seinem Kopf, was Harold berichtet hatte. Und zwar buchstäblich: m y k o l a b s. Von da hatte Harold seine Paecilomyces-Kultur. Nicht unbedingt aus Beirut. Aber von einem Offizier in Beirut, der die Lieferung organisiert hat. Und keine Suchmaschine hatte sinnvolle Treffer geliefert. Nein, kein Thema. Jetzt musste er sich seiner Bekämpfung von Mykotoxinbildenden Pathogenen an Getreide widmen. Außerdem betreute er eine Masterarbeit zur Adhäsion von Pilzsporen auf pflanzlichen Oberflächen. Außerdem war die Laborübung Phytomedizin für die Studenten vorzubereiten. Außerdem musste er ein Ersatzteil für das Elektronenmikroskop beschaffen. Außerdem kamen gerade Besucher.

Thomas Brunell erschien mit einer attraktiven Dame im Schlepptau und klopfte vorsichtig an die offenstehende Tür.

»Hallo Matthias«, begrüßte ihn der Erschienene. »Dürfen wir stören?«

Matthias erhob sich mit einem Blick auf die Dame.

»Aber sicher. Netter Besuch ist immer willkommen.«

Eine glatte Lüge in diesem Moment, wo er allerdings die Frau kurz taxierte, als Thomas' Ehefrau für zu jung empfand und sie spontan als seine Tochter einordnete.

»Ich würde Dir gerne Caroline Wehner vorstellen«, erklärte Thomas, womit er die Gedanken des Wissenschaftlers schnell unterbrochen hatte. Das schwarzweiße Kostüm irritierte Matthias, aber er hatte blitzschnell sortiert, dass es sich um die Tochter der Wehners handeln musste. Er machte eine einladende Geste auf verschiedene Stühle und wollte erst abwarten, bevor er etwas zu Trinken anbot, während Thomas die Vorstellung schon fortsetzte.

»Caroline ist die Tochter der verstorbenen Wehners. Sie ist auch Pflanzenärztin.«

Matthias hob die Augenbrauen, legte den Kopf schief und machte ein interessiertes Gesicht.

»Sie hat in Amerika studiert und kommt gerade aus Seattle zurück.«

Damit konnte Matthias im Moment nichts anfangen.

»Sie arbeitet für Mykolabs.«

Damit konnte Matthias sehr wohl etwas anfangen. Er hob unwillkürlich noch einmal die Augenbrauen und machte ein noch interessierteres Gesicht. Mehr wollte er sich vor der fremden Dame nicht anmerken lassen. Thomas konnte nicht wissen, was das Wort für ihn bedeutete. Also hielt er sich zurück, versuchte den Strahl, der ihn gerade in der Magengegend durchzuckte, zu verbergen und sagte so lapidar wie er konnte: »Interessant. Und was macht man so bei Mykolabs?«

Caroline Wehner sah ihn mit großen blauen Augen an und überreichte ihm wortlos ihre Visitenkarte, dann sah sie hinüber zu Thomas und der antwortete an ihrer Stelle.

»Im Anfang war der Hund.«

Matthias las die Visitenkarte leise.

> Caroline Wehner M.S.
> Plant Pathology
> mykolabs Ltd.
> PO Box 10395
> Seattle, WA

»Kommt mir irgendwie bekannt vor«, bemerkte Matthias mit schrägem Kopf an Thomas gewandt.

»Ja, Deine Worte. Und so war es auch. Sowohl Arthrobotrys als auch Paecilomyces waren in Wehners Garten vergraben und Figo hat sie aufgespürt. Vermuten wir.«

Caroline Wehner schniefte und zuckte mit den Schultern.

Matthias ließ sich nicht anmerken, dass er ‚mykolabs' gemeint hatte und sagte nichts.

Thomas fuhr fort.

»So ließe sich erklären, wie die Pilze auf das Feld kamen. Nicht das Kaninchen hat den Hund infiziert, sondern er das Kaninchen. Und letztlich wohl auch Carolines Vater.«

Matthias sagte immer noch nichts. Er war skeptisch. Dann fragte er endlich: »Wie sind die Pilze denn in Wehners Garten gelangt?«

»Das war Caroline. Sie wollte Beweismaterial verstecken. Das ist der zweite Punkt in der Geschichte. Caroline ist auf der Flucht vor Mykolabs. Sie meint, dass es da nicht mit rechten Dingen zugeht. Stimmt's Caroline?«

Caroline nickte wortlos.

Matthias versuchte, gefasst zu bleiben. Das klang ihm zu wahnwitzig, geradezu albern. Er würde ein Gespräch mit Thomas unter vier Augen führen müssen, ehe er sich überhaupt äußerte. Jetzt fragte er nur: »Ihr duzt Euch? Schon lange?«

»Seit heute«, antwortete Thomas. »Und das ist der dritte Punkt. Caroline hat Angst, dass man sie aufspüren könnte. Sie ist von Mykolabs geflüchtet. Hier kennt sie niemanden, der ihr Unterschlupf bieten könnte.« Er sah Matthias hoffnungsvoll an.

Matthias tat, als überlegte er, wie man der Dame helfen könnte. In Wahrheit aber dachte er über diesen Schwachsinn nach. Frau Wehner vergiftet ihren Hund und ihren Vater. Sie arbeitet in den berühmten Mykolabs und ist von dort geflohen. Sie hat Pilze als Beweismaterial mitgehen lassen, durch die Luft, durch den Zoll, im Garten verbuddelt. Mit der wollte er erst mal nichts zu tun haben. Er gab sich wenig interessiert.

»Es tut mir leid, dazu fällt mir nichts ein. Ich muss auch gestehen, dass ich einen Job zu erfüllen habe und gerade wirklich nicht viel Zeit.«

Thomas war sehr erschrocken. Matthias befremdete ihn. Die Frau sackte leicht, aber gefasst in sich zusammen.

»Das verstehe ich sehr gut«, sagte Thomas in gewohnter Höflichkeit. »Du hast Deine Arbeit vermutlich schon genug vernachlässigt. Ich denke, wir sollten Deine Zeit nicht länger in Anspruch nehmen.«

Er erhob sich und Caroline Wehner ebenfalls. Sie reichte Matthias die Hand und sagte etwas knapp: »Ich möchte Sie nicht belästigen. Bitte entschuldigen Sie den Überfall. Thomas hat...«.

»Ja, war meine Idee«, fiel Thomas ihr ins Wort. »Ich melde mich später bei Dir, Matthias. Danke für Deine Zeit.«

Matthias nickte nur und die Besucher waren fast bei der offenen Tür, als Thomas sich noch einmal umdrehte und bedeutungsvoll wiederholte: »Im Anfang war der Hund. Und vor dem Hund noch etwas.«

Bonn-Poppelsdorf, Montagnachmittag

Matthias fiel seine Arbeit jetzt noch schwerer als zuvor. Er wollte mir Bernhard Ross über das Erlebte sprechen. Aber zuerst musste er arbeiten. Wirklich. Er riss sich zusammen und schrieb anfangs fahrig am Diskussionskapitel seiner Veröffentlichung. Mit der Zeit wuchs jedoch seine Konzentration und er merkte, wie er allmählich wieder Freude an der wissenschaftlichen Arbeit bekam. Wissenschaftler haben einen anspruchsvollen und zugleich befriedigenden Beruf, in dem sie mit ihren Ideen voll aufgehen und sich selbst verwirklichen können. So dachte er in einer kurzen Snackpause und machte sich weiter ans Werk, bis er die Zeit vergaß. Und das Ersatzteil. Das konnte er Morgen machen. Es war schon lange dunkel und gleich fing »Spuren des Bösen« im ZDF an. Das hatte er sehen wollen und tat es auch. Ein guter Psychothriller war genau das richtige für ihn, um abzuschalten. Er konnte gut abschalten. Nach dem Film schaute er noch das ‚heute journal', stutzte kurz über

Steinmeiers Besuch in Jordanien und dann schaltete er auch den Fernseher ab. Er schlief gut ein.

Bonn, Montagnacht

Das Handy klingelte, leuchtete und vibrierte auf dem Nachttisch. Matthias erschrak fast zu Tode, er war schon in der Tiefschlafphase und schüttelte seine Augen jetzt mit einem erzwungenen Rapid-Eye-Movement wach. Fast Mitternacht. Wer sollte das denn sein? Auf dem Display stand ‚Souriana' und sie war es tatsächlich.

»Gottseidank, Du bist noch wach.«

»Souriana! Bin nicht wach, bin im Tiefschlaf.«

»Oh, tut mir leid.«

»Was'n?« Er saß mittlerweile auf der Bettkante, wie Souriana auch.

»Harold dreht durch. Er will nach Seattle fliegen.«

Den Namen dieser Stadt hatte er heute schon einmal gehört und war jetzt hellwach.

»Erzähl!«

»Er hat mich eben ganz aufgeregt angerufen und ist mit der Tür durchs Handy gefallen. In Seattle gibt es mehrere akute Fälle von Paecilomyces-Infektionen bei Menschen. Man hat ihn um Hilfe gebeten. Und Harold ist ganz gierig, zu helfen, weil die auch Paecilomyces-Kulturen haben. Und weißt Du was? Mit Mykolabs hat das auch irgendwie zu tun. Hörst Du Matthias? Mykolabs!«

»Heißt das, es gibt sie doch?«

»Es hörte sich so an.«

»Nicht zu fassen«, dachte Matthias laut ins Mobilgerät. »Heute war Thomas Brunell bei mir – mit einer Dame, die angeblich von Mykolabs geflohen ist.«

»Schlaf weiter«, höhnte Souriana, ohne darüber nachzudenken.

Matthias gähnte lautstark. »Weißt Du was? Ich werde es versuchen, ich bin hundemüde. Aber gleich Morgen früh müssen wir reden. Ich rufe Dich an.«

»Ok, aber nicht vor sieben.«

Matthias wollte schon Gute Nacht wünschen, als ihn ein Gedanke überfiel: »Sag mal, würdest Du auch mit nach Seattle fliegen?«

»Das hat Harold mich auch gefragt. Er würde sogar Sanaa mitnehmen. Ich würde Sanaa so gern wiedersehen. Ihr Männer könntet den Fall lösen und wir Frauen würden bummeln. Aber ich kann nicht.«

»Keine Zeit?«

»Keine Einreisegenehmigung. Ich bin immer noch Syrerin.«

»Oh«, entfuhr es dem Liebhaber. »Stimmt ja. Dann nützt Dir auch das Visa Waiver Programm nichts. Mist.«

»Ich lege mich jetzt lieber schlafen«, hauchte Souriana. »Vielleicht kann ich das im Traum sortieren und finde noch eine Idee.«

»Dann schlafe schön, meine Geliebte«. Matthias grinste vor sich hin.

»Du auch, mein Schatz.« Souriana lächelte vor sich hin.

Bonn, Dienstagmorgen

Matthias wachte gegen acht Uhr auf und fühlte sich, als habe er verschlafen. Noch bevor er etwas typisch Morgendliches tat, ergriff er sein Handy und wählte Harolds Nummer, wohl wissend, dass es in London noch eine Stunde früher war. Und wieder trafen sich zwei auf der

Bettkante. Harold war schon wach und hatte im Bett bereits Morgenüberlegungen angestellt.

»Guten Morgen, Harold Burger, hier ist Matthias Hellborn«, hörte er und überlegte, wer da sprach.

»Ach, Sie sind der Freund von Souriana, stimmt's? Sie hat von Ihnen gesprochen.«

»Richtig, der bin ich. Gestern Nacht habe ich auch mit ihr noch gesprochen.«

»Wegen Seattle? Ja? Hey, Matthias, das ist toll. Ich sage Matthias zu Dir, ok?«

»Ja, gerne - Harold.« Matthias stockte kurz und schon sprach Harold weiter.

»Ich wollte schon einen Flug buchen. Aber ich müsste auch einen Rückflug buchen und eine Kontaktadresse in Seattle angeben, wenn ich die ESTA-Reisegenehmigung online einholen will. Außer dem soll man diese Genehmigung spätestens 72 Stunden vor Abflug beantragen.«

Jetzt unterbrach Matthias: »Moment, Moment. Ich habe eigentlich Fragen zu dem, was Souriana als ‚post in the woods' erzählt hat.«

»Nur zu«, ermunterte ihn Harold, offenbar schon auf Hochtouren. Matthias versuchte, ihm nachzueifern.

»Das Wichtigste für mich ist der Name Mykolabs. Was ist da dran? Gibt es da etwas Konkretes in Seattle?«

»Ich bin nicht sicher. Ich hatte ja selbst immer danach gesucht. Dieser Arzt in Seattle hat Pilzkulturen, wo genau das draufsteht, wie es bei meinen Lieferungen war. Nur mit dem Unterschied, dass er eine ganz aktuelle Sammlung samt Liste hat.«

»Dann kann ich vielleicht noch etwas beitragen«, sagte Matthias jetzt ebenfalls auf Hochtouren. »Hier in Bonn habe ich gestern eine Frau kennengelernt, die behauptet, bei Mykolabs in Seattle zu arbeiten und von dort geflohen zu sein. Ich wollte das nicht glauben. Ich muss noch einmal mit einem Kollegen unter vier Augen sprechen. Aber wenn etwas Wahres da dran ist, dann gäbe es tatsächlich Mykolabs in Seattle.«

»Ich kann ja auch gezielter bei dem Arzt nachfragen«, trug Harold bei.

Matthias hielt kurz inne und sagte dann: »Das wäre gut. Das wäre wichtig. Kannst Du da jetzt anrufen?«

»Da dürfte es auf Mitternacht gehen. Ich kann es versuchen.«

»Wenn das bestätigt ist, bin ich auch dabei«, statuierte Matthias spontan. »Und noch etwas: Es gibt eine Postadresse von mykolabs Ltd. - PO Box 10395."

Er hörte noch, wie Harold kritzelte, dann war das Gespräch weggedrückt.

Sein nächster Anruf galt Thomas Brunell. Er war sofort dran.

»Hallo Matthias, tut mir leid, dass wir Dich überfallen hatten, aber...«

Matthias unterbrach ihn: »Schon gut Thomas. Das war ganz richtig, das war sogar wichtig, ich konnte es bloß vor dieser Frau nicht zeigen.«

»Ja, diese Frau ist seltsam«, bestätigte Thomas mit leicht sentimentaler Stimme.

»Egal, wie und wer sie ist. Jeder Hinweis ist wichtig. Die Visitenkarte war schon sehr interessant. Sie weiß bestimmt noch mehr.«

»Willst Du mit ihr sprechen? Ich habe ihre Mobilnummer.«

»Nein, lieber nicht,« wies Matthias ab. »Sag Du mir lieber, was sie Dir sonst noch erzählt hat.«

»Ich habe nicht mitgeschrieben. Aber abgesehen von ihrer Theorie mit dem Hund und dem Duzfimmel scheint sie in Ordnung zu sein. Jedenfalls gebildet. Von Seattle scheint sie einiges zu wissen. Das klang ziemlich abenteuerlich, aber schlüssig.«

»Sag' schon,« drängte Matthias. »Alles, woran Du Dich erinnerst.«

Thomas holte Luft.

»Also, wo fange ich an? Sie hat beim Studium einen Mann kennengelernt. Der hat sich selbständig gemacht und sie nach Seattle in seine Firma geholt.«

»Name. Wie heißt der Mann?«, unterbrach Matthias.

»Was? Äh, Rawid oder Rawad Sowieso. An den Nachnamen kann ich mich nicht erinnern.«

»Zu wenig, Thomas. Kannst Du ihr diese eine Frage noch einmal stellen?«

»Wenn Du meinst. Aber Du kannst sie doch selbst anrufen.«

»Nein, jetzt nicht!«, fauchte Matthias deutlich. »Erzähle weiter.«

»Ok, ok. Nun, dieser Rawad oder Rawid hat ein Labor, wo er Bodenpilze isoliert, die er verkauft. Offenbar läuft der Laden gut, denn er hat eine größere Halle gekauft. Er hat ihr viel Geld gegeben, aber sie hat die Lust verloren. Sie vermutet, dass da krumme Sachen laufen, mit dubiosen Kunden. Kaufmann aus Panama oder Kriegsveteran. So hat sie sich ausgedrückt. Dann hat sie erfahren, dass die Pilze nach Syrien und Afghanistan und nach Afrika geliefert werden. Im Büro der Firma hat sie noch mehr erfahren. Ich weiß nicht mehr was genau. Aber es hat ihr den Rest gegeben und sie hat Reißaus genommen. Und sie hat Angst, dass man hinter ihr her sein könnte. Tja, arme Caroline.«

»Ok, Thomas«, bedankte sich Matthias, »das war doch eine ganze Menge. Dem werden wir nachgehen. Wir haben jetzt Kontakt zu Seattle.«

»Wenn ich noch etwas tun kann...«

»Frage sie noch einmal nach dem Namen.«

Es war ein hektischer Morgen. Matthias wollte eigentlich schon in seinem Institut sein, aber im Moment studierte er die Abflugzeiten am Köln Bonn Airport. Er fand auf die Schnelle nur einen 2-Stopp-Flug ab Köln/Bonn für 1770 Euro. Harold hatte Recht. So spontan konnte man nicht in die USA einreisen. Da war Thomas schon wieder am Telefon.

»Ich habe den Namen. Hast Du etwas zum Schreiben?«, meldete er sich.

Matthias öffnete sein Textprogramm und erwiderete: »Ich höre.«

»Der Name ist Dr. Rawad Jawich. Er ist CEO von mykolabs Ltd. Mit einem Büro und Labor- und Lagerräumen zumindest in der Dawson Street, Industrial District. Seattle.«

»Ich habe es notiert, Thomas. Danke. Betreue Deine neue Entdeckung weiter. Ich melde mich.«

Er drückte das Gespräch weg und sofort klingelte das Handy erneut. Harold war dran.

»Hi Matthias. Ich habe dem Arzt die Adresse gegeben. Das ist übrigens Jason Crowe vom Virginia Mason Hospital. Er will sich darum kümmern.«

Matthias druckste.

»Danke, Harold, ich habe schon wieder eine neue Information. Der CEO von mykolabs Ltd. heißt Dr. Rawad Jawich. Die Firma hat ein Büro, Labor- und Lagerräume in der Dawson Street, Industrial District. Meinst Du, das kannst Du jetzt noch durchgeben?«

»Ich versuche es. Bye.« Harold hatte schon geendet.

17. Seattle, 2018, 30. Januar

Virginia Mason, Dienstagmorgen

Jason C. Crowe kam gegen zehn Uhr in die Klinik und wanderte direkt in die Notaufnahme. Nicht weil er übermüdet war, sondern weil er Blake Hammond über seine neuen Informationen ins Bild setzen wollte. Hammond hatte aber keinen Dienst. Die süße Josy gab ihm seine Handynummer und Crowe ging zu seinem Büro hinüber, um dort zu telefonieren. Kurz vor dem Ziel fing ihn sein Assistenzarzt ab und zog ihn in das Isolierzimmer mit den beiden Koma-Patienten. Die Maschinen arbeiteten, aber Crowe hatte nicht den Eindruck, dass es noch lange Sinn machen würde. Der junge Arzt bestätigte es ihm. Die Serumtests hatten bei beiden massive Pilzinfektionen ergeben. Es musste sich um akute Infektionen handeln, wie das Verhältnis der Antikörper zeigte. Die armen Männer setzten sich also gerade heftig, aber offenbar erfolglos mit den Pilzen auseinander. Die Pilze wuchsen weiter in und auf den Halbtoten. Keines der Pilzmedikamente hatte irgendeine Wirkung gezeigt.

Der Assistenzarzt zog seinen Chef zu einem Beistelltisch: »Sie müssen sich etwas ansehen. Das MRT war frei und ich habe eine Kernspintomografie von Nummer 1 durchführen lassen. Zumindest vom respiratorischen System. Sehen Sie sich die Alveolen an.«

So etwas hatte Jason Crowe noch nie gesehen. Das sonst schwammartige Lungengewebe sah schlichtweg matschig aus. Mehr als die Hälfte war vom Pilz befallen. Die Sporen des Pilzes waren bei stärkerer Vergrößerung deutlich an und in den Lungenbläschen zu sehen. Viele waren bereits an der Oberfläche gekeimt und in das Gewebe eingedrungen. Wo das Pilzmyzel wuchs, waren die Zellwände zerstört und die Zellen kollabiert. Die Beatmungsmaschinen spielten ihre Geräusche einziehender Luft mit einem dumpfen Ploppen am Ende in gleichförmiger Wiederholung herunter.

Crowe zeigte mit dem Finger auf das nächststehende.

»Das können wir bald abstellen. Dieser Pilz wächst viel schneller als ein Lungenkarzinom.«

Crowe wandte sich ab. Der Assistenzarzt berichtete weiter, dass George Walsh gegen die Infektion immun ist, weil... Da war Crowe schon weitergegangen. Er kannte die Reaktionsmuster. In seinem Büro angekommen zückte er sein Handy, um dort Hammonds Nummer speichern zu können. Wer weiß, was sie noch zusammen zu erleben hatten. Hammond stand offenbar auf der Straße, wie die Hintergrundgeräusche vermuten ließen.

»So«, schoss Crowe ohne Gruß und Vorrede los, »ich weiß jetzt etwas mehr. In London sitzt ein Kollege, der mich informiert hat. Der Geschäftsführer von mykolabs Ltd. heißt Rawad Jawich. Die Firma hat Laborräume und Lager in der Dawson Street im Industrial District. Und ein Büro. Es gibt eine Postadresse von mykolabs Ltd. - PO Box 10395."

Irgendetwas rauschte vorbei. Hammond schrie: »Ich...Hände voll Ein...tüten...«.

»Hast Du mich verstanden?«, fragte Crowe.

Das Hintergrundgeräusch ebbte ab.

»Ja. Aber was davon ist jetzt neu und bringt uns weiter?«, schrie Hammond noch immer.

Crowe dachte nach.

»Bist Du noch dran?«, fragte Hammond, inzwischen etwas leiser.

»Sagte ich nicht Rawad Jawich und Postbox?«

»So what? Ein unbekannter Name und eine unbekannte Postadresse.«

»Irgendwie müssten wir doch darankommen, meinst Du nicht?«

»Jason«, sagte Hammond jetzt leiser, »was sollen wir denn da tun. Wenn es kein Unfall war, wäre doch eher die Polizei zuständig.«

»Walsh«, sagte Crowe.

»Was?«, fragte Hammond.

»Schon gut«, sagte Crowe und drückte das Gespräch weg.

»George Walsh", herrschte Crowe den Patienten an, der in Unterhose vor dem Waschbecken stand und seine schlechten Zähne putzte. Ein Schaumklecks tropfte dem Angeherrschten auf den Fuß.

Jason Crowe kam auf ihn zu und sprach jetzt leiser und ohne Umschweife in ärztlichem Ton der Frohen Botschaft.

»Sie sind gesund, Mister Walsh. Sie sind immun gegen den Pilz. Ihren Kumpanen geht es gar nicht gut. Sie werden sterben. Nur Sie können denen noch helfen.«

Verdattert wischte sich George den Mund mit dem Handtuch ab und schluckte statt zu spülen.

»Wie soll ich denn helfen?«, fragte er mit großen Augen.

»Mykolabs. Dawson Street. Da müssen Sie etwas finden. Irgendetwas, das beweist, dass da ... so etwas wie ... Handel mit Kampfstoffen stattfindet. Verstehen Sie?«

»Pilze?«

»Ja, aber das wissen wir schon. Was wir brauchen sind Dokumente. Frachtbriefe. Lieferscheine. Rechnungen. Irgendwelche Papiere. Sie müssen nicht an die Pilze heran.«

»Aber wie...?«

»Sonst entlasse ich Sie als gesund.«

»Aber ich...«

»Ja, ich weiß. Das ist riskant. Gehen Sie halt nachts. Das machen Sie doch gern. Als Belohnung dürfen Sie noch ein paar Tage hierbleiben. Das ist ihre Anzahlung für Spesen.«

Crowe griff in die Gesäßtasche, zückte seine Geldbörse und zog einen 50 Dollar-Schein heraus. Er hielt ihn George hin mit den Worten: »Sie haben Freigang bis Morgen früh. Nutzen Sie die Zeit, bevor es zu spät ist.«

George Walsh war noch immer verblüfft, lange nachdem der Polterarzt gegangen war. Fünfzig Dollar. Das konnte er nicht begreifen. Für einen Nachtbruch, den er schon einmal gemacht hatte. Das wollte er aber nicht allein machen. Nicht zweimal hintereinander. Billy Ray Thornton musste dabei sein. Billy Ray, genannt BRT, war sein Mitbewohner in Yesler Terrace und BRT hatte ein Auto. George zog sich an und verließ das Krankenhaus mit seiner Plastiktüte, in die er das Frühstück packte.

Yesler Terrace gab sich den Anschein einer anständigen öffentlichen Wohnsiedlung. Die Sanierungspläne wurden allmählich umgesetzt, aber noch gab es genügend Einheiten, die für Bewohner mit dem niedrigsten Einkommen verfügbar waren. Die Seattle Housing Authority hatte das Viertel zu einem Mischeinkommensgebiet mit mehrstöckigen Gebäuden und Gemeinschaftseinrichtungen entwickelt. Mehrheitlich wohnten in diesem Mischeinkommensgebiet Mischlinge asiatischer oder afroamerikanischer Abstammung. In einem der 68 Gebäude mit 561 Wohneinheiten lebte BRT als einer von über Tausend Einwohnern. Billy Ray zu finden, war nicht einfach, wenn er es nicht wollte. Aber er hatte seinen alten Ford da geparkt, wo er ihn immer abstellte und so war George klar, dass er zu Hause war, denn BRT ging keinen Schritt zu Fuß. Keine Krankheit, kein Kriegsleiden hinderten ihn am Gehen, nur seine Faulheit. So lag er wie erwartet auf dem fleckigen dunkelgelblichen Sofa und bohrte mit dem Finger in der Nase. Im Fernsehen lief eine Soap.

Der weiße George schwebte herein und wedelte mit der Banknote. Der braune BRT blickte missmutig in seine Richtung, ohne den Kopf zu bewegen und murmelte durch seinen ungepflegten Bart: »Scheiße, Du lebst ja noch.«

George hielt ihm den Fünfziger an die Nase: »Riech mal, was ich hier habe«.

BRT furzte zur Antwort.

George ließ sich nicht irritieren. Er kannte seinen Kumpel durch und durch. In den letzten vier Jahren hatten sie sich mit kleinen Diebstählen ganz gut über Wasser gehalten. Gemeinsam.

»Billy Ray Thornton«, deklarierte er feierlich, »das ist die Anzahlung für einen kleinen Auftragsbruch. Ich habe schon eine Probe gemacht. Ein Kinderspiel für uns.«

»Wieso für uns? Ich habe keine Zeit«, rülpste BRT mehr als dass er sprach. Das war nur Schauspiel, wusste George, denn seine Augen fixierten den Schein.

»Ich brauche nur Deinen Wagen. Heute Nacht. Zehn Dollar für Dich.«

So musste man ihn ködern, auch das wusste George. Es hatte bereits gewirkt.

»Ich fahre,« raunte BRT.

Da kein Essen im Haus war, machten sich die beiden Kumpels auf den Weg durch die benachbarten Läden und kauften Proviant für die nächsten Wochen. Kochen konnte BRT, das musste man ihm lassen. Es war sein drittbestes Handwerk. Sein zweitbestes war schlafen. So ließen sie den Tag vergehen und machten sich bei Einbruch der Dunkelheit auf den Weg.

Industrial District, Dienstagabend

Als sie in der Dawson Street ankamen, war die Sonne untergegangen. Das schummerige Licht ließ noch alle Umrisse der Gebäude erkennen. BRT fuhr den Ford ohne Licht an den Straßenrand. Er stieg aus und zündete sich eine Zigarette an. Das war seine Art, unauffällig die Gegend zu beobachten. Er war schnell und hatte verdammt gute Augen. Was er sah, registrierte auch George: Eine Lagerhalle mit einer Rampe und einem Tor, das durch eine schwere Kette verschlossen war. Was er noch sah, hatte George nicht registriert: Licht im Obergeschoss des weißen Hauses.

»Schätze, wir sind zu früh«, brummte er leise und zeigte mit dem Finger auf die Fenster.

»Wer, wie?«, antwortete George, der langsam den Hof betrat. BRT folgte ihm über den Hof um die Halle herum, so dass sie das Bürohaus von hinten im Blick hatten. Hinter einem Autowrack ließen sie sich nieder und schwiegen. Was immer jetzt passierte, das eingespielte Duo würde das Richtige tun. George dachte nach. Am

Sonntag hatte er allein an der Tür geklingelt und war dann allein durch das Fenster eingestiegen. Das war mutig. Jetzt waren sie zu zweit und ein Klingeln mit Ablenkungsmanöver ist ihnen schon öfter gelungen. Aber es konnte zu Handgreiflichkeiten führen und wer weiß wie viele Leute da drin waren. Nein, er sollte Dokumente besorgen. Mehr als ein Einbruch war nicht verlangt. Wenn nun aber jemand mit wichtigen Dokumenten türmte?

BRT riss ihn aus seinen Gedanken. Er zeigte auf einen Wagen, der nah bei der Haustür stand. In diesem Moment ging oben das Licht aus und unten an. Eine Person erschien in der Haustür, vermutlich ein Mann. Er hatte keine größeren Gegenstände in der Hand. Schlüssel klimperten und das Licht im Haus erlosch. Der Typ machte ein paar Schritte auf das lauernde Duo zu und starrte über den Hof. Er konnte doch nichts gehört haben. Sollten sie ihn jetzt zur Rede stellen? Welche Rede? Einfach so? Zum Reden waren sie nicht hier. In diesem Moment wurde die Wagentür geöffnet und im Inneren ging das Licht an. Es dauerte eine gefühlte Ewigkeit bis er startete, dann aber fuhr er zügig davon und hinterließ eine Staubspur im faden Schein der Straßenlaterne. BRT zog seinen Kumpel am Arm, um ihn zurückzuhalten. Er flüsterte: »Warten.«

Sie warteten fast zehn Minuten. Einige Autos fuhren die Dawson entlang. Ansonsten blieb es still. Wie immer wurde George ungeduldig und erhob sich. »Na schön«, sagte BRT, »mach Dein Ding, ich warte hier.«

George ging auf das Fenster zu, das er zuletzt durchstiegen hatte. Eine Plastikfolie war darauf geheftet und zwei Bretter über Kreuz an den Rahmen genagelt. Eine lieblose Arbeit, die George keine Mühe bereitete. Mit bloßen Händen zog der die Bretter aus dem Rahmen und riss die Folie herunter. Dann schwang er sich erneut empor. Drinnen war es ruhig, draußen auch. So sollte es sein. Déjà-vu.

Leise ging er zur Treppe. Da hörte er ein Rumpeln im Obergeschoss. Es war noch jemand im Haus. Schnell wollte George zum Fenster schleichen, als ein Mann im Dunkeln die Treppe heruntergerannte, an ihm vorbei zur Tür hastete, sie aufschloss und verschwand, ohne ihn überhaupt beachtet zu haben. Draußen schrie BRT. Oben war es still. Die Haustür stand offen. Was tun? Der Mann hatte sich offenbar ausgekannt, so sicher wie er sich im Dunkeln bewegt hatte. Waren etwa noch mehr Leute im Haus? Wieso war der weggelaufen? Waren noch andere hinter Dokumenten her? George schlich zum Fenster und spähte hinaus. Von der Haustür her sprach ihn jemand mit tiefer Stimme an: »Alles ok bei Dir?«.

»B...B...Billy Ray.« George schrie beinahe vor Aufregung. »Warum schreist Du?«

»Ich schreie nicht«, antwortete BRT ruhig. »Ich habe dem Finstermann hinterhergebrüllt, damit er schneller laufen konnte.«

»W...Wer war das?« George bemerkte erst jetzt, dass er zitterte.

»Woher soll ich das wissen? Sag mir lieber, wo wir suchen müssen.«

BRT schien überhaupt keine Angst zu haben.

»Oben«, antwortete George tapfer.

BRT ging vor, die Treppe hinauf, bog um die Ecke nach rechts und knipste das Licht an.

»Bist Du verr...«.

»Klappe jetzt!«

George hielt den Mund und ließ ihn machen. BRT hatte die besseren Nerven.

Das Obergeschoss war fast ein einziger Raum mit fünf Fenstern, zwei auf der Hinterseite, zwei auf der Türseite und eins zur Straße hin. Die Leuchtstoffröhren ließen ihn in grellem Licht erscheinen, das bis auf den Hof hinaus strahlte. Auch BRT strahlte.

»Schreibtische, Schränke, Computerbildschirme, Stühle, Kopierer, Fax, Papier, alles, was ein Büro braucht.«

Sein Strahlen verblasste: »Nur kein Telefon. Geht wohl alles über Handy.«

George stand da und staunte. »Das habe ich alles nicht gesehen beim ersten Mal. Wenn ich das gewusst hätte.«

»Dann was?«, polterte BRT. »Da hattest Du keinen Auftrag. Jetzt suchen wir nach Dokumenten.«

Da musste ihm George Recht geben. Jetzt saß er drin und wollte das Ding durchziehen. Die Aktenschränke enthielten keine Akten. Die Schreibtische waren leer. Der Kopierer hatte Papier, aber unbedrucktes. Die Computer verlangten nach Passwörtern. Er zog alle Schreibtischschubladen auf und fand Locher, Brieföffner, Kugelschreiber und weiteres Büromaterial.

»Spartanische Ausrüstung«, sagte er enttäuscht, während BRT mit einem Karton in der Hand neben ihm stand, den er auf den Schreibtisch setzte. BRT griff hinein und zog eine Handvoll Papier heraus.

»Mal sehen«, sagte er und musterte seinen Fund. Die Blätter sahen aus wie zerknüllt und wieder glattgebügelt. Normales Kopierpapier. BRT fischte etwa zwanzig Blätter aus dem Karton und breitete sie auf dem Schreibtisch aus. Es waren nicht die erhofften Dokumente. Es waren Blätter mit Notizen, mit handschriftlichen Notizen. Die

Schrift ließ sich durchaus entziffern, der Schriftzug war immer der gleiche, von ein und derselben Person geschrieben. BRT las mykolabs Ltd. und Delivery Note, Order Date January 24, 2018 und Despatch Date: January 24, 2018, Shipping Address... Hier war alles durchgekritzelt. Er packte die Blätter wieder in den Karton.

»Mehr ist nicht da. Jetzt bloß weg von hier.«

Sie verließen das Haus und gingen zum Wagen. BRT warf den Karton auf den Rücksitz und startete den alten Ford. Langsam rollte er los. George auf dem Beifahrersitz sagte müde: »Zum Virginia Mason.«

Den Mann, der aus dem Schatten des Hauses trat, sahen sie nicht.

18. London, 2018, 1. Februar

Imperial College, Donnerstagmorgen

Harold Burger saß in seinem Büro und sortierte Faxe. Sie waren gestern Abend eingetroffen, kurz nachdem er mit Jason Crowe telefoniert hatte. Crowe hatte Leute zu Mykolabs geschickt, die Dokumente finden sollten. Sie kamen zurück mit zerknitterten Papieren mit handschriftlichen Notizen. Crowe hatte versucht, die Lieferadressen im Durchdruck zu erkennen. Was er lesen konnte, hatte er handschriftlich auf den Seiten notiert. Crowe zeigte kein weiteres Interesse, wie schon sein Kollege Hammond vor ihm. Er fand nicht das erhoffte Gegenmittel für seine Patienten. Also ging ihn das Geschehen in der Dawson Street nichts weiter an. Mit kriminellen Machenschaften wollte er nichts zu tun haben. Immerhin hatte er Hinweise geliefert, dass dort mit Pilzen gearbeitet wurde. Die zweiundzwanzig Faxe waren keine Beweise, aber auch Harold suchte nur nach Zusammenhängen. Er fand sie in den Notizen: P. lilacinus. Harold griff zum Telefon und versuchte Bernhard Ross zu erreichen. Nachdem er sich nicht meldete, versuchte er es bei Matthias Hellborn. Der meldete sich.

»Hallo Harold«, freute sich der Kollege, »Neues von Rawad Jawich?«

»Nein, nicht von Rawad Jawich, aber Deine Adresse war richtig. Dawson Street. Der Arzt in Seattle hat Leute dahin geschickt, um nach Dokumenten zu suchen. Das ist nur zum Teil geglückt. Es sind handschriftliche Notizen, offenbar von Lieferungen. Sie liegen als Faxe vor mir. Von den gelieferten Produkten sprang mir sofort P. lilacinus ins Auge, aber es ist die ganze Palette von nematophagen Pilzen dabei.«

»Auch Arthrobotrys?«, fragte Matthias aufgeregt?

»Auch Arthrobotrys«, bestätigte Harold. »Da steht noch mehr. Es sind keine echten Lieferscheine, aber immerhin Notizen von Versanddaten und durchgestrichene Adressen, die man aber einigermaßen noch erkennen kann.«

»Welche Adressen?«, fragte Matthias noch aufgeregter als zuvor.

»Beirut zum Beispiel.« Harold ließ die Antwort wirken, aber es kam nichts.

»Mogadischu?« Nichts.

»Khartum, Kabul, Sanaa.«

In diesem Moment kam Sanaa mit einem Glaskolben herein und fühlte sich wie gerufen.

»Krisengebiete«, kam es endlich aus Deutschland. »Die liefern Pilze in Krisengebiete.«

»Wer ist Rawad Jawich?«, mischte sich Sanaa ein.

»Er ist Geschäftsführer von Mykolabs«, antwortete Harold gelassen.

»Was ist Mykolabs?«, fragte Sanaa.

»Was ist mit Beirut?«, fragte Matthias.

»Moment, Sanaa. Hör zu, Matthias. Ich glaube, wir müssen die Fäden noch einmal neu verknüpfen«, beschied Harold. »Nach Seattle muss ich nicht fliegen. Wie wäre es, wenn wir Euch stattdessen am Wochenende in Bonn besuchen, Sanaa und ich?«

»Das wäre toll«, begeisterte sich Matthias, den es nicht mehr auf dem Stuhl hielt. »Ich sage Souriana Bescheid. Die wird vor Freude heulen. Übrigens, »Bernhard Ross ist heute unterwegs mit Studenten. Aber ich bin um vier Uhr mit ihm verabredet. Wir wollen eine Lagebesprechung machen, nachdem Thomas Brunell ebenfalls Neuigkeiten hat.«

»Dann planen wir so. Ich schaue mir mal die Flüge an. Mach's gut Matthias.«

»Bis bald«, rief Sanaa dazu.

Nachdem er aufgelegt hatte, sah Harold Sanaa lange an. Sie schwieg in der Erwartung einer Erläuterung. Aber Harold ging seinen eigenen Gedanken nach: »Paecilomyces lilacinus und Beirut. Das passt doch zusammen. Es gibt wohl jetzt ein neues Puzzle für mich«.

»Hat dieser Rawad Jawich sie Dir geliefert?«, fragte Sanaa.

Harold stieß hervor: »Den kenne ich nicht, nur diesen Offizier hatte ich in Beirut getroffen. Nach dem Namen muss ich suchen. Al Emam könnte ich fragen oder das ICARDA-Hauptquartier in Beirut.«

Kurzerhand suchte er nach einer Telefonnummer und wählte. Im Dalia Building musste es etwa Mittag sein. Sicher waren jetzt alles zum Mittagessen verschwunden. Er hatte Glück, die Zentrale war besetzt. Und der neue Chef war im Hause. Als Harold seinen Namen nannte und seine Zusammenarbeit mit Al Emam in Tel Hadya erwähnte, war der Director General sogar ansprechbar und das Gespräch wurde durchgestellt. Harold stellte sich noch einmal vor und berichtete in kurzen Sätzen von seinem Gastaufenthalt in Tel Hadya und seinem Besuch im Hauptquartier 2012. Das war offensichtlich vor so langer Zeit, dass der Gesprächspartner wenig Erinnerungen hatte. Stattdessen erklärte er, dass er nur Interims-Deputy Director General for Research for ICARDA sei und bald wieder nach Tunesien ginge. Immerhin war er früher von dort öfter in Beirut zu Gast und erinnerte sich zumindest daran, dass Militärs damals kein seltener Besuch waren. Er selbst habe auch einmal mit einem Wissenschaftler in Uniform über Pflanzenschädlinge in aridem Klima diskutiert. Namen kannte er keine. Salim Shams Al Emam, der damalige Laborleiter der Forschungsstation in Tel Hadya, war ihm wiederum ein Begriff. Der wurde letztes Jahr auf dem Bashoura Cemetery feierlich bestattet. Überhaupt seien einige geflüchtete Mitarbeiter aus Tel Hadya jetzt im Libanon in der Terbol Research Station beschäftigt, ungefähr 70 km von Beirut entfernt. Harold bedankte sich herzlich und musste versprechen, die wissenschaftliche Kooperation wieder aufzunehmen. Mit der Forschungsstation in Terbol.

»Wen kennst Du noch in Tel Hadya?«, fragte er Sanaa.
»Bis zuletzt Abdillaziz und Mehriban Shikhani. Aber die können den Offizier in Beirut unmöglich kennen. Nur Du hattest den Kontakt.«
»Und Salim ist tot.« Harold war sichtlich betrübt. »Bleibt sonst noch jemand?«
»Ebrahim Khattab und Kamal Habash. Ob die etwas sagen, müsste ich selbst versuchen.«
»Wenn sie noch da sind.«
»Ich versuche Abdillaziz zu kontaktieren. Ist etwas umständlich«, wandte sich Sanaa zum Gehen, blickte auf ihren Glaskolben und drehte sich zögernd zu Harold um. »Harold, ich sollte Dir noch etwas erzählen.«
»Was denn?«
»Es würde etwas länger dauern. Darf ich mich setzen?«
»Bitte, gern.«

Sanaas Redebedarf kam ihr wie ein verspätetes Geständnis vor. Sie hätte es Harold schon lange berichten sollen. Aber es hatte doch mit Paecilomyces zu tun, mit dem Harold selbst experimentiert hatte und der ihm ein schlechtes Gewissen bereitete. Nun erzählte sie ihm ihre Geschichte.

»Es war kurz bevor ich Tel Hadya verlassen habe. Ich ging an Khattabs Büro vorbei und sah kurz hinein, um zu sagen, dass ich für heute Feierabend mache. Er antwortete nicht. Hatte die Füße hochgelegt und studierte handgeschriebene gelbliche Dokumente. Am nächsten Tag hatte Kamal Habash diese Dokumente auf seinem Tisch. Er war nebenan in seinem Labor. Ich konnte nur die Handschrift auf dem obersten Blatt überfliegen. Da stand Delivery Note und Order Date, mehr habe ich nicht gelesen. Jedenfalls sahen sie so aus, wie diese Faxe da.« Sie zeigte auf Harolds Schreibtisch.

»Letztes Jahr?«, wollte Harold wissen.

»Ja, im Sommer. Khattab war im Frühjahr angekommen. Es hieß, er war ehemaliger Militärarzt und hatte das Kommando über die Station übernommen. Er sollte Forschungsarbeiten beaufsichtigen, hat auch selbst geforscht. Ich selbst durfte nur Pilzkulturen vermehren und gefriertrocknen. Einige Einheimische waren noch dort beschäftigt, ansonsten tummelten sich nur militärisch maskierte Typen herum, die ständig wechselten. Einmal habe ich Khattab und Habash belauscht. Sie sprachen über Lieferungen und Pilze, Paecilomyces und Arthrobotrys. Dann über einen Unfall und Tote. Ich dachte zuerst, sie sprechen über Labormäuse. Aber die sprachen über Menschen.«

»Wie Mohamad Alhomsi?«, fragte Harold.

»Das war ja schon zu Deiner Zeit. Letztes Jahr war es viel schlimmer«, fuhr Sanaa fort. »Da haben sie Menschen als Versuchskaninchen verwendet und verscharrt. Ich habe es gefilmt.«

Jetzt war Harold sprachlos. Er kraulte sein Kinn und raunte: »Wieso höre ich das erst jetzt?«

»Wieso erfahre ich jetzt erst von diesen Dokumenten? Und Pilzen in Beirut?«, gab Sanaa zurück.

»Die Faxe sind erst eben angekommen.«, konterte Harold seinerseits. »Ja gut, jetzt kommt einiges zusammen. Ich will diesen Film sehen und dann machen wir uns gemeinsam an diese Papiere. Wir haben uns wohl noch einiges zu erzählen. Wir sollten auch unsere Reise planen. Ich suche heute noch einen Flug für Samstag nach Bonn.«

Sanaa hatte den Film zu Hause auf einen USB Stick gezogen. Nach der Mittagspause sahen sie und Harold sich die Aufnahmen am Computermonitor an. Der Film startete wackelig mit bläulichem wabernden Licht über einem Erdwall. Sanaa erklärte, dass sie die Aufnahmen im Gehen gemacht hatte. Das Gebilde wuchs aus dem Erdwall heraus. Eine zeit lang stabilisierte sich das Bild und zeigte Strukturen, die an Spinnfäden erinnerten. Sie tanzten in die Höhe und bildeten einen Vorhang mit Ringen, die in der Luft hingen. Staubwolken wirbelten auf, das Bild wackelte heftig und wurde dann schwarz.

»Da war der Akku leer«, erklärte Sanaa. »Aber das Schauspiel war danach schnell vorbei. Im verblassenden Schein habe ich ein Bein gesehen; es ragte aus dem Erdwall heraus. Es war so flach, dass es nur eine gefaltete Hose zu sein schien. Darin glimmte noch etwas Bläuliches. Dann bewegte es sich mit einem Knick und fiel ganz in sich zusammen. Das wäre ein echter Horrorfilm geworden. Das komplette Gebilde war plötzlich wie vom Erdboden verschluckt. Nur Fußabdrücke von Stiefeln waren im staubigen Boden geblieben. Abdillaziz hat es auch gesehen. Er meinte, es war das Ende eines Experiments. Mit menschlichen Versuchskaninchen.«

»Eines ist klar«, bemerkte Harold. »Das war nicht Paecilomyces, eher Arthrobotrys.«

Die Faxe waren nicht so ergiebig, wie erhofft. Aber Harold hatte schon vorher erkannt, dass sie Indizien lieferten, was den Ursprung der Pilzexperimente betraf. Eine Firma namens Mykolabs in Seattle hatte ein leeres Büro hinterlassen und mindestens eine Lagerhalle mit einem Labor und mit Kisten, in denen sich Pilze befanden. Eine Liste mit Pilznamen sowie lebende Kulturen der Pilze hatte auf nicht ganz legale Weise den Besitzer gewechselt, der sich davon medizinische Heilung versprach. Ein gewisser Rawad Jawich war Chef von Mykolabs. Was hat er gemacht und wo war er jetzt?

»Erzähl mir etwas über Ebrahim Khattab«, sagte Harold. »Wie war er als Mensch? Was hat er nach Feierabend gemacht?«

Sanaa musste überlegen. »Viel geredet hat der nicht. Ich bin ihm auch persönlich nicht nähergekommen. Der hatte nur seine Arbeit im Kopf. Darüber hat er nie gesprochen. Feierabend hatte er nicht, er war einfach immer da. Er und Kamal Habash wohnten auf der Station. Ich war ja auch nur tagsüber da.«

Sie rang sich ein Lächeln ab, konnte dabei eine Träne aber nicht unterdrücken. Harold tätschelte ihren Arm.

»Lass gut sein.«

Harold dachte an Tel Hadya zurück. Er hatte dort eine Lieferung mit Paecilomyces lilacinus erhalten. Er hatte damit experimentiert, um Nematoden zu bekämpfen. Er hatte den sogenannten Unfall 2012 verursacht: Mohamad Alhomsi. Das wussten nur er und der tote Laborleiter Salim Shams Al Emam. Und Souriana Almassarani. Die beiden aber hatten keine Schuld. Er hatte Schuld. Er hatte sämtliche Experimente gestoppt, auch die auf dem Feld. Aber er hatte es zu spät beendet. Zwei junge Landarbeiter waren auf dem Feld gestorben: Der junge Khattab und sein Freund Yazaji. Letzterer ist zumindest nie mehr aufgetaucht. Khattab. Khattab.

Er richtete sich an Sanaa: »Kennst Du noch einen anderen Khattab?«

»Khattab? Sagte ich doch. Ebrahim Khattab, der Laborleiter.«

»Nein, nicht der. Der den ich kannte. 2012. Er ist gestorben.

»Ja«, sagte Sanaa mit treuen Augen, »Farhad Khattab und Nidal Yazaji. Die waren Freunde. Taugenichtse.«

»Der hieß also genau wie der Laborleiter 2017, dieser Ebrahim Khattab?«

»Farhad Khattab war sein Sohn.«

Harold fiel der Unterkiefer herab.

»Dann kanntest Du Ebrahim Khattab schon 2012?«, fragte er aufgeregt.

»Nicht wirklich. Farhads Vater war immer schon beim Militär. Zu Hause war der nie. Erst 2017 lernte ich Ebrahim Khattab kennen. Dass er Farhads Vater war, weiß ich von Abdillaziz Shikhani.«

»Wie sah Ebrahim Khattab aus?«, fragte Harold nun mit rotem Kopf.

»Wie man sich einen Militärarzt vorstellen kann. Kahlgeschoren, groß und breit, also kräftig, aber nicht dick, markantes Gesicht, schöne Uniform. Alles andere als sein Sohn.«

»Die Uniform«, ereiferte sich Harold. »Mit Orden?«

»Orden? Oh ja, ein paar schmucke Orden. Hat sich wohl verdient gemacht.«

Sanaa stockte. Bei Harold tickte es im Kopf. War das der Mann aus Beirut, der ihm im ICARDA-Hauptquartier schon 2012 Paecilomyces angepriesen hatte? Waren Ebrahim Khattab und Kamal Habash ein Team? Für kurze Zeit? Oder länger? Steckte Rawad Jawich da mit drin?

Wieder wandte Harold sich an Sanaa: »Weißt Du, ob dieser Ebrahim Khattab noch in Tel Hadya ist?«

»Das kann ich bei Abdillaziz erfragen. Er hat allerdings kein Telefon. Ich müsste meinen Bruder anrufen.«

»Dann tu das bitte. Ich suche einen Flug nach Bonn.«

19. Hennef, 2018, 1. Februar

Hennef Weingartsgasse, Donnerstagmorgen

Bei Thomas Brunell hatte es geklingelt, als er gerade bei einer Tasse Kaffee ein Sudoku löste. Dabei ließ er sich ungern stören. Er nahm den Anruf entgegen und hörte eine Frauenstimme.
»Thomas?«
»Caroline?«
»Ja.«
»Ich habe gerade ein Déjà-vu.«
»Kannst Du kommen?«
»Ich habe immer noch ein Déjà-vu.«
»Ich habe Angst.«
»Ich komme.«

Sie wartete bereits an der Tür auf ihn, bekleidet mit einem weißen Morgenmantel und weißen Stöckelschuhen. Thomas hatte ein merkwürdiges Gefühl, wie schon vorher bei dieser undurchsichtigen Frau. Die Undurchsichtigkeit sollte sich bald ändern, nachdem die Tür geschlossen war und Caroline den Morgenmantel abstreifte. Ihr Negligé war durchaus durchsichtig. Es wirkte sehr edel, wie die ganze Frau auf ihn wirkte. Thomas glotzte auf die transparente Spitze, die zwar Haut zeigte, aber eben doch gerade nur so viel, dass noch ein Geheimnis blieb. Wie die ganze Frau. Es passte einfach zu ihr, als wäre es ihre normale Kleidung. Geheimnisvoll, raffiniert, verführerisch, sexy. Mehr konnte er nicht denken. Sagen schon gar nichts.

»Komm doch rein«, hauchte sie, obwohl die Tür schon von innen verriegelt war.

»Ich hätte Dir mehr Zeit geben sollen«, sagte er höflich, dachte aber etwas Anderes.

»Wichtig ist, dass Du da bist«, erwiderte sie lächelnd und legte vertraulich eine Hand auf seinen Arm. »Leg doch ab, ich habe Kaffee für uns gekocht.«

Sie stöckelte in Richtung Küche davon. Thomas zog seinen Trenchcoat aus und seine Hand fuhr unwillkürlich durchs Haar. Im Gehen suchte er seinen Kamm in der Jacke.

Caroline stand am Küchenfenster, die Rollläden waren bis auf einen kleinen Spalt verschlossen. Eine Kerze brannte auf dem gedeckten Tisch.

»Entschuldige meinen Aufzug«, sagte sie mit einem Blick an sich herab, als hätte sie Freude an diesem Spiel. »Ich bin eben erst aufgewacht, nachdem ich die halbe Nacht nicht schlafen konnte.«

Thomas sagte nichts, folgte nur ihrem Finger, der ihn zum Fenster lockte. Sie legte ihren Arm um seine Schulter und zog ihn an sich. Er legte seinen Arm um ihre Hüfte und spürte ihre Wärme unter dem dünnen Stoff. Ihr Finger glitt über seinen Mund. Wie leicht sie es doch mit ihm hatte, dachte Thomas, dann bewegte sich der Finger zum Fenster. Er hatte einen anderen Weg erwartet.

»Ich bin so froh, dass Du gekommen bist«, sagte sie heiser. »Fast hätte ich Dich in der Nacht geweckt. Ich glaube, ich war nicht allein. Ich habe Angst.«

Thomas versuchte, gefasst zu bleiben.

»Erzähl doch.« Mehr brachte er nicht heraus.

Ihr Finger war noch am Fenster. Ihre Augen wirkten rot und leicht blutunterlaufen, ein Zeichen des Schlafentzugs.

»Da draußen hat es heute Nacht geleuchtet. Irgend etwas war da. Oder jemand.«

Thomas spürte ein Zucken in der Hose, aber die Stimmung schien zu kippen. Diese Frau machte ihn zum Narren. Er zog die Hand von ihr weg. Sie blieb bewegungslos stehen und sah ihn an. Ihre Augen waren groß, die Pupillen geweitet vor Lust. Sie war verrückt. Sie machte ihn verrückt. Er wusste nicht, wie er sich jetzt verhalten noch was er sagen sollte. Da setzte ihr Finger seine Bewegung fort und nahm endlich die erhoffte Richtung. Ihre Hand glitt von oben in seine Hose und ihre Lippen schnappten gierig nach seinen. Er hatte diesen Vamp doch richtig eingeschätzt, der sich unversehens rücklings auf den Tisch legte und ein Bein auf seine Schulter hob, während eine Kaffeetasse klirrend zu Boden fiel. Vier Hände nestelten an seiner Hose, die sich schließlich öffnete und zu Boden glitt. Das zweite Bein landete auf seiner Schulter, die Tischdecke rutschte und als er eindrang, rutschte sie rhythmisch hin und her, Löffel und Porzellan fielen herab, die Blumenvase hinterher, die Kerze wurde ausgepustet mit der letzten Luft, die sein Hecheln noch zuließ. Eine Woge der Lust rauschte durch ihn und er durch sie. Vögeln, dachte er, primitiv, ficken, schamlos, rammeln, stoßen, stoßen...

Mit einem Aaah war er schneller am Höhepunkt als er wollte, aber es fühlte sich gut an, sehr gut, geil. Er sackte auf ihr zusammen. Caroline küsste ihn weiter und klammerte sich in Ekstase fest an ihn, drückte ihm ihren Schoß entgegen und atmete schwer. Langsam wurde sie ruhiger. Sie kraulte sein Ohr mit der Rechten und entfernte Thomas mit der Linken aus ihr. Sie sah ihm in die Augen und eine gewisse Zuneigung blitzte in ihrem Blick auf. Es endete mit der sachlichen Feststellung: »Entschuldige, ich war furchtbar geil.«

Caroline erhob sich vom Tisch, zerzaust und gerötet, fuhr mit der Hand auf den Rücken, wo der ungeöffnete BH sich an der Tischplatte gerieben hatte, und lächelte. Thomas suchte seine Hose und ein Taschentuch. Im Bücken sagte er: »Nun bin ich also gekommen.«

»Ich bin so froh, dass Du gekommen bist«, sagte sie heiser und ebenso zweideutig wie er. »Fast hätte ich Dich in der Nacht geweckt. Ich glaube, ich war nicht allein. Ich habe wirklich Angst.« Déjà-vu.

Statt sich den Morgenmantel überzuziehen, zündete Caroline eine Zigarette an und die Kerze ebenfalls. Sie nahm einen tiefen Zug und blies den Rauch hoch in die Luft. Sie sah noch atemberaubender aus als vorher. Thomas setzte sich steif auf einen Stuhl.

»Du hast wohl nicht viel Sex?«, fragte sie.

»Ich bin Witwer.«

»Irgendwie habe ich es gemerkt.«

»Entschuldige...«.

»Ist gut, Thomas, es war gut. Sehr gut. Genau was ich brauchte. Eine schnelle Nummer, die mich einen Moment lang vergessen lässt.«

Sie nahm einen Zug.

»Ich habe es ernst gemeint, dass ich Angst habe und froh bin, dass Du bei mir bist.«

»Es hat wirklich geleuchtet?«, fragte Thomas jetzt entspannter.

»Hat es, von drei bis vier. Etwas war da draußen. Ich habe Angst, dass ich verfolgt werde.«

Neurotisch, dachte Thomas sagte aber: »Das hast Du jetzt so oft gesagt. Da müsste man die Polizei rufen.«

»Nicht die Polizei!« schrie unversehens die Furie.

»Ok, ok«, beschwichtigte Thomas, »dann lass uns reden.«

Etwas Besseres fiel ihm nicht ein, aber genau das schien Caroline zu wollen. Sie war gestresst und belastet, das sah er ein. Wenn es stimmte, was sie sagte, hatte sie ihre Eltern auf dem Gewissen und sie wusste etwas, das tatsächlich gefährlich sein konnte.

»Erzähl mir noch einmal, wie die Pilze hierherkamen.«

Caroline drückte die Zigarette aus und setze sich aufrecht. Jetzt wirkte sie auf Thomas wie ein bezauberndes kleines Häufchen Elend, dessen Tränen sich mit der Wimperntusche mischten. Sie schniefte laufenden Rotz in ein Taschentuch.

Caroline begann unter Schluchzen: »Rawad Jawich hat eine Vergangenheit. Er ist Syrer. Noch vor dem Krieg in Syrien ist er nach Amerika ausgereist und hat in Urbana studiert und promoviert. Mit Beginn des Krieges wollte er zuerst seinem Land helfen. Daraus hat er ein lukratives Geschäftsmodell entwickelt, mit dem er nicht nur Syrien helfen kann.«

»Wem denn noch?«, unterbrach Thomas.

»Rawad ist Islamist, was immer er damit meint. Er ist aber nicht selbstlos. Er verdient an Kriegen, die der Sache dienen.«

»Mit Pilzen.« Es war keine Frage von Thomas, sondern eine fragende Feststellung.

»Mit mutierten Pilzen. Mit biologischen Waffen. Mit Waffen, die diese Waffen abfeuern.« Caroline schnupfte in ihr Taschentuch.

»Wie sind sie mutiert?«, hakte Thomas nach.

»Ganz einfach, durch dosierte UV-Bestrahlung. Das ist eine alte und preiswerte Methode, Mutationen herbeizuführen. Man bestrahlt Pilzsporen mit UV-Licht. Die meisten sterben ab, einige überleben. Einige der überlebenden haben Gendefekte. Man muss nur herausfinden, was diese genetischen Veränderungen bewirken können.«

»Zum Beispiel Menschen befallen?«, war Thomas' unmittelbare Frage.

»Menschen, Tiere, alles wovon sie sich ernähren können. Jedenfalls nicht nur Nematoden. Die Originalstämme waren zur Nematodenbekämpfung einsetzbar, die Mutationen gegen alles Mögliche. Diese Mutanten werden in Seattle kultiviert und tiefgefroren ins Ausland verfrachtet. Erst da werden sie vermehrt.«

Thomas hatte tausend Fragen im Kopf und stellte die nächstbeste.

»Wie verfrachtet?«

Caroline winkte ab. »Man kann wissenschaftliches Material als ungefährlich deklarieren und in alle Welt verschicken.«

»Es gibt doch Gesetze.«

»Ja, in einigen zivilisierten Ländern. Die Vorschriften in Deutschland ändern sich schon so oft, dass sie kaum jemand auf der Pfanne hat. Versenden kann man biologische Stoffe allemal, es wird doch nur auf die Verpackung geguckt. Allein in Deutschland werden täglich 250.000 Proben von medizinischen Untersuchungsmaterialien verschickt: Zwischen medizinischen Einrichtungen unterschiedlicher Art, auf verschiedene Weise und über unterschiedliche Transportwege. Aber im Sudan oder im Jemen sieht das anders aus. UN-Empfehlungen kennen die nicht und die gelten da nicht. Mancher, der das Geld hat, leistet sich gern auch eine Chartermaschine. Alles kein Problem.«

Thomas war außer sich. So einfach war das?

»Was hast Du damit zu tun? In Seattle.«

»Ich habe nur für Rawad gearbeitet und er hat mir Geld gegeben. Bares Geld. Viel Geld.«

»Mal ganz unter uns«, setzte Thomas das Verhör fort, wobei er sich gerade an sein Verhör mit Bernhard Ross erinnerte. Déjà-vu. Der ganze Fall, sein ganzer Fall war plötzlich wieder im Mittelpunkt seines Lebens.

»Wenn Du nur mit nützlichen Pilzen gearbeitet hast und Rawad mit gefährlichen, wie habt Ihr es dann privat gehalten? Du hast Dein eigenes Apartment, sagtest Du neulich.«

»Wir haben überhaupt nichts mehr privat miteinander zu tun.«

Caroline grübelte tiefer als zuvor, zündete sich noch eine Zigarette an. Sie war jetzt sichtlich nervös und sah verheult aus.

»Das war schon länger keine Liebesbeziehung mehr wie in Urbana. Er war der Chef und ich eine Mitarbeiterin, die lange keinen Durchblick hatte.«

»Wenn er weiß, dass Du es weißt, könnte Dich irgendetwas aus Deiner Gewissheit bringen, dass er jetzt nach Deinem Leben trachtet?«

Caroline sah völlig erschöpft aus. Die Asche fiel vom Glimmstängel. Sie brauchte eine Pause. Endlich sagte sie: »Ja. Er war stinksauer. Und aggressiv. Ich hatte Angst, er würde mich schlagen. So kannte ich ihn nicht. Deshalb bin ich abgehauen.«

Thomas atmete tief ein.

»Ok, lassen wir es bei dieser Unsicherheit. Ich hatte Dich unterbrochen.«

»Ich brauche eine Pause.«

Caroline ging ins Bad und machte sich frisch, zog sich an und dann räumten sie beide den Tisch zurecht, um endlich eine Kaffeepause zu machen.

Thomas hatte derweil Zeit genug zum Nachdenken. Jetzt hatte er eine ganze Menge neuer Fragen und wollte sein Verhör fortsetzen.

»Caroline«, begann er leise, »ich will Dir furchtbar gern helfen. Dazu muss ich aber mehr wissen. Sonst kann ich mich nicht vor Dich stellen.« *Ich bin verliebt,* dachte er bei sich.

»Danke«, hauchte sie, deutlich gefasster als vorhin.

»Bei Deinem Weihnachtsbesuch hattest Du Proben von Arthrobotrys und Paecilomyces mitgebracht. In kleinen Tütchen. Hatte ich das neulich richtig verstanden?«

»Ja, ich wollte Beweismaterial verstecken.«

»Und das hast Du unter einem Strauch im Garten vergraben, in einer kleinen Holzkiste.«

Caroline sah in an. Sie hatte wieder den Vampirblick. Ein Stakkato drang aus Ihrem Mund.

»Ok, neue Version. Ich habe eine Hundeallergie. Mit Figo hätte ich nicht unter einem Dach leben können. Die Proben waren nicht in Tütchen, sondern in Zahncremetuben. Kleine Tuben für die Reise. In Agargel. Sah genauso aus wie Zahnputzgel. Im Handgepäck. Ging einfach durch den Zoll.«

»Und Figo hat sie zerbissen?«

»Nein, nicht direkt. Das Hundefutterpaket war fast leer. Den Tubeninhalt habe ich in das volle Paket daneben gedrückt und leicht mit dem Futter bedeckt.«

Thomas schwieg eine Weile und sortierte das Gehörte. Dann fragte er: »Konnten die Pilze in den Tuben überleben?«

»Sieht so aus. Figo ist tot. Ich bin untröstlich darüber«, erwiderte Caroline mit einem undefinierbaren Ausdruck.

»Und Deine Eltern.«

»Aber…«. Caroline weinte wieder und zog die Schnupfnase hoch.

Die Frau bleibt mir ein Geheimnis, dachte Thomas bei sich. Er wollte aber keine Pause mehr einlegen. Er hatte gerade einen Lauf.

»Jetzt erzähle mir von der letzten Nacht.«

Caroline erzählte: »Ich kann einfach nicht schlafen. Wenn ich schlafe, habe ich die Dinge nicht im Griff. Ist es eine Wahnvorstellung, von ominösen Leuten verfolgt zu werden, denen ich möglicherweise ein gutes Geschäft versaue? Ich hätte nicht einmal diese verdammten Zahncremetuben gebraucht. Figo wäre ich schon losgeworden. Als Beweismittel sind sie ja auch nicht mehr da. Ich habe alles im Kopf, was ein Kartell internationaler krimineller Machenschaften aufdeckt. Ich stecke tiefer drin, als ich geahnt habe. Wer immer jetzt meinen Kopf will, ich wäre leichte Beute. So!«

Sie nahm sich eine neue Zigarette, zündete sie hastig an und redete weiter: »Soviel zum Thema Beweise. Ich bin die lebende Zeugin. Dieses Haus ist meine letzte Zuflucht. Diese Zuflucht wird beobachtet. Ich werde verfolgt. Da bin ich sicher. Das Leuchten da draußen, das kam nicht von ungefähr. Das hat jemand angefackelt. Arthrobotrys ist noch da. Er überdauert, bis er etwas zu fressen bekommt. Jemand hat ihn gefüttert, um mir Angst einzujagen…«.

»Stopp!«, unterbrach Thomas. »Sorry, ich muss Dich unterbrechen. Beruhige Dich, solange ich da bin, hat er oder haben sie es mit uns beiden zu tun.«

»Ja.«

»Warum sollte er oder sollten sie warten? Du könntest schon tot sein.«

»Vielleicht liebt Rawad mich noch?«

»Vergiss Rawad! Wer kennt Dich so gut, dass er weiß wo Du jetzt wohnst?«

»Die Adresse meiner Eltern ist bei Mykolabs bekannt. Es ist meine Heimatadresse.«

»Die kennt wer?«

»Alle, die Zugriff auf meine Daten haben.«

»Können das auch Mitarbeiter außer der Sekretärin sein? Wie hieß sie noch?«

»Jenny. Jenny ist ein Plappermaul. Das habe ich selbst erfahren, mit den Abschussgeräten...«.

»Dann könnten andere Deine Heimatadresse durchaus erfahren haben.«

»Ja.«

»Aber jetzt hast Du nur eine Befürchtung, dass Du verf...«

»Ich habe Angst, Thomas! Da draußen war jemand! Ich bin noch nicht hysterisch!«

Thomas blieb dran: »Ich sage Dir meine Theorie: Wenn letzte Nacht jemand da war und Dir Angst gemacht hat, dann hätte er Dich auch kriegen können. Wenn er Dir nichts getan hat, sondern draußen nur ein Lichtlein angezündet hat, was auch immer, dann wollte er Dich warnen.«

Caroline war offensichtlich erstaunt. »Wer sollte mich warnen?«

»Jenny?«

»Ja, Jenny. Aber die kommt doch nicht hierher.«

»Wer sonst?«

»Keiner.«

»Denk nach!«

»Wer sonst? Gibt es einen, der mir bei alldem noch gut will?«

»Das ist die richtige Frage«, forcierte Thomas den Gedanken. »Wer war sonst noch in Seattle?«

Caroline dachte nach.

Thomas blieb dran: »Eine Person, die Dich kennt, die Deine Heimatadresse kennt, eine Person wahrscheinlich aus Seattle....«

»Olli.«

»Was ist Olli?«

»Wer ist Olli!«, korrigierte Caroline. Oliver. Oliver Dencker.«

»Oliver Dencker«, wiederholte Thomas.

»Ja, der kam aus Deutschland. Ist erst seit kurzem da ...«

»Bingo«, schloss Thomas. »Da haben wir eine Menge zu berichten, um vier Uhr in Poppelsdorf. Lass uns irgendwo essen gehen.«

Caroline und Thomas rückten ihre Kleidung zurecht, schlossen das Haus ab und stiegen in den Volvo. Das Klingeln des Telefons im Haus hörten sie nicht mehr.

20. Bonn, 2018, 1. Februar

Bonn-Poppelsdorf, Donnerstagnachmittag

Bernhard Ross saß am Schreibtisch und versuchte, seine Notizen zu vervollständigen. Stattdessen grübelte er, wie er die offenen Fragen angehen sollte, und traktierte mit dem Kugelschreiber den Tisch. Seine Armbanduhr zeigte viertel vor vier und er hoffte, dass wenigstens Matthias ihm bald beistehen könnte. Kurz darauf stand der ersehnte Besucher in der offenen Tür und platzte hervor: »Rate mal, wer mich eben angerufen hat. Oliver Dencker. Er wollte mich sofort sehen, nachdem er Caroline Wehner seit Stunden nicht erreicht hat. Ich habe ihm gesagt, dass er sie um vier Uhr in Deinem Büro treffen kann. Er kommt gleich dazu.«

»Schön«, ging Bernhard darüber hinweg. »Ich habe für Harold und Sanaa Hotelzimmer gebucht. Sie kommen am Samstag gegen Mittag.«

»Souriana kann auch erst Morgen kommen. Ich bin gespannt, was Oliver mit Frau Wehner hat.«

Frau Wehner stand schon hinter Thomas in der noch offenen Tür. Sie hatte nur ihren Namen gehört, trat aber neben Thomas und grüßte schräg mit: »Was hat Frau Wehner?«

Matthias zuckte leicht, obwohl er mit Thomas und Frau Wehner gerechnet hatte. Sie waren verabredet, wenn auch erst um vier.

»Ah, Frau Wehner«, sagte er spontan, »wir haben uns schon auf Ihren Besuch gefreut. Darf ich Ihnen Professor Bernhard Ross vorstellen? Er ist hier der Institutsleiter. Thomas, magst Du Frau Wehner vorstellen? Du kennst sie besser.« Damit war er der Frage ausgewichen.

Thomas übernahm den Vorstellungspart gern: »Caroline Wehner ist die Tochter von Charlotte und Heiner Wehner. Sie hat einiges zu unserem Puzzle beizutragen. Um es gleich auf den Punkt zu bringen: Sie kommt direkt von Mykolabs aus Seattle und verschanzt sich nun im Elternhaus, weil sie sich verfolgt fühlt.«

Damit sah er wieder Matthias an in der Hoffnung weiterer Erklärungen. Aber Bernhard Ross ging dazwischen: »Ich freue mich, Sie kennenzulernen, nachdem so viel passiert ist. Mein aufrichtiges Beileid wegen Ihrer Eltern. Tragisches Ereignis. Es ist alles sehr rätselhaft. Puzzle ist das richtige Wort für die Suche nach den Pilzen, die im Spiel sind. Aber wenn Sie direkt von Mykolabs kommen, wird sich nun alles lichten...«

»Ich fürchte, ich werde ein weiteres Puzzle in Ihrem Puzzle sein«, unterbrach ihn Caroline. »Mir ist nämlich selbst nicht alles klar. Vor allem, ob ich das überleben werde.«

Sie zog ein Papiertaschentuch aus ihrer Handtasche und putzte sich die Nase.

In diesem Moment klopfte es an der offenen Tür. Oliver Dencker stand da und machte große Augen. Noch größere Augen machte Caroline. Thomas war verzückt von ihren Augen. Ross öffnete den Mund, aber Matthias ergriff zuerst das Wort: »Diesen Herrn darf *ich* vorstellen: Oliver Dencker vom INRES, Molekulare Phytomedizin. Wie war`s in Amerika, Oliver?«

Da nichts weiter kam, fuhr der Hausherr fort: »Ich fürchte, wir haben hier nicht genug Stühle. Wollen wir vielleicht nach oben in den Hörsaal gehen, um uns zu unterhalten?«

Schweigend folgte ihm die illustre Gesellschaft.

Schon auf der Treppe zog Oliver die einzige Dame der Gesellschaft am Arm und raunte ihr zu: »Ich muss mit Dir reden.«

Caroline zischelte zurück: »Ich bitte darum.«

Es ergab sich automatisch, dass vier Personen Sitze in der ersten Reihe herunterklappten und sich daraufsetzten, während Ross vor ihnen stand und sie der Reihe nach anblickte, als würde er durchzählen.

»Nun«, begann er etwas brummig, »wir sind zwar nicht vollzählig, aber ich bin sicher, hier gibt es viel zu besprechen. Übermorgen erwarte ich noch Besuch aus London. Und aus Köln.«

Offenbar erwartete das Publikum eine Vorlesung, denn keiner sagte etwas.

So hielt der Professor eine Vorlesung.

»Wahrscheinlich weiß hier jeder etwas über bestimmte Pilze, die normalerweise Nematoden fressen, die aber verändert wurden, so dass sie jetzt Menschen befallen. Ich sage bewusst verändert wurden, nicht sich verändert haben. Als Quelle dieser Veränderungen betrachten wir ein Labor in Seattle mit dem Namen Mykolabs. Jemand hat ein Interesse daran, dass diese Pilze an Menschen zum Einsatz kommen. Gleichwohl gibt es Kollateralschäden. In Syrien, in Norwegen, in Seattle und hier bei uns. Bisher bin ich nur den Spuren hinterhergegangen, die von diesen Kollateralschäden ausgehen. Ich sage hinterhergegangen. Wir Wissenschaftler sind weltweit vernetzt; es ist deshalb kein Wunder, dass wir von solchen unglaublichen Vorfällen über Kollegen erfahren haben. Wir tauschen unsere Erfahrungen aus und sind neugierig. Davon lebt die Wissenschaft. Wir haben aber erfahren, dass Menschen zu Schaden und sogar zu Tode gekommen sind, und zwar durch solche Pilze, mit denen eine unbekannte Macht etwas bewirken will. Wann, frage ich, muss ein Wissenschaftler aufhören, neugierig zu sein, und stattdessen den Finger heben? Wir haben Fakten gesammelt, die Pilze im Labor gezüchtet, Filmaufnahmen gemacht, kurz: Wir haben genug Material zusammen, um es der Polizei oder Behörden der biologischen Sicherheit oder der staatlichen Sicherheit zu übergeben und zu sagen: Wir haben es nur gefunden. Macht Ihr damit weiter, zieht Eure Schlüsse und tut, was Ihr für richtig haltet. Das einzige, was wir getan haben, war nach hinten zu sehen und Reste von Indizien zu sammeln. Wir haben nicht den Schritt gemacht, unsere Pilzkulturen an Menschen zu testen, weil wir wissen, dass es nicht sein darf, weil wir wissen, dass es verboten ist, weil wir wissen, dass dieses Experiment gelingen würde, und dass wir beweisen könnten, dass genau diese Pilze Menschen töten würden. Wir sind nicht die Richtigen, um diese Gefahren zu untersuchen. Wir kennen nicht die Wirkungsmechanismen, die harmlose Bodenpilze plötzlich zu Menschenfressern machen. Das ist nicht unser Fachgebiet. Wir müssten doch alles Material in andere Hände geben, wenn schon nicht an Behörden, dann an Ärzte und die richtigen Fachwissenschaftler. Ich erkläre jedenfalls für mich, dass ich nicht beabsichtige, diese Halbwahrheiten und Teilbefunde als wissenschaftliches Material zu veröffentlichen. Ich wüsste nicht einmal, in welcher Fachzeitschrift.«

Ross wischte sich mit einem Taschentuch über den Mund und fuhr fort.

»Wir sehen nicht nach vorne. Wir machen uns keine Gedanken über das Große und Ganze. Wir wissen, dass diese Pilze mutiert sind. Mutanten haben in der Natur selten eine Überlebenschance, es sei denn, die Mutation ist für ihre Entwicklung vorteilhaft. Mutierte Pilze sind in aller Regel nicht angepasst an natürliche Umweltverhältnisse. Solche Pilze können in einer geeigneten Umgebung herangezogen und vermehrt werden. Sie können konzentriert eingesetzt werden, wozu oder gegen was auch immer. Als biologische Waffe sind sie sehr wohl tauglich. Wie eine Bombe oder eine chemische Waffe Schaden verursacht und Menschen töten kann, so können es auch diese Pilze als biologische Waffen. Aber: Normalerweise sind sie danach verschwunden, wie die Bombe, wie das Gift. Das Problem ist, dass sie offensichtlich überdauern können. Im Boden, an Verpackungen, in Kisten. Man sieht nichts von ihnen, bis sie wieder Nahrung bekommen. Was war in Hennef los? Ein Hund hat sich infiziert, danach ein Mensch, und noch ein Mensch. Ähnlich in Longyearbyen. Ähnlich in Seattle. Diese Mykolabs haben nicht Sporen in die Luft geblasen, um ihren Spaß zu haben, dass irgendwo auf der Welt jemand unkontrolliert befallen wird. Die haben einen größeren Plan. Ein Ziel. Oder ein großes Geschäft. Wir sollten uns fragen: Was kann das sein? Wer steht dahinter? Wer finanziert dieses Geschäft mit welchem Ziel? Für mich steht auf jeden Fall fest: Es ist nichts Gutes daran. Hier ist gewaltige kriminelle Energie am Werk. Umso eher sollten wir die Dinge anderen überlassen. Ich will nicht mehr davon wissen als ich heute weiß.«

Die Vorlesung war beendet. Die Zuhörer hatten zugehört. Keiner erhob sich.

Oliver hüstelte. Er sah zu Caroline hinüber und sie nickte kaum merklich. Dann meldete er sich.

»Wir sind hier nicht in der Schule«, bemerkte Ross, der sich nun in die Reihe setzte.

»Nun«, begann Oliver, »Sie haben die richtigen Schlüsse gezogen. Vor allem: Hier ist gewaltige kriminelle Energie am Werk. Caroline und ich waren bei Mykolabs und wir sollten ihr Puzzle noch um einige Facetten vervollständigen. Aber dann ist auch für mich Schluss – hoffe ich.«

Wieder sah er zu Caroline hinüber, aber sie blickte nach vorne und schwieg.

Oliver fuhr fort: »Eigentlich hätte ich gern mit Caroline unter vier Augen gesprochen. Jetzt ist es egal. Wir ahnen alle, um was es geht.«

Wieder sah er Caroline an und fragte: Oder möchtest Du von vorn beginnen?«

Caroline räusperte sich und brachte ein raues »Nein« hervor. Sie hatte Tränen in den geröteten Augen. »Fang Du an.«

Oliver fuhr fort: »Also die Geschichte zwischen uns beiden ist alt. Caroline und ich kennen uns seit unserer Kindheit. Wir hatten im Nachbarhaus gewohnt. Später haben meine Eltern es verkauft, um sich eine kleinere Eigentumswohnung zuzulegen. In unserer Kindheit gingen Caroline und ich in die gleiche Schule, später sogar aufs gleiche Gymnasium. Sie war in der Schule viel besser als ich. Deshalb hat sie mir bei den Hausaufgaben geholfen. Ich glaube, schon damals war sie ein Genie; sie musste gar nicht lernen. Wir spielten zusammen, später gingen wir zusammen aus und auch unsere ersten Erfahrungen…Darf ich das sagen, Caroline?«

Caroline nickte.

»Ich sage es nur, weil es zu unserer Geschichte gehört. Also, unsere ersten Erfahrungen mit dem anderen Geschlecht, das haben wir auch gemeinsam ausprobiert. Nach dem Abitur hat es aufgehört, jedenfalls in dieser Hinsicht. Wir waren in einer Clique, die nicht gut war für Caroline.«

Wieder blickte er sie nach vorne gebeugt fragend an. Sie winkte, er solle fortfahren.

»Caroline war psychisch etwas labil. Sie wollte immer alles wissen und ausprobieren. Auch die Drogen. Wir haben es alle gemerkt, auch ihre Eltern. Die kannten den Grund nicht, aber sie machten ihr Vorwürfe, weil sie nur noch abwesend herumhing. Es wurde schlimmer und es gab dauernd Streit. Das war in der Zeit, als meine Eltern fortzogen und ich zum Studium nach Bonn eine eigene Bude bezogen habe. Caroline war ein paar Wochen bei mir untergekommen, um zu planen. Dann ging sie nach Urbana. Ich glaube, das war wieder ein genialer Schritt. Mit ihren Eltern wurde es wieder besser. Von Drogen habe ich nichts mehr gehört. Wir haben uns noch ein paar Mal getroffen, wenn sie ihre Eltern besuchte. Da machte sie einen guten Eindruck. Sie sollten das wissen, wenn Sie verstehen wollen, warum ich in Seattle war.«

Nach einem kurzen Blickwechsel fuhr Oliver fort: »Letztes Jahr Anfang November kam sie zu mir nach Bonn. Sie erzählte mir von ihrer neuen Arbeit in Seattle. Es klang wirklich sehr aufregend. Die hatten Paecilomyces-Stämme, mit denen sie Geld verdienten. Und noch andere Pilze gegen Nematoden. Für den biologischen Pflanzenschutz. Sie brauchten dringend jemanden, der die Wirkungsmechanismen erklären konnte. Wenn man die kennt, kann man nämlich noch gezielter und effizienter arbeiten. Ich war total interessiert an Nematodenbekämpfung und vor allem an diesen Paecilomyces-Stämmen. Kurz danach kamen die Anrufe. Caroline hatte wohl in Seattle meinen Namen ins Spiel gebracht. Rawad Jawich hatte mich gründlich überprüft und als Experten für nematophage Pilze befunden. Er kannte alle meine Veröffentlichungen und konnte sogar fachlich diskutieren. Er hat immer und immer wieder angerufen, mich gelockt, nach Seattle zu fliegen, für freie Experimente mit interessanten Stämmen von Nematophagen. Flug, Hotel, Auto und Geld. Kurz vor Weihnachten bin ich schwach geworden und habe zugesagt, für einen Forschungsaufenthalt nach Seattle zu kommen. Für höchstens einen Monat. Am übernächsten Tag waren 50.000 Euro auf meinem Konto, überwiesen von Mykolabs. Für den Flug.« Oliver grinste schräg und räusperte sich. »Gibt es hier etwas zu trinken?«

Bernhard Ross war gebannt wie alle anderen, schreckte dann hoch als ihm klar wurde, dass er hier Hausherr war. »Oh, ja, entschuldigt bitte. Wollen wir eine Pause machen? Ich werde Kaffee aufsetzen.«

Caroline verließ den Hörsaal, Oliver rief ihr nach: »Warte!«

»Ich brauche eine Zigarette«, hörte er sie sagen, eilte ihr nach und traf sie auf der Straße.

»Habe ich etwas Falsches gesagt?«, wollte er wissen.

»Nein«, war die knappe Antwort, gefolgt von einem tiefen Atemzug. »Bis auf das psychisch etwas labil und das danach.«

»Ist ja gut. Warum hast Du mir nicht gesagt, dass Du abhauen willst?«

»Sag Du mir lieber, warum Du mir hinterhergekommen bist.«

»Bin ich nicht. Ich bin für mich selbst getürmt. Ich habe gestern bei Deinen Eltern angerufen, dachte Du wärst da.«

Caroline warf die Zigarette zu Boden und fauchte ihn an: »Woher weiß ich, dass Du nicht geschickt wurdest, für unverschämt viel Geld?«

»Sei nicht albern. Du hast mich da reingeritten und stehen gelassen. Die wissen doch genau, dass wir uns gut kennen. Rawad hat mich nach Deinem Aufenthalt gefragt und ich hatte keinen Schimmer. Er hatte Dich montags nicht gefunden und am Dienstag auch nicht...«

»Ich bin am Sonntag geflogen, mit kleinem Gepäck«, ätzte Caroline dazwischen.

»Und wie sollte ich Dein Verschwinden erklären? Hättest Du mir etwas gesagt, hätte ich ihm etwas auftischen können, krank oder so etwas. Also habe ich mir schon gedacht, dass Du abgehauen bist. Das wurde auch für mich viel zu heikel. Noch heikler als vorher schon. Die sind eher hinter mir her.«

Oliver blickte sich nach allen Seiten um. Dann flüsterte er: »Ich habe etwas mitgenommen.«

»Was hast Du mitgenommen? Pilze?«

»Es ist nur Papier.«

Eine Stimme rief von der Eingangstür aus: »Da seid Ihr. Wir können jetzt Kaffee trinken und plaudern.«

Ross winkte freundlich und ging wieder hinein.

Caroline Wehner hatte einen neuen Feind enttarnt.

Alle setzten sich wieder in die erste Reihe und versuchten sich so zu verrenken, dass sie einigermaßen Blickkontakt hatten. Ross hatte jedem eine Tasse Kaffee in die Hand gedrückt und setzte sich als Vorletzter.

Oliver blieb als einziger stehen und ergriff das Wort: »Entschuldigt, ich bin nervös. Ich kann jetzt nicht sitzen. Draußen habe ich Caroline schon gesagt, dass ich etwas aus Seattle mitgebracht habe. Dazu komme ich gleich. Ich will kurz erklären, wie herzlich man mich empfangen hatte. Montags bin ich hingeflogen. Am Flughafen hat mich ein Taxifahrer abgeholt und in ein Hotel gefahren. Am nächsten Tag wurde ich nach dem Frühstück von demselben Taxifahrer abgeholt und in die Corson Ave gebracht. Rawad Jawich hat mich herumgeführt, in den Büroräumen, in Laborräumen und Reinräumen, in einer großen sauberen Lagerhalle und schließlich in sein eigenes Büro. Er hat mir die Pilze beschrieben und Versuchsergebnisse gezeigt. Nach Kaffee und reichlich belegten Bagels hat er mir noch voller Stolz das Elektronenmikroskop, einen Gaschromatographen und die verschiedenen anderen Chromatographen gezeigt. Das war alles für den ersten Tag. Er stellte mir ein paar Leute vor und dann hat er mich zum Essen eingeladen. Gefahren wurden wir von dem Taximann. Ich glaube, der war dauerhaft gebucht. Am nächsten Tag wurde ich wieder abgeholt und in die Dawson Street gebracht. Jawich war nicht dabei, dafür aber Caroline vor Ort. Sie hat mich begrüßt und kurz herumgeführt. Die Einrichtung war nicht so erlesen wie in der Corson Ave. Caroline schien dort aber glücklich zu sein und freie Hand zu haben. Im Nebenhaus wurde mir Jenny als Bürokraft vorgestellt. Mit ihr habe ich den zweiten Tag verbracht. Sie war ziemlich gesprächig, hatte offenbar auch nicht viel zu tun, und erzählte die ganze Zeit von Kunden, die ihr an die Wäsche wollten. Das war für mich ein langweiliger Tag, an dem ich nur im Internet gesurft habe, um mich auf meine Untersuchungen vorzubereiten. Caroline war am Morgen nur mal kurz bei Jenny, dann habe ich sie erst Tage später wieder getroffen.«

»Wir waren mal essen«, gab Caroline dazwischen kund.

»Ja, richtig, hatte ich fast vergessen. War auch ein Fast Food Restaurant.« Oliver kam zum Ende: »Jedenfalls war es in der Corson Ave interessant und ich habe zumindest angefangen, einige Untersuchungen zu machen. So ging das einige Tage, bis es hieß, in der Dawson Street wäre eingebrochen worden. Da habe ich mir Sorgen um Caroline gemacht. Wir hatten nicht einmal Mobilnummern ausgetauscht. Am Dienstagabend bin ich dann mit Jawad Rawich in die Dawson im Industrial District gefahren, um zu sehen, was passiert war. Er hat sich eine Weile umgesehen, das Büro war im Obergeschoss. Dann ist wieder weggefahren. Er gab mir Schlüssel und ich durfte noch dableiben. Gleich danach hatte ich unten ein Geräusch gehört. Jawich war schon weg. Also dachte ich Einbrecher und machte, dass ich rauskam. Hinter einem Baum habe ich gewartet und tatsächlich: Nach einer Weile kamen zwei Gestalten, offenbar hinten aus dem kaputten Fenster raus, mit einem Karton. Kurz danach ist ein Wagen hinter der Lagerhalle auf die Straße gefahren und verschwunden.«

Alle lauschten gebannt.

»Und?«, fragte Ross ungeduldig. »Erzählen Sie weiter. Was haben Sie aus Seattle mitgebracht?«

Oliver stöhnte leise und setzte sich jetzt doch auf einen der Hörsaalklappstühle. Alle anderen verrenkten sich nach ihm.

»Ich bin wieder reingegangen und habe mich weiter umgesehen. Jawich hatte mir einen ganzen Schlüsselbund in die Hand gedrückt. Einer der Schlüssel passte in eine

Schlüsselbox. Als ich sie geöffnet hatte, fand ich ein Kuvert mit der Aufschrift PO Box Nummer sowieso. Darin waren Kontoauszüge. Das Kuvert habe ich kurzerhand eingesteckt. Von da an habe ich mich schlecht gefühlt in Seattle.«

Oliver verstummte mit wehmütigem Blick auf Caroline.

Ross konnte sich nicht halten: »Lassen Sie sich doch nicht die Würmer aus der Nase ziehen. Pardon. Ich meine, spannen Sie uns doch bitte nicht weiter auf die Folter.«

»Naja,«, druckste Oliver, »Kontoauszüge halt. Ich habe sie bei mir zu Hause. Wann kommt nochmal der Besuch aus London? Ich müsste jetzt langsam mal in mein Institut.«

Ross stand stöhnend auf: Wie ich vorhin gesagt habe: Wir sollten die Dinge anderen überlassen. Obwohl ich jetzt schon wieder mehr weiß als vorhin. Warten wir auf Harold. Vielleicht hat der ja noch eine Idee, was für uns wissenschaftlich interessant sein könnte.«

Damit löste sich die Versammlung auf. Thomas fuhr Caroline nach Hause. Bernhard und Oliver wollten arbeiten. Matthias ging ebenfalls an die Arbeit in seinem Büro, die darin bestand, Souriana über die neuesten Erkenntnisse zu unterrichten. Sie verabredeten sich für den nächsten Abend am Bahnhof. Sie würde dann das Wochenende bei ihm verbringen. Immerhin das war eine erfreuliche Aussicht.

21. Bonn, 2018, 2. Februar

Bonn-Poppelsdorf, Freitagnachmittag

Eigentlich hatte Matthias den hochnäsigen Oliver Dencker entbehren wollen. Aber er hatte wieder einmal etwas, was er auch haben wollte. Immerhin hatte sich Oliver am Telefon bereitwillig erklärt, heute Nachmittag in die Nussallee zu kommen und die Kontoauszüge mitzubringen. Da war er nun in Matthias' Büro und wurde mit Kaffee, Milch und Zucker verwöhnt, obwohl er ihn schwarz trank.

Das Kuvert mit den Kontoauszügen hatte Oliver ohne Umstände auf den Tisch gelegt, mit dem Finger darauf gezeigt und gesagt: »Sieh's Dir an.«

Auf dem Kuvert stand *PO Box 10395*. Matthias zog einige Blätter heraus und beide lasen leise durcheinander sprechend den gleichen Text.

Wolffson & Hartley Bank
4802 1st Ave S
Seattle, WA 98108, USA
+1 206-204-1010-0
STATEMENT OF ACCOUNT

Offenbar wurden nach jeder Transaktion separate Kontoauszüge erstellt, so dass jedes Blatt nur eine Buchung enthielt. Die erste zeigte

DATE	POSTING TEXT	AMOUNT	ACCOUNT BALANCE
	Balance brought forward		$2,566,880.43
12-10-17	Funds Transfer P. lilacinus – 05-18-01-a Central Bank of Yemen	$250,000.00	$2,816,880.43

»Sei mal still, Oliver. Ich will das verstehen.«
Matthias nahm die nächsten Blätter.

DATE	POSTING TEXT	AMOUNT	ACCOUNT BALANCE
	Balance brought forward		$2,816,880.43
12-26-17	Funds Transfer A. dactyloides – 10-17-23-b mykolabs A. oligospora – 08-17-20-b. mykolabs Byblos Bank	$80,000.00	$2,896,880,43

DATE	POSTING TEXT	AMOUNT	ACCOUNT BALANCE
	Balance brought forward		$2,896,880,43
12-26-17	Bank To Bank Transfer	- $2,000,000.00	$896,880,43

Die weiteren Blätter stammten aus 2018. Neben einer Barauszahlung von 100.000 Dollar und handling charges waren enorme Summen von weiteren Banken eingegangen: Zarai Taraqiati Bank Limited, National Bank of Sudan und Azizi Bank. Matthias legte die Blätter auf das Kuvert und sprach leise vor sich hin. »Jemen, Sudan, was ist Byblos?«

»Libanon«, half ihm Oliver auf die Sprünge. »Eine Bank in Beirut. Die anderen sind in Pakistan und in Afghanistan. Es gibt sicher noch andere, die an Mykolabs überweisen.«

»Seit wann investieren Banken in Pilze?«, fragte Matthias ehrlich arglos.

Oliver grinste dümmlich, sagte aber nichts.

Matthias bemerkte seinen Fauxpas. »Thomas hat von Caroline erfahren, dass in Seattle dubiose Kunden rumlaufen. Und dass die Pilze nach Syrien und Afghanistan und nach Afrika geliefert werden. Das scheint also zu stimmen. Was sind das für Kunden, Oliver?«

»Schwer zu sagen.« Oliver setzte sich und drehte Däumchen. »Es stimmt, dass in der Dawson Street mal eine kleine Gruppe durch die Halle lief. Sah einigermaßen arabisch aus.«

»Militärs?«

»Weiß ich nicht. Uniformen hatten sie keine an. Wie kommst Du auf Militärs?«

»Harold hatte seine Pilze von einem Offizier in Beirut. Eine Bank in Beirut hat Mykolabs Geld überwiesen...«.

»Stopp, stopp, stopp! Das mit den Pilzen war 2012. Diese Überweisungen sind ganz frisch.«

»Ja«, stimmte Matthias zu. »Da gab es wohl Mykolabs noch gar nicht.«

»Das ist auch wiederum nicht richtig«, entgegnete sein Lehrmeister. »Setz Dich doch. Dann erzähle ich Dir die Geschichte von Mykolabs, wie Rawad Jawich sie in einem Prospekt beschrieben hat.«

Matthias nahm auf seinem Computerstuhl Platz und lauschte, während Oliver die Geschichte von Mykolabs erzählte.

»Mykolabs wurde 2011 gegründet von Dr. Nidal Almansour, einem Phytomediziner der Amerikanischen

Universität Beirut, der sich nach seiner Promotion selbständig gemacht hat. Schon an der Uni hatte er Freilandexperimente mit nematophagen Pilzen durchgeführt und darin eine Marktnische erkannt. Zu einem guten Zweck: Biologische Nematodenbekämpfung im Pflanzenbau. Wie Du weißt, suchen Wissenschaftler seit Jahrzehnten weltweit nach biologischen Alternativen zur chemischen Insektenbekämpfung. Im Labor funktioniert vieles, im Freiland sind die Verhältnisse anders, besonders im Boden. Nidal Almansour jedenfalls arbeitet auch mit pilzlichen Antagonisten gegen Schädlingsinsekten an Pflanzen. Der Pilz *Orphyocordyceps unilateralis* zum Beispiel verwandelt in asiatischen Regenwäldern tagtäglich Millionen von Ameisen in willenlose Zombies. Almansour testet ihn an allen möglichen Insekten, die in trockenen Gebieten die Kulturpflanzen schädigen. Er hat auch schon früh Green Muscle® als Vorbild genutzt, ein kommerzielles Pilzmittel gegen Heuschrecken. Der Mann nutzt die ganze Palette natürlicher Gegenspieler: Auch Nematoden als lebendige biologische Bekämpfungsmittel gegen Insekten. Du verstehst das besser als ich: Nematoden gegen Insekten. Pilze gegen Nematoden. Pilze gegen Insekten. Das muss ich Dir nicht sagen, wie das in der Natur zugeht, schon gar im undurchdringlichen Erdboden. Jeder gegen jeden. Und da kann ein Wissenschaftler wie Nidal Almansour nachhelfen in bester Absicht, der hungernden Weltbevölkerung zu helfen. Ich wundere mich über nichts. Es kann ja mal was schiefgehen.«

»Was denn?«, fragte Matthias dazwischen.

»Da könnte ich nur spekulieren. Ich lasse es lieber.«

»Wo kommt jetzt Jawich ins Spiel?«

»Ja, gleich. Almansour schickte Lieferungen seiner nematophagen Pilze an Forschungsinstitute zunächst im

Nahen Osten, später weltweit. Anfang 2012 hat er zufällig eine Mutation entdeckt, nachdem ein Mitarbeiter zu Tode kam. Das steht nicht im Prospekt. Genauso wenig wie Jawichs Bemerkungen, dass das Militär aufmerksam geworden war, dass es auch eigene Forschungen betreibt, eigene Technologie Scouts hat, die überall nach neuen Möglichkeiten suchen. Keineswegs nur libanesisches Militär. Kann ich noch einen Kaffee mit Milch haben?«

Matthias reagierte verzögert, er verarbeitete noch, was Oliver alles wusste. Verdutzt schenkte er Kaffee aus der Kanne nach und stellte die Milch daneben. Dann griff er wieder zum Wort:

»2012 war in Syrien viel los. Da lässt sich wirklich trefflich spekulieren. Aber was ist mit Jawich?«

»Ja, jetzt zu dem. Rawad Jawich hatte ebenfalls an der Amerikanischen Universität Beirut studiert und kannte Nidal Almansour. Nach seiner Promotion in den USA wurden sie Geschäftspartner. Er hat ab 2017 Aufträge übernommen für Mutationen von nematophagen Pilzen und Tests an pflanzenparasitären Nematoden. Damit war er in kurzer Zeit schon sehr erfolgreich. Gute Pilzstämme gegen Nematoden sind begehrt in der Wissenschaft und in der Industrie. Mehrere große Unternehmen haben damit experimentiert. Aber Rawich hat in seinem kleinen Labor extrem effektiv gearbeitet. Er hat nematophage Pilze bestrahlt und mutiert und dann nach Beirut geschickt. Da konnte Almansour sie testen.«

»Alles brave Pilze? Nur gegen Nematoden?«, intervenierte Matthias.

»Alles brave Pilze gegen Nematoden, soweit es Jawich berichtet.«

»Sagt Jawich die Wahrheit?«

»Die Frage ist vielleicht eher, was er nicht sagt. Von Kundenbesuchen hat er jedenfalls nichts gesagt. In der Corson Ave habe ich auch keine gesehen. Jedenfalls in den Tagen, wo ich die Ehre hatte, in diesem hochmodernen Labor zu wirken.«

»Aber in der Dawson Street waren Kunden?«

»Wie gesagt. Einmal habe ich welche gesehen, aber nicht gesprochen. Bin ich jetzt verdächtig?«

»Schon lange«, gab Matthias herzhaft zurück. »Was genau hat Caroline in dem kleineren Gebäude gemacht? Warum war sie nicht in der Corson Ave?«

»Frag sie doch selbst.« Oliver stand auf. »Wenn Du meine Meinung hören willst: Jawich scheint mächtig stolz auf sein Gebäude in der Corson Ave zu sein. Er nennt es sein Institut. Die Bruchbude in der Dawson interessiert ihn nicht mehr. Die hat er Caroline Wehner überlassen.«

Oliver verabschiedete sich. Matthias hing noch einige Zeit seinen Gedanken nach und war froh, weitere Neuigkeiten für Ross und Burger zu haben. Frau Wehner musste noch befragt werden. Vor allem sollte er noch etwas einkaufen, bevor er Souriana vom Bahnhof abholte.

22. Bonn, 2018, 3. Februar

Bonn, Samstagmittag

Die A320 war pünktlich in Heathrow gestartet und pünktlich um 12:05 Uhr in Köln/Bonn gelandet. Ihr Inhalt entleerte sich aus den vorgesehenen Öffnungen für Passagiere und Gepäck. Matthias und Souriana beobachteten die Landung von der Besucherterrasse und liefen dann schnell hinüber zum Flugsteig T1/C. Zwei Passagiere trafen auf das zweiköpfige Empfangskomitee. Die Umarmung war herzlich. Zunächst umarmten sich Souriana und Sanaa, dann taten die Herren es ihnen spontan gleich. Der anschließende Partnerwechsel geriet beinahe zu einem Ringelreigen. Zuletzt umarmte Sanaa übermütig auch Harold. Matthias betrachtete Sanaa einen Moment zu lange. Wie hübsch sie geworden war. Das Hotelzimmer in Aleppo drang unvermeidlich in sein Hirn. Souriana zupfte ihn am Ärmel: »Darf ich daran erinnern, dass das Parken 1 Euro 50 je 15 Minuten kostet?«

Sie fuhren die Gäste ins Hotel, ließen sie kurz ihre Sachen abstellen und holten Bernhard Ross von seinem Institut ab. Statt der Umarmung gab es diesmal kräftiges Händeschütteln. Ross lud zum Essen ein und Matthias schlug den Italiener vor. Mit Blick auf Souriana betonte er: *Ihren* Italiener. Wenn Ross die Rechnung zahlte, sollten alle satt werden. Noch vor der Bestellung legte Harold los mit einem Geständnis.

»Wenn ich könnte«, begann er leise »würde ich alle Paecilomyces-Stämme dieser Welt einsammeln und vernichten. Ich selbst,... selbst ich habe Unfug damit getrieben.«

»Ja«, gab Matthias hinzu, »man müsste alle Böden dieser Welt entseuchen.«

»Ich meine es ernst«, fuhr Harold ernst fort. »Ich fühle mich als Opfer und Täter zugleich.«

Die Speisekarte wurde gereicht und Getränke bestellt. Matthias bestellte souverän einen Barolo DOCG San Giovanni. Ross hob leicht die Augenbrauen, Souriana grinste. Harold bestellte dasselbe, die anderen bekamen stilles Wasser.

Harold war kaum zu bremsen. Kaum hatte sich der Kellner entfernt, redete er weiter: »Ich habe nicht nur geahnt, dass Mohamad Alhomsi an Paecilomyces gestorben ist. Ich war mir sicher. Al Emam und ich haben es vertuscht, auch dass es auf dem Feld noch einen Toten gegeben hatte. Trotzdem schien mir dieser Paecilomyces-Stamm wissenschaftlich wertvoll. Deshalb habe ich selbst dafür gesorgt, dass er aus Tel Hadya weggebracht und sicher aufbewahrt wurde. Zur *Svalbard Global Seed Vault*. Nach Longyearbyen«.

Verdutzte Gesichter schauten von den Speisekarten auf.

»Ja, ich hatte ihn gefriergetrocknet in sicheren Gefäßen mit der Aufschrift Paecilomyces lilacinus und DANGER verpackt und zwei Gefäße je in einer der Kisten mit Weizen untergebracht. Aber auch dabei muss etwas schiefgegangen sein. Als ich ins Labor zurückkam, fand ich verstreute Sporen auf dem Labortisch, als hätte ich einen Teil verschüttet. Dabei arbeite ich eigentlich peinlich sauber.« Er blickte Souriana an, dann Sanaa.

»Was schaust Du mich an?«, fragte die erste. Sanaa öffnete nur den Mund.

»Ich warte auf Eure Bestätigung. Das ich sauber arbeite.«

»Kann ich bestätigen«, antwortete Souriana erleichtert. »Wo immer Du arbeitest; es ist sauber.«

Harold fand es zweideutig, ließ es aber so stehen.

»Und Du meinst, es könnte eine äußere Kontamination auf den Kisten gewesen sein?«, fragte Ross dazwischen.

»Wie sonst sollte sich der Mann in Longyearbyen infiziert haben? Die Kisten wurden nicht geöffnet.«

»Glaubst Du, in Tel Hadya hat jemand nachgeholfen?«

»Ich weiß es …«. Der Kellner kam und wollte die Bestellung aufnehmen. »…nicht.«

Der Kellner stutzte. Die anderen blätterten eilig und angestrengt in der Karte und beschlossen einstimmig, Pizza zu nehmen. Fast einstimmig. Matthias nahm Carpaccio di manzo und Filetto tartufato.

Harold blieb bei seinem Thema und machte Eiertänze zwischen Selbstbeschuldigung, Selbstmitleid und Selbstbeweihräucherung. Eine Mitwirkung von Al Emam wollte er kategorisch nicht zulassen, brachte stattdessen den Namen Khattab ins Spiel.

»Ebrahim Khattab? Der war damals noch gar nicht da«, intervenierte Sanaa.

»Sein Sohn, wie hieß der?«

»Farhad Khattab. Der ist auf dem Feld gestorben. Hatte ich Dir doch erzählt.«

Harold ließ nicht locker. »Ich hatte schon in London überlegt, ob ich Ebrahim Khattab aus Beirut kannte. Du hast ihn mir beschrieben. Groß und breit, aber nicht dick, kahlgeschoren, Uniform mit Orden.«

Sanaa bestätigte ihre Beschreibung: »Ja, so sah er letztes Jahr aus.«

Harold ergriff den Strohhalm. »In Beirut war er also fünf Jahre jünger. Nach meiner Erinnerung stimmt groß und breit und das mit der Uniform und den Orden. Das heißt natürlich nichts. Ich bin ja auch größer als Du.«

Matthias wurde sein Carpaccio serviert.

Bernhard Ross warf einen hungrigen Blick darauf und analysierte zugleich des Gehörte. »Dieser uniformierte Khattab war also 2012 in Beirut, hatte aber einen Sohn in Tel Hadya. Müsste er dann nicht Syrer gewesen sein?«

»Stimmt«, rief Sanaa fast begeistert und klatschte sich eine Hand an die Stirn. »Farhad Khattab wohnte bei seiner Familie in Tel Hadya. Nur sein Vater war nie da; der war beim Militär.«

Harold wurde wieder unruhig: »Du hattest mir auch gesagt, dass der nie zu Hause war. Aber wo war er dann?«

»War er vielleicht mal bei den wilden Horden, die nach Tel Hadya kamen?«, fragte Ross.

»Ja, wer weiß«, sinnierte Harold. »Wer wollte sich die vielen Gesichter merken?«

»Sagen wir, es wäre nicht auszuschließen«, resümierte Bernhard Ross. »Dann könnte er zu verschiedenen Zeiten in unterschiedlicher Montur und in unterschiedlicher Mission beim ICARDA gewesen sein, in Tel Hadya und in Beirut.«

Harold sah ihn erstaunt an. »Theoretisch ja.«

Bernhard setzte nach: »Waren Milizen am Tag des Verpackens auf der Forschungsstation?«

»Na, es hat schon ein paar Tage gebraucht, alles zu verpacken und zu verladen«, erinnerte sich Harold Burger. »In der Zeit waren dauernd Milizen da und wieder weg, wenn sie genug geklaut hatten. Ich war dann auch mal weg, schon vergessen?«

»Ist es möglich, dass einer in Deinem Labor war?«

»Während ich verpackt habe? Nicht auszuschließen. War ja alles offen«, gab Harold zu.

»Gut«, beschloss Bernhard, »dann gehen wir mal einfach davon aus, dass Ebrahim Khattab es theoretisch angestellt haben könnte, Dir 2012 in Beirut Pilze zu beschaffen und in anderer Verkleidung kurz darauf aus Deinem Labor zu klauen und damit möglicherweise Transportkisten kontaminiert hat. Wo ist Khattab jetzt?«

»Sehr theoretisch.« Harold war nicht überzeugt. »Aber Deine Frage hatte ich schon Sanaa gestellt.« Er blickte zu ihr hinüber, als das Essen kam.

Sanaa schnitt ein Stück ihrer Pizza ab und pustete es auf der Gabel an, ohne zu essen. Sie wusste inzwischen mehr – oder weniger: »Also. Ich habe über das Handy meines Bruders mit Mehriban Shikhani telefoniert. Ihr Bruder Abdillaziz ist jetzt im Libanon auf der Terbol Research Station beschäftigt. Ebrahim Khattab ist nicht mehr in Tel Hadya. Glaubt sie wenigstens. Da wären nur noch ein paar Straßenräuber. Aus dem Dorf traut sich keiner mehr dahin. Die Pizza ist lecker.«

Sie begann zu essen und die anderen taten es ihr gleich.

Matthias wurde sein Filetto tartufato serviert.

Ross schlug für den Nachmittag eine Sightseeing-Tour vor. Schloss Drachenburg und der Drachenfels auf der anderen Rheinseite zum Beispiel. Oder der Rolandsbogen. Natürlich war das Siebengebirge auf der anderen Rheinseite interessanter. Ross fuhr mit Harold in seinem Wagen, Matthias nahm die Damen auf.

Bonn, Samstagnachmittag

Um 17 Uhr konnte Oliver Dencker nicht länger warten. In Seattle sollte es jetzt 8 Uhr sein. Er wählte Rawad Jawichs Mobilnummer. Es würde ihn aber nicht wundern, wenn er gar schon in seinem Institut wäre. The Jawich Insitute, dachte Oliver amüsiert bei sich. Er sollte ihm den Vorschlag machen. Da war er schon dran.

Hatte Oliver gedacht, er könnte eine kleine Plauderei anfangen, so hatte er sich getäuscht. Ein tobender Jawich brüllte ihm ins Ohr. Wieso er einfach abgereist war. Er hätte doch etwas sagen können. Er, Rawid, habe doch noch viel von ihm lernen wollen.

Oliver nahm den Dampf raus mit einer lapidaren Lüge: »Entschuldige Jawid, meine Mutter ist plötzlich gestorben. Ich musste die nächste Maschine nehmen. Deshalb melde ich mich ja jetzt.«

Das wirkte.

»Wirst Du noch einmal kommen?«, fragte Jawich ohne signifikante Anzeichen von Pietät.

»Würde ich gern«, antwortete Oliver, der sich damit bereits auf geeigneter Gesprächsbasis glaubte. »Wenn ich nur wüsste, was in der Dawson Street läuft.«

»Nichts, die hab ich zugemacht.«

»Und was sagt Caroline Wehner dazu?«

»Caroline? Vergiss sie«, fauchte Jawich. »Die ist nicht mehr aufgetaucht seit dem Einbruch. Hat sie Dir nichts gesagt?«

Oliver musste weiter improvisieren und reagierte schnell: »Sie hat mich nach Seattle gelockt und mich da stehen gelassen, wie einen Fremden. Von Einbruch weiß ich nichts.«

»Die ist durchgeknallt«, untermauerte Jawich das Image der Dame. »Khattab sucht sie auch schon.«

»Wer ist Khattab?«

»Mein Chef. In Beirut.«

»Du hast einen Chef?«

»Nidal Almansour hat einen Partner aufgenommen. Der gibt mir Aufträge. Viele Aufträge. Deshalb brauche ich Dich.«

»Und Caroline ist Dir egal?«

»Ich weiß es nicht. Ich weiß nicht, was mit ihr los ist und ich weiß nicht wo sie ist.«

Oliver wollte gerade nicht weitersprechen. Er musste nachdenken.

»Gib mir etwas Zeit«, sagte er endlich. »Ich komme noch einmal und melde mich bald.«

Jawich schien zufrieden zu sein.

In tiefen Gedanken versunken schlenderte Oliver nach Hause.

Bonn, Samstagabend

Die Tour war erfolgreich beendet, Schloss Drachenburg sehenswert, die Stimmung herzlich bis ausgelassen. Allerdings wurde es schon dunkel, als sie auf dem Drachenfels ankamen. Immerhin konnte man viele Lichter entlang des Rheins beobachten und die Aussicht vom Drachenfelsplateau war trotz eingeschränkter Sicht ein Erlebnis. Das Restaurant auf dem sagenumwobenen Berg war geschlossen. Die Frauen verspürten schon wieder Appetit. Da auch die Drachenfelsbahn ihre letzte Fahrt schon gemacht hatte und das Eselreiten, wie es Matthias noch aus seiner Kindheit kannte, nur in der Tourismussaison stattfand, blieb nur der steile Fußweg hinab im Dunkeln, vorbei an der dunklen Nibelungenhalle und dem dunklen Reptilienzoo. Vor der dunklen Drachenhöhle fauchte Fafnir, der Drache, der das Rheingold hütet. Nein, es war nicht der Drache. »Es fährt doch noch eine Bahn zu Tal«, jauchzte Sanaa, sprach's, drehte sich um und rutschte auf einem Schotterstück aus. Hinkend wurde sie hinabbegleitet. Die Stimmung kippte erst, als sie bei ihren Autos angekommen waren und im Licht Sanaas Fußknöchel betrachteten. Die Schwellung war deutlich, ein Bluterguss ebenfalls, und aus einer Schürfwunde oberhalb des Knöchels hatte es geblutet. Die tapfere Sanaa winkte ab, wurde aber dennoch von ihrem Begleittrupp der Notaufnahme des Johanniter-Krankenhauses zugeführt. Hunger hatte gerade keiner. Man wollte das Ergebnis abwarten. Bernhard fuhr mit Harold in sein Institut, um Pilzfilme anzusehen und zu quatschen. Ein wissenschaftlicher Abend und mit einem Wissenschaftsquiz war für die beiden das Beste. Harold würde unterwegs bestimmt noch für Getränke sorgen.

Matthias' Smartphone vibrierte in der Manteltasche. Hier war Handyverbot. Er drückte den Anruf weg. Schneller als gedacht, war Sanaa mit einem Verband verarztet und durfte mit einer Gehstütze das Krankenhaus verlassen. Nur Tanzen sollte sie heute Abend nicht. Die drei fuhren in die Stadt und stellten den Wagen vor Matthias' Wohnung ab. Ganz in der Nähe konnten sie einen Snack in einem Imbissrestaurant einnehmen. Souriana und die gehbehinderte Sanaa hatten sich viel zu erzählen. Matthias war praktisch nicht integriert. Er hatte sich den

Abend anders vorgestellt. Sollte er die beiden zu sich nach Hause einladen? Konnte er noch irgendwo Getränke auftreiben? Was sollten sie unternehmen? Was würde in seiner Wohnung passieren? Er träumte von nackten Weibern, während er seine Cola austrank. Die Frauen waren beim Thema Killer-Shrimps. Wie aufregend.

Matthias wählte die Nummer, die er vorhin weggedrückt hatte. Ein Name stand nicht auf dem Display und es meldete sich auch niemand.

23. Hennef/Bonn, 2018, 3. -4. Februar

Hennef Weingartsgasse, Samstagabend

Auch Thomas Brunells Smartphone hatte vibriert. Ausgerechnet während er mit Bernd und anderen Kameraden in der Dorfschänke saß. Er hielt das Gerät ganz nah ans Ohr, um die Hintergrundgeräusche zu begrenzen.
»Hallo?«
»Thomas, ich bin's, Caroline. Ich habe Angst.«
»Ich habe gerade wieder ein Déjà-vu.«
»Kannst Du kommen?«
»Comme toujours. Komme gern«, hickste Thomas grinsend.

Er verabschiedete sich ohne Begründung von seinen Freunden, ging nach Hause, duschte und parfümierte sich und zog frische Klamotten an. Dann schwang er sich unbesorgt und eher freudig beflügelt auf sein Rad.

Währenddessen klingelte bei Caroline Wehner das Festnetztelefon. Sie hörte in ihrem früheren Kinderzimmer besinnliche Radiomusik beim Umkleiden, hatte gerade ein Bein aus der Hose gehoben und zuckte zusammen, dass sie fast umfiel. *Wer ruft denn hier auf Festnetz an?*, dachte sie, zog die Hose wieder hoch und wankte die Treppe hinab zum Telefon. Kurz vor dem Ziel hatte es aufgehört zu klingeln. Die Nummer auf dem Display sagte ihr nichts. Caroline ging zurück ins Zimmer, schälte sich aus den restlichen Kleidungsstücken und streifte ihren weißen Morgenmantel über, darunter nur weiße Sneakers. Im Wohnzimmer öffnete sie die Flasche Rotwein und stellte sie neben die beiden Gläser. Die Musik stimmte. Soweit war alles für den Besuch vorbereitet. Nur noch schnell eine Linie des Pulvers mit dem Strohhalm in die Nase. Im Garten begann Arthrobotrys zu leuchten.

Es klopfte an der Haustür. Caroline öffnete und sah Thomas mit ängstlichem Blick an.
»Warum klingelst Du nicht?«
»Habe ich vergessen.«
»Komm rein. Gib mir Deinen Mantel. Sieh es Dir an«, sagte sie leise mit vibrierender Stimme.
Thomas trat ein. Sein Blick fiel auf die Rotweinflasche.
»Hab keine Angst. Jetzt bin ich bei Dir«, sagte er mit einem spöttischen Funkeln in den Augen.
Caroline wies zum Esszimmer. »Schau aus dem Fenster!«
Im offenen Hundegrab sah er das bläuliche Leuchten.
»Wie zum Teu...«. Caroline hielt ihm ihre Hand vor den Mund. »Psst. Da ist jemand«, flüsterte sie, ließ den Rollladen herunter und zog ihn vom Fenster weg. »Das leuchtet schon seit einer Stunde. Lass uns ins Wohnzimmer gehen. Ein Schluck Wein wird mich beruhigen. Und dass Du bei mir bist.«
»Wer ist da draußen?«, fragte Thomas entsetzt und mittlerweile selbst verängstigt.
»Trink!«, befahl Caroline und reichte ihm ein voll gefülltes Glas. Sie goss sich ebenso viel ein und leerte es in einem Zug. Er schaffte seine Ration nicht so schnell, starrte über den Glasrand in ihre großen wunderschönen Augen, deren Pupillen vor Angst geweitet waren.

»Setz Dich doch«, sagte sie unvermutet brüsk. »Bin gleich wieder da. Ziehe mir nur was über.«

Damit entschwand sie die Treppe hoch und Thomas saß bei feierlicher Musik auf dem Sofa. Er leerte sein Glas und goss nach. Das Kölsch aus dem Zapfhahn kämpfte mit dem Spanier aus der Flasche. Er sah sich um. Alle Rollläden waren heruntergelassen. Kein Blick nach draußen. Die Tür. Hatte Caroline sie abgeschlossen? Die Hintertür. War sie verschlossen? Thomas stand auf, leerte sein Glas und dann die Flasche. Er könnte sie zerschlagen und als Waffe benutzen. Falls einer eindringt. Ein Eindringling eindringt. Dringend. Drängend stand sie plötzlich vor ihm und nahm ihm die Flasche aus der Hand.

»Zieh Dich aus!« befahl sie.

Thomas traute seinen Ohren nicht. Wie konnte sie in dieser Situation...? Er schwindelte leicht.

»Zieh. Dich. Aus!« befahl sie jetzt herrischer.

Thomas war vollkommen verwirrt. Er legte einige Kleidungsstücke ab und starrte in ihre Vampiraugen. Und auf ihren Schmollmund, den sie verzog.

Anfangs fand er Caroline elegant und interessant, dann apart, dann sexy, jetzt fand er sie betörend und begehrenswert.

»Alles! Ich will Dich nackt sehen«, sagte der Schmollmund, jetzt wieder sanfter.

Thomas stütze sich an der Sofalehne ab und tat wie ihm geheißen wurde. Teufel, er war geil.

Sie sah es ebenfalls und leckte sich beim Anblick des schrägen Turms mit der Zunge über den Mund.

»Geh hoch! Auf mein Zimmer!« lautete die nächste Anweisung.

Thomas ging nackt die Treppe hinauf, hielt sich am Geländer fest. Stufe um Stufe. Spürte einen Klaps auf dem Hintern. Nächste Stufe. Noch einen. Ziemlich fest. Der Turm wurde gerader. Noch sechs Stufen. Er drehte sich nicht um. Ließ sich führen und befehlen. Ließ sich auch rücklings auf das Bett befehlen. Ließ sich mit Lederriemen an vier Bettpfosten fixieren. Der Turm hielt.

Caroline ließ ihren Morgenmantel zu Boden gleiten.

Thomas traute seinen Augen nicht.

Sie stand nackt vor ihm und war doch nicht nackt. Ihr ganzer Körper war rot und schwarz tätowiert. Thomas kniff die Augen zusammen und weitete sie wieder. Das war keine Tätowierung. Sie war von oben bis unten bemalt. Rot bemalt und darauf schwarze Spinnennetze. Spinnen. Netze. Sah so Spiderwomen aus? Oder eine andere Comic-Superfrau? Die Superfrau vor ihm erschien unvergleichlich. Nein, Farbe war es auch nicht. Ein Kostüm. Gummi. Latex. Ein Spiel. Sie spielte mit ihm. Der Turm zuckte heftig. Ein weiteres Spielzeug kam zum Vorschein. Sie nannte es Redeverbot. Ihm fehlten sowieso die Worte. Er wollte es jetzt. Wollte sie jetzt. Sie sollte ihn jetzt wollen. Bevor der Turm Funken sprühte.

Es klingelte an der Haustür.

Bonn, Samstagabend

Souriana und Sanaa waren vom Thema Killer-Shrimps auf Killertomaten gekommen. Sie wollten plötzlich ins Kino.

»Seid Ihr nicht wegen Killerpilzen hier?«, fragte Matthias erstaunt.

»Ich nicht«, zwitscherte Sanaa. »Ich bin wegen Souriana hier. Zum Pilze fangen bin ich im Moment zu langsam.«

»Wir haben Lust auf einen Actionfilm«, bestätigte Souriana. »Komm schon.«

»Sorry, da stehe ich nicht drauf. Dann gehe ich lieber zu Bernhard und Harold.«

Souriana war schon weiter. »Ich hab' schon gegoogelt. Im WOKI läuft Jumanji.«

»Na denn viel Spaß. Ruf mich an, wenn ich Euch abholen soll«, gähnte Matthias und machte sich auf den Weg zum IOL.

Natürlich war das Institut für Organischen Landbau verschlossen. Matthias sah das Licht in Bernhards Büro, rief, rief lauter, schrie, brüllte, warf kleine Steinchen. Offenbar war auch hier das Kino in vollem Gange. Erschrocken fuhr er herum, als Ross um die Ecke kam und rief: »Mach bloß nichts kaputt!«

»Was veranstaltet Ihr denn da drin?«

»Komm schon rein«, rief Bernhard und lachte verdächtig laut. »Ist lustig.«

Was bin eich eigentlich für ein Spielverderber, dachte Matthias, keine Lust auf Action, keine Lust auf lustig.

Harold saß auf Bernhards Bürostuhl und hatte die Füße auf einen zweiten Stuhl gelegt. In jeder Hand eine Bierflasche schwenkend begrüßte er überschwänglich den dritten Mann.

»Nimm die hier, die habe ich gerade geöffnet. Is noch genug im Kühlschrank«, jauchzte Harold. Bernhard lachte immer noch. »Wir erzählen uns gerade Wissenschaftlerwitze. Kennst Du den? Wissenschaftler haben herausgefunden - sind dann aber wieder reingegangen.«

Er prustete beim Trinken los.

»Ja«, antwortete Matthias trocken, »der ist alt.«

Harold wankte zum Kühlschrank nebenan und öffnete eine weitere Flasche. »Kennst Du auch einen, Matthias? Na los, erzähl uns einen Witz.«

Matthias fand die Atmosphäre gar nicht so schlecht. Nur die Schreibtischlampe war an und die Stimmung gut. Er nahm einen großen Schluck und gab einen zum Besten: »Im Hörsaal sind zwei Garderobenhaken angebracht worden. Darüber ein Schild: ‚Nur für Dozenten!' Am nächsten Tag klebt ein Zettel darunter: ‚Aber man kann auch Mäntel daran aufhängen.'«

Die Herren Professoren johlten wie ausgelassene Teenies, ließen die Flaschen aneinanderklirren und tranken aus ihnen. Offenbar war Harold an der Reihe. Er setzte die Flasche ab und die Stimme in Gang: »Ein Bus mit zehn Leuten hält an einer Haltestelle und elf Leute steigen aus. Drei Wissenschaftler...« Matthias zog sein vibrierendes Smartphone aus der Tasche und rief sogleich: »Oliver, wo bist Du?« Sein Gesicht wurde ernst, seine Sprache hektisch. Die Professoren suchten ihre Stühle auf. »Vor Wehners Haus? Wieso?« Die Professoren versuchten, etwas zu verstehen. »Ich muss erst mein Auto holen. Gib mir eine Stunde. Mach keinen Unsinn.« Matthias legte auf. Harold hickste, Bernhard sah nur fragend umher.

Matthias erklärte hastig, während er in seinen Mantel schlüpfte: »Oliver steht am Haus von Wehners. Es macht keiner auf. Im Garten leuchtet es wieder. Ich fahre hin.«

Harold fischte ein Sandwich aus einer Tüte und lallte im Drehstuhl: »Wenn ein Wissenschaftler ein Sandwich belegt, ist es dann wissenschaftlich belegt? Hahaha.«

»I bin müde, I will ins Bett«, kam es von Bernhard.

Aber Harold sprang urplötzlich auf und hatte es eilig: »Daff muff if fehen. Lof«, brabberte er mit vollem Mund. Matthias nahm ihn am Arm und zog ihn mit hinaus.

Hennef Weingartsgasse, Samstagnacht

Caroline stand hinter der Haustür. Sie war leise die teppichbelegte Steintreppe hinabgeglitten. Sie öffnete nicht. Hielt sich ganz ruhig. Es klingelte erneut. Jemand klingelt. Am späten Samstagabend. Eine Weile war nichts zu hören. Dann entfernten sich Schritte. Jemand geht weg. Das Pulver ließ ihr Blut brodeln. Ihr Herz pochte mächtig. Sie war angespannt und zugleich ganz ruhig. Wie die Katze vor der Maus. Jetzt klingelte wieder das Telefon. Sie ging zum Anschluss. Die Nummer auf dem Display kannte sie nicht. Vielleicht dieselbe wie vorhin. Sie wusste es nicht. Sind sie tatsächlich gekommen? Warum rufen sie an? Sind sie da draußen? Eigentlich …

Plötzlich ein Schrei. Hinten im Garten. Alle Rollläden unten. Kein Blick nach draußen. Die Hintertür. Ist sie verschlossen? In der Grube hatte ich doch schon Feuer gemacht. Das Schweinefleisch reingeworfen. Zugesehen, wie das Ungeheuer heranschlich. Arthrobotrys, der Unvergängliche. War seit Figos Tod in der Grube. Hatte sein Fressen entdeckt und war zu neuem Leben erwacht. Ich hatte es gewusst. Er würde überdauern bis zur nächsten Mahlzeit. Als Waffe genial. Aber. Ich wollte doch inszenieren. Wollte Thomas beeindrucken. Verzaubern.

Draußen raschelte es. Apropos Waffe. Caroline schlich in den Keller. Suchte im schwachen Schein des Wohnzimmerlichts nach dem Abschussgerät. Sie hatte es selbst gebastelt. Aus Heiners Luftgewehr und dem alten

Flitzbogen im Keller. Munition lag daneben auf der Werkbank. In zwei Teebeuteln. Die Paecilomyces-Sporen hatte sie in den letzten Tagen von den Kulturschalen abgeerntet. Mit Kieselsteinchen vermischt. Draußen war ein Fluchen zu hören. Sie ging nach oben. Dimmte das Wohnzimmerlicht. Schlich in die Küche. Nahm das Pulver aus der Schublade. Zog noch eine Linie und rein damit. Sie wartete einige Minuten. Obwohl es draußen rumorte. Sie war ganz ruhig und zugleich gespannt wie der Bogen. Verwandelte sich gerade in einen Werwolf. Es war gut.

Oliver war zur Straße zurückgegangen und wartete auf Matthias. Das Haus schien unbewohnt. Alle Rollläden waren dicht geschlossen. Nichts zu hören und nichts zu sehen. Keiner hatte geöffnet. Keiner ging ans Telefon. Wo steckte Caroline nur? Er musste mit ihr reden. *Khattab sucht sie*, hatte Jawich gesagt. Was konnte das bedeuten? Was hatte Caroline in der Dawson Street wirklich angestellt? War Khattab in Beirut? Oder in Deutschland? Hier? Mit Caroline? War sie in Gefahr. Gewesen? Verdammt. Es gab keine Lösung ohne Caroline. Es ging ihm nicht mehr um die Pilze, es ging ihm um sie. Hatte er selbst sie am Ende in Gefahr gebracht? Es war zum Wahnsinnigwerden. Diese Warterei. Und was konnte Matthias ihm hier nützen? Vielleicht in den Garten gehen. Hinter dem Haus war immerhin dieses Licht. Er ging noch einmal die Auffahrt hinauf, vorbei an dem Volvo. Das Licht strahlte heller, als er auf Höhe der Hausecke war. Er machte ein paar Handyfotos. Etwas zittrig vor Kälte und Aufregung. Zoomte heran, aber das Bild war nicht gut. Das Licht kam aus einem Loch. Eigentlich sah es aus wie ein Feuer, ein blaues Lagerfeuer, das züngelte und tanzte. Mit blauen Flammen. Wie Marionetten. An

Fäden. Blaue Fäden. Den Puppenspieler sah man nicht. Er musste wohl zwei Meter groß sein, wenn er über dem Licht die Fäden zog. Unwillkürlich stieg Oliver über den kleinen Zaun, blieb sofort wieder stehen und sah sich um. Er nahm allen Mut zusammen und sagte: »Hallo. Guten Abend.« Keine Antwort. Das Schauspiel veränderte sich ständig. Es war lebendig. Wie Spinnweben erschienen die Fäden aus der Nähe, bläuliche Konstrukte mit Knoten an verschiedenen Stellen. Sie waren verbunden, verknotet und bewegten sich insgesamt wallend wie ein Netz im Wind. Jetzt schienen ihm die Konstrukte wie Tentakel, die in der Luft nach Halt suchten. Noch ein Schritt näher. Das waren keine Knoten. Das waren Ringe. Dick wie Eheringe. Sie waberten umher wie...Hoppla. Er war zu nah herangekommen, rutschte mit einem Fuß in das blaue Loch.

Thomas lag gefesselt und geknebelt auf dem Bett. Inzwischen war der Turm elendig zusammengeschrumpft. Es hatte an der Haustür geklingelt und Caroline ging runter. Wie lange war das her? Wo blieb sie nur? Das Spiel machte keinen Spaß. Überhaupt keinen Spaß. Er wollte es beenden. Zog an den Riemen. Vergeblich. Wollte rufen. Vergeblich. Schweiß trat ihm aus den Poren. Panik machte sich allmählich breit. Sein Smartphone. Wo war es? Im Mantel. Wo war der? Wo hatte Caroline ihn hingebracht? Was hatte sie geplant? Mit dem Wein. Der stieß ihm jetzt bitter auf. Er hatte Angst daran zu ersticken. Scheißspiel. Mach mich los. Mach mich doch los. Mach mich doch bitte los. Bitte. Wo bist Du? Caroline...

Harold hatte vom Beifahrersitz auf den Fußboden gekotzt. Es stank und Matthias öffnete alle Fenster, so dass der kalte Nachtwind ihnen in den Ohren dröhnte. Er fuhr so schnell er konnte, aber mit der Stunde hatte er eine ziemlich gute Schätzung abgegeben. Jedenfalls würde er jetzt wegen Harold nicht anhalten, auch wenn er noch so stöhnte – und stank. Er würde ihm keine Hilfe sein, nur ein Klotz am Bein bei – bei was eigentlich? Kurz darauf waren sie am Haus der Wehners angekommen. Harold war mit sich selbst beschäftigt, öffnete die Tür, blieb aber sitzen – und übergab sich, diesmal ins Freie. Ohne Worte lief Matthias zur Haustür und klingelte. Es machte keiner auf. Im Garten leuchtete es wieder. Das war ja mal was Neues. Von diesem Leuchten hatte Matthias eigentlich genug und er wusste nicht, was er da noch zu tun hatte. Trotzdem ging er in Richtung Garten, die Auffahrt hoch. Salzsäure hatte er nicht dabei. Gar nichts hatte er dabei.

Oliver hatte seinen Fuß aus der Grube ziehen wollen, wurde aber daran gehindert. *Stecke ich im Schlamm? Halten mich diese Tentakel fest? Sie greifen nach meinem Bein. Mitsamt den Ringen.* Er rutschte unversehens mit dem rechten Bein weiter in die Grube. Es kribbelte an den blanken Fußknöcheln. Fäden und Ringe klebten am Hosenbein. Weitere bewegten sich auf ihn zu. Drei Gedanken schossen gleichzeitig durch seinen Kopf: *Kenne ich: Arthrobotrys - kenne ich nicht: Monster - weg hier.* Er fluchte und keuchte. Es zog an ihm und klebte. *Es wird mich töten. Wie einen Wurm.* Er schrie: »Hilfe!«. *Wozu? Hier ist keiner. Egal*: »Hilfe!«. Die Hintertür ging auf und im schwachen Licht des Hauses stand eine Person. Der blaue Schein wurde intensiver. *Ist der Dämon schon in mir drin?* Oliver sah einen Menschen. In einem Kostüm. Einen Augenblick dachte er an eine Uniform. *Khattab? Im Zwielicht nicht zu erkennen.* Er kannte ihn sowieso nicht.

Die Person stand da mit einer Waffe in der Hand. Eine merkwürdige Waffe. Wie eine Mischung aus Gewehr und Armbrust. Im Halbdunkeln rief er noch einmal »Hilfe!«. Er wurde abgelenkt, als seine Hand sich im Netz verfing. *Arthrobotrys. Riesenhaft. Ungeheuer. Mutation.*

»Wer sind Sie?«. *Carolines Stimme.* Sie klang erschreckend stark und schroff. *Hilfe.* Oliver lag schon mit der rechten Körperhälfte in der Grube. Überall zog und klebte es. Der Fuß begann zu schmerzen wie von tausend kleinen Nadelstichen. Mehrere Finger waren beringt und schmerzten ebenfalls. *Kopf hochhalten. Abstützen. Hochstemmen. Hilfe.*

»Caroline...ich...O...Oliver«.

»Bist Du allein?«

Sie war es. Sie war es nicht. Es war trotzdem ihre Stimme. Blaulicht erleuchtete sie hell von vorne. *Caroline!* Sie sah gewaltig aus. Und gewaltbereit. Alles an ihr wirkte gewaltig. Blickgewaltig fixierte sie ihr Opfer. Mit großen roten Augen und geweiteten Pupillen nahm sie jede Bewegung wahr. Stimmgewaltig befahl sie: »Rede! Was machst Du hier? Wer ist noch dabei?«

»Ich – ich bin allein. Hier reingefallen. Keiner da. Jawich ... in Seattle. Hab telefoniert.«

Oliver fiel das Sprechen schwer. Es staubte jetzt um ihn herum.

Thomas Brunell lag immer noch gefesselt auf dem Bett. Er hörte die Stimmen im Garten. Jemand war gekommen. Der Fall klärte sich bald. Er war als Opfer erkoren. Kein Spaß. Überhaupt kein Spaß. Schon schwanden seine Kräfte. Physisch. Das Zerren wurde schwächer. Schweiß überströmte ihn. Würgereiz. Ersticken. Und psychisch.

Mach mich bitte los. Bitte. Ich sterbe. Ich verliere das Bewusstsein. Ich bin nicht Harold. Bin niemand. Caroline...

Bonn, Samstagnacht

Drinnen im WOKI sahen zwei cinephile Freundinnen den Waisen Judy und Peter zu. Sarah musste weiterspielen! Trotz psychischer Belastung und nach einem Ohnmachtsanfall. Der nächste Wurf. Bei jedem Zug erscheint ein weiteres Hindernis, Moskitos, Affen, ein Löwe, eine Herde Elefanten, nur keine Pilze. Am Ende hatten sie es geschafft. Draußen lebte der Spuk von Jumanji in Echtzeit. Das wussten sie nicht, als sie Matthias zur Abholung bestellten.

Hennef Weingartsgasse, Samstagnacht

Matthias war kurz vor der Hausecke zum Garten, als er das Vibrieren seines Smartphones spürte. Er nahm das Gespräch an und hörte mehrere Stimmen. Eine aus dem Smartphone und zwei hinter dem Haus. Kurz erklärte er Souriana, wo er war und dass er gerade nicht kommen kann, drückte das Gespräch rüde weg und bog um die Ecke in den hell erleuchteten Garten. Sah Oliver im Grab versinken. Lief auf ihn zu und stockte vor der doppelten Bedrohung. In diesem Moment hob Caroline das Abschussgerät und schoss die erste Ladung Paecilomyces in Richtung Matthias. Der Teebeutel flog an ihm vorbei und zerbarst an der Wand des Nachbarhauses. Von dort verbreitete sich eine Wolke von Pilzsporen, die Matthias von hinten bedrohte, während vor ihm Arthrobotrys gegen

Oliver wütete. Caroline hatte den Ankömmling inzwischen erkannt, aber bereits den nächsten Beutel aufgelegt und den Bogen gespannt. Sie fühlte sich überdosiert. Hatte optische Halluzinationen: Blauer Wald, schwarzer Mann, Wabern im Moiré. Und akustische: Röchelnder Pilz, zischelnder Pfeil, donnernder Knall. Und taktile: Tote Füße, nasses Holz. Sah blaue Gespenster in blauen Gespinsten, sich windend und zuckend, hörte Stimmen in ihr, aus ihr heraus und von außen hinein, spürte ein Kribbeln in der Nase, hatte die Wahnvorstellung einer vergessenen Atemschutzmaske, verlor die Kontrolle, drückte erneut ab, voller Aggression und Verwirrung, umgeben von einem Panikorchester der Sinne, verloren vom eigenen Körper, enthoben eines Bewusstseins, sank tiefer und tiefer in den Traum, verbarg ihren Leib vor sich selbst, hauchte ein letztes aus und war ruhig.

Auch Matthias verspürte alle denkbaren Reize. Die Killersporen ließen ihn niesen und husten. Aus dem Grab des Horrors drang ein wimmerndes »Hilfe«, das Ächzen eines Todgeweihten, eines zappelnden Olivers, ein Flimmern und Wehen von mehr und mehr konturierten Pilzmassen und Sporenwolken, im Bauch die Angst, die wie ein Krake seinen Magen zerdrückte, im Kopf völlige Leere des Unverständnisses und zugleich leere Fülle des Überlebenstriebs, im Arm die Kraft nach der Schaufel zu greifen, sie Olivers Hand entgegenzustrecken. Olivers Hand rutschte vom Stiel ab. Matthias drehte die Schaufel um, so dass der Gefangene das Schaufelblatt griff und Oliver zog langsam. Sehr langsam. Olivers Gesicht kam zum Vorschein, zur Hälfte von Pilz bedeckt, die Haare von kontrahierten Ringen wie mit Minigummis zu kleinen Haarzöpfen gebunden, die ihm ein punkiges Aussehen winziger Grasbüschel verschafften. Matthias hielt mit der linken Hand die Schaufel fest und griff mit der rechten nach Olivers Hand. Das tückische Grab sog auch ihn hinab, als er mit einem Bein hineinrutschte. Schon war es von der Meute erfasst als Beute. Er schrie und fluchte, Oliver röchelte nur. Seine Kräfte erlahmten, seine Hand glitt schlaff aus der des Retters, der keiner war, keiner sein konnte. Matthias keuchte in Verzweiflung. *Nichts habe ich mitgenommen. Nichts. Nicht aufgepasst. Keine Hilfe zu erwarten. Nicht von Oliver. Nicht von dem kostümierten Mischwesen in Carolinengestalt. Das regt sich nicht. An die Waffe komme ich nicht ran. Wozu auch? Der Tod kam auch von ihr. Der Tod...* Armeen von Tentakeln und Sporen umgaben inzwischen die beiden Grabschänder. Dem Pandämonium der übermächtigen Schicksalsmacht ergeben, war Matthias dabei zu hyperventilieren, um sich Luft zu verschaffen, in diesem blau lodernden, zuckenden Loch, in dem es feuchter wurde, aus dem stinkende Flüssigkeit drang und ihn benässte von oben bis unten, nach unten, von oben, *von oben?* Das Leuchten verschwand in dem Moment, als Harold einen ganzen Benzinkanister über dem Hundegrab entleert hatte. Aufrecht und wild entschlossen stand er hoch über den Kollegen. In die plötzliche Ruhe hinein rief er: »Hat jemand Feuer?«

Bonn, Sonntagmittag

»Das war's dann«, sagte Bernhard Ross. »Das kann man nicht publizieren.«

Matthias hatte soeben seinen Bericht beendet, weiß im Gesicht, verbunden mit weißen Bandagen am rechten Arm und Bein und völlig übermüdet. Harold hatte das einzig Mögliche und Richtige getan. Er war ins Haus gelaufen und hatte 112 gewählt. Der Rettungsdienst war so schnell da wie Harold brauchte, seine Freunde aus der Grube zu ziehen und Caroline ein paar Ohrfeigen zu verpassen, bis sie aufwachte. Sie lallte wirres Zeug, aus dem Harold aber schließlich entnahm, dass oben noch jemand war. Ein zweiter Wagen war gekommen, der Notarzt. Harold hatte einen der Sanitäter geschickt, Verletzte im Haus zu retten. Er musste davon ausgehen, dass dunkle Gestalten sich drinnen versteckt hielten, hatte den Helfer aber ohne weitere Worte mit sich ins Haus gezogen, links in die Küche geschaut, sich mit einem Brotmesser bewaffnet und im Wohnzimmer nach Spuren gesucht. Der nichtsahnende Sanitäter war bereits oben angelangt und befreite den bewusstlosen Thomas. Als Harold das Zimmer betrat, wurde er von einem rötlichgelben Schwall Erbrochenem erwischt. Zur Sicherheit hatte er das ganze Haus abgesucht, während draußen Matthias notversorgt und Oliver in den Rettungswagen getragen wurde. Bei Caroline waren die Retter stutzig gewesen. Der Kokainmissbrauch war klar zu diagnostizieren. Die Erstversorgung hatte Priorität vor der Psychiatrie; dorthin konnte sie später eingewiesen werden. In dieser Nacht aber wurde sie in einem zweiten Wagen ebenfalls abtransportiert, angeschlossen an ein Transportbeatmungsgerät. Hätte sie zuvor ihre Gesichtsmaske nicht vergessen, wäre sie zumindest von Paecilomyces verschont geblieben.

Die versammelten Wissenschaftler konnten nicht absehen, wie es dem armen Oliver ergehen würde, nachdem er gleichzeitig von Paecilomyces und Arthrobotrys attackiert worden war. Souriana hielt Händchen mit Matthias, Sanaa hatte ihr Bein auf einen Hocker gelegt und saß angelehnt an Harolds Schulter. Allen war bewusst, dass ihr Abschied bevorstand. Abflug nach Heathrow war um 13:30 Uhr. Bernhard verabschiedete sich bereits im Institut, Matthias fuhr die Gäste zum Airport, begleitet von Souriana.

Am Flughafen musste Souriana grinsen, als sie ihre Freundin mit dem Krückstock betrachtete: »Du musst endlich auf die Beine kommen, Kleines.«
»Harold stützt mich - wie immer«, flachste Sanaa.
»Pass Du lieber auf Harold auf«, sagte Matthias mit erhobenem Finger.
Harold hob die Hand zum Schwur: »Das erste was ich tun werde, ist Paecilomyces entsorgen. Sanaa, erinnere mich daran.«
Alle lachten und umarmten sich. Die Gäste wackelten zum Gate.

Noch einmal blickte Matthias über die weite Ebene des Flugfeldes. Es war sonnig und angenehm warm in der Halle. Er zog Souriana an sich, nahm sie in die Arme und küsste sie lange, ohne Rücksicht auf die tickende Parkuhr. Dann sagte er etwas, das er noch nie gesagt hatte: »Ich liebe Dich.« Souriana sah ihm in die Augen. Sie waren feucht. Er meinte es ernst. »Ich liebe Dich auch, Matthias«, hauchte sie. »Kann ich bei Dir schlafen? Für immer?«
»Für immer.«

Auf der Autobahn gingen beiden noch viele Gedanken an die letzten Tage durch den Kopf. Aber keiner hatte Lust, darüber zu sprechen. Bis kurz vor Bonn.
»Matthias?«

»Mh?«

»Meinst Du, die Pilze im Grab sind tot?«

»Ich bin kein Exorzist. Muss nur den Ersatzkanister auffüllen.«